김우영 박재삼 문학상 수상 / 김애경 노천명 문학상 수상

부부의 길

부부에세이

부부의 길

1쇄 발행일 | 2023년 9월 15일

지은이 | 김우영 · 김애경
펴낸이 | 정화숙
펴낸곳 | 개미

출판등록 | 제313 – 2001 – 61호 1992. 2. 18
주소 | (04175) 서울시 마포구 마포대로 12, B-103호(마포동, 한신빌딩)
전화 | (02)704 – 2546
팩스 | (02)714 – 2365
E-mail | lily12140@hanmail.net

ⓒ 김우영 · 김애경, 2023
ISBN 979 – 11 – 90168 – 67 – 0 03810

값 18,000원

김우영 박재삼 문학상 수상 / 김애경 노천명 문학상 수상

부부의 길

개미

쓰기의 향기, 부부상종

구인환
소설가, 서울대 명예교수

　글을 쓴다는 것은 숙명적이요, 내일을 지향하는 오늘을 살아가는 지
표이다. '쓰지 않으면 죽을 수 밖에 없다'는 릴케의 말과 같이 글을 쓰
는 일은 살아가는 방편이요, 길이기도 하다. 하지만 아무나 그 길을 가
는 것도 아니요, 또 갈 수 있는 것도 아니다. 어떤 소명의식으로 전력을
다하여 글을 쓰는 일에 매진 할 때만이 소담스러운 열매를 얻어 수확의
기쁨을 맛보게 된다.

　글 쓰는 일은 옛날 선비와 같이 여기로 음풍농월吟風弄月 하는 것이 아
니고, 전력을 다 하여 쓰는 일에 매진하는 프로 정신에 의한 창조활동이
다. 시인이나 소설가니 수필가니 하는 것도 바로 그 장인정신에 창조를
업으로 삼고 거기에 전력을 투구하고 있기 때문이다. 그러기에 수 많은
글쓰기를 희망하는 자가 있어도 정작 글 쓰는 일을 업으로 삼는 사람은
그리 많지 않은 것도 이 때문이요, 또 쓴다고 해도 쓰다가 중단하는 이
가 많은 것도 쓰는 일을 업으로 하기가 쉽지 않음을 말한다.

　이번에 김우영. 김애경 부부 수필집 '부부'가 연속 나오는 것은 보기
드믄 동반의 창정적한 결실이다. 수필가요 소설가인 남편 김우영 작가

와 수필가이자 성악가인 부인 김애경 작가의 작품을 중심으로 편집한 이 아담한 문집은 어떤 감동적인 정감을 주면서 사랑과 화목으로 조화된 문학의 향기를 느낄 수 있다.

세상을 살아가는 것, 그리고 사랑하는 가정을 이루어 이 가파른 세상의 파도를 헤치고 살아가는 것도 고마운 일인지 모르는데 여기에 같이 글쓰기를 하면서 문단 활동을 하고 있는 것은 더욱 축복된 일이다.

거기에 부부 수필집을 상재하게 되니 이 또한 축복된 일이 아니고 무엇이겠는가. 이 부부 수필집 '부부' 가 풍기는 문학적 향취가 세상에 널이 읽혀져 그 여향에 젖어 삶을 살찌게 하고 풍요하게 되기를 기대해본다.

부부의 날을 맞아
서울 신대방동
雲堂 執筆室에서 쓰다

김우영 박재삼 문학상 수상 / 김애경 노천명 문학상 수상

『부부의 길』을 출간하며

"부부夫婦' 란 과연 무엇인가……?"

남편과 아내, 부부는 살과 마음을 맞대고 살며 같은 방향을 향하여 함께 살아가는 영원한 접인接人인가. 이 세상에 태어나 남 남끼리 어찌어찌하여 만나 싫건 좋건 상관없이 애 낳고 살아가야 하는 이 시대의 최고에 친구이자 지극한 웬수로까지 비교되는 부부.

어제 싸웠다가도 다음 날 웃는 부부, 생전 안볼 듯이 등을 돌리다가도 한 마디 따스한 말에 웃으며 다가서는 인생의 동반자요, 이 세상의 부부.

미국의 '아브레함' 이라는 사회학자 학자는 이렇게 말했다.

"내가 수 십 년을 '부부학' 에 대하여 연구를 하고 공부를 하였는데 부부학에 대하여는 박사학위가 없다"

하면서 이렇게 그 소회를 피력했다.

"알다가도 모르고, 모르다가 아는 것이 부부라는 것을 알 뿐 지금 이순간 나는 부부에 대하여 아는 게 하나도 없다. 따라서 나는 앞으로 부부로 살아가면서 나도 모르게 부부라는 이름 아래 실려 나갈 뿐이다. 따

부부에세이 6권 연속 출간!

(KBS-1TV 아침마당 출연

라서 나는 부부로 함께 살아가면서 현장 박사학위를 취득할 뿐이다."

결혼은 남자에게는 에피소드이고 여자에게는 히스테리라고 한다. 또 결혼 전에는 서로 눈을 똑바로 떴을 테니 이제부터는 한 쪽 눈을 감고 사는 게 현명하다고 한다. 결혼은 어떤 상품의 와인을 마시고 맛이 좋다고 감격한 나머지 그 사나이가 와인의 양조장에 취직하러 가는 것과 같다.

부부란 난로를 등에 지고 서 있는 사람과 같다고 한다. 너무 가까이 등을 기대고서면 등이 뜨겁고 난로로부터 멀리 떨어져 있으면 등이 시리다는 것이다. 부부가 너무 등을 가까이 대면 서로 싸우기 쉬우며 너무 거리를 두면 안된다는 뜻이다.

아무리 다정한 부부나, 친한 친구라도 이쪽이 갖고 있는 신비한 어떤 내음은 간직하며 향기를 솔 솔 풍긴다는 것은 오래토록 가까이 할 수 있는 안전장치요, 사랑의 묘약인 것이다. 사람의 심리는 상대에게 뭔가 보일 듯 말 듯 하며 풍기는 인간적이 매력이 있어야 끌리는 것이다.

너무 다 까 보여 알 것 모를 것을 들여다본다면 매력이 없어 보이는

7

법이니까 말이다. 적당이 알고 적당이 모르는 것, 이것이 사람 사는 이치 인 것을 알면서 우리는 왜 이렇게 사는 것일까 하고 자문해본다.

젊어서는 사랑으로 중년기에는 친구로, 노년기에는 서로의 간호사로 살아가야 할 것 이다. 서양의 철학자 '아부난드' 는 말했다.

"세월은 누구에게나 평등하게 주어진 자본금이다. 이 소중한 자본을 잘 이용한 사람에겐 승리가 온다."

언제인가 결혼을 하지 않은 어떤 친구가 우리 부부에게 물었다.

"결혼은 해야 옳은가? 아니면 하지 말아야 옳은가?"

서양의 철학자 소크라테스는 이렇게 말했다.

"그럼 결혼은 해야지. 좋은 아내를 얻으면 행복하게 되고, 또 소크라테스처럼 쿠산지페 같은 악처를 얻으면 철학자가 될 수 있으니까!"

이 책이 나오기까지 부족한 글에도 기꺼이 추천의 글을 써 주신 故 구인환 교수님 고마운 말씀을 드립니다.

또한 졸저拙著 '우리는 부부작가, 부부듀엣' 을 제5판 개정판으로 묶어 주신 도서출판 개미 최대순 대표님에게 고마운 인사를 드립니다.

그리고 늘 함께 하는 한국문화해외교류협회와 대전중구문인협회 회원님들과 주변의 여러분에게 감사의 인사를 드립니다.

이 세상에서 영원히 사라지지 않은 것은 오직 고결한 '사랑' 뿐이다. 40여년을 고락을 같이 해왔으며 앞으로 더욱 긴 세월을 싸우고 웃어야 부부. 우리의 '부부의 길' 을 사랑이란 보재기에 해와 달의 기운으로 은쟁반에 받쳐 올린다.

하나가 부족하여 외로워이 / 둘이서 둘이라네 /
손이 아파 밥 못 할 젠 / 이 손이 밥 지어 대신하고 /
발이 아파 밥 못 할 젠 / 이 몸이 업고서 걸어주고 /

사랑도 혼자사랑 못해 / 둘 사랑 맞사랑이라네 /

— 自詩「부부」중에서

대한민국 한밭벌 중원땅

보문산 아래 문인산방에서

나은 김우영 / 그루터기 김애경 쓰다

2023년 9월

마음 같아선 말이지…

어쩌다 그대를 만나
살아온 세월 30여 년

봄날 흐드러진 꽃에 감탄을 했고
여름날 뜨거운 태양에 눈 부셨으며

가을날 오색단풍에 오메— 눈물짓고
겨울날 하얀 눈싸움 하였드랬지

미운 정 고운 정 옴팍들어
이제는 그대 아니면 못살아

마음 같아선 말이지 …
아프지말고 오래오래 살다가

눈 감고 잠들듯
한 날, 한 시에
나란히 손잡고 소풍가듯 떠났으면

부부의 길

마음 같아선 말이지
마음 같아선 말이지

|차례|

김애경 작가편

제8장 **2019년 5월 21일. 가정의 달 부부의 날 부부에세이집 출간 Book-Concert 마치고 아프리카로 날아 가다**

가. 아프리카 탄자니아에서

제1장
길 위에서 만난 인연

부부의 길을 열어주었던 열차 위 만남

탱탱하게 약이 오른 고추바람이 옷 속을 헤집으며 불고 있었다.

1983년 12월 서울 동대문 '영 커피 숍(young coffee shop).' 국문학자 이숭녕 박사님과 연세대학교 마광수 교수님을 '한국 순례문학회 송년 문학의 밤' 행사장에 초대하였다. 시인 '윤동주'의 문학성과 시대성이 우리에게 던져주는 메시지는 과연 무엇일까? 하는 등의 주제토론과 회원들의 주옥같은 시 낭송을 하였다.

밤늦게까지 행사는 이어졌다. 그간 성공적인 행사를 위하여 한 달여 동안 준비를 하느라고 우리들은 얼마나 애를 썼는지 모르겠다. 피곤하기도 하였지만 행사 후의 허전함에 어디라도 훌쩍 떠나고 싶었다. 본디 여행을 좋아하기 때문인지 먼 낯선 곳으로 가서 술이라도 한 잔 마시고 푹 쉬고 싶은 생각이 간절하였다.

지하철을 타기 위하여 나의 발길은 승강장 쪽으로 시나브로 가고 있었다. 이때 집 방향이 마침 영등포 쪽이었던 회원 미스 김과 동행하게 되었다.

"어디 가세요?"

"예, 어디 훌쩍 여행을 다녀오려고요."

"아, 그러세요. 멋있는데요!"

      부부의 길

문득 여행은 혼자보다 옆에서 말벗이 한 사람 있는 것도 괜찮다 싶어 미스 김한테 말을 걸었다.

"우리 사고(!) 한 번 칠까요?"

"예……?"

"이곳 영등포역 플랫폼에 나가 어느 방면이든 제일 먼저 오는 남행열 차를 타고 어디든지 가는 것 입니다."

"……?"

"뭐, 나 나쁜 사람 아니에요. 납치는 안 할 터이니 갑시다. 그까이 꺼……"

"……. 예, 괜찮을 듯싶네요."

"맞아요. 하하하— 가히 떠나는 자의 가방을 둘러맨 뒷모습은 아름답 다고 하지 않았던가요!"

"호호호— 플랫폼에서 마지막 열차를 놓친 여인의 뒷모습을 바라보 는 것도 아름답구요! 표현이 멋있어요."

그날 밤 미스 김과 함께 탄 열차가 훗날 우리들을 운명의 타래 줄로 묶어놓을 줄이야! 이때의 시간은 아마 밤 열시 전 후였으리라. 여행의 진미는 약간의 술과 간식거리가 아니던가. 역 구내에서 술과 오징어 과 자를 조금 사고는 열차에 올랐다.

야간열차라서 그런지 사람들이 그리 많지는 않았다. 미스 김과 나는 열차의 중간쯤에 자리를 잡고 나란히 앉았다. 호남선 행 열차는 깜깜한 중원평야를 달리고 있었다.

어차피 애초부터 목적지가 정해진 것은 아니었다. 어디를 가다가 발 길이 머무는 곳에 내리거나 말거나 하는 식의 정처 없는 밤길 여행이었 으니 부담이 없었다.

두 사람은 술과 과자를 주고받으며 의자를 뒤로 젖혀 편안하게 앉았

다. 마치 사랑하는 한 쌍의 연인처럼 말이다. 낯선 곳으로 여행을 떠난
다는 호기심과 이성과 함께 라는 설렘이 주는 분위기 때문이었을까. 어
정쩡했던 마음 한켠을 슬금슬금 이야기꽃을 피우며 여행을 즐기고 있었
다.

열차여행을 통한 만남이 평생 함께 가는 부부여행이 되어버리고 …

　둘이는 사랑과 인생을 얘기했다. 문학이란 것이 무엇인지 시나브로
다가왔다가 더러 허무의 늪으로 빠져들기도 했다. 미지의 세계에 대한
동경과 가치관의 혼돈에 대해서도 고민했다. 앞으로 나아가야할 사회적
진로에 대하여도 얘기를 했다.
　우리는 피 끓는 스무 살 청춘이라고 다짐했다. 스무 살은 그냥 스무
살 이어서는 안 된다며 말했다. 감탄사가 붙는, 아! 스무 살 이어야 한
다. 희망과 절망의 간극이 존재하는 삶이어야 한다. 본질의 현상과 현실
의 이상이어야 한다. 스무 살의 언어는 현재형이 아닌 미래형이기에 매
력적이다. 스무 살은 애로라지 의문형! 감탄형! 이어야 한다는데 둘의

부부의 길

공통분모가 자연스럽게 형성이 되었다. 나는 말했다.

"문학文學에서 지적知的인 재미를 누리려고 하는 것은 삶의 참다운 수수께끼를 풀어가는 생명의 발견을 뜻하자는 것이지요. 이것이 곧 문학에서 가장 소중히 가꾸고 넓혀 나가야 할 소임 입니다. 문학이 또 하나의 기능인 상식의 세계 속에서 주변의 당면문제를 펼쳐놓고 깨우치게 하는 상식적 재미도 소홀히 할 수 없는 것이지요. 그러나 '문학의 비중으로 볼 때 상식적 재미를 추구하는 문학'은 '지적인 재미를 형성화하는 문학'에 견주어 높은 평점을 줄 수는 없지만 상식의 세계를 풍족하게 하고 인간사회를 따뜻하게 밝혀준다는 의미에서 마냥 무시 할 수 없지요."

미스 김도 질세라 말을 받아 넘긴다.

"그러나 지적인 것도 재미를 동시에 찾는 독자들도 휴식의 공간으로써 상식적인 재미를 누리고 싶은 인간의 본성도 있어요."

미스 김은 수필이 좋아 수필을 쓰게 되었다며 수필 강론을 제기한다.

"저는요, 수필이 원숙한 생활에서 우러나오는 고아한 생활의 표현이며 조화의 미를 잃지 않는 문학이기 때문에 이 장르에 매력을 느꼈어요. 마음의 여유에서 우러나는 솔직한 독백을 통하여 독특한 개성을 가지고 표현하는 산뜻한 글이어요. 어떠한 제재이든지 개성과 무드에 따라 써야하며 균형 속에서 파격하는 여유를 필요로 하기에 말예요."

"아, 맞아요. 수필은 그렇지요. 온아우미溫雅優美 하며 따뜻하고 아담한 아름다움 같은 그런 것이 수필문학의 백미白眉이지요."

"저는 중수필 류 인 에세이(Essay), 즉 비교적 이론적, 비평적인 소논문 보다는 연수필 미셀러니(Miscellany)라고 총칭되는 체험적이고 부드러운 정서적인 수필이 좋아요. 마치 마가렛 꽃의 하얀 꽃잎과 짙은 녹색의 잎사귀가 달린 청초하기 이를 데 없는 초여름의 꽃, 신록의 유월에 결혼하는 신부, 준 브라이브의 수필을 쓰고 싶어요."

　"미스 김은 수필에 대하여 아주 신뢰가 깊군요. 저도 산문을 좋아하기에 수필도 쓰지만 특히 소설로 성공하고 싶어요."

　미스 김은 손에 쥔 오징어를 찢어 내 입에 넣어준다. 그러면서 말을 받는다.

부부의 길

'헤밍웨이'의 '노인과 바다'를 읽으며
문학의 강으로

"왜 이랬잖아요. 이십 대에는 시를 쓰고, 삼십 대에는 소설을 쓰며, 사십 대에는 희곡을 쓰고, 오십 대에는 수필을 쓰라고 말이에요."

"저는 유명한 미국의 작가 '헤밍웨이'의 '노인과 바다'를 읽으며 '소설'이라는 깊고 넓은 강으로 빠져 들기 시작하였어요. 그 소설 마지막 대단원을 보면 이런 내용이 나와요. '길을 올라가서 판자 집에서는 노인이 다시 잠들어 있었다. 여전히 엎드린 채였다. 소년이 곁에 앉아서 그를 지켜보고 있었다. 노인은 사자의 꿈을 꾸고 있었다.' 역경을 딛고 살아가는 삶, 도전하고자 하는 삶의 에너지는 그 자체로 아름다웠어요. 노인과 바다에서 '사자의 꿈'이라는 단어는 모든 것이 혼란스러웠던 현실을 타개해 나가는 길을 열어 주었다고 볼 수 있어요. 진흙탕에서 도솔천을 꿈꾸듯 절대 절명의 순간에도 희망을 포기하지 않는 깨달음의 미학 이것이 '노인과 바다'가 주는 소설의 핵심 포인트에요."

나는 미스 김이 찢어준 오징어 다리를 안주 삼아 소주를 훌쩍 마셨다. 열차는 기적소리를 내며 깜깜한 터널 속을 통과하고 있었다.

"그래요. 그래서 그 후 소설을 쓰기 시작했나요?"

"소설은 현실 속에서 소재를 선택하여 그것을 이야기로 구성한 허구를 가상적으로 쓰는 것 이지요. 이야기 속의 3요소인 주제主題(theme)와 진행進行(ing)으로의 이어짐, 문체文體(style)이어요. 그리고 구성의 3요소

인물(행동의 주체)과 배경, 사건으로 이어가요. 구성 3단계 발달 요소인 등장인물 소개, 배경의 확정, 사건의 실마리를 이야기의 전개로서 풀어 가지요. 갈등의 분규를 일으키는 단계를 시작으로 위기의 절정을 유발하는 전환의 계기와 결말인 주인공의 운명이 분명하고 성패가 결정되는 해결이어요. 그리고 문체 3요소를 뺄 수 없어요. 서술과 묘사, 대화가 바로 핵심이지요. 그리고 소설의 시점視點은 몇 가지가 있어요. 1인 칭 주인공 시점이 있는데 자신의 일에 관해 이야기를 구성 하는 것이지요. 1인칭 관찰자 시점의 주인공과 가까운 사람의 이야기를 구성하는 점이 며, 두 번째는 작가 관찰자 시점의 3인 칭 관찰시점으로써 작가 또는 다른 사람이 엄격히 객관적으로 이야기하는 구성이고, 세 번째는 전지적 작가 시점이어요. 작가가 인물의 내외적인 면을 자세히 묘사하는 것이 어요. 나는 이 세 번 째 전지적 작가 시점의 소설을 쓰고 싶어요. '토지' 의 박경리님의 문체나 '장길산' 의 황석영님에 유장한 문장과 세계적인 작가인 모파상이나 체호프, 애드가 앨런 포우 등의 전개방식처럼 말이 에요."

"예, 그렇군요. 소설에 대한 완벽한 이론과 실체가 담긴 말씀이네요."

겨울밤 깜깜한 평야를 가로 지르는 호남선 야간 완행열차는 뚜— 하고 긴 목을 빼며 숨차게 달리고 있었다. 조금 전 까지도 소란스러웠던 차내가 늦은 밤 시간이라서 일까 승객들은 잠에 빠졌는지 조용하다. 종종 판매원이 침묵의 공간을 가르며 통로를 지나고 있었다.

"김밥이나 오징어 있어요. 카스테라와 시원한 사이다가 있어요."

"자, 맛있는 울릉도 호박엿이 있어요."

새벽이 가까워오자 스르르 졸음이 와서 잠깐 잠이 들었다. 얼마를 잤을까. 갈증이 나서 눈을 떴다. 옆의 미스 김도 지그시 눈을 감고 혼곤하게 잠에 빠져 있었다.

부부의 길

나은은 '노인과 바다'를 읽으며 깊고 넓은 문학의 강에 빠지기 시작했다

"으음음— 여기가 어디일까 ?"

그러자 옆의 미스 김도 살며시 눈을 뜨며 말한다.

"글쎄요, 아마 이리(익산)를 지나고 있을 것 같아요."

"아, 그럼 우리 조금만 가다가 내리지요. 속이 쓰리고 좀 지루하네 요."

"예, 그러지요."

그렇게 몇 정거장을 더 가다가 우린 정읍역에 내렸다. 아마 그때가 새 벽 3-4시쯤 되었을까. 역 광장에는 을씨년스런 찬바람이 불고 있었다. 건너편 상가에는 몇 개 점포만이 전등이 켜져 있고 가끔 찾아오는 새벽 손님을 받고 있었다. 열차에서 마른 오징어에 소주를 마셨으므로 속이 쓰렸다. 그래서 어디 가서 속을 데치는 국물이라도 먹었으면 하였다.

그러자 희붐한 골목에 하늘거리듯 불빛을 비추고 있는 식당이 보였 다. 둘이는 식당에 들어가 출출한 속을 달래기 위하여 차림 판을 보았다. 새벽에 먹을 만한 마땅한 음식이 없는 듯하였다. 그러다 골목이 끝나는 지점에 싸인펜으로 비뚤하게 눌러쓴 '떡국'이란 차림표가 쓰진 식당이 보였다.

"미스 김. 우리 떡국 한 그릇 먹읍시다."

"예, 좋을 대로 하세요."

"아주머니 여기 떡국 두 그릇 주세요."

"예, 곧 가고만이라우."

잠시 후 뽀얀 국물에 김이 모락모락 나는 떡국이 나왔다. 둘이는 배가 고픈 탓에 후루룩— 후루룩— 떡국을 먹기 시작하였다. 열차에서 빈속에 술을 마시고 밤새 달려왔던 탓일까. 속이 쓰리고 출출하던 터에 허겁지겁 그릇을 비웠다. 시장 끼를 때우고 나니 몸이 나른해졌다.

그렇다고 조금만 있으면 날이 샐 터인데 여관방에 가서 쉰다는 것도 그렇고 또 함께 활동하고 있는 문학회 여자 회원과 여관방이라니? 안될 일이었다. 그러나 현재 두 사람은 지난 밤 서울에서의 큰 행사를 마치고 대여섯 시간을 밤 열차를 타고 왔다. 거기에다 편안하게 잠도 못자고 빈속에 술까지 홀짝이고 왔으니 피곤이 겹쳤다. 잠시 어디에서 쉬어야 할 것 같았다. 하는 수 없이 주인아주머니를 찾았다.

"아주머니 우리는 서울에서 왔는데요. 잠시 어디에서 쉬었으면 하는데 어찌하면 좋을까요?"

그러자 아주머니는 너무도 수월하게 대답한다.

"손님 그러면 우리 식당 뒷방이 있어요. 거기서 잠시 눈 좀 붙이고 가세요."

"아, 그래요 마침 잘 되었네요. 갑시다! 미스 김."

"……? 그, 그럴까요."

부부의 길

햇볕에 그을리면 역사가 되고,
달빛에 그을리면 신화가 이루어지다

두 사람은 아주머니 뒤를 따라갔다. 그곳은 허름한 식당 뒷문의 별채
처럼 떨어져 있는 곳이었다.

"소오님, 쪼께만 눈을 붙이믄 아침인께요. 거기께로 쉬었다 가지라
우."

투박한 전라도 사투리의 아주머니가 사라졌다. 그곳은 가끔씩 식당을
찾는 새벽 손님들을 위하여 편의를 잠시 제공하는 쉼터 방 같은 곳 이었
다.

두 사람은 방으로 들어갔다. 성인남녀가 한방에 들어왔다는 야릇한 마음이 스치자 서로가 겸연쩍은 표정을 지었다.

"우리 좀 쉬었다 갑시다. 미스 김은 저쪽 윗목으로 눕고, 나는 이쪽 아래쪽으로 쉴게요."

"그— 그래요. 그렇지만 왠지 이상하네요?"

"뭘 그렇게 생각해요. 자 쉽시다."

각기 떨어져 누워 피곤해 겹친 잠을 청하였다. 그러나 막상 잠을 청하려니 쉽게 잠이 오질 않는다. 몸의 상태로는 금방 곯아떨어질 기세였으나 옆에 누가 있다고 생각하니 쉽게 잠이 오질 않았다. 팔베개를 하고 누워 천장을 쳐다보았다. 시골 방이라서 그런지 천장에는 지저분한 파리똥과 쥐 오줌에 얼룩진 벽지가 누리끼리하다. 벽면 한쪽으로 어느 유식한 나그네가 머물다 갔는지 멋대로 휘갈겨 쓴 낙서가 빛바랜 흔적으로 남아 있다.

"햇볕에 그을리면 역사가 되고, 달빛에 그을리면 신화가 이루어진다."

"당신이 오늘 머물다 간 이 자리는 먼저 산 나그네가 지나간 자리이며 또 훗날 누군가가 당신의 자리에서 머물다 갈 것이다."
— 나그네 백

가만히 저쪽의 미스 김을 살펴보았다. 그쪽도 쉽게 잠이 안 오는가 보았다. 아담한 키에 여린 가슴을 조이며 잠을 뒤척이고 있었다. 참으로 이상한 일이었다. 식당에 있을 때는 금방이라도 잠이 올 것 같더니만 막상 호젓한 방에 들어서니 쉽사리 잠이 오질 않으니 말이다.

돌이켜보면 문학회 활동을 하면서 처신을 여간 조심하지 않으면 안

부부의 길

될 입장이었다. 내가 회장으로 있는 이 문학회 모임은 약 오십 여명의 회원이 있다. 이 가운데 여성회원이 삼십 여명이 넘었다. 남자 회장인 나로서는 각종 모임이나 행사시 여성회원들을 골고루 대해야 했다. 모임 후 같은 방향으로 여성회원과 함께 걸어가면 다음날 회장과 어느 여성회원과는 이상한 사이라더라, 사귄다더라 하는 종류의 얘기가 나와 원만한 모임을 이끌 수가 없었다. 그 당시 나는 문학에 청춘을 불사를 만큼 열정적으로 문학회를 운영하고 있었다. 이상과 목표를 이 문학회 운영과 미래에 걸었다고 해도 과언이 아니었다.

미스 김은 문학회의 평범한 회원으로써 문학공부를 열심히 하고 있었다. 특히 미스 김은 전북 고창이 고향이었는데 미당 서정주 시인의 집 부근이었다. 그러다 보니 어려서부터 미당이란 큰 시인의 문학적 영향을 받고 자랐단다. 문화예술의 고향이라는 예향 고창에서 청순한 여고 시절을 마치고 서울로 갓 올라온 과수원집 막내 딸 이었다. 위로 오빠가 넷이나 있어 귀엽게 사랑만 받아오면서 자란 탓에 막내의 어린 티가 벗어나질 않았다.

미스 김과 나는 그저 평범한 문학회 회원으로 모임에서만 대화하고 만나곤 하였다. 젊은 남녀가 느낄 수 있는 어떤 연정이나 관심을 가질만한 관념 설정이 안 된 사이였다.

회원인 미스 김과 나란히 어느 날 야간열차를 타고 낯선 땅 뒷방에 함께 누워 잠을 청하다니……? 이렇듯 남녀 사이란 참으로 소설 같은 만남이 되어가나 보다 싶었다.

이런 저런 생각을 하면서 방 천장을 물끄러미 바라보고 있던 나는 스스로 깜짝 놀라고 있었다. 나의 손이 어느새 저 쪽 윗목에서 누워있는 미스 김한테 손길이 가고 있지 않은가? 따라서 몸도 그 쪽으로 기울고 있지 않은가 말이다.

미스 김에게 가까이 다가간 나의 떨리는 손은 누가 시킨 듯이 미스 김의 손목을 살며시 잡았다. 미스 김은 완강하게 손을 뺀다. 다시 다가선 큼직한 손으로 미스 김의 작은 손을 낚아챘다.

서양의 철학자 '피치글리리라'가 말한 '여자의 행복은 바로 유혹자를 만나는 것이다.'라는 말이 문득 생각이 났다.

차츰 숨이 가빠진다. 미스 김의 손을 잡은 나는 차츰 미스 김의 체취 속으로 숨 막힐 듯 빨려 들어갔다. 두 사람은 호흡이 빨라진다. 어느새 바짝 다가선 나의 몸이 미스 김과 더욱 밀착되고 있었다. 조금 전까지만 해도 침묵만이 흐르던 작은 방안이 갑자기 거친 호흡의 소용돌이로 돌변하였다. 비바람에 폭풍우가 몰아치는가 하면, 백조가 호숫가를 거닐 듯 수면위로 사뿐사뿐 노닐고 있고, 하늘과 산이 하나로 호흡을 한다. 두 개의 세포가 겹겹이 하나로 합치되어 남녀의 사랑에 문이 열리고 있었다.

태초에 발원지에서 시작한 물이 계곡을 따라 흐르다가 시냇물과 만난다. 다시 넓은 강에서 만나는가 싶으면, 더 나아가 광활한 바다에서 두 줄기 인연이 합수合水를 이룬다. 포말이 일고 거친 밤바람이 부대끼며 흐느끼듯 사랑의 바다는 위대한 사랑으로 승천하였다. 동양의 어머니라고 불리는 중국의 임어당은 이렇게 말했다.

"인간의 행복은 대개가 동물적인 행복에서 출발한다."

남녀의 행복은 서로가 자기를 간직하고 완전히 조화하는 정情의 경지이며 어두운 힘에 접하는 것이다. 남성은 하복부 신경중추에서 상부의 중추에 옮겨가서 이번에는 남성이 아닌 여성과의 결합을 찾게 되고 그리하여 새로운 가정건설과 사회활동이 시작되는 것이다.

이 말이 맞는다는 생각이 들었다. 인간의 행복은 모두가 관능적인 행복의 바탕인 것 같았다. 미스 김의 경우가 그렇다. 둘이 아닌 하나의 동

나은의 동그란 손가락 유혹에 넘어간 미스 김

체로 각인이 되면서 그가 좋아졌으니까. 상대적으로 미스 김도 그랬다. 그 날 호남선 정읍역 앞 '떡국사건' 이후 내게 기우는 속도가 보통이 아니게 기울어 왔다.

이제는 미스 김과는 문학회 회원 간의 거리가 있는 남남이 아닌 하나가 되었다. 생각이 다를 수는 있어도 사유思惟의 바다는 공유될 수밖에 없고, 이제는 몸도 둘이 아닌 하나가 되어 있었다.

이제 우리는 둘의 만남이 환희 일 수 도 있고 번민이 될 수도 있었다. 환희와 번민의 강을 건너며 사랑의 강을 이룬 우리였다. 이제 둘이는 어느 모임의 회원 간의 팽팽한 유격의 굴레를 벗어 던지고 남들처럼 서울 거리를 팔짱을 끼고 돌아다니는 능청스런 '연인' 이 되어 가고 있었다.

부친사망급하향요망父親死亡急下鄕要望

숲이 흔들리고

지축이 통곡하던 날 / 고결이 좋아 함께 하던 산마저

되돌아 누워 가슴적시고 / 늘 근심 밑돌아/ 긴 밤 지새우며

권련 손에 쥐으시고 / 들녘 오락가락 하시며 / 애달파 하시더니

이게 어인 일이십니까/엊저녁 꿈 / 심한 폭풍우에 시달린 박꽃

울타리 밑으로 / 조용히 떨어지더니 / 박 같이 순하시고

온유하시던 당신 / 유혹을 떨치지 못하여

끝내 가셨으니 / 편안 하시옵소서

— 自詩「靈前에 슬픔일 레」중에서

1984년 6월 30일. 부친사망급하향요망父親死亡急下鄕要望

시골의 아버님이 갑자기 작고하셨다. 막내 여동생 '영이'가 쓰러지신 아버님을 병원으로 모시기 위하여 동네 고갯마루를 힘겹게 리어카를 끌고 가다가 그만 노상에서 가엾게 운명을 하셨단다.

미스 김과 연인이 되어 서울 도봉구 월계동 일명 '세모진 방'에서 생활 할 무렵이었다.

나는 미스 김과 의논하여 급히 시골집에 당도 하였다. 시골집에서는

장례준비로 일가친척들과 마을 사람들의 발걸음으로 부산하였다. 교통
사고를 당하시어 한 쪽 다리를 절름거리며 힘겹게 사시었던 아버님이
기어이 작고하신 것이었다.

비통함이 눈앞을 가려 몸을 가눌 수 가 없었다. 한학漢學을 하시었고
삼 대 독자로 자라 성품이 유순하기만 했던 아버님. 가정과 농사일을 오
직 어머니한테 의존하시어 유약하게 살아가시던 아버님이셨다. 착하시
기만 하시었던 아버님은 오히려 남들로부터 따돌림과 이용당하기가 일
쑤이고 업신여김을 당하고만 사셨던 분이다.

우리 마을은 100여 호의 가구가 사는 '어리於里'라는 조용한 시골 마
을이다. 이 마을에 우리 본성인 나주김씨羅州金氏는 불과 4호 뿐이었다.
나머지는 그들의 집성촌 이었다. 농사나 집안의 애경사가 씨족단위로
움직이는 마을에서 타성 씨의 존재란 대단히 미미하였다. 오히려 따돌
림 당하기 일쑤였던 것이다. 마을 대소사는 마을 구장이 꾸려나가는데
구장을 뽑을 때는 당연히 집성촌 성씨의 몫 이었다.

그러니 늘 매사에 소외를 당해온 것이다. 농사철 모내기 할 때 마을 부
녀자와 남자들로 농사 두레패를 만들어 '줄모심기'를 한다. 집성촌인 그
들이 먼저 좋은 날을 잡아 모내기를 하고 난 후에 여유가 생기면 나중에
끄트머리에서 마지못해 해주는 것이었다. 가을 추수도 마찬가지이다.

또 군이나 면에서 무료배급이나 지붕개량, 화장실 개축비 등이 나오
면 당연히 집성촌 성씨가 먼저 차지한다. 나중에 여벌로 남거나 처치가
곤란 할 때 남겨 주었다. 그나마 타 성씨 4호중에서도 집성촌 성씨를 평
소에 잘 따르고 말을 잘 듣는 가구로 우선순위를 정하여 주곤 했다. 그
러니 싫든 좋든 그들의 말은 법이고 행동은 실천이었다. 면사무소에서
도 소수의 의견은 들을 것도 없었다. 그들에게 의견을 먼저 물어보고 배
정하였다.

예전에는 웅성웅성 여러 사람이 살았던 나은의 고향마을

　이런 환경 속에서 삼대 째 독신으로 살아오신 아버님은 그 여한이 너
무나 깊었다. 아버님은 아침마다 마분지에 잎담배를 곰실곰실 물어 피
우시고는 끙끙대시며 어머님과 말씀을 하시곤 했다.

　"에이—즈이 놈덜끼리만 물 말어 먹고 말이여. 이번이 민사무소서 나
온 지붕개량비를 우리가 탈라고 혔는디. 재 너머 평식이 헌티 갔디여.
에이 워디로 이사를 가뿌리든지 혀야지. 이 놈에 성씨 푸내기들 때문이
못살겄어잉—"

　"하이구 즈이 아버지 워티게 헌대유. 그려도 저 사람들 비유 맞추양게
요. 행여라도 넘들 듣는디 불평불만 야기 허지 말어유. 니알 모리 밀가
루 나온다는디 그것이라도 타야 애들허구 올 여름 나지유."

　"에이엣— 이놈에 타성 받이 신세를 워티게 허여 헌디야—"

　가진 땅은 없고 먹고 살기는 바쁘고 게다가 자식은 올망졸망 칠남매
가 있었다. 어머니는 안 되었든지 광주리 행상에 나섰다. 이른바 '사과

　　　　　　　　　　　　　　부부의 길

장사'였다. 인근 영멀(옥북리)에 이북에서 피난 온 분이 운영하는 과수원이 있었다. 이곳에서 사과를 아침에 받아 광주리를 머리에 이고 다니면서 이 마을 저 마을로 사과를 팔러 다니었다. 저녁 때 팔다가 상한 사과가 남으면 그걸로 보리쌀이나 옥수수 등을 바꿔 집으로 와서 7매에게 골고루 나누어 먹였다.

어느 날은 상한 사과가 유독 많은 날이 있었다. 그런 날은 밀가루와 고구마로 전부 바꾸어 과수원집의 사과 값을 못 갚았다. 그러니 자연히 다음날 팔 사과를 못 받게 되고 장사를 못하는 날도 있었다. 사과장사가 그럭저럭 되자 두 분이 리어카를 끌고 앞서거니 뒤서거니 시장으로 마을로 다니며 그 날 그 날 가족의 생계를 꾸려 나갔다. 이제 우리 집은 '사과장사 집'으로 명명되었다.

광주리를 머리에 이고 다니며 사과장사에 익숙 하자 어머니는 아예 시장 난전 한 곳을 차지하고 앉으셨다. 본격적으로 과일 장사를 하였다. 시장터는 싸전, 옹기전, 어울전, 채소전, 어물전, 우시장 등으로 나뉘었다. 이 가운데 길목이 좋은 곳을 새벽에 미리 나가 장소를 잡고 과일을 몇 개놓고 팔면 난전이 형성이 되었다. 한번 정해진 난전의 주인은 그 사람의 터로 알고 다른 사람이 범접을 못했다.

장날은 서천 장, 장항 장, 질매 장, 한산 장, 판교 장 등을 5일마다 돌며 시장에 나가고 더러는 무신 날이라 해서 쉬는 날도 있었다. 그러나 자식은 많고 먹고 살기 힘들어 어머니는 하루도 쉴 수 없다 하여 무신 날(장이 없이 쉬는 날)에도 인근 마을과 마을로 아버지는 리어카를 끄시고 어머니는 광주리를 이고 사과를 팔러 다녔다.

"사과 사유 사과유—."

"달고 맛있는 사과— 사유— 사과—."

학교가 끝나고 집으로 가기 위하여 친구들과 시장을 지나갔다. 시장의 난전에 앉아있는 어머니가 보였다. 깡마른 얼굴에 햇볕에 검게 그을린 어머니가 창피하여 일부러 시장 골목을 돌아서 가곤 했다.

"애들아, 저쪽 싸전 쪽에 써커스가 들어 왔디여. 우리 거기 구경 가자. 그렇게 저쪽으로 돌아가야혀."

"야. 그루 가믄 돌잖여. 그렇게 이쪽으로 가야는디……?"

또 어떤 날은 허기진 배를 채우고자 국밥 한 그릇을 먹기 위해 어머니가 계신 난전에 살며시 다가가 등허리를 꾹 찔렀다.

"어머이, 나 배고파유."

"이잉 우리 아들 왔구나. 이로와잉 국말이 한 그릇 먹으야지."

어머니는 털보 아저씨가 운영하는 천막 국말이 집으로 손을 잡고 가서 털보아저씨 한테 말한다.

"우리 아들 왔웅게. 국말이 좀 꼭 꼭 눌러 말어줘유. 아저씨."

"예, 사과장수 아줌니 꼭 꼭 발로 밟아 말아줄께유—."

"고마워유. 이따가 사과 많이 줄께유."

파장이 되면 어머니는 팔다가 남은 파과罷課(상한 과일)를 치마폭에 한 웅큼 담아 국말이 집과 어물전으로 가서 물물교환을 하는 것이다. 어물전의 생선도 하루 종일 햇볕에 그을린 터라서 상하기는 마찬가지이다. 그러나 어물전 아주머니도 생선과 과일을 바꾸어 가야 상한 곳은 칼로 파내어 아이들에게 과일을 먹일 수 있는 것이다.

시장에서 밤늦게 돌아오신 어머니가 한물이 간 생선에 양념과 무를 넣고 무쇠 솥에 푹 끓인 생선은 늘 구미를 당겼다. 한참 먹거리로 배가 고파 잠을 못 자던 우리 형제는 어머니가 만들어주신 생선국에 옹기종기 모여 앉아 후루룩 후루룩 잘도 먹어댔다.

가을 운동회 때이면 아버님은 달력에다가 빨간 색연필로 운동회 일자를 표시하였다. 인근 학교 앞에 새벽 일찍 나가 자리를 잡아야 했다. 좋

어머니는 22여 년간 시장 난전에서 사과장사하시며 7남매를 키우셨다

은 길목은 학교 교문 입구 양쪽이다. 이곳에다 미리 새벽에 전塵을 보아야 그날 장사가 잘 된다.

이렇게 시작된 어머니의 사과장사는 이십 여 년 지속되었다. 칠남매다 가르치고 성장시켜 시집 장가보냈다. 아녀자의 몸으로 사과장사 다니며 겪었던 일은 참으로 눈물겹고 가슴 저린 일들이 많았다.

상중예식

　아버님 생전에 미스 김과 함께 시골집 부모님께 인사를 드리려고 내려갔다. 미스 김은 아버님께 선물할 양말과 조끼를 뜨개질하여 드렸다. 그러자 아버님은 아이처럼 웃으시며 좋아하셨다. 그 선물을 받으시고 이웃 사람들에게 늘 자랑을 하시었다. 그리고 이렇게 말씀을 하셨다.

　"허이구 새 애기야. 워티게허믄 이렇게 솜씨도 좋게 떴디야? 참말로 고맙다 새 애기가 이뻐 죽겄네이."

　"예 아버님 솜씨가 부족하여 마음에 들지 모르겠어요. 잘 신으시고 건강하세요."

　"이— 그려그려— 새 아가 고맙다."

　그런 정성어린 선물을 받으신지 불과 일 년여 만에 안타깝게도 작고 하신 것이다. 장지葬地로 떠나기 전에는 망인이 생전에 입고 있던 옷은 태우는 것이 상례였다. 미스 김이 부모님께 첫 인사하러 갈 때 손수 뜬 양말과 조끼도 함께 태웠다. 이를 보고 눈물을 지으며 미스 김은 중얼거렸다.

　"몇 달을 손이 부르틀 정도로 정성스럽게 뜬 것인데 얼마 신지도 못하고 돌아가셨어요."

　"글쎄 말이야. 자기가 정성껏 뜬 양말과 조끼가 타는군. 아버님이 저 빨갛게 타오르는 불꽃을 타고 아마도 자기의 고마움을 아시며 좋은 세상으로 훨훨 날아 가실거야.”

오……. 인생은 생자필멸 회자정리生者必滅 會者定離라고 했던가. (생명이 붙어 있는 것은 반드시 멸하고, 만나면 헤어지고 헤어지면 또 만난다)

아버님을 여의면서 서상기西廂記의 성탄聖嘆에서 중국 초나라 왕실보의 희곡 중 한 대사가 생각이 났다.

“내가 언제 태어나라고 청했기에 무단히 나를 이 세상에 태어나게 했으며, 이왕에 태어나게 했으면 길이 머물게 두게나. 왜 또 잠시만 머무르게 하고 그렇게 빨리 가도록 하며 또 오래 머무르지도 못하게 하면서 그 동안에 눈에 보이고 귀에 들리는 것들은 또 이렇게 다감多感했느냐?”

가히 현실의 비탄함을 두고 하는 말이 아닌가 생각을 했다. 장례준비를 하면서 일가친척들은 말했다.

“야, 느희들 결혼 헐거니?”

“예, 합니다.”

머쓱한 표정으로 서 있는 우리들을 보고 친척들은 말했다.

“그러면 느희 아버님 상여가 나가기 전에 이곳 마당에다가 초례청 차려놓고 상중예식을 올려야 혀.”

졸지에 아버님을 잃고 비통해 있는 어머님의 동의를 얻어 우리는 상중예식을 올렸다. 드디어 미스 김, 미스터 김이 아닌 ‘부부’로 탄생하는 순간이었다. 이날 밤 사랑방 한쪽 구석에 쭈그리고 앉아 아픈 가슴을 달래며 시를 썼다.

　　슬픔도 기쁨도
　　어느 것 하나 / 메인 가슴 달래지 못하는 날
　　찬물 가득담은 / 항아리 위로
　　芙蓉香이 / 스멀스멀 피워 오른다

亡人이 된 靈前에 큰 절 올려 / 한 백년 복되게 사시옵소서
육신을 찢어 낸 듯 울고픈
현실이여!
걸맞지 않은 퀘퀘한 옷으로 신랑 정장하고
소복 입은 신부 / 좁은 어깨 울먹이며 / 맞절을 한다
사철나무 대나무 걸린 / 청실홍실은 곧고 바르게 잘 살라
가늘게 떨린다 / 遮日에 씌운
눈시울로 슬픔이 벗기인 나신이시여
— 自詩「喪中禮式」중에서

졸지에 아버님의 부음과 함께 미스 김과 상중예식을 치러 낸 기분은
참으로 착잡하였다. 슬픔 속에 갑자기 치룬 상중 예식이었다. 어떻게 아
버님의 장례를 그 경황 중에 모시었는지 모르게 시간이 지났다.

미스 김의 집 전북 고창의 어른들께 정중한 동의도 구하지 않은 채 치

상중예식을 한 신혼이지만 우린 행복해야지…

부부의 길

뒷줄 숙이, 서울 큰누나, 수서 작은누나와 부부가 함께

룬 상중예식이라서 기분이 언짢았다. 물론 당시 상중에는 대표로 큰 처
남 될 분이 다녀가셨다. 과수원집 막내딸로 귀엽게 성장한 미스 김이 어
느 날 어떤 남자를 만나 해괴한 '상중예식'이란 절차를 통하여 딸을 빼
앗겼다 생각하니 처가 부모님의 심정은 어떠하였겠는가. 참으로 송구스
럽기 그지없는 노릇이었다.

　나는 고창으로 가서 미스 김의 부모님을 뵙고 인사드리기로 하고 용
기를 갖고 전북 고창으로 갔다. 충청도 촌사람인 나는 큰 용기를 내고
갔다.

미스 김의 고향 전북 고창으로

이 무렵에 나는 용기를 내었다. 어찌되었거나 남의 집 귀한 막내딸을 졸지에 데려와 고생시키고 사는 마당인지라 처가에 인사를 가야했다. 첫 번째 갈 때는 봄비가 사락사락 내리는 날 이었다. 가문 대지 위에 봄비가 촉촉하게 적시어 보는 이의 마음을 넉넉하게 해주고 있었다.

생전 처음 가보는 전라북도 고창 땅이다. 한국문학사의 거장 시인 서정주님의 고향이고, 소리꾼 단재 신채호의 생가가 있으며, 고창읍성이라는 고색창연한 성터가 있는 예향藝鄕이며 문향文鄕인 고창 땅에 처음 발을 딛는 순간이었다.

처가가 있는 성송면이라는 곳에 그냥 가기 마음이 약하여 읍내 중국집에서 짬뽕 국물에 소주를 몇 잔을 들이켰다. 반길 리 없는 낯선 '충청도 총각'의 방문이기 때문에 남 다른 용기가 필요했다.

주룩주룩 오는 비를 맞으며 버스를 타고 처가가 될 고창군 성송면 계당리 120번지 과수원집에 도착하였다. 과수원집이라서 그런지 창고 앞에는 경운기와 농기구, 농약병 등이 어지럽게 즐비한 너른 집 이었다. 용기를 내어 안방으로 들어가서 장인과 장모님이 되실 분을 향하여 큰절을 올렸다.

"충청도 서천에서 왔습니다. 어르신들께 인사드리니 절 받으셔요."

그러나 장인어른이 될 분은 엉거주춤하게 절을 받으셨는데 장모님 되

전북 고창에 소재한 사적145호 모양읍성.
미스 김은 이 성 안에 있는 고창여고를 졸업한 꿈 많은 소녀였다

실 분은 획 돌아앉으시면서 퉁명스럽게 말을 뱉으신다.

"나는 긍께 인사 안받응께 저리 가소이—."

"장모님 그래도 절을 받으……셔야지유—."

"나는 총각 같은 사위 둔적 없응께 필요업으이……."

"……."

퉁명스럽기만 한 장모님과 말이 없으신 장인어른께 절을 올린 어색한 긴장을 알아차렸는지 막내처남이 될 분이 나를 밖으로 안내한다.

"하여튼간이 자네 이로 좀 나오소이……."

그렇게 어색하게 처가에서 인사를 치른 나는 미스 김을 데리고 다시 서천으로 향 하였다. 돌아오는 차안에서 미스 김은 말했다.

"이렇다 할 직업도 없이 장발에 청바지를 썰렁하게 입고 처음 인사 온 총각을 누가 처음부터 반기겠어요? 엄마가 서운하게 하셨더라도 이해 하세요."

"그래도 그렇지 사위는 백년지객이라는데 이렇게 홀대를 하다니……?"

"미안해요."

"그으래 맞아. 부모님 동의 없이 우리 마음대로 선택한 일이기에 인내로 견디며 행복하게 잘 살아야지."

"그래요 노력해요 우리."

성송면에서 고창 읍내를 나와 다시 시외버스를 타고 부안과 김제를 경유하여 군산에 당도했다. 다시 군산 도선장에서 배를 타며 미스 김에게 자랑이라도 하듯이 금강을 보며 말했다.

"이곳이 금강이야. 알지 금강."

"예, 글쎄요. 금강……?"

"아니 왜 있잖아. 일재 시대 일인들의 수탈과 압제를 소설형식으로 고발한 작가 채만식의 소설 '탁류'가 쓰여진 원류原流가 바로 이 금강이야."

미스 김은 배안에서 밖의 강물을 바라보며 말한다.

"그런데 왜 이렇게 물이 탁해요. 맑을 줄 알았는데……?"

"으음, 요즈음 비가 와서 그런 것 같아. 다른 날은 강물이 맑은데 말이야."

나는 미스 김의 손을 꼬옥 잡으며 말했다.

"저 도도히 흐르는 강물을 보니까 영국의 낭만파 시인 'P.B 셸리' 시 '사랑의 철학'이 생각나는군."

"아, 영국 낭만파 시인으로써 옥스포드 대학 재학 중에 '무신론의 필요성'이란 글을 써서 퇴학을 당한 시인이죠?"

"그래요 맞아. 셸리의 그 유명한 시 한 수 읊어볼까."

"해봐요."

소설가 채만식의 '탁류' 소재가 된 금강은 장항과 군산을 잇는 다리목 역할을 한다

'시냇물은 강물과 합치고 강물은 바다와 하늘의 바람은 영원히 감미
로운 정서와 합친다. 세상에 어느 것도 외톨이는 없다. 만물이 신성한
법칙에 따라 다른 것도 합치는데 어찌 당신과 나와 합치지 못하리. 산들
이 높은 하늘에 키스하고 파도들이 서로 껴안는 것을 보라. 어떤 누이꽃
도 용서받지 못하리. 만일 오빠꽃을 멸시한다면 햇살이 대지를 껴안고
달빛은 바다에 키스하네. 무슨 소용이 있으랴. 이 모든 키스가 당신이
나에게 키스 해주지 않는다면.'

만학晩學

    고향 서천에서 아버님 장례를 치루고 서울로 올라왔다. 초췌한 몰골로 어버이를 잃은 비통한 마음에 잠겼다. 서울에서의 생활을 정리하고 시골로 낙향하여 홀어머니가 된 어머님을 모시기로 가족 간에 합의를 보았다. 고향에서 서울에 올라와 월계동의 '세모진 이층 방'을 정리하려니 눈물이 나왔다. 미스 김과 인연이 되어 새콤달콤한 신혼의 추억이 깃든 방.

    나는 뒤늦은 공부를 위하여 다시금 책가방을 들고 학교를 다녔다. 미스 김은 우리의 세모진 신혼방의 생활을 위하여 인근 장위동에 있는 공장에 다녔다. 공장 여직공의 몸으로 몇 푼 안 되는 월급에 낮 근무와 야간근무를 교대로 돌아가며 고생스러운 시절을 보냈다. 더러는 둘이서 월계동에서 장위동까지 가는 둑길을 걷기도 했다. 밤늦게 야근하는 미스 김을 마중 나가려 걸었던 둑길의 포장마차에 앉아 별을 세곤 했었지.

    "이 별은 나의 별, 저 별은 자기의 별."

    "흥— 왜 내 별은 자기 별 보다 작아?"

    "그으래 그럼 저 별을 가져가."

    "흥 얌체 같으니라고……."

    인근 월계동에 사는 큰 누나는 작은 항아리에 김치를 가득 담아주었다. 김치를 가지러 밤길과 아침 이른 시간에 이 둑길을 수시로 걷기도

1996년 8월 내몽고 초원 위 겔(Ger)에서 바라본 밤하늘의 초롱한 별

했다. 또 석관동에 사는 바로 아래 누이동생인 '숙이'는 소족牛足을 보자기에 싸가지고 와서 고와먹으라며 건넸다. 옆에서 단둘이 누우면 발끝이 문턱에 닿을 듯한 세모진 작은 방에 사는 내가 안쓰러웠던 모양이었다 뭐든 먹거리를 들고 와서 둑길을 거닐 때면 형제애와 안쓰러움이 교차했다.

　미스 김이 주야로 공장 근무를 하였는데 월급이 밀려 나오질 않았다. 쌀이 떨어져 밥을 굶었다. 혈기방장한 젊은 기분으로 공장 사장님한테 전화를 했다.

　"여보세요. 사장님 바꾸세요."

　"예, 사장입니다. 말씀 하세요."

　"당신 젊은 여직공이라고 깐보는 거요. 왜 봉급을 안 주는 거요?"

　"그게 아니고 며칠 늦는……건데요오."

　"당신 때문에 쌀이 떨어져 우리 두 식구가 굶는데, 당신 집도 쌀 떨어

서울에서 뒤늦게 공부한다고 아내 구루터기를 고생 많이 시켰다

져 굶고 있소?"

"아니 …… 그으건……."

한바탕 전화로 야단을 친 다음날이었다. 미스 김은 꼬깃한 노란 월급 봉투 속에서 돈을 꺼내어 시장에서 통닭을 한 마리 튀겨 왔다.

"자기 요즈음 못 먹어 얼굴이 상하여 한 마리 사왔어요. 들어요."

"내가 미안해. 가난한 시인을 만나 제대로 먹지도 못하고 공장에 다니느라 고생만 하고……."

미스 김이 야간작업을 하는 날에는 세모진 방 귀퉁이에 늘 밥상을 차려놓고 공장에 출근을 했다. 그리고는 밥상보 위에 이런 메모를 꼭 써놓았다.

"찬饌은 걸인의 찬이지만 밥은 황제의 밥."

그러면 나는 빙그레 웃으며 밥상보를 젖히고 달게 밥을 먹었다. 반찬은 그야말로 멸치와 고추장, 마늘뿐이고 밥은 보리와 콩, 쌀을 조금 섞은 그런 잡곡밥이었다. 현진건의 '빈처'를 보는 듯 했다. 백면서생白面書

부부의 길

生인 남편과의 끼니를 위해 전당포에 잡힐 하나 남은 모본단 저고리를 뒤적이며 찾던 가난한 아내를 말이다.

뒤늦은 나이에 나는 공부하러 다닌답시고 책가방을 들고 다녔고, 아내는 생활을 위해 인근 직장에 다녔다. 여느 가정의 부부의 역할과는 달리 우린 역할이 바뀐 상태였다. 학비와 먹고 사는 두 가지 모두가 절박한 처지였다. 나이도 어리고 세상물정에 어두운 아내는 힘든 직장생활을 용케도 잘 해내고 있었다.

아내한테는 늘 미안했다. 기왕 시작한 공부라 당분간은 서로 어려움을 감수하자면서 지냈다.

그러나 그런대로 신혼 생활은 아작아작 과자를 먹듯 꾸려졌다.

포장마차의 추억

하루는 학교에서 종강파티를 했다. 신촌 연희동 버스 정류장 근처 학사주점에서 과우科友들과 막걸리에 잔뜩 취해 늦게 서야 집에 왔다. 평소대로라면 직장에 다녀온 아내가 책가방을 받아주고 반겨줘야 할 텐데 우리의 세모진 방은 비어 있었다.

'아내가 없는 방은 크게만 보인다'고 어느 시인이 말했듯이, 작은 방이 더욱 작아 보였다. 마음은 한없이 공허했다. 가만히 생각해 보니 가끔씩 하는 야근이 분명했다.

책가방을 방구석에 팽개쳐 놓았다. 장석시장 쪽에 있는 아내의 직장을 향해 월계천月溪川을 따라 걸었다. 이날따라 검푸른 밤하늘에는 수많은 별들이 반짝였다. 하루살이 떼가 엉겨 붙는 희붐한 가로등 불빛아래 개천의 물줄기는 솨~솨~ 흐르고 있었다. 붉은 야등을 켠 인근의 집들은 미닫이문을 꼭꼭 여미고 겨울밤을 익혀가고 있었다.

연희동에서 잔뜩 먹은 막걸리는 취기어린 감성에 젖게 했다. 월계천 주변의 겨울밤 정경은 문학청년인 나로 하여금 기어이 개천 둑 방 언저리에 앉게 하였다. 쌀쌀한 한기로 옷깃을 여몄다. 날씨마저 금세 하얀 눈발로 변하더니 스르륵 스르륵 눈송이가 내려앉았다.

갑자기 허전한 마음이 들었다. 불현듯 술을 더 먹어야겠다는 생각이 미치자 월계교 다리를 건너갔다. 아내의 직장 수위실 근처의 포장마차

부부의 길

에 들어갔다. 언제부터 와있었는지 몰라도 연인으로 보이는 한 쌍이 있었다. 오뎅 꼬치를 안주 삼아 소주 한 병을 시켜놓고 어깨를 맞대어 사랑을 나누고 있었다. 하얀 눈꽃은 펄럭이는 포장마차의 열린 틈으로 칸델라 불빛에 꽃잎처럼 나풀나풀 떨어져 내렸다. 포장마차에 앉아 닭똥집과 소주 한 병을 시켰다. 홀짝홀짝 잔을 비우며 아내 직장의 수위실문 쪽을 힐끗힐끗 바라보았다. 연분홍 꽃을 피우는 연인들을 옆 눈으로 곁눈질하며 소주 반병을 비웠을까, 등 뒤에서 아내의 음성이 들렸다.

"어머, 언제 왔어요?"

"음. 조금 전에…… 피곤하지. 이리와 앉아."

옆 자리의 연인들을 의식했는지 아내는 머쓱한 얼굴이다. 치마 깃을 가지런히 접으며 옆에 앉는다. 어깨 밑으로 바싹 다가와 앉던 아내는 코를 막으며 묻는다.

"어흠, 술 냄새 어디서 1차로 술을 먹고 왔어요?"

"음. 오늘 종강파티인가, 조강파티인가를 하면서……."

아내는 뾰로통한 모습으로 말을 받는다.

"세월 참, 좋군요. 자기는."

'아차! 내가 말을 잘못했구나. 아내는 이렇듯 밤늦도록 고생하는데…….'

나는 아차 하는 마음으로 아내를 살그머니 안아주면서 소주 한 잔을 권했다. 아내는 피곤하다며 고개를 돌렸지만, 자꾸만 권하는 나의 권주에 얼굴을 찡그리며 잔을 받는다.

포장마차의 긴 의자에 걸터앉아 소주잔을 홀짝홀짝 기울이며 눈 오는 겨울밤의 감상에 젖는다. 눈매는 자꾸만 가무스름해진다. 아내는 그만 일어나자며 팔을 꼬집는다. 대답을 하면서 일어섰으나 다리가 휘청거렸다. 우리는 소복하니 내리는 눈발을 맞으며 월계천 다리를 건넜다.

우리는 서울 월계천 주변에 있는 포장마차를 다니며 낭만을 구가했다

"여기가 미라보 다리는 아니지만 오늘밤은 왠지 그런 착각이 생기는 군요. '아폴리네르'의 시 '미라보다리' 한 편 읽어볼까……."

미라보 다리 아래 세느강은 흐르고 / 우리들 사랑도 흘러내린다
내 마음속 깊이 기억하리 / 기쁨은 언제나 고통 뒤에 오는 것을
밤이여 오라 좋아 울려라 / 세월은 흐르고 나는 남는다.
손에 손을 맞잡고 얼굴을 마주보자 / 우리들 팔 아래 다리 밑으로
영원의 눈길을 한 지친 물결이 / 흐르는 동안
밤이여 오라 좋아 울려라 / 세월은 흐르고 나는 남는다.//
사랑은 흘러간다 흐르는 강물처럼 / 우리들 사랑도 흘러내린다
인생은 얼마나 지루하고 / 희망은 얼마나 격렬한가.
밤이여 오라 좋아 울려라 / 세월은 흐르고 나는 남는다.//
나날은 흘러가고 달도 흐르고 / 지나간 세월도 흘러만 간다
우리들 사랑은 오지 않는데 / 미라보 다리아래 세느강은 흐른다

부부의 길

밤이여 오라 좋아 울려라 / 세월은 흐르고 나는 남는다.//

　술에 취해 휘청거리는 나의 허리를 아내가 감싸 안으며 뱉는 말이다.
　"언제이든가 당신과 만나 연말에 눈을 맞으며 불우이웃돕기 일일 찻집 하던 일이 생각나는구려."
　"그때 자기는 김상원 님의 '눈 오는 밤'이란 시를 낭송했지요."
　"당신 기억도 좋군. 가만있어라. 그 시나 외어볼까. 다 생각이 날지 모르겠네."

　　'밤눈이 포근히 / 내리는 밤은 / 둘이서 / 밤 구이 하기 좋은 밤 /
　　호호 군밤에 / 이야기는 익어가고 / 익어가는 이야기에 /
　　밤은 짙어가나니 / ……아 참, 그리고 뭐더라……."

　그러자 아내는 품에 지그시 안기며 받는다.

　　'일로 오를 / 밤사람이 / 절로 부풋 / 부푸는밤.'

　"하하하, 당신 기억력 좋구려."
　"그럼요. 그때 난 자기의 시 낭송하는 매력에 빠져서 그만……. 어휴, 생각해 보면 부끄러워요."
　"아하 그랬었나!"
　우리는 찬 밤바람이 불고 눈 오는 밤 월계천 다리를 꼬옥 껴안고 휘청대며 걸었다. 저만치에서 어느 취객이 콧노래를 흥얼거리며 비척거리며 둑길을 걸어오고 있다. 다가오던 취객이 옆을 스치자 아내는 평소 좋아하는 김소월 님의 '엄마야 누나야'란 동요를 부른다.

'엄마야 누나야 강변살자 / 뜰에는 반짝이는 금모랫빛 /

뒷문 밖에는 갈잎의 노래 / 엄마야 누나야 강변 살자.'

"오호! 당신 멋쟁이야."

눈 오는 겨울밤 아늑한 신혼의 꿈을, 개천둑길을 우린 그렇게 한참을 껴안고 걸었다. 잠시 후 연립주택 이층 셋방(세모진 방)이 있는 집 근처까지 왔다. 집 앞 모퉁이에서 포장마차를 하는 박씨 부부가 취중인 나의 눈에 유달리 정감 있게 보인다. 집 근처라며 슬며시 팔을 빼는 아내의 팔목을 잡고서 매달렸다.

"여보, 나 소주 한 병만 더 사 줘."

"안 돼요. 지금도 취했는데."

"아냐, 오늘 밤은 왠지 한 병만 더."

마음 약한 아내는 박씨네 포장마차로 막무가내로 들어가는 나를 따라 들어왔다.

"아저씨 안녕하세요. 여기 소주 한 병하고 닭똥집 조금만 주세요."

박씨 내외는 가끔 들리는 나를 알아보고는 반가운지 웃으며 앉으란다.

"아이고 학생 왔구먼. 오늘은 내외가 같이 왔네."

우리는 긴 의자에 다정히 앉아 이런저런 얘기를 나누었다. 지난 날 연애하던 시절, 내일 모레로 닥친 방세와 겨울철 연탄 들일 걱정 등을 하며 술을 먹었다. 자꾸만 권하는 바람에 술을 못하는 아내도 한 잔을 또 보기 좋게 먹어 얼굴이 불그스레했다. 그런 아내가 유달리 사랑스럽고 예뻤다. 난 기분이 좋게 취해갔다. 앞에 박씨 내외가 있건 없건, 다른 손님이 보건 말건 의식치 않고 취한 객기를 무기로 자꾸만 아내를 끌어안고 뽀뽀를 하려했다. 이런 나의 추태가 취중 메커니즘의 종점임을 아내

부부의 길

우리가 다녔던 눈 오는 밤 아름다운 월계천 다리와 하천의 그리운 정경

는 알아차린다. 허우적거리는 나를 부축하여 어거지로 포장마차를 빠져나와 집으로 향했다. 그 이후의 일은 취중으로 기억이 없다.

　문학과 젊음, 가난이 점철된 미스 김과 함께한 정한情恨의 서울 생활을 정리하고 고향 서천으로 돌아왔다. 미스 김이 아닌 '아내'와 '남편'이라는 이름으로 버젓이 부부생활이 시작되었다. 이렇게 사는 것이 '부부'인가 하는 생각이 들었지만, 우리 자신도 모르게 부부가 되어 살아가고 있었다.

비 오는 날에 이름없는 팡새가 되어

내게 가장 즐거웠던 학창 시절은 역시 중학교 시절이다. 이 시기에 나는 세 가지 중요한 입문이 있었다.

첫 번째는 문학에의 첫 눈을 뜨게 된 동기인 '문학 입문'이고, 두 번째는 이성과의 사랑에 눈을 뜬 '연애 입문', 세 번째는 오늘날까지 줄기차게 즐기고 있는 '주도酒道 입문'이다. 두 번째 연애 입문을 빼고는 필자는 나머지 두 가지를 그 무엇보다도 주야로 애지중지하며 즐기고 있다. 이 중요한 '3대 입문'을 중학교 시절에 하게 된 것이다.

내가 다니던 중학교는 서천 '남양 중학교'이다. 지금은 교명이 달라져 '서림 여중, 서천 여상'이 되었다. 마서면 어리에 있던 집과 학교까지는 무려 5km 정도나 되었다.

하루를 열어주는 동편 재를 가볍게 넘어 둑길을 걷는다. 물안개 은은히 피는 수면 위로 해오라기는 늘 거기쯤 앉아 한가로이 거닐고 있었다. 다시 논길, 밭길을 총총히 걸어 남산 고개에 오르면 까치다리 서낭이 나온다. 돌을 하나 주워 무병, 무탈을 빌며 돌무덤에 던지고 고개를 내려서면 시원한 서천읍이 한눈에 들어온다. 심호흡을 하고는 게딱지같이 옹기종기 붙어 있는 서천읍 전경을 바라본다. 냇가 징검다리를 건너 철길에 오른다. 기적 소리를 들으며 내내 걷다 보면 화금리 산 아래 남양 중학교가 그윽이 드러난다.

부부의 길

이러한 통학로를 삼 년 간 걸어 다녔다. 나는 어느새 사유思惟가 깊어져가고 시인을 꿈꾸고, 작가를 꿈꾸었다.

연애에 관한 일도 일찍이 도통한 편이었다. 괜찮다 싶은 여학생이 앞에 걸어가면 졸졸 쫓아가서 말을 걸었다. 김영랑의 '모란이 피기까지는'을 아느냐? 이광수의 '흙'을 읽어 보았느냐……? 그리하여 기어이 꼬셔서 인근 빵집으로, 강가로 나가 되지도 않은 논리로 아는 체하며 동행한 여학생을 사로잡았다. 첫사랑의 홍역도 호되게 앓았다.

세 번째, '주도 입문'도 이때이다. 학교에서 간부라는 구실로 인근의 여학생들과 만나는 횟수가 빈번해지면서 자연스럽게 술을 마시게 되었다. 학교 앞 빵집에서 보리 찻잔에 소주를 몰래 부어 마시던 일, 소풍 가서 선생님이 가져온 술을 몰래 훔쳐 마시고 소나무 밑에서 자던 일, 주말에 인근 강가 갈대숲에 앉아 '노·털·카 주(놓지도, 털지도, 카 하지도 않고, 한 번에 마시는 술)'에 취하곤 했다.

학창시절 친구와 권투를 하며

꿈 많던 문학 청소년 시절

아니, 엄격히 따지면 주도 입문은 초등학교 시절이었다. 소위 철주를 마신 게 그때이다. 그 이후엔 도주盜酒를, 삼십 대 이전에 모주藝酒, 삼십

대 이후엔 담주·약주談酒·樂酒를 마신 것이 필자의 주도체계酒道體系이
다.

가장 감수성이 예민했던 그 시절, 긴 통학로를 걸으며 접했던 문학과
사랑, 주도 등은 오늘날 문학을 하는 데 크게 기여했다고 본다. 꿈과 낭
만, 젊음이 넘치던 그 시절이 요즘 따라 더욱 아련한 꿈처럼 생각남은
내가 현세에 적응을 못하기 때문일까……

스무 살 초반 시절 문학공부를 한답시고 직업도 없는 신세로 고향 서
천에서 부모님 농사일을 도우며 살 때였다. 유난히 비를 좋아한 탓에 사
랑방에서 누워, 책을 보며 빈둥빈둥 하다가도 비만 오면 마치 신神 들린
사람처럼 우편물(지방 방송국과 신문사 독자난에 보낼 투고물)을 우체국에 부친
다는 핑계로 우산을 쓰고 집을 빠져 나온다.

뻐얼건 황토 흙으로 질퍽대는 느르매 고갯길을 너머 푸르른 대숲이
드믄드믄 있는 마을길을 지나간다. 가로수가 양 쪽에 서 있는 반듯한 신
작로는 소재지 쪽으로 펼쳐져 있다.

특히 이슬비나 가랑비 부슬부슬 내리는 신작로 위를 혼자서 처벅처벅
걷노라면 양 옆으로 일정하게 서 있는 가로수 나무 아래로 가끔 바람이
불었다. 후두둑― 후두둑― 하고 굵은 빗방울을 어깨위로 맞으며 이름
없는 팡세가 되어 콧노래를 부른다. 길을 걸으며 더러는 〈푸시킨〉의 〈
삶〉과 〈사뮤엘 뉴만〉의 〈청춘〉이란 시도 낭송하며 걷곤 했었다.

그렇게 하염없이 30여분을 걷노라면 면面 소재지에 있는 허름한 옛
일본식 건물인 우체국이 나온다. 늘 가면 만나는 상냥한 우체국 직원과
반가운 인사를 하고 우편물을 부치고는 소재지에 있는 이발소, 막걸리
집, 정류소, 방앗간 뒷방들을 기웃거린다. 왜냐면 부슬부슬 내리는 비에
몸과 마음이 촉촉이 젖은 한적한 날 울적한 부위기를 그냥 넘어갈 수가
없기 때문이다.

고향에서 친구 졸업식을 마치고

적임자를 찾아 막걸리 한 잔(실제는 말 술)을 걸쳐야만 그날의 기분을 살리는 일이었기 때문이다. 그러는 과정에서 지역의 몇 몇 아는 사람들을 만나면 받는 인사는 대략 이랬다.

"야, 너 엊그제 신문에 나왔드라."

"엊그제 방송에서 글 나오던디 잘 들었어."

"야, 너 제법이드라 책에 사진이 나왔던디 말여, 짜아식!"

이때마다 제법 알려진 작가라도 된 듯 우쭐하였다.

"뭐, 쬐끔 써봤는디……."

"아아녀, 그냥 내본건디 말여."

하며 뒷머리를 긁적거리곤 했다. 그 당시 방송국에나 신문에 나오는 글들은 대부분 수필류로써 라디오 문화프로에 애청자의 서간문 정도나 신문 문화면 끄트머리에 작게 나오는 독자란 정도였는데 그럴 때 마다 제법 우쭐대는 획기적인 계기가 되었다.

면 소재지에서 우쭐대는 기분에 잘 가는 단골 막걸리집으로 몇 몇이 몰려간다. 이 단골집은 가끔 가서 외상도 하고 더러는 부모님 몰래 광에서 쌀을 퍼내다가 술과 맞바꾸어 먹는 곳이다. 또는 인근 고추밭에 한밤

젊은 문학청년 무던히도 비를 많이 맞고 다니던 시절

중 고추 서리 같은걸 해서 술과 맞바꾸어 먹곤 하였다. 허름한 주막에서 쉬어터진 김치나 두부, 마른 명태를 툭툭— 치면서 막걸리를 실컷 마셨다. 막걸리 집 유리창에 비친 창밖 풍경을 보노라면 동편 남산께로 어둠이 어스럼 어스럼 몰려오고 촉촉이 막걸리로 배인 몸을 휘청거리며 집으로 향하곤 했었다.

이런 '비 오는 날의 이름없는 팡세'의 행열은 비만 왔다하면 치루어지는 설레임과 꿈의 나날이었다. 굵은 빗발의 소나기가 내리는 장대비나, 밤비가 올 때는 집에서 방문을 열어놓고 뒷산 계곡에서 콜콜콜— 흐르는 뻐얼건 빗물이 밭도랑을 타는 흙탕물을 보는데 그쳤다.

그러나 밭에 고추나무 모종하기에 알맞게 내리는 모종비나, 이슬비보다는 굵고 가늘게 내리는 가랑비, 또는 가랑비 보다는 가는 는개비가 치적치적 내릴 때면 스무 살 초반의 문학청년을 시원하게 뻗은 아스팔트 위를 걷게 하곤 했다.

특히 안개보다는 좀 굵고 이슬비 보다는 좀 가는 안개와 이슬비의 중간 쯤 되는 '는개비'가 내릴 때는 우산도 접어든 채 머리칼과 옷을 촉촉

부부의 길

시골 막걸리 집에서 바라본 유리창 밖에 비친 창 밖 미래가 암울했던 세상

이 적시며 걷기를 좋아했다. 속눈썹을 간지럼 피며 살짝 적시는 느개비는 참으로 좋았다.

이렇게 걷는 걸 좋아하는 보고 주위 사람들은 저 사람은 이상한 사람이라고 했다. 저렇게 비를 맞고 걸으면 감기도 걸리고 옷을 적시며 내쳐넋 나간 사람처럼 걷느냐는 것이었다. 하지만 주위를 아랑곳 하지 않고 비 오는 날의 이름없는 팡세의 행렬은 몇 년간 고향 근처를 맴돌며 계속되었다. 지금도 느개비나 이슬비, 가랑비, 또는 봄비, 여름비, 겨울비, 밤비 등을 맞으며 유난히 걷기를 좋아한다. 비를 온 몸으로 다 받으며 터덜터덜 신작로 길을 따라 걷다가는 자주 읊조리던 시가 가람 이병기의 '비'였다.

짐을 매어 놓고 떠나려 하시는 이 날,
어둔 새벽부터 시름 없이 내리는 비.

내일도 내리오소서 연일 두고 오소서.

부디 머나먼 길 떠나지 마오시라.
날이 저물도록 시름없이 내리는 비.
저으기 말리는 정은 나보다도 더하오.

잡았던 그 소매를 뿌리치고 떠나신다.
갑자기 꿈을 깨니, 반가운 빗소리라.
매어 둔 짐을 보고는 눈을 도로 감으오.

부부의 길

부치지 못하는 편지

어머님!

오늘은 어머님께 긴 편지를 쓰고 싶습니다. 방울방울 흘러내리는 제 마음의 눈물을 찍어 이렇게 엎드리어 편지를 씁니다. 왜냐고요? 어제는 읍내 시장에 갔다가 저를 알아보는 아주머니를 만났습니다. 생활에 찌들어 고생을 듬뿍 하신 듯한 여윈 얼굴에 광대뼈가 불룩하였어요. 허술한 광주리에 때 묻은 전대를 두른 모습이 이십여 년 전 사과 장사 하시던 어머님의 모습 그대로였습니다. 저의 얼굴을 한참 바라보시던 그 아주머니는 제게 물었어요.

"어무이가 혹시 사과 장시 오래 하시지 않았시유?"

"네, 맞습니다. 그런데 어떻게 아시죠?"

"얼마 전 어머이를 만났는데 아들이 이곳에 산다고 했시유."

"아, 네……."

"장사 참 오래 하셨지유. 먹을 것 안 먹고 고생 많이 하셨시유."

갑자기 코끝이 찡하고 눈시울이 촉촉해졌습니다. 제가 유독 불효를 많이 했던 탓에 더욱 가슴이 미어졌어요.

어머님! 저는 돌아오면서 볼에 흐르는 눈물을 남에게 보이지 않으려고 허공을 바라보았어요. 먼 산으로 시선을 애써 돌리며 손등으로 눈물을 훔쳤지요.

그 추운 날 시장 노점에 사과와 배 몇 개를 놓고는 검게 그을리고 마른 얼굴로 움츠리고 앉아 과일을 파시던 모습을 생각하면 지금도 갈기갈기 찢기듯 아픕니다. 그런 다음날이면 저는 기어이 어떤 거짓말을 해서라도 돈을 받아 학교에 가야만 했던 고집불통이었지요. 학교 가는 날 아침 마당가에 서서 학교도 안가고 눈물 흘리며 있는 제가 안쓰러운지 어머니는 혀를 차시며 말씀 하셨어요.

"어머이 이 돈 오늘 꼭 있으야 헌당께요?"

"내가 돈 만드는 사람이여, 은행이여? 너 때문에 큰일이다, 큰일이여……."

그러실 땐 철없던 저는 혼자 피식 웃었지요.

"이눔아, 내가 은행이냐아? 이 돈은 하송 과일 집 사과 떠 온 것 갚으야는디— 쯧쯧쯧 큰일났네. 도매 값 잘러 먹어 워떻헌디여……에이 내가 저 놈 땜이 못 살겄어."

"예, 어머이, 나 학교 갈께요."

격양된 어조의 어머니는 그럴 때마다 돈을 안 줄 듯 안 줄 듯 하다가도 결국엔 꼬깃꼬깃한 지폐 몇 장을 손에 쥐어주고 달래서 학교에 보내셨지요. 그 진한 사랑을 아직도 기억합니다.

학교가 끝나고 어쩌다 친구들과 시장을 지나갈 때가 있었습니다. 좌판 한 모퉁이에 과일 몇 개를 올려놓고 손님과 에누리 하느라 치마 끝을 잡고 실랑이를 벌이는 어머니를 볼 수 있었지요. 옆의 친구가 어머님을 알아볼까 봐 교복소매를 잡고 다른 곳으로 빼돌리었던 철딱서니 없는 저였지요. 생각하면 할 수 록 가슴 치는 후회로 미칠 것만 같습니다.

어머님! 이십여 년 전. 같이 장사하시던 아주머니들은 모두 논 사고 밭 사서 떵떵거리고 사는데 유독 우리 집안은 옛날 그대로의 살림이었죠. 그러나 어머님은 우리 칠남매 만 큼은 남 못지않게 공부시켜 사회에

5일 시골장을 돌며 어머니는 22년을 사과장사를 하시며 가정을 꾸렸다

진출시키셨습니다.

　함께 장사하던 다른 집 자녀들은 겨우 글에 눈 떴지만 살림은 불더군요. 우리 집은 비록 살림은 늘지 못 했지만 칠남매 어디 가서든 남 보다 빠지지 않게 교육을 시키어 이제 사는 일은 걱정이 없으니 성공하신 겁니다.

　어머님! 그 척박하고 어려웠던 시절에도 '빵 보다는 교육이 알찬 투자' 라는 당신의 남다른 지혜가 있으셨지요. 슬기로운 당신은 '교육은 무한의 장기 투자이고, 재물은 유한의 단기 투자' 임을 아셨던 것 입니다.

　그렇게 속을 썩이던 불효자식이 벌써 딸 둘과 아들 하나를 가진 애비입니다. 아이를 키워보니 이제야 한도 끝도 없는 부모님의 사랑과 손끝이 뭉뚝해진 헌신을 알겠습니다.

낳으실 제 괴로움 다 잊으시고 / 기르실 제 밤낮으로 애쓰는 마음 / 진자리
마른자리 갈아 뉘시고 / 손발이 다 닳도록 고생 하시네 / 하늘 아래 그 무엇
이 높다 하리요 / 어머님의 은혜는 끝이 없어라 (중략)

구석구석 사무치는 '어머님의 은혜' 란 노래입니다.

어머님! 배가 아파 뒹굴 때, 당신의 손길이 배 위에 서너 번 닿으면 말
끔히 나았었지요. 그럴 때면 동녘의 해맑은 하늘을 보며 다시 놀았지요.
코라도 흘릴 때면 까칠한 손 등으로 문지르고 당신의 치마로 다시 훔쳐
주셨던 어머님.

식구는 많고 먹을 것은 없었지요. 점심은 늘 고구마로 때우고 저녁은
국물만 많게 만든 수제비로 주린 배를 채웠지요. 그래도 아침밥은 보리
에 쌀을 조금 넣은 별식이었습니다. 그러나 막내 여동생 영이만은 희디
흰 쌀밥이여서 먹고 싶은 마음에 자꾸 눈길이 갔지요. 어쩌다 막내가 몹
시 아파 밥을 남길 때면 그 밥을 서로 먹으려고 칠 남매가 싸웠습니다.

긴 긴 겨울밤이면 일찍 먹은 감자밥(감자와 보리밥이 섞인 밥)이 쉽게 꺼
져 뭐라도 먹어야 잠이 왔었죠. 부엌 구석에 묻어 놓은 썩은 고구마를
도려내고 익혀서 윗목에 다리 뻗고 앉아 오붓하게 옛 이야기 도란도란
하며 먹다 보면 그냥 잠들기 일쑤였지요.

작은 이불 서로 덮으려고 끌어당기는 바람에 실밥이 터지고 귀퉁이는
여러 번 꿰매어 가난한 '흥부 집 이불' 을 방불케 했습니다. 그런 겨울
밤, 어머니가 터진 이불을 꿰매느라 흐릿한 등잔불 밑에서 자꾸 실에 침
을 발라 꼬면서 씨름하는 사이에 밤은 깊어 갔죠. 흰 눈은 장독대 위에
소록소록 둥글게 쌓이고 산토끼, 산노루가 몰래 놀다가는 겨울 밤, 가난
했지만 저희 칠 남매에겐 행복했던 한 때였습니다.

어머님! 아직 잊지 않고 있습니다.

부부의 길

"엄마, 다음에 크면 돈 벌어 효도하고 제가 모실게요."

"그래라. 그럼 네 덕보고 살아야겠구나."

이 다짐을 몇 번이나 했습니다. 이제 정말 효도하고 편히 모시려 애썼습니다만 그게 그렇게 잘 안되네요. 결혼해서 아이 셋 낳고 산 지 이십여 년 되었건만 지금껏 넉넉한 생활이 못되어 무어라 엎드려 죄송한 말씀을 드려야 될지 몸 둘 바를 모르겠습니다. 그래도 어머님은 그랬죠.

"내 염려 말고 너희들이나 잘 살아라!"

오히려 저희를 염려하십니다.

명심보감明心寶鑑에 이르기를 '수욕정이풍부지 자욕양이친부대樹欲靜而風不止요 子欲養而親不待라' "나무는 고요히 있으려 하나 바람이 그치지 아니 하고, 자식은 어버이를 받들려 하나 기다려 주지를 않네."

이 말이 오늘따라 이 못난 불효자의 가슴을 더욱 치네요. 어머님! 이 불효자 한 번 더 엎드려 거짓말 아닌 거짓말을 합니다.

조금만 더 기다리세요. 고생시켰던 그 허한 가슴에 꼭 따스한 효도로 보답 드리겠습니다.

고향에서의 문학과 삶

　서천 읍내의 '예림사'라는 출판사에서 어줍지 않게 '푸른 소나무'란 첫 시집을 난생 처음 선 보였다. 첫 시집이 주는 감격과 아스라한 설레임은 이루 말 할 수 없었다. 잠들기 전 까지 시집을 머리맡에 놓고 수시로 열어보며 알콩달콩 혼자만의 행복에 미소 지었다. 스무 살 문학소녀였던 아내는 홀시어머니 모시면서 고생을 많이 했다. 아내는 이렇게 말했다.

　"여보. 몽테뉴의 '수상록'에서 이렇게 말 했지요. 결혼은 새장과 같다고. 밖에 있는 새들은 쓸데없이 그 속으로 들어가려고 하고, 속에 있는 새들은 쓸데없이 밖으로 나가려 하잖아요."

　"그래 좀 힘들더라도 참아봐. 조만간 곧 좋은 일이 있을 거야."

　서울과 고향 서천에서의 꿈같고 달콤했던 신혼생활 2년. 첫 딸 '바램'이를 소곡주와 모시의 고장 한산에서 낳았다. 그리고 얼마 있다가 직장을 그만두고. 도토리와 밤의 고장인 판교로 이사를 갔다. 둘째 '나아'가 태어났다. 태어나 얼마 안 되어 나아가 몸이 아프기 시작하였다. 아내와 나는 이곳 시골에서는 치료가 어렵다 하여 인근의 군산시나 보령의 큰 병원으로 수시로 진료를 다녔다. 왜 그리도 나아는 잘 울고 수시로 아프던지……. 아내는 나아를 포대기에 싸고 이곳저곳 병원으로 다니며 애를 태웠다. 경제적 어려움과 마음고생이 심하던 때였다. 입원과 퇴원, 통원치료를 수시로 교반하며 '소아병동小兒病棟에서 · 1. 2 .3'은 나아를 안고 종합병원을 다닐 때 쓴 연작 시 이다.

小兒病棟에서 · 1

어찌하오리까
어찌하오리까
글쎄 나를 쪽 빼닮은
우리의 아이가 많이 아프다 네요
내 머리만한 애가
토끼눈 같이 영롱하고 큰
저 까아만 눈동자 속에
이 아픈 현실을
어찌 하오리까
어찌 하오리까.

小兒病棟에서 · 2

이쪽 복도를 가나
저쪽 복도를 가나
하이얗게 때묻지 않은
꽃망울 터지는
가슴 찌르는 소리들
누가,
이 아픔도 모를

하얀 꽃망울에 아픈 病을
孕胎시켰는가
너무 어리고 둥글어
혈관이 안보여
어린 것 일부러 울려
이마에 핏발이 서자
매정한 간호원 옳다구나 싶어
주사침 찌르누나
이 아픔도 모를
하얀 꽃망울이 어쩌다 투정부리며
이마 쥐어뜯으니
링거 주사침 빠져
뻐얼겋게 익은 수박속살 피가
하얀 꽃망울에 흘러 내리누나
못 보겠네
못 보겠네
가슴 찌르는 이 아픈 슬픔이
목젖에 얹혀 아프프 떤다.

小兒病棟에서 · 3

차마,
발걸음이 떨어지질 않습니다
어린 꽃망울 이마에 꽂은

부부의 길

링거 주사침 대롱대롱 매달린
우리의 아픈 애를 뒤에 놓고 나오려니
자꾸만,
자꾸만 바지 자락 잡습니다
인정머리 없는 큰 걸음걸이가
차마 떨어지질 않습니다
그러나,
그러나
흐르는 별이
게슴츠레 하게 뜬 초승달
내일을 헤아려야 된다기에
성한 사람이라도
꿋꿋이 살아야 된다기에
방울방울 뚝뚝 떨어지는
가슴 찌르며 쫓아오는 소리를 떨치며
차마,
인정머리 없는 큰 걸음걸이로
小兒病棟을 빠져나옵니다.

제1 시집 『푸른소나무』 '84.9.25

제2시집 『바람이 머무는 자리에』 '87.12.7

충남 서천 판교에서 어렵게 살면서 돌파구를 마련하여야겠다는 생각이 들었다. 어려운 가운데 문학에 밀도 있게 접근을 하여 나를 이겨 보자고 다짐을 했다. 전국에서 오는 지인知人들의 책을 탐독하는가 하면 서점에 나가 볼만한 책은 많이 사서 보았다. 문학서적과 창작이론 등의 서적을 부지런히 보았다. 이 당시 서천 장항 출신인 서울대학교 '구인환 교수' 님의 소설집과 문학이론서를 탐독했다. 그리고 인근 한산 출신인 소설가 박경수님의 소설도 부지런히 읽었다. 이 분들이 나의 문학적 영향을 많이 끼쳤다. 특히 구인환 교수님은 문학적, 정신적 은사로 자리매김 되어 가고 있었다. 잘 아는 분의 책을 읽으니 문장의 내용과 형식이 쏘옥 잘 들어왔다. 물론 문장훈련 연습도 맹진 하였다.

방안에서 책과 씨름하며 사니까 주변 이웃들이 밖에서 노는 큰 딸 바램이한테 물었다.

"야, 느희 아빠는 맨 날 방안이서 뭣 허신다니?"

"예, 우리 아빠요? 콩 골라요."

"뭐 콩 골라 느희 집이는 콩이 그렇게 많은가 보네이."

딸애가 말한 것은 밭에서 나는 콩이 아니라 '공부' 한다는 표현을 어린 아이가 발음이 정확하지가 않아 공부를 콩 고른다고 말 했던 것이다. 하여튼 딸애의 표현처럼 콩이 많은 집안에서 콩인지 뭣인지 고른다고 한동안 독서삼매에 빠져 있었다.

중국의 노자가 그의 논저 33장에서 말한 대목을 신념처럼 되새기었다.

"남을 아는 것은 지혜로운 일이다. 그러나 자신을 아는 사람은 참으로 밝은 사람이다. 또한 남을 이기는 것은 힘이 있는 일이다. 하지만 자기를 이기는 것은 가장 강한 일이다."

그렇다 우선 나를 이겨야 남을 이기고, 사회를 이기며, 세상을 이기는 것이었다. 내가 내 안의 나를 이기지 못하고 그 어느 무엇을 할 것인가. 수 없이 스스로를 담금질하며 용기를 가지고 실천을 했다.

그 첫 번째의 하나가 시집 출간이었다. 용기를 내어 한산의 명주 소곡주를 한 병 들고 원고를 다듬어 서울로 올라갔다. 그리하여 한국전쟁문학회의 송병철 국장님의 배려로 한누리 출판사에서 '바람이 머무는 자리에'를 상재하는데 성공을 했다.

'바람이 머무는 자리'의 시집 출간 때는 처음과 달리 기분이 더욱 좋았다. 고향 친구들이 가까운 군산횟집에서 거창하게 출판기념회를 베풀어 주었기 때문이었다. 시인이라는 존재가치를 주변에서 인정하고 박수를 쳐주었기 때문이다. 서울에서 문학 활동 하며 미스 김과 만나 살며 두 번째 올리는 '백만평 대지주百萬坪大地主'의 등기 제2호 선물이었다. 출판기념회에는 서울에서 김태호 소설가와 송병철 수필가님이 오셔서 축사와 격려사를 해주었다. 공주에서 나태주 시인이 오시어 손을 잡아 주면서 격려를 해주시었다. 비록 부족했지만 보람되고 힘이 나는 일 이었다.

1988년 그 무렵 서울에서 성기조 박사님을 뵙고 인사를 드렸다 시집도 내고 했으니 이제 한국문단에 정식으로 추천을 받으라고 했다. 작품 10편을 정리하여 문예지 '시와 시론'에 투고했다. 얼마 후 초회 추천이 통과되었다는 낭보를 들었다. 이제야 정말 시인이 되나보다 싶었다. 그날 밤 아내와 나는 추천된 시작품을 읽고 또 읽고 열 번은 더 읽었다. 성기조, 박화목, 설창수 선생님이 추천해 주셨다. 이어 1989년에는 2차 추천으로 등단을 했다.

비슷한 시기에 한국수필지와 KBS가 공동으로 신인작가를 발굴해내고 있었다. 우수한 문예작품을 뽑아 방송에 내보내고 이 가운데 좋은 작품을 엄선하여 문예지 한국수필지에 실어 작가를 배출하는 제도였다.

고향 친구들이 마련한 시집 출판기념회 〈전북 군산〉 '87.12.7

이 역시 초회와 2회 추천으로 한국문단에 등단을 하였다. 경희대의 서
정범 박사님, 인천대의 오창익 교수님, 수필가 송도 선생님의 심사와 추
천으로 수필작가로 등단을 마쳤다.

우리집 별미 나구야 수제비

충남 서천에서 살 무렵에는 서울에서 문학동인 활동을 함께 하던 회원들이 자주 책과 편지를 보내왔다. 둘이 고향에 내려가 알콩달콩 사는 모습에 시샘 반 동경 반으로 부러워하곤 했다. 그래서 나는 '백만 평 대지주'라는 제목으로 수필을 써서 문예지에 발표를 하였다.

나는 사방에 백만 평의 땅을 가진 대지주이다. 이런 부자도 드물 것이다. 그런데 요즈음 집 한 채 있다고, 자기 땅이 좀 있다고 으스대고 거만하게 구는 사람들을 보면 가엾고 한탄스럽다. 이들이 가진 것 없는 자들을 업신여기고 그 위에 군림하려는 것을 보면 더욱 가관이다.

내가 이 땅을 소유하기 시작한 지는 십 년이 넘었다. 그렇지만 사실 따지고 보면 그 보다 훨씬 이전부터이다. 이 땅을 가지기 위해서 중학교 시절부터 긴 세월 동안 아롱진 꿈을 꾸고 갈등도 겪었다. 나름대로 피와 땀의 노력을 했기 때문에 소유하기까지는 약 이십 여 년을 잡아 주는 게 좋을 듯싶다.

돌이켜 보면 처음부터 이 땅을 소유하려는 목적은 아니었다. 그저 소년 시절에는 한없이 넓고 푸른 이 땅 위에 장미나 목련이 피는 정원을 가꾸며 꿈 같이 사는 게 좋았다. 그래서 흰 종이 위에 갖가지 그림을 그렸을 뿐이다. 예쁜 아내와 아이들을 낳고 행복하게 사는 동화 속의 소박하고 찬연한 삶을 말이다. 그저 욕심 없는 목가적牧歌的인 로맨티시즘이었다.

중학교 시절 문학이 뭔지 몰라도 그저 책이 좋고 글 짓는 게 좋아 습작의 글을 써 보았다. 마침 국어 선생님이 자신에 맞는 주제로 시 한 편씩을 써 오라고 숙제를 내주었다. 집을 나서 언덕을 넘으면 작은 고갯길이 나온다. 다시 저수지 방죽 둑길을 따라 걷다보면 이 지역에서 가장 큰 남산봉이 보인다. 이 산길 정상을 힘차게 올라가면 드디어 전경이 훤히 펼쳐진 들녘이 눈앞에 시원스럽게 들어온다. 바둑판 같이 잘 정리된 논둑길을 한참 가다보면 뚜— 하고 기적소리 울리는 역이 눈앞에 다가오고 학교가 보인다.

그러면서 이때부터 '길'에 대하여 심연에 빠지곤 했다. 당시 쓰여진 시가 바로 '길'이란 시이다. 이 시를 국어 숙제에 맞추어 선생님께 제출하였다. 길이란 시의 내용은 이렇다.

"길 / 너는 어드메서 시작하여 / 어드메로 가는지 / 길 / 너의 존재는 무엇이며 / 너는 누군인가 / 걸어도 걸어도 끝이 없는 길 / 하늘 따라 열리고 / 하늘 따라 나서는 길/ 길/ 너의 시작은 어드메 이며 / 너의 끝은 어드멘지 말하여 다오 //"

숙제를 보신 선생님은 머리를 쓰다듬으시며 말씀 하셨다.
"으음 싹수가 보이는구나. 잘 노력하여 훌륭한 작가가 되거라."
쑥색 바지에 하얀 치아와 보조개가 고왔던 여선생님, 지금은 어디쯤의 길을 따라 사시고 계실까. 아마 연세로 보아 초로의 할머니가 되셨을 터 인데…….
그 후 용기가 백배 충전되어 습작은 계속되었다. 이제 무명의 시인이 되어 산등성이를 훨훨 넘고 저 푸르른 금강을 넘어 무한의 세계로 비상하는 듯 했다. 시인은 이렇게 만들어져 무한시공을 넘나드는가 싶었다.

우쭐한 기분으로 시도 써 보고 수필도 써보고, 소설도 써보았다. 까짓 시인이, 작가가 되는 길이 그렇게 어려우냐 싶었다. 그러나 자신의 한계와 무능이 창피스러워 자책하며 잠시 포기도 했었다. 스무 살이 되기까지 그렇게 삶에 대한 회의와 허무, 사랑, 갈등, 희망이 반복되는 어설픈 나날을 보냈다.

고향 서천에 살면서 방황과 허무의 늪을 넘나들며 문학청년의 젊음을 고스란히 탐닉하고 있었다. 스무 살 전후의 청년시절 데칸쑈(데카르트, 칸트, 소펜하우워)이론에 빠졌다. ‘노인과 바다’를 쓴 ‘헤밍웨이’는 인생말년에 삶에 대한 짙은 회의와 자괴감에 빠져 어느 이름 없는 시골 역에서 엽총자살로 생을 마감했다. 나 또한 자살의 충동에서 허무의 늪에 빠지기도 했다. 고독과 친구가 된 나의 청년시절 삶은 질곡의 벼랑과 계곡을 넘나들었다.

기도와 고독의 시인 ‘릴케’는 ‘젊은 시인에게 보내는 편지’에서 ‘우리는 고독하다. 우리는 잘못 알고 마치 고독하지 않은 듯이 행동한다. 그것이 전부이다.’ 라고 말했다. 살아있는 존재가 아닌 살아가는 존재로써 절실하게 인식하는 사람은 고독과 니힐의 늪에서 어떤 구원자를 갈망하면서도 또한 그 신을 부정하려는 면이 있는 것일까. 실존주의는 인간의 근원적 불안과 위기의식을 깨우쳐 주었지만 거기에 대응한 처방을 구체적으로 제시하지 못한 것이 약점이다. 인간은 목적을 쫓아 행동하는 사색인일 뿐이다. 필요는 있을지언정 결코 노예의 도구가 아니라는 자각 때문에 고독해질 수밖에 없는 존재이다.

괴테는 ‘사계’에서 말했지.

“신이여, 왜 나는 덧없이 멸하는 몸이 옵니까?”

"나는 오직 덧없이 멸하는 것만을 아름답게 만들었느니라!"

스무 살이 넘어 잠시 서울에 가서 생활을 했다. 우연히 '한국순례문학회'를 알게 되고 그곳에서 훌륭한 사람들을 만나 교류했다. 그리고 마음에 맞는 사람들과 무리를 지어 다니면서 백만 평 대지주의 기초적인 면면을 닦기 시작했다. 정열적으로 소양과 기량을 닦으면서 나름대로 개안이 되었다. 생업은 외면을 한 채 그쪽에만 심신을 기울였다.

그러던 와중에 지금의 아내를 만났다. 만나고 보니 그도 중학교 시절부터 백만 평 대지주(문인)가 되거나 그의 아내가 되는 게 꿈이었단다.

'아, 이런 운명적인 조우가 있단 말인가!'

자주 만나면서 우린 어느 날 갑자기 '부부'가 되어 버렸다. 이른바 '백만 평 대지주 부부'가 되는 행복의 순간이었다. 부부가 되는 길이 이처럼 쉽나 싶었다. 문득 주위의 노총각, 노처녀들이 자만과 욕심으로 명예, 재물, 권위 따위의 형식만 따라 짝을 못 찾아 안달하면서 사회의 모순 탓으로 돌리는 것이 우스웠다.

우린 이러한 형식을 모두 버린 채 순수한 '열쇠 2개'로 만났다. 하나는 파란 마음을 여는 열쇠였고, 나머지 하나는 순수의 몸을 여는 열쇠였다.

하여간 그렇듯 궁합이 잘 맞아 우리는 비 오는 날 마로니에 거리를, 눈 오는 날 덕수궁 돌담길을 돌면서 백만 평 대지주의 꿈을 키워 갔다.

아내의 적극적인 내조와 서울 동인들의 자극에 힘입어 그간 습작해 놓은 작품들을 정리하기 시작했다. 그리하여 '푸른 소나무'라는 제목의 저서로 백만 평 대지주의 등기를 세상 만방에 공표했다. 여러 가지로 어려운 환경 속에서도 나와 아내는 눈물과 땀의 결실을 이루었다. 잠이 안 올 정도로 설레는 나날이었다.

부부의 길

그러나 그것도 잠시였다. 세월이 지나면서 왜 그다지 쉽게 등기를 마쳤는지 후회가 들었다. 백만 평 대지주의 땅은 창살 없는 감옥이었다. 차츰 부족함을 깨달으면서 환희와 자만들이 반감되기 시작했다.

기왕에 대지주의 등기를 했으니 자꾸 갱신을 하더라도 긴긴 밤을 서성이며 치열한 작업에 몰두했다. 좀 더 알차고 단단한 밀알을 거두기 위해선 숱한 시간들을 쪼개고 되새기면서 씨를 뿌리고 흙을 갈아엎어야 했다.

그러기를 몇 년 후에 '바람이 머무는 자리에'로 등기 갱신을 했다. 이제 좀 백만 평 대지주로서의 면모를 갖추고 주위로부터 인정을 받나 싶은 염치없는 기대를 갖기도 했다. 그러나 별로 신통치 않았다. 또 치열하게 정신적 물갈이를 해야 한다는 자답이 이내 나왔다.

저 험한 광야에 씨 뿌리고 갈고 하는 사이 또 수년이 지나 오늘에 이르렀다. 이제는 자꾸 등기를 갱신해야겠다. 까짓 열 번이면 어떻고 백 번이면 어떠랴. 백만 평 대지주로서의 진면목을 가꾸는 과정은 내밀한 기쁨과 보람이 함께 하는 것을.

이 백만 평(사방 1㎝ 남짓한 200자 원고지 한 칸을 말 함) 대지주의 축복 받은 땅 위에 아담한 집을 지으리라. 영혼의 씨를 뿌리며 사색의 땅을 갈고 영원히 살아갈지어다. 백만 평이라는 광활한 대지주의 부자라는 자신감으로 순진무구하게 말이다.

위의 수필을 문예지에 발표를 하니까 주변의 아는 사람들로부터 연락이 많이 왔다.

"백만 평 대지주로 부부가 등기 올린 것 축하한다."

이 원고료 덕분에 밀가루 40kg 짜리 한 포대를 큰 맘 먹고 구입을 했다. 그간은 박봉에 돈 아끼느라고 아내는 구멍가게에서 손바닥만한 작은 밀가루를 구입하여 내가 좋아하는 수제비를 해주었다. 이 작은 1kg,

2kg 단위의 밀가루는 한 끼 또는 두 끼 정도의 수제비 밖에 못 먹었다. 그러니 40kg짜리 밀가루는 한동안 잊어먹을 동안 '나구야 수제비' 잔치를 할 수 있으며 쌀 또한 절약을 할 수 있으리라. 아내는 말한다.

"여보 자주 원고 써서 보내요. 그래야 내가 당신 나구야 수제비 자주 해주지."

"그럽시다아 까짓 것 또 수제비처럼 자꾸 늘이어 쓰지 뭐. 여자는 당초 남자의 씨로 열 달간 배앓이로 애를 낳는다 하지만, 작가는 씨가 없는 우주창해宇宙滄海에서 씨도 만들고 애도 만드니까 말이야. 하하하— 하하하—."

아내는 밀가루 반죽을 유난히 많이 했다. 특히 시간이 있는 토요일과 일요일은 거의 수제비를 먹었다. 본디 내가 수제비를 좋아한 탓도 있지만 어려운 살림에 비싼 쌀값을 아끼는데 그 목적이 실려 있기도 했다. 그런 날은 아내는 반죽을 하고 나는 뭉쳐진 반죽을 도깨비방망이로 늘리어 준다. 그러면 아내는 납작한 반죽 반을 몇 겹 접어 칼로 도마 위에서 잘게 썰어내는 것이다. 그러다가 어느 날은 잘게 썬 수제비 가락 두 개를 납작하게 붙이어 놓고 그대로 펄펄 끓는 물에 넣어 익힌다. 그 이유는 간단하다.

"이 '나구야 수제비'는 당신과 내가 부부니까, 이렇게 함께 붙어 오래토록 행복하게 평생 살으라는 뜻으로 함께 먹는거야."

"어머 당신도 참 누가 소설가가 아니랄까봐 지어 붙이기도 잘 한다니까요. 호호호—호호호—."

"그으럼 당신과 나는 이렇게 나구야 수제비 가락처럼 붙어사는 거야. 하하하—하하하—."

그리고는 정말 눌러서 붙어 익은 수제비 가락을 입에 물고 둘이 다정하게 나누어 먹는 것이다. 우리는 이 수제비 가락을 '나구야 수제비'라

　　　　　　　　　　　　　부부의 길

고 불렀다. 나구야는 나의 호가 '나은'이고 아내의 호는 '구루터기'이다. 그래서 나의 호 앞자 '나'와 아내의 호 '구'를 따서 '나구야 수제비'라고 붙여 우리만이 나누는 은어이다. 그리하여 그런 날은 꼬옥 나와 아내는 밤에 사랑스런 밀어密語와 따듯한 감촉(!)으로 행복한 시간을 보낸다. 서양의 작가 'L. A 헉슬리'의 말이 생각이 났다. '행복이라는 것은 코크스와 같은 것이다. 어떤 물건을 만드는 과정에서 만들어지는 부산물이다.'

우리집 별미 나구야 수제비

이 무렵에 아내가 쓴 '나구야 수제비와 작가 남편'이란 글이다.

신선한 초가을의 향취와 함께 즐거운 가족의 휴가 여행에 대한 기대에 잠을 설쳤다. 어제 저녁과는 달리 아침부터 굵은 빗줄기가 내리친다.

모든 사람들은 휴가를 무더운 여름에 피서를 하기 위해 날짜를 잡는다. 그러나 우리 집은 그와는 달리 초가을에 애 아빠의 휴가를 얻었다. 높기만 한 가을 하늘, 서늘한 바람을 친구삼아 우리 집에 초청했다. 가을을 택한 이유는 애 아빠는 작가이기 때문이다.

모든 작가는 무더운 여름보다 신선한 가을을 좋아하기 때문이겠지만 애 아빠는 유달리 가을을 좋아한다.

그래서 우리가 떠나는 것이 아니고 가을을 우리 집에 초청했는지도 모른다. 마음의 여행이라 생각하면 되겠다. 일주일의 휴가 여행을 가족은 이렇게 떠났다. 애 아빠는 아침에 눈을 뜨면 펜과 원고지를 잡는다. 이렇게 시작한 하루 일과는 식사 시간만이 유일한 휴식공간이다.

이때를 놓칠 새라 두 딸아이는(5살과 2살짜리) 목마를 타고, 등에 올라 미끄럼을 타고 배에 올라 동동동 구른다. 진종일 고개 숙이고 글 쓰는 힘든 작업에 시달리다가도 조금 쉴 새라 딸들에게 간이 놀이터 대용을 서슴치 않고 허락해준다. 나의 수제비 솜씨가 제일이라는 애 아빠와 두 딸을 위해 점심때에 특별요리라며 '우리 집 수제비'를 준비키로 했다.

책상에서 글을 쓰고 있는 애 아빠의 옆에 사랑의 보금자리를 잡는다. 우선 밀가루에 소다를 조금 넣고, 반죽해서 밀대로 잘 밀어 애 아빠의 글만큼이나 솜씨 있게 칼질을 한다.

이것이 첫 번째 준비물이다. 두 번째로 멸치국물에 조개를 넣고 끓인다. 팔팔 끓인 해물국물에 소다를 넣어 잘 반죽해 썰어 노릇노릇한 수제비를 넣고 끓인 다음 야채 차례이다.

쑥갓, 당근, 양파, 애호박을 체 썰고, 파, 고추, 마늘을 양념으로 넣고 조금 더 끓인 후, 계란 지단을 맨 위에 올린다. 이렇게 먹음직스런 '우리 집 수제비'를 소담스럽게 상에 올려놓는다. 애 아빠는 나의 이런 솜씨를 최고라며, 자기의 글보다 더 높이 올려준다. 이렇듯 행복의 알맹이들을 집안에서 꺼내 먹는다. 힘들게 차에 시달리지 않고, 인파에 밀리지 않고, 경비절약까지 하니 이 얼마나 훌륭한 집에서의 휴가(休家)인가!

또한 서로의 사랑을 더 쌓아 올릴 수 있고 자녀와의 관계를 돈독히 할 수 있으리라. 평소엔 아이들이 아빠는 아침에 나가면 저녁에 오는 사람, 또는 며칠 못 보는 사람이라고 한다. 이런 생활 속에 오늘 같은 시간이

부부의 길

MBC-TV 정보데이트 프로그램 출연, 리포터와 함께 '94년 충남 온양 권곡동에서

있다는 것에 대해 환호를 보내고 싶은 것이 내 심정이다. 애 아빠의 새
로운 글이 '우리 집 수제비' 처럼 부드럽고 길게, 늘어지는 가닥처럼 잘
풀렸으면 한다. 그래서 목마른 독자로 하여금 한 모금의 물이었으면 하
는 바람이다.

제발 자녀를 낳아주셔요

충남 서천 판교에 살 때 둘째 딸 나아가 태어났다. '나아'의 탯줄을 보건소에서 준다.

"탯줄이니 묻거나 태워 없애세요."

담당 간호사가 나직이 덧붙인 말이다. 피와 탯줄이 뒤엉켜 담긴 비닐봉지를 들고 이불과 옷가지를 챙겨 차를 타고 집으로 왔다. 따스한 아랫목에 아내와 애를 뉘이고는 삽을 들고 뒷산에 올랐다.

"어디가 좋을까? 우리 '나아'의 태를 좋은 곳에 묻어야 할 터인데……."

첫 애도 딸 인데 또 딸을 낳아 장모님은 미안하단다. 마치 자신이 부덕하여 그렇기라도 하듯. 그러면서 이렇게 당부한다.

"김서방, 그거 잘 묻소이. 사람들 눈에 띄이믄 약으로 쓸라구 캐어 간다네이—."

집 뒷산을 올라갔다. 양 뺨이 얼얼할 정도로 매운바람이 분다. 희끗희끗한 잔설을 사각사각 밟으며 늙은 소나무 밑을 팠다. 행여 누가 쳐다보는지 주위를 살피며 정성껏 묻은 후 내려왔다. 좀 야릇한 기분이었다. 내 피와 아내의 피가 섞인 아이의 탯줄을 산에 묻고 내려오는 젊은 아빠의 마음은 착잡했다.

첫 애를 가졌을 때도 누구들처럼 아들을 고집하진 않았었다. 이런 애

부부의 길

길 주위 사람들에게 하면 믿으려 하지 않는다.

　낳고 보나 딸 이었다. 잘 되었다 싶어 우리 부부는 그만 낳기로 약속을 했었다. 그러나 어쩌다 실수가 되어 두 번째 아이를 임신했다. 아들딸 관계없이 이젠 정말 '뚝!' 하자고 약속했다.

　첫 애 바램이는 집에서 조산원의 도움으로 분만을 했었는데 내가 아내 머리맡에서 두 손을 잡아주었다. 원래 약한 몸 인데 비 오듯 땀을 흠뻑 흘리며 몸을 뒤트는 산고의 절규를 직접 보면서 느낀 것이 많았다. 내가 아닌 연약한 아내에게 그러한 절대 절명의 고통은 이제 그만 주겠다고 다짐을 했었다.

　그러던 것이 어쩌다 보니 보건소 분만실에서 다시 한 번 아내를 고통스럽게 하고 말았다. 이처럼 멋쩍게 삽을 들고 산에 오르는 일은 정말 그만이라고 재차 다짐하게 되었다.

　다산의 주범인 남아 선호 사상. 아들이 있어야 대를 잇는다는 개념이 고쳐지지 않는 한 이 문제는 계속 이어질 것 같다. 자손이 많아야 울타

예전의 多産 주범 남아선호사상. 지금은 여성이 선호를 받고 있다

리라는 말은 구시대의 유물이다. 이로 인해 남녀의 균형이 깨지고 있다. 지구상의 모든 생물체는 음과 양의 법칙으로 이루어져 반분되어 왔다. 그런데 문명의 이기가 점차 우주의 섭리인 남녀의 성스런 비율을 해치고 있는 것이다.

지난 1986년 말에는 우리나라 신생아 남녀 비율이 117대 100이었다. 그러나 세계는 102대 100이라 한다. 여간 심각한 일이 아닐 수 없다. 남녀의 성비도 문제이지만 더욱 큰일은 인구 증가 문제이다.

기하급수적으로 늘어나는 인구의 억제와 더불어 남녀 비유를 맞추기 위해 당국이 고민한 흔적을 지나간 표어를 통해 엿볼 수 있다.

가족계획 운동은 6.25 이후부터 본격적으로 시작되었다.

1960년대 초반에는 "알맞게 낳아 훌륭하게 기르자!"
1960년대 후반에는 〈3.3.35운동〉 3자녀를 3살 터울로 35세 이전에 낳자!"
1970년대 중반에는 "아들딸 구별 말고 둘만 낳아 잘 기르자!"
1980년대 초반에는 "하나씩만 낳아도 삼천리는 초만원, 아들 딸 구별 말고 하나만 낳아 잘 기르자!"
1980년대 중반에는 "한 집 건너 하나씩!"
1990년대 다시 "알뜰하게 하나만 낳자!"
2000년대 "하나나 둘도 좋다, 다정하게만 자라다오!"
2001년대 "둘, 셋도 좋다!"
2002년대 "하나만 아니면, 낳치말자!"
2002년대 이후 "제발 아이를 낳아주어요!"

이렇게 시대적 변화의 페러다임에 따라 당국의 구호가 바뀌어 왔다.

부부의 길

아마도 이렇게 변하다가는 얼마 후엔 '다섯 집 건너 하나씩!' 이거나 더 나아가서는 '가정에 자녀는 꼭 필요한가?' 라는 문구까지 등장하지 않을는지?

프랑스에서는 제발 자녀를 낳아 달라고 당국에서 장려를 한단다. 지구 저편에 이런 나라도 있구나 싶어 부럽기까지 하다.

가끔 서울에 가서 느끼는 일이다. 높은 건물이나 육교에서 내려다보면 수 많은 사람들이 저마다의 모습으로 쉴 새 없이 움직이며 꿈틀거리는 모습은 본다.

1987년 7월 11일 온 인류는 이 날을 기억할 것이다. 인구가 이날로 '50억을 돌파했기 때문이다. '유엔 인구활동 기구' 는 이날을 '50억 인구의 날' 로 선포하고 각종 행사를 벌였었다.

세계에서 인구가 가장 많은 중국의 조자양 수상이 80개국에 TV중계로 메시지를 보내는 이체도 보였다.

기원 전 지구엔 약 2억의 인구가 있었고 그것이 1850년에 12억으로 불어나기까지는 1천8백년이란 긴 세월이 걸려야 했다. 그것이 갑절인 25억으로 늘어나는 데는 1백년 밖에 안 걸렸고, 다시 갑절인 50억으로 팽창하는 데는 겨우 37년이 걸렸을 뿐이다.

하늘과 땅 사이의 생물 중 가장 귀한 것이 인간이라 했다. 구수하게 풍기는 된장찌개 같은 훈훈한 인간성이 행여 넘치는 인간들에 의해 뒤켠으로 밀려나지나 않을까 하는 기우가 든다.

'하느님은 세상만물을 창조하셨지만 네덜란드 땅만은 네덜란드 국민이 만들었다.'

둘째 딸 나아의 어렸을 때 모습

　네덜란드 국민들은 이렇게 말한다. 부지런하고 애국심이 강한 그들의 기개와 개척 정신을 두고 하는 말이다.
　작지만 아담하고 아름다움으로 가득한 대한민국 땅을 스스로 버려 놓는 과오는 없어야 할 것 같다. 이젠 우리나라도 가족 계획협회 요원들이 장려금까지 주면서 '제발 자녀를 낳아 주세요!' 하고 독려하는 시대가 다가와 있다.

부부의 길

제2장
객지로 돌며

당진에서의 새로운 둥지

충남 서천 판교에서 살면서 결심을 했다. 아무래도 이렇게 살아서는 안 되겠다는 생각이 들어 다시 직장을 잡기로 했다. 1988년 충청남도에서 실시하는 채용에 응시해서 합격하였다.

1988년 4월 25일 첫 발령지가 당진이었다. 판교에서 당진으로 이사를 하였다. 가진 돈이 없었으므로 읍내 산모롱이 아래에 보증금도 없는 월 셋방을 한 칸 얻어 아내와 아이들과 오손 도손 살았다. 당진에서 나름대로 열정적으로 집필활동을 하여 제법 들어오는 원고료도 생활에 보탬이 되었다.

완연한 봄소식을 확인이라도 하려는지 봄비가 주룩주룩 내린다. 꽃분홍 진달래꽃이 화사하고, 아지랑이 몽실몽실 피어오른다. 물오른 버들강아지 새순 돋고 우물가 미나리꽝에 손 펴고 앉는 환희와 약동의 봄이다.

1년 여 다니던 '당진유아원'을 큰딸 '바램이'가 오늘 졸업식을 한단다. 애지중지 뒷수발을 해주었던 아내는 며칠 전 아들 민형이를 분만했다. 산후 조리에 있는지라 할 수 없이 직장에서 시간을 좀 내어야 한다.

봄비가 촉촉이 내리는 아침이다. 난 딸애에게 우산을 하나 주고 나란히 걸었다.

'졸업'이란 것이 정확히 무엇인지도 모르면서 함께 걸어주는 아빠가

부부의 길

좋은지 녀석은 마냥 싱글벙글 웃고 있다. 늘상 시간에 쫓겨 아이와 함께 야외를 나간 지가 언제이었던가! 비 오는 봄날 오전 부녀지간의 호젓한 '동행'은 따스한 봄기운만큼이나 싱그러웠다.

이곳도 명색이 졸업식장인지라 당진유아원 입구에는 벌써부터 꽃을 든 학부모의 손에 대롱대롱 매달린 원아들로 북적댔다.

사각모와 졸업의상으로 바꿔 입은 원아들은 이층에 마련된 졸업식장으로 들어갔다. 미리 준비된 순서에 따라 식이 진행되었다.

담임선생님의 지도에 따라 졸업장을 받으면서 송사·답사를 제법 의젓하게 잘도 해내고 있다.

졸업식장은 이렇게까지 아이를 키우고 지도하신 학부모와 유아원 측의 보람과 아쉬움이 교차하고 있었다.

그런데 정작 나의 눈시울을 뜨겁게 한 장면은 식순의 맨 끝이었다. 피아노 반주에 맞추어 영롱한 아이들의 졸업식 노래로 피날레를 장식하고 있었다.

　　오랫동안 사귀었던
　　정든 내 친구여
　　-작별이란 웬 말인가
　　가야만 하는가-
　　어디 간들 잊으리오…….
　　(중략)

행사 총지휘를 맡은 여자 원장 선생님, 달님 반, 햇님 반, 별님 반을 맡아 코 흘림, 대소변 등 엄마의 역할을 했던 담임선생님들이 저 초롱초롱하고 해맑은 원아들을 보내려니 아섭고 슬펐던지 마침내 행사 종반에

당진유아원에서 다정한 3남매. 둘째 딸 나아, 아들 민형, 큰 딸 바램

울음을 터트렸다.

　행사장의 학부모들도 덩달아 수건을 꺼내어 고개를 돌리고 훌쩍 대었다. 칠십여 명의 원아들도 선생님과 부모님이 울자 엄마 왜 우냐며 덩달아서 엉엉 운다.

　마침내 나도 안경 안으로 눈물이 흘러내렸다. 참석한 학부모 대부분이 주부들이라 그 앞에서 훌쩍대기가 민망스러웠다. 미동도 않고 나오는 눈물을 그냥 양 볼로 흘려 내렸다. 그야말로 식장은 온통 너 나 할 것 없이 눈물바다를 이뤘다.

　어느 졸업식장을 가도 흔히 있는 광경이다. 오늘의 유아원 졸업식장의 눈물바다는 판이한 감동의 인간애적인 정情 그것이었다.

　응석만 부리던 어린 것을 유아원에 보내고 노심초사하는 엄마 마음,

부부의 길

엄마 역할까지 해야 했던 유아원의 선생님들.

이는 마음과 마음의 교감뿐만 아니라 몸과 몸의 뜨끈한 정이었으리라. 어느 유행가 가사처럼 정이란 무엇일까! 주는 걸까. 받는 걸까.

우리 한국인을 '눈물의 민족'이라고 한다. 그저 이래도 눈물, 저래도 눈물이다.

원래가 한恨이 많은 민족 이어서일까. 다정다감해서 그럴까. 깊디깊은 가슴속 본능의 눈물 원시세포를 규명할 방법은 없을 것이다.

다만 우리의 어머니가, 할머니가 우리에게 자주자주 보여주었던 것이 '눈물'이다. 그래서 우리도 살아가면서 웬만한 일만 생기면 그저 눈물을 흘린다. 이를 본 가족이나 주위 사람들도 그저 눈물을 닦는다.

이는 한恨보다 정情이 많은 탓으로 잘 우는 것 같다. 배 안에 있던 아이가 태어나면서 우는 탄생의 눈물, 십 대엔 과자에 울고, 이십 대엔 사랑에 울고, 삼십 대엔 사회와 직장에 울고, 사십 대엔 가정에 울고, 오십 대엔 삶의 회의에 울고, 육십 대엔 쇠약에 울고, 칠십 대엔 죽음의 공포에 운다.

정! 정! 그놈이 정이 무엇인지 헤아리고 헤아려도 알 수 없는 그 놈의 정 때문에 오늘 또 울어야 하나!

쉬 – 헤프닝과 동태가족

아들 민형이를 낳기 전에 우리 부부는 딸아이들에게 요강 쉬—를 훈련시켰다. 아이들이 하루가 다르게 재롱을 떨며 커 가는 것을 보면 뿌듯한 보람과 함께 자꾸만 우리도 나이를 먹어가는구나 하는 생각이 든다. 그저 병치레나 하지 말고 건강하게 무럭무럭 자랐으면 하는 게 우리 부부의 자그마한 소망이었다.

우리는 '쉬 헤프닝' 때문에 자다가도 피식 웃는 일이 허다하다. 막내아이는 젖먹이라서 생리적 현상을 기저귀에 그대로 표현하지만 둘째 애는 제법 용변을 가린다. 그런데 낮에는 잘 가리지만 또래의 아이들과 뛰어 놀아 곤한 탓인지 밤에는 그냥 이부자리에 쉬를 한다. 그러는 바람에 종종 엄마한테 궁둥이를 얻어맞고 잔다. 한참 바깥 구경에 맛을 들일 때여서 그런지 제멋대로 흐트러져 자는 모습을 보니 여간 피곤하지 않았던 모양이다.

근래 와서 우리 부부는 누가 먼저랄 것도 없이 잠을 자다가 눈이 먼저 떠지는 사람이 둘째 애를 일으켜 요강에 앉히고는 "쉬 하자, 쉬" 한다. 그렇게 서너 번 하면 졸린 표정으로 금방 쪼르륵, 소리를 낸다. 어떤 때는 약 십 분 정도 요강 위에 앉아 윗몸을 어른에게 의지한 채 그냥 자기도 한다. 이쪽도 자다가 일어났으므로 같이 존다. 달래느라 몇 십 분을 시달린다. 그러다 쉬하는 '신통약'을 쓴다. 애의 궁둥이를 철썩철썩, 두

부부의 길

세 번 때리면 칭얼대다가 결국 '쪼르륵' 소리가 난다.

어떤 때는 아내가 금방 일어나 요강에 쉬— 시킨 줄을 모르고 내가 쉬— 하고 궁둥이를 때리지만 이 녀석이 쉬 하질 않는다. 금방 쉬 했으니 쉬가 다시 나온다는 것은 생리적으로 불가능한 일이다. 이런 날은 애꿎은 애의 궁둥이만 실컷 얻어맞는 꼴이다.

그래서 궁리 끝에 요강 옆에 쉬 카드를 하나 만들어 놓기로 했다. 내가 불시에 일어나 쉬 시키고 몇 시 몇 분에 쉬 했다고 기록하고, 다시 아내가 자다가 눈을 부스스 하고 일어나 쉬 시키면 몇 시 몇 분이라고 적어 놓으면 된다. 그러면 밤중에 자다가 불시에 일어나 쉬 시킬 때 혹시나 하고 쉬 카드를 보면 된다.

'지금 쉬 시킬 것인가? 다음에 시킬 것인가?'

이러면 애꿎은 애 궁둥이가 수난을 당할 염려도 없고 이불에다 쉬 할 염려도 사라지는 것이다. 그래서 궁—하면 통하고 쉬—하면 쉬하는 것 아닌가!

작은 단칸방에서 다섯 식구가 살았다. 한밤에 마당에 있는 화장실을 가기 위해서는 방문을 열고 주인댁 눈치를 보면서 나가야 한다. 밖으로 나가기 위해서는 방이 좁아 아이들 다리를 치우며 나가야 했다. 비록 가난하고 힘들었지만 우리 식구는 사는 것 같이 살았다. 단칸방 앞뜰에는 감나무가 있었다. 밤이면 감나무 밑에 오순도순 자리를 깔았다. 밤하늘의 달빛에 젖어 객창의 시름을 달래기도 하였다.

우리 집은 당진에 살면서 동태를 자주 끓여 먹었다. 값도 쌌지만 맛도 담백 했다. 오늘 저녁도 동태로 맛있는 식사를 했다. 가만히 생각하니까 이 명태는 우리 식단의 효자식孝子食이었다. 우리가 흔히 대하는 수산식은 뭐니 뭐니 해도 명태明太이다.

맛이 담백하고 시원하여 우리 식성에 맞아 오랫동안 많은 사람들로부터 사랑을 받아왔다. 본래 명태란 이름은 함경도 명천明川 태太 씨가 연승어법을 사용해서 잡은 고기라 해서 지명의 명明 자와 성太 자를 따라 붙여진 이름이다.

그런데 재미있는 사실은 명태처럼 많은 이름을 가진 어류도 드물다는 점이다.

그것은 쓸쓸이와 가공방법에 따라 여러 가지로 불려진다.

국거리와 찌개거리에 따라 '생태' '건태' '북어' '선태' '묵태' '노가리'와 등과 원료로 하여 가공한 '더덕북어' '명란젓' '맛살' '사슬적' 등이 있다.

이 중에서 한겨울 대관령 덕장에서 매달려 매서운 추위 속에서 얼리어 말린 것을 '황태' '동태'라고 하여 명태 중에서도 '최고의 맛'으로 친다.

동태는 동해안 지방의 겨울철 작업으로 가슴지느러미 부분에서부터 꼬리 부분까지 배를 갈라 내장을 제거한다. 피를 뺀 다음 물 표백으로 동결을 시키는 것이다.

이렇게 하루에 너 댓 번 씩 민물을 바꾸어 가면서 이십 마리씩 싸릿대로 엮어 바람이 잘 통하는 그늘에 걸어 겨울철을 나게 된다. 얼었다 녹았다를 되풀이하면서 건조되는 것이 황태요, 동건 명태, 동태인 것이다.

생각만 해도 뼛속 깊이 으스스 스며드는 추위를 느낀다. 그런데 지난 설 연휴에는 우리 가족은 마치 대관령 덕장에서 매달려 추위 속에 오들오들 떠는 '동태' 신세가 되었다.

지난 초겨울 갑작스럽게 이곳으로 이사를 왔다. 이 집은 오래된 한옥으로 지독하게 추운 집이었다. 물론 근래에 보기 드물게 강추위를 한 탓도 있지만 코끝이 얼얼하도록 추웠다.

저녁에 사온 귤을 자고 일어나 아침에 먹으려니 마치 애들이 밖에서 뭉쳐온 눈뭉치 같았다. 껍질이 딱딱해 끄덕도 않아 주먹으로 탁 치니 사과가 부서지듯 아사삭 으깨진다.

그리고 방 천장엔 허연 서리가 내리듯 성에가 끼었다. 축축한 벽에 습기가 밴 벽지는 힘없이 축 늘어진다. 말을 할 때 마다 입안에서 하얀 입김이 묻어 나왔다.

그러니 아내와 아이들은 아랫목 따스한 곳에서 옹기종기 이불을 쓰고 앉아 나올 줄을 모른다. 방바닥도 전체가 따뜻한 게 아니고 아랫목만 좀 따뜻했다. 그야말로 냉방 중 냉방이었다. 마치 전술한 대관령 동태덕장의 강추위를 방불케 했다.

특히 아내는 만삭의 몸으로 행동거지가 여간 불편한 것이 아니었다. 그러니 보통 문제가 아니었다. 틈새로 한기가 들어올 만한 곳은 온통 테이프와 종이로 단단히 막았다.

석유나 전기난로를 피울까도 했지만 협소한 단칸방에서 애들의 화재 위험 때문에 못할 일이었다.

게다가 설날 연휴 중 당직근무까지 끼었으니 객지에서 고향집에도 못 가는 몸과 마음이 더욱 추웠다.

사람들은 설날이랍시고 고향으로, 가족의 품으로 들떠서 물결처럼 거리를 누비는데, 우리 '동태가족'은 추위에 떠는 한심스러운 명절 연휴였다.

가난이 유죄인가! 추운 겨울이 유죄인가!

에에라, 오늘 저녁엔 웬수 풀이나 하듯 아내한테 으스스하게 얼어붙은 동태찌개나 끓여달라고 하여 술이나 한 잔 해야겠다.

가시고기와 문학생활

문예지에서 얼마간의 원고료가 왔다. 나와 아내는 가끔 이런 경사가 있을 때마다 '원고료 시장보기'를 한다. 흐뭇한 마음으로 시장골목으로 자전거를 힘차게 몰고 갔다. 장꾼들과 저녁 찬거리를 보러 나온 사람들로 왁자지껄한 시장은 파장으로 더욱 흥청대었다. 육류는 요즈음 콜레스테롤 함유량이 많다고 아내가 가급적 피하자 했고…… 생선으로 사아겠는데 뭘 사갈까……?'

행인들을 부르는 광주리장수 아줌마들을 옆으로 기웃거리며 비좁은 시장 골목을 걸었다. 주머니가 넉넉하여 많이 살 것도 아니다. 광주리 안에 담겨져 있는 갈치와 고등어를 사고는 옆의 눈에 띄는 대파와 멸치도 좀 샀다.

시장이 멀어 아내가 딸애 둘을 데리고 약한 몸으로 나오기가 쉽지가 않다. 또 아내는 만 원 짜리 지폐 한 장을 쥐고서 시장 골목을 몇 바퀴나 돌고 돌았다. 싸고 많은 것을 골고루 사고도 몇 천 원 정도를 남겨서 딸애 돼지저금통에 넣는 알뜰 구두쇠 살림꾼이어서 그렇다.

그래서 가끔 '원고료 시장보기' 할 때는 눈에 띄는 밑반찬을 거침없이 대충 걷어서 사들고 온다. 이렇게 사오면 대개 상한 생선을 사오거나 바가지를 씌어 사오기가 일쑤여서 아내로부터 바가지를 긁힌다.

"어휴! 또 실속 없는 그 큰손으로 한바탕 걷어 왔구려. 좀 잘 보고 사

부부의 길

오세요. 이런 상한 생선을 비싸게 사오면 어떡해요. 그래 그 아줌마도 참 파장이겠다. 손님이 벙벙한 맘 좋은 남자이겠다. 잘 걸렸다 하고 떨이를 했겠구려."

"……."

아내의 한바탕 연설에 할 말이 없다. 어쨌건 아내는 돈 들여 사온 소채류나 어물들이 웬만큼 상해도 쑥갓과 양념을 넣어 냄새를 제거하는 등 갖은 솜씨로 상 위에 올려 식구들의 입맛을 맞춘다.

모처럼 우리 네 식구는 둥그렇게 앉아 갈치매운탕과 고등어조림을 코에 땀이 송송 배이도록 맛있게 먹었다. 얼마간의 원고료 덕택에 온 집안 식구들이 푸짐하게 먹으니 보기가 좋았고 행복했다.

좋아라 먹어대는 딸애들이 더러 살점이 묻은 생선가시를 버린다. 그러면 아내는 다시 그것을 거둬 먹는 모습이 가슴이 아프고 미안하다. 늘 아내의 몫은 딸애들이 먹다가 남기거나 버리는 부분이다. 그것이 아까워 악착같이 먹어 치운다.

오늘도 예외는 아니었다. 아내는 깡마른 어깨로 두 팔을 걷어 부치고 딸애들에게 살점을 골라 떼어준다. 자신은 지느러미 쪽 잔가시가 많은 부분을 입속에서 헹구며 훌훌 먹고 있었다. 그 모습은 마치 어느 가족들이 큰 음식점에서 갈비를 푸짐하게 시켜놓고 먹는 모습이 연상이 되었다. 민망한 마음으로 고개를 푹 숙이고 모래알 같은 밥알을 목구멍으로 넘기었다. 그런데 갑자기 앞에서 맛있게 먹던 아내가 카아악 거린다.

"카아악— 카아악—."

"아니, 여보 왜 그러오?"

"……카아악— 어유, 모처럼 생선포식하나 했더니 기어코 걸렸네. 카아악— 카아악—."

'……! 아뿔사, 이것 큰일 났구나. 생선가시가 목구멍에 걸렸나 보구

어려움을 이겨낸 행복한 우리가족

나.'

먹던 수저를 놓고 민망한 모습으로 쳐다보았다. 아내는 물을 마시고 침을 꿀꺽꿀꺽 삼키곤 했다. 그 몹쓸 놈에 생선가시가 목구멍에 박혀도 고약하게 박혔나 보다. 안타까움과 미안한 마음으로 겨우 모기만한 소리로 말했다.

"……어떻게 그게 박혔지…… 저 말야, 그럼 밥을 한 술 떠서 이 거친 김치를 놓고 목구멍으로 몰아서 넘겨봐요. 그럼 아마 가시도 같이 빠져 넘어갈 거야. 응."

아내는 이마에 땀방울까지 맺히면서 캭캭 거린다. 시킨 대로 밥을 한 술 떠서 김치가닥을 밥술 위에 놓고서 씹지도 않고 힘들게 목구멍으로

부부의 길

삼켰다. 밥알과 거친 김치에 목구멍에 박힌 가시도 걸리어 함께 넘어가라는 것이다.

일찍이 어려서부터 시골의 부모님으로 부터 듣고 배운 민간치료법이었다. 아내는 그렇게 예닐곱 번을 어거지로 힘을 주며 삼켰다. 옹골차게 박힌 그놈에 생선 가시는 끄떡도 않고 아내의 목구멍 어딘가에 떡 버티고 있는 것 같았다. 다시 대여섯 숟갈을 넘겼다. 그놈에 생선가시는 여전히 그대로 버티고 있다. 그러자 이젠 아내도 지쳤는지 큰 눈에 눈물까지 글썽이며 이마에 맺힌 땀방울을 닦으며 숟갈을 놓는다.

"어유, 카아악— 이제는 더 밥을 못 먹어요. 배가 불러요. 생선가시도 가시지만 배가 불러 못 먹겠어요. 어유— 쳇!"

"……미안하오 여보. 내일 이비인후과라도 가서 빼어야지 그것 신경 쓰여서 일손이 잡히겠소……."

"흥, 병원에 가면 누가 그냥 해주나요. 다 돈 줘야 빼주지……."

"돈이 문제야? 침 삼킬 때마다 신경이 쓰이는 그 몹쓸 놈에 가시를 뽑아버려야지."

"그 돈 몇 천원이면요, 우리 애들 며칠 우유 값이고, 그 돈으로 생선 사먹으면 며칠은 족히 먹을 수 있어요."

"……참내, 이 사람하고는……."

아내는 목구멍에 걸린 생선가시 때문에 아까운 갈치매운탕과 고등어조림을 먹지 못했다. 딸애들도 갑작스런 어수선한 상황에 조금 먹다가 그냥 상을 물러났다. 아내는 김이 모락모락 나는 따끈한 생선들을 처치 못한 게 아쉬운지 큰 눈을 이리저리 옮기며 불편한 심기로 밥상을 치운다.

평소 아내는 생선을 좋아했다. 다른 날 같으면 식구들이 밥을 다 먹고 물러난 후에도 상을 혼자 끌어안듯 앉아 생선가시를 낱낱이 발라내며 먹었을 것이다. 아이들이 고기를 조금만 흘려도 다 돈이 들어간 것들인데 왜 흘리냐고 하며 주위 먹는다. 알뜰한 구두쇠 살림꾼이 아닐 수 없다. 한동안 맘속으로는 먹고 싶었고 벼렸을 텐데, 오늘 저녁상은 그 몹쓸 놈에 '미운 생선가시' 때문에 오붓하고 행복한 미식美食을 잃어 버렸다.

이런 아내를 마주보기가 민망하여 얼른 밥상 앞을 물러나 서실로 건너가 버렸다. 그리고는 책상 앞에 앉아 담배를 한 개비 피워 물었다. 애꿎은 담배연기만 후후 하고 창문 유리가 깨지도록 불어댔다.

'젠장, 원고료로 모처럼 식구들에게 가장 노릇 한 번 한답시고 생선 몇 꼬리 사왔더니 그놈에 미운 생선가시 때문에……'

혼자 투덜거리며 길게 담배 연기를 후— 하고 뿜어댔다. 그리고는 나 자신의 주위환경을 가만히 생각해 봤다.

가족이나 주위에선 경제를 모르는 사람이라고 평가한지 오래이다. 악착같이 먹고 살려고 악다구니를 써도 살기 어려운 세상인데, 늘 뒷걸음 치는 것이다. 돈을 불리는 이재理財쪽엔 아엔 관심이 없었다.

황금만능주의로 치닫고 있는 현세대에 너무 동떨어진 어리숭한 사내라는 표현이 옳을 것 같았다. 이러기 까지는 문학이란 학문이 나로 하여금 운명에 지침을 돌려놓았던 것 같다. 옆집에 돈이나 꾸러가지 않고 식구들 끼니나 안 굶고 살면 그것 자체가 이미 욕심 없는 행복이고 나의 생활신조라고 생각했다. 그러한 행복의 바탕 위에서 문학이라는 정신적 세계가 더욱 가치 있는 일이라는 게 나의 신조이며 지론이었다.

자신의 생활철학 속에서 가치관을 정립하여 무구하게 사는 게 최상의 과정이요 목표인 것이다. 인간 내면의 진실한 온 후의 정으로 후세엔 오늘날의 세계보다 번영되고 축복된 살만한 인정의 사회가 되어야 한다는 것이다.

부부의 길

'배 부른 돼지 보다는 생각하는 사람'이 되어야 한다는 게 나의 지론이다.

이런 생각에 푹 젖어 매사를 대하니 아내와 주위 사람들로 부터 환영 받을 만한 위인이 못되는 것은 당연하다. 괜히 투자할 가치가 없는 방면에 쓸데없이 궁상떨고 다닌다는 것이다. 한 마디로 '글 나부랭이'가 밥 먹여주고 돈 벌어 주냐며 주위에선 비아냥거린다. 그래도 다른 사람들 보다는 남편을 조금은 이해하려고 애쓰는 아내한테 고맙고 미안하다. 틀에 박힌 쥐꼬리만한 봉급쟁이 주제에 글이나 쓴다고 청승맞게 휴일만 되면 궁상을 떨고 있다. 가난하고 무능한 사람을 만나 아내는 그나마 작은 봉급으로 생활을 꾸려나가느라고 밤이면 가계부를 펴놓고 앉아있다. 앙상하게 마른 손가락을 꼽아보다가 그대로 피곤해 잠들기가 일쑤였다. 그러다가도 더러 휴일 날 향토물 취재로 여행을 가기 위해 손을 내밀면 마지못해 장롱 속 지갑에서 자신의 살점을 떼어주듯 아깝게 쥐어준다. 이럴 땐 미안하고 고마워 얼른 현관을 나오며 눈시울을 붉히곤 한다.

아내는 남들 아내처럼 잘 먹어 토실토실하게 살이 찌기는커녕 깡말라 가슴이 붙어 주위 사람들이 안타까워 할 정도이다. 오랜만에 외출이라도 한 번 하려면 옷이 없어 아내는 쩔쩔맨다. 기껏 있어봐야 유행이 지난 구식 옷이거나 여러 번 세탁을 해 해진 옷이 있을 뿐이다.

딸애 둘도 그렇다. 다른 집 아이들은 일 년 사시사철 온갖 색깔로 디자인된 옷과 예쁜 꽃 구두가 몇 벌씩이다. 그러나 딸애들은 겨우 사계절을 돌아 갈아입을 정도인 것이다. 그것도 큰애의 소유가 거의이다. 왜냐하면 둘째는 언니의 옷을 대물림하기 때문이다. 자기 몫이 있다고 해야 갓난이 때 겨우 선물로 들어온 옷이 두 세 벌 있을 뿐이다.

아내도 우리의 생활실정을 알기에 무던히도 말없이 견디는 사람이다. 그러나 너무 궁색한 생활과 이웃집 아이들 옷차림에 비해 딸애들 행색이 초라하기 때문에 외면만을 할 수 없는 가정주부이고 여자인지라 가끔은 이렇게 투정한다.

"여보! 당신한테 들어가는 가계비 비중이 얼마나 되는지 아세요?"

"……글쎄?"

"전체 가계비에서 30-40%이예요. 당신 문학한다고 들어가는 문화활동비 · 책 출판과 구입비로 쓰여지는 돈만 아껴도 아마 우리 살림이 넉넉하지는 못해도 그럭저럭 살 거예요."

"……미안하오 여보!"

"……웬만하면 나도 이런 말 안하려고 하는데 가끔 옆집 동호네나 지혜네 살림 불리는걸 보면 분통이 터져서 그래요. 미안해요……."

"아냐, 내가 늘 이래서 그렇지 뭐."

"속 모르는 사람은 월급도 타고 가끔씩 원고료 몇 푼씩 오니까 생활이 윤택하겠다고 들 하지만, 빛 좋은 개살구지요."

착한 아내도 가끔은 투정을 부린다. 금세 얼굴을 붉히며 미안하다고 눈물까지 글썽거린다. 비좁은 여자의 소견이라며 이해하란다. 이러는 아내가 어떤 땐 대견스럽고 고맙다.

창밖엔 벌써 어둠이 밀려오고 있다. 이런저런 생각에 젖어 있다가 앉았던 의자를 일어서며 담배 한 개비를 더 꺼내어 물었다. 그리고는 카메라 장비와 원고지, 지도를 챙겨 여행 가방에 차례로 집어넣었다.

내일 휴일은 경상도 지방으로 향토 물 취재차 여행을 간다.

자꾸만 현대문명의 발현으로 잊혀져가는 농촌의 농요農謠와 굿의 원류源流 형태를 추적 발굴해 성안成案이 되면 문화원의 협조를 얻어 한 권의 책으로 내기로 했던 것이다. 구전口傳으로만 전해져오거나, 전수해오던 무속 형태가 이젠 그마저 멸종위기에 다다른 것이다. 이러다간 고유의 지방향토문화가 없어져 전통의 지방색을 잃게 될 것이라는 불안감에

부부의 길

둘은 공감을 가졌던 것이다. 아니 그런 미풍양속을 지키지 못하고 잃어버린다면 후세에 무슨 명목으로 보며, 무슨 유업을 넘길 수 있냐는 게 두 사람의 지론이었다.

준비물을 가방 속에 챙기며 지난 주말 술좌석에서 지인과 거나하게 취해 주고 받았던 얘기가 생각이 났다.

"김 선생, 어쩔 셈이요? 우리가 지켜서 후손에 남겨 줄 유업이 지금 멸종 위기에 있으니 말이야."

"응, 그래 우리 농촌이 자랑하던 고유문화를 우리가 발굴하여 보존 계승치 않으면 누가 하겠어요."

"그러게 말이야, 누가 하겠어? 아니면 그 마을 이장이 하겠어? 어느 누가 이 일을 하겠냔 말이요?"

"암, 우리가 해야지 해야 하고말고……. 그나저나 참으로 슬픈 일이야. 자꾸만 자꾸만 우리의 유구한 전통인 농촌 풍습이 사장 되어가고 있으니 말이야."

"누가 아니랴! 우리 어렸을 적 일터에선 얼마나 구성진 농요가 곳곳에서 들려왔나! 또 갖은 풍악놀이와 두레패들의 풍물놀이, 그네타기, 길쌈놀이, 연날리기 등 참으로 흥겹고 아름다운 화합의 풍요였었지……."

"아, 김 선생, 술 들어. 이거 술 먹다가 옛날 아롱진 추억담에 눈물 나겠네 그려."

"그래그래 유 선생 술이나 들자구."

"그나저나 내일 경상도지방 여행갈 경비는 어떻게 챙기었나?"

"……할 수 없지 뭐. 마누라 뽀뽀나 한 번 해주고 치마폭에 안겨 조르는 수밖에……."

"예끼! 이 사람아, 사람이 머리를 써야지……."

"아니, 유 선생 뭐 좋은 수라도 있오?"

"에헴……. 지난번 신문사에서 온 원고료 일부를 마누라 몰래 조금 빼놓았지. 후후훗— 후후훗."

"이 사람 주머니 두 개 찼구먼. 그러다 마누라도 한 사람 몰래 꼬불쳐 놓겠네."

"-예끼! 이 사람아 마누라 한 사람도 제대로 간수 못하는 가난뱅이 글쟁이 주제에 무슨 염치로. 원고료가 제법 왔길래 미안하지만 조금 빼놓았지."

"하하하핫— 여!— 권 커니 잣 커니인— 우리 가난뱅이 글쟁이를 위해서!"

"후후훗— 브라보……!"

지난 주말 술좌석에서 두 사람은 호탕하게 웃으며 둘만의 우수한 자존으로 세상의 골목길 이곳저곳을 술잔에 담아 종횡무진 했다. 술좌석의 헤프닝을 생각하며 빙그레 웃었다. 여행 가방 속에 준비물을 챙기다 말고 선반을 힐끗 보았다. 그리고는 슬며시 손을 들어 먼지에 쌓인 책갈피를 더듬거려 넘겼다. 아내 모르게 숨겨 놓았던 원고료를 확인하기 위해서이다.

가끔 서실을 먼지떨이개로 청소를 잘 하는 부지런한 아내이건만 책갈피 속에 있는 돈은 발견 못한 모양이다. 다행히 손끝에 지폐 몇 장이 잡힌다. 의미 있는 안도의 미소를 조용히 지은 채 창밖을 내다보았다. 창밖은 완전히 어둠속에 익어가고 있었다. 찌르르 찌르르 울어대는 이름 모를 풀벌레 소리만이 깊은 가을밤을 재촉할 뿐 이었다.

아내는 요즈음 싱글벙글 웃음이 그치질 않는다. 아마도 얼마 전 여성잡지사에서 온 원고료로 마이너스된 가계부의 진료비도 메우고 원피스 한 벌을 사 입은 덕택인 것 같다.

'엔돌핀'인가 하는 호르몬이 아내한테는 요즈음 전성기를 맞는 것 같았다. 그 덕분에 아침저녁 밥상에 반찬이 골고루 올라와 있고 나에 대한 애정표현도 더욱 지극해서 기분이 좋았다.

토요일 아침에는 출근 준비를 해 주면서 아내는 넌지시 말했다.

"여보, 오늘은 일찍 와요."

"왜?"

"오늘은 퇴근하고 서해의 삽교천 방조제에 바람 쐬러 가요. 겨울도 다 가고 봄바람이 살랑대는데……."

"그럴까?"

"그럴까가 뭐예요. 남들은 매주 야외를 나간다는데, 내 원고료 일부 남은 것 하고 엊그제 당신한테 온 원고료로 생선회나 좀 먹고 옵시다."

"그럼, 그럽시다."

토요일 근무를 마치고 서둘러 집으로 왔다. 밖에 나가 차를 탄다는 말에 딸애들은 그저 좋아라 웃으며 옷을 입는다. 아내는 새로 산 원피스를 입고는 거울이 뚫어져라 좌우로 살핀다. 오랜만에 갖는 가족 동반 외출이라서 조금은 들뜬 마음으로 차부까지 걸어가 삽교천 행 버스를 탔다. 버스에 타자마자 애들은 차창 밖의 광경에 소리치며 즐거워했다. 겨우내 추위에 떨었던 가로수가 따스한 봄내음으로 기지개를 펴듯 하늘을 향해 힘차게 팔을 벌리고 있었다. 짚단이 드문드문 쌓여 있는 들녘은 마른 들판으로 누워있었다. 더러 부지런한 농부는 소를 몰고 일찍이 논갈이를 하고 있었다.

봄바람을 가르며 쌩쌩 달리던 버스가 삽교천 광장에 뽀얀 먼지를 일으키며 멈췄다. 토요일 오후라 그런지 많은 행락객들이 삼삼오오 짝을 지어 광장을 채웠다. 이곳은 최근 국민휴양관광지로서 전국적으로 알려져 많은 사람들이 찾고 있다. 시원하게 펼쳐진 서해의 망망대해와 내수면을 잔잔히 끼고 있는 평화스런 어촌마을의 배경이 한 폭의 그림 같았다. 광장 곳곳의 길목엔 생선 횟집들이 번듯한 간판을 내걸고 있다. 싱싱한 우럭과 아나고가 수족관의 바닥을 치며 튕겨 오르는 모습은 오가는 많은 이의 눈길을 끌었다. 또한 노상 곳곳엔 광주리와 리어카에 내놓은 마른 생선과 금방 잡은 듯 비늘이 반짝이는 물오른 생선이 보인다.

우리 가족은 사람들 물결에 섞여 방조제 끝 바닷가 쪽으로 애들의 손을 하나씩 잡고 다정하게 걸었다.

"아빠, 아빠 저기, 고기 좀 봐. 눈 뜨고 있어!"

"음 그렇구나. 저것은 우럭이라는 물고기야."

"우럭이 뭔데?"

큰애는 광주리에 담겨 펄떡이는 우럭을 보며 신기한 듯 물었다. 아내는 으리으리한 간판을 건 큰 생선 횟집을 가리키며 말한다.

"저렇게 큰 생선 횟집은 바가지 쓴대요. 우리는 저쪽 리어카에 가서 애들과 소라나 좀 먹어요."

"그럽시다. 우리는 맨날 한쪽 구석 인생이구먼."

"할 수 없어요. 셋방살이 주제에 이렇게 나온 것도 원고료 덕분이에요."

애들은 신기한 듯 소리 내며 떠다니는 바다의 통통배를 보며 손가락질을 한다. 방조제를 따라 걷다가 끝날 즈음에 리어카를 개조해서 만든 간이 횟집 긴 의자에 우리 가족은 앉았다. 그리고 아줌마에게 소라 한 접시를 시켰다. 잠시 후 상추 잎사귀에 당근, 마늘을 접시의 가장자리에 무늬로 장식한 소라 한 접시가 나왔다. 옆의 일행을 보니 해삼과 멍게, 아나고와 낙지가 먹음직스러웠다. 아내도 그쪽 접시에 눈길을 빼앗기고 있었다.

"여보, 미안하오, 입만 버린 것 같아."

"할 수 없지요. 뭐."

부부의 길

아쉬운 마음으로 자리를 일어섰다. 애들 손을 하나씩 잡고 광장 이곳저곳을 구경했다. 많은 행락객들이 저마다 무리를 지어 다니며 토요일 오후를 한껏 즐기고 있었다. 가족끼리 모여 사진을 찍는가 하면, 연인들끼리 오붓하게 팔을 끼고 걷고, 길가의 장사꾼들은 이들에게 생선이나 기념품을 사라고 호객을 하고 있었다.

우리 가족은 한가히 광장 이곳저곳을 거닐다가 서녘노을이 질 때 쯤 집으로 가기 위해서 버스 승강장 쪽으로 걸었다. 가는 길목 저쪽에서 아줌마가 부른다.

"아줌마, 이것 들여가세요. 떨이로 만원에 다섯 마리 줄게요."

딸애 손을 잡고 앞서 걷던 아내가 갑자기 걸음을 멈추었다. 광주리 생선 장수 아줌마 쪽으로 시선을 돌렸다.

"아! 저 고등어……"

"뭐, 뭐 고등어?"

"이에는 이처럼 생선 먹다가 생긴 사고는 생선으로 풀어야 하잖아요."

"참내 이 사람도!"

순간 나는 회교국에서 많이 사용하는 '담·야돌브담'이란 말이 생각났다. 피에는 피, 이에는 이 라는 살벌한 복수, 복수만이 미덕美德으로 통하는 저돌적인 사막지대 민족만의 근성이란다.

아내를 보고 웃으며 말했다.

"그럽시다. 까짓 것 사다가 저녁 찌갯거리로 실컷 먹어 봅시다."

아내는 비닐봉지에 담아주는 싱싱한 등 푸른 고등어를 움켜쥐고, 버스승강장 쪽으로 만면의 미소를 띠우며 걸었다. 가난한 글쟁이 남편을 만나 생활에 찌들어 저리도 악착같이 살려고 발버둥 치는구나 생각하니 아내한테 미안했다. 집에 돈과 쌀 떨어지는 날이 허다한 것이 현재의 생활이다. 이때마다 아내는 융통성이 있어 굶기지는 않았다. 처녀시절엔 그렇게도 순진하고 착했는데, 어려운 생활이 아내를 악착같은 생활인으로 만든 것 같다.

승강장엔 당진 행 버스가 용케도 있어 쉽게 집으로 왔다. 집에 와 대충 손발을 씻고서 아이들을 등에 태우고 말놀이를 하며 함께 뒹굴고 놀았다. 부엌에서 아내는 고등어 요리를 얼마나 맛있게 하는지 맛있는 냄새가 집안을 진동시켰다. 그렇게 한참을 아이들과 놀고 있는 사이에 아내는 김이 모락모락 나는 밥상을 들고 들어왔다.

"야! 이거 진수성찬이구려!"

"엄마— 엄마— 맛있어 응?"

뒹굴며 놀던 딸애가 밥상을 보며 다가와 앉는다.

"그래 맛있다. 자 이리들 오너라. 오늘은 마음 놓고 고등어 포식이나 하자."

밥상을 가운데 놓고 빙 둘러 앉았다. 밥상 위엔 무와 김치를 넣고 푹 끓인 찌개와 프라이팬에 튀긴 고등어가 구수한 냄새를 풍기며 온통 식욕을 당겼다.

"여보, 이번엔 생선가시 조심하고 자알 먹읍시다."

"염려 말아요. 지난번처럼 가시 박히는 일은 없을 거예요."

아내는 지난 번 미운 생선가시 사고를 의식하는지 가시를 조심스럽게 발라내고 아이들에게 고기를 떼어주며 먹고 있었다. 그렇게 한참을 먹고 있는데 앞에서 먹던 큰애가 갑자가 먹던 숟갈을 놓고 카아악 거리는 게 아닌가!

"카아악— 카아악— 어— 엄마. 목이 아파. 엄마."

아내는 깜짝 놀라며 딸애에게 갔다.

"애야, 애야, 어디, 목에 걸렸니?"

부부의 길

당진 삽교천에서 아들 민형이를 안은 30대의 김우영 작가

"응 엄마. 흐흐응. 아이 목이 아파."

"어? 이거 큰일났네. 어휴. 그놈의 미운 생선가시 때문에."

"참 내. 그놈의 생선가시가 문제군."

아내는 지난 번 자신이 겪었던 것처럼 딸애에게 물을 먹이고 밥을 한 술 떠서 단숨에 목구멍에 넘기도록 했다. 그러나 목구멍 어딘가에 박힌 가시는 끄떡도 않고 버티고 있었다. 수선을 떠는 아내를 향해 말을 했다.

"할 수 없지 뭐. 참았다가 내일 병원이나 가야지."

아내는 깜짝 놀랐다.

"병원은 무슨 놈의 병원이에요? 단 5분만에 만 원이에요. 만 원. …… 참, 그렇지!"

아내는 무슨 생각을 했는지 갑자기 일어나 장롱 속을 뒤졌다. 그러다 잠시 후 플래시를 찾아내더니 딸애에게 다가갔다. 그러더니 입을 벌리라고 하고는 플래시를 비추고 입 안을 살펴봤다. 그리고는 젓가락을 들고 입 안에 넣었다.

'아뿔사! 저 사람이 지난 번 병원에서 의사가 하던 것처럼 플래시를 비추고 가시를 뽑으려 하는구나!'

하는 생각이 들었다.

"아니, 여보 어떻게 하려고 그래?"

"가만있어 봐요. 단 5분만에 만원 벌어요."

딸애는 엄마가 하라는 대로 입을 벌리고 요리조리 고개를 젖히고 있었다. 그러다 칭얼거리던 딸애가 카아악 거리며 소리친다.

"카아악— 카아악—, 아이 아파."

아내는 소리치는 딸애를 보고 깜짝 놀랐다. 입 안에서 빨간 피가 흘러내렸기 때문이다.

"어머 애 좀 봐! 젓가락에 목을 다친 모양이네!"

"뭐야! 아니 이 사람이 돈 절약 하려다 애 죽이겠네."

딸애는 피를 보고는 더욱 소리치며 울었다. 아내는 얼굴이 하얗게 변해 정신없이 옷을 갈아입었다. 나는 딸애를 번쩍 업었다. 아내도 의료보험 카드를 쥐고 뒤를 따라 나섰다.

어둠 속에 읍내 병원을 향해 정신없이 내쳐 뛰었다. 저만치 우체국 앞 수은등이 어둠속에서 반짝이고 있었다. 허겁지겁 뒤를 따르며 울먹이는 아내의 말소리가 아련히 들려온다.

"어휴, 가시 있는 미운 생선은 이제 그만이에요. 혹시 물오징어라면 몰라도…… 에이."

불을 켠 차량들이 휙휙 곁을 스치며 내달린다. 마치 딸아이를 업고 정신없이 달려가는 젊은 애비의 마음처럼.

　그 것이 좋은 소재가 되어 단편소설 생선가시 이야기 '자화상'을 발표하여 두둑하게 원고료가 왔다. 그래서 온 가족이 삽교천 방조제 나들이를 가서 그렇게 먹고 싶던 웬수같은 싱싱한 생선도 푸짐하게 사다가 아내와 나는 지지고 볶아 생선가시 살풀이를 했다.

얼른 와욧……?

　직장의 초임 발령지 충남 당진에 살면서 우리 부부는 종종 싸우고 화해하기를 되풀이 했다. 대부분의 부부싸움이 그렇듯 일상의 사소한 일들로 비롯되었다. 이런 경우 우리 부부는 어린 아이들을 일찍 재워놓고 포장마차 같은 곳에 가서 한 잔의 술을 나누면서 대화하며 풀었다.

　눈 오는 어느 날 밤이었다. 찬바람이 을씨년스럽게 부는 날, 이번에도 사소한 일로 아내와 언쟁을 했다. 부부싸움이란, 늘 별 일 아닌 걸로 시작이 되어 감정격화까지 몰고 가는 심각한 상태에 이르는 경우가 다반사였다.

　아내와 사소한 입씨름에서 출발한 일이었으나 중간에 감정격화로까지 몰고 갔다. 별거를 하자 느니 헤어지자 느니 하며 싸웠다. 그러다 어찌 어찌하여 화해의 숨통을 트고는 집 앞 포장마차로 씩씩대며 앞서거니 뒤서거니 걸어갔다.

　언제부터인지 몰라도 우리 부부는 부부싸움이 나면 집 앞 포장마차에 가서 화해를 한다. 포장마차에 가서는 긴 의자에 앉는데, 앉을 때 처음엔 다소 간격을 두고 앉는다. 그리고 소주와 오뎅을 시켜 홀짝홀짝 마신다.

　옆에 있는 아내는 뽀로통한 모습으로 떡볶이를 시켜 먹는다. 그리고도 양이 안 차는 날에는 돼지족발을 시켜 우직우직 옹골차게 살을 발라 먹는다. 그러면서 이런다.

"당신이 조금만 참았으면 이런 일이 없잖아."

"당신이 먼저 참지……."

"흥……?"

"쳇……?"

처음엔 서로 잘했느니 잘못했다느니 하면서 책임전가를 하지만 결과적으로는 거의 나의 판정패로 끝이 난다. 내가 워낙 센 주량에다 센티멘털하여 술병이 하나, 둘 쌓이다 보면 기어이 한풀 꺾이고 만다.

"여보, 내가 잘못했으니 이만큼 오구려!"

"흥!"

"어이, 이거 누가 봐도 보기 흉하게 떨어져서 이게 뭐야? 그러니 이만큼 와서 팔짱을 끼고 먹자구."

아내를 옆으로 끌어당겨 술을 따르게 하고 한 잔 권하고는 한다.

원래 아내는 밀 밭 근처만 가도 취하는 위인이어서 어거지로 한 잔을 권하면 금방 홍시가 되어 어쩔 줄을 모른다. 이때를 놓칠세라 나는 포장마차 주인의 눈치를 힐끗 보고는 볼에 뽀뽀를 하고 엉덩이를 한 번 두들겨 주고는 또 술을 따르라고 한다.

이런 나의 태도를 보고 아내는 금세 얼굴이 빨개지며 눈을 흘긴다. 여기가 방석집이나 색시 집으로 망상(착각) 하지 말라며 먹다만 큼직한 돼지족발로 나의 입을 틀어막는다.

미안하다느니, 앞으로는 이런 일이 없도록 하겠다느니, 남자인 내 아량이 부족했다느니 하며 횡설수설을 한다. 나의 넋두리를 아내는 듣는 둥 마는 둥 하며 술에 취해 축 늘어진 나의 어깨를 잡아당긴다. 이제는 아내가 술에 취해 객기를 부리는 나한테 사정조로 애원하며 빨리 아이들이 기다리는 집에 가자며 자리를 일으켜 가는 차례이다.

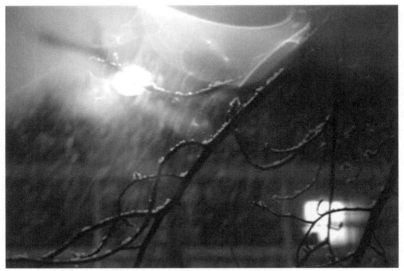
충남 당진 살 때 대문가의 밤 풍경

우리는 서로 부축하며 집으로 향했다. 눈 오는 날 밤이라서 춥다. 저만치 집 입구 감나무가지에 달이 걸쳐 있고 그 위로 눈이 쏟아지고 있었다.

이때쯤이면 달을 보며 부르는 나의 십팔 번 노래가 튀어 나온다.

"저 별은 나의 별— 저 별은 당신 별— 아침이슬 내릴 때까지— 별이 지면— 당신과 나는 이불 속으로 들어가야지—."

내가 아내를 오른쪽 팔로 꼬옥 안고 노래를 부르며 대문 앞 길목을 돌아서는데 아내가 깜짝 놀란다.

"아이구머니! 여보 조어게 뭐, 뭐어야."

"아니 뭐언데 그래?"

서 너 발자국 전방에 허연 물체가 꿈틀대며 앞을 가로막고 있다. 순간적으로 소리를 꽥— 질렀다. 그러자 그때서야 그 물체는 윤곽을 드러내며 한쪽 가장자리로 비키는 것이 아닌가.

부부의 길

"아니, 저것이 개 아니에요?"

밤눈이 밝은 아내가 손으로 가리키며 말한다.

"음, 그렇군. 그런데 저 흰 개 뒤쪽에 붙은 검은 물체는 뭐지?"

"글쎄요."

아내는 허리를 구부리고 자세히 보더니 입으로 손이 간다.

"아, 아니 저 개들이……."

"왜 그래. 여보, 개가 한 마리 또 있어?"

"……!"

취한 눈으로 허리를 구부리고 자세히 보니 흰 개와 검은 개가 뒤엉켜 있다. 한밤중에 집 앞 길목에서 사랑을 하고 있는 것이 아닌가! 며칠 전부터 암내가 났다는 이웃집 뽀송이네 흰 개는 어둠 속에서도 쉽게 윤곽이 드러났다. 어디에선가 암내를 맡고 야심한 시각에 용케도 뛰어온 수놈인 검은 개와 어둠 속에 파묻혀 오붓하게 사랑을 하고 있었다.

인기척이 있으면 통상 도망치는 것이 개의 생리이다. 이들은 그럼에도 불구하고 우물쭈물 옆으로 비켜섰다. 서로 뒤쪽으로 엉켜 붙어있어 진행방향이 달랐기 때문인 것 같다.

아내는 겸연쩍은지 손으로 입을 막으며 서둘러 대문가로 갔다. 이를 놓칠세라 한밤중 취객 왈.

"여보, 우리도 오늘 부부싸움하고 헤어지지 않기를 잘했지. 저렇게 개들도 떨어지지 않고 사랑을 하지 않소."

"얼른 와욧……."

아내의 얼굴

당진에 살면서 문학활동을 왕성하게 했다. 주로 당진지역과 대전, 천안 등을 오가며 이루어 졌다. 취미활동하는 문학적인 행사는 관련인사들과 식사나 술좌석이 자주 있다.

늦은 시간 가끔 얼큰한 취기와 비틀거리는 발걸음으로 현관을 들어설 때면, 아내와 귀여운 두 공주 '바램이와 나아' 와 아들 '민형' 이가 고스란히 벗어 논 신발을 보면 미안하여 문을 사알짝 열고 들어간다. 대부분 밤늦은 시간이어서 아내와 아이들이 흐트러져 천연스럽게 쿨쿨 자고 있다.

나는 늘 버릇처럼 제일 먼저 윗옷을 벗으며 아내의 얼굴을 물끄러미 바라본다. 처녀 때는 제법 팽팽한 몸매로 뭇 남자들의 애를 태우며 관심을 끌었다는데…….

지금의 아내는 형편없이 말랐다. 가난과 거친 농촌 살림에 찌들고 깡말라 주위 사람들이 안타까워 할 정도이다.

두 말 할 것도 없이 문학공부를 한답시고 틈만 나면 책상다리 타고 앉아 있는 소견머리 없는 이 사람 때문이다. 더욱이 애들 뒷바라지 하느라고 애태워 그런 모습이다.

살려고 발버둥치고 악다구니 쳐도 힘든 현재의 사회이다. 나는 왠지 초 스피디한 오늘날의 사회구조와는 정반대로 살아가는 것 같다. 아니,

부부의 길

가까운 이웃들과 집안 식구들로 부터는 '가난한 글쟁이'로 명명命名된 지 오래이다.

물론 나 자신이라 해서 적당한 방법과 수단을 동원해 영악하게 물질적 풍요를 누리며 살고 싶은 마음이 없겠는가. 나도 밥상에 매일 고기 놓고 먹고 싶지 않겠는가. 그렇게 원하는 아내의 원피스와 애들의 꽃 구두를 사주며 기름기 흐르는 배를 만지며 살고 싶지 않겠는가.

언제부터인가. 아마 십여 년 되었음직하다. 습작 삼아 시작한 문학수업이 지금의 열심히 글을 쓰는 작가시대로 이어졌다.

그러는 사이 내 마음속엔 물질적 '욕심'이 없어지고 흙과 자연을 벗 삼아 순응하며 살게 되었다. 주위 사람들과 우정과 사랑을 나누며 훈훈하게 사는 것이 나의 좌우명이 되었다. 요컨대 처자식과 끼니나 안 굶으며 자연과 더불어 욕심 없이 사는 것만이 나의 최고의 행복이었다.

돈을 벌어 잘 살려고 남보다 앞지르며 살아가는 이른 바 약삭빠른 사람들의 처세를 따라가지 못했다. 아니 안했다는 표현이 더 옳았을 것이다. 그저 주어지는 삶의 테두리 속에서 성실과 사랑으로 최선을 다해 살았다면 내가 위선자일까?

이러면 혹자는 안일무사주의라 할지 모른다. 그것과는 달랐다. 문학이란 학문이 나의 영혼 속에 들어와 지침을 돌려놓았다.

속된 말로 '배 나오고, 등 따뜻하면 생각나는 게 쾌락 본능이더라!'는 말이 살아가면서 실감이 난다. 또 악인의 정신에서는 악한 글이 나오고, 선인의 정신에서는 선한 글이 나온다고 했다.

내 자신이 꼭 선인이라고는 생각지 않는다. 그래도 가급적이면 그런 방향으로 살려고 애를 쓰는 사람 중에 한 사람이라면서 만족한다.

가끔 깡말라 핏기 없는 얼굴로 잠들어 있는 아내를 취해서 내려다보노라면, 푹 퍼질러 앉아 울고 싶다. 왜 다른 사람들처럼 아내 하나 제대로 여유 있게 해주지 못하는지…… 그렇게 입고 싶어 하는 원피스 한 벌 왜 못 해주며, 또 귀엽고 사랑스런 딸애들에게도 꽃 구두, 예쁜 블라우스 하나 못 사주는지…… 그러나 그러다가도 항상 내 마음을 푸르게 해주는 것이 있다.

지금껏 여러 편의 시와 수필을 써서 나름대로 이곳저곳에 발표도 했다. 책으로 만들어져 나를 알고 있는 모든 사람들 책꽂이에 소중히 꽂혀 있다는 사실이 그것이다.

그 분들이 더러 더러 외롭고 기쁠 때 그들의 마음속에 들어가 갈증을 풀어주는 한 모금의 물이면 그것으로 고마울 뿐이다. 그리고 그 삶의 한 가운데 영롱한 이슬처럼 마음을 닦아주면 위로가 되리라고 생각될 뿐.

그것만이 깡마른 아내의 얼굴을 보상해 줄 수 있는 최고의 영예이자 보람이니까! 이렇듯 당진의 생활은 문학과 오붓한 삶을 이루는 재미가 있었다. 부부싸움은 저 편 너머 사랑과 행복으로 오기 위한 길목에 서 있는 '기다림의 그루터기'였다. 질펀한 부부싸움 끝에는 늘 포장마차로 가서 한 잔술에 넘나드는 다양한 토론과 애증이 공존하였다. 부부싸움이 잦았던 것은 아마도 얼마 후에 시나브로 다가 올 사랑과 행복을 준비하기 위한 다짐의 교향악이었을 것이다.

철학자 테느는 '로마 그랜드 생활과 의견'에서 이렇게 말했다.

'부부는 3주 동안 싸우고, 3개월 동안 서로 사랑하고, 3년 동안 서로 싸우고, 30년 동안 서로 참는다.'

우리도 그렇게 하기로 맹세를 했다. 겨울이면 문풍지가 떨리도록 방안에 찬바람이 새어들고 방에 떠다 놓은 물이 살얼음이 돋는 방, 장대같은 비가 퍼붓는 장마철이면 천장의 비가 뚝뚝 떨어져서 세수 대야를 놓고 빗물을 받아내는 방. 그런 단칸방에서 서로 웃고 울며 살아가고자 한다.

부부의 길

언제부터인가 아내는 경제적으로 부담이 없고, 애들한테도 동무가 될 예쁜 강아지 한 마리를 키웠으면 하는 바람을 갖고 있었다.

그러던 중 서울에 사는 처남이 족보 있는 진돗개 한 마리를 주었다. 잘 키워보라며 후일 강아지 한 마리 되돌려 주는 조건이었다. 나중에 들은 얘기지만 족보 있는 진돗개는 강아지 한 마리에 몇 십 만원씩 하는 비싼 애견이란다.

이름은 부르기 좋게 '메리' 라고 부르기로 했다. 그리고 메리가 살 집은 주인집에서 안 쓰던 개집이 있으니 갖다 쓰라고 해서 잘 청소한 후 사용하기로 했다.

메리가 우리 집에 온 며칠 후 큰 딸 '바램' 이가 초등학교에 입학을 했다. 아내도 바램이의 뒷바라지 하느라고 바빴다. 나는 나대로 직장생활에 쫓겨 그렇게 한동안 메리에게는 무관심한 나날이 지나갔다. 그러던 어느 날 한가한 휴일 오후였다. 밖에서 아내가 메리를 데리고 들어오며 깜짝 놀란다.

"여보, 우리 메리가 왜 이러죠?"

"아니, 왜 그러는데?"

"앞다리가 이상해요!"

아내의 말에 의아해 하며 아장아장 걷는 메리의 앞다리를 보았다. 반듯해야 될 다리가 'O' 자로 둥글게 휜 것이 아닌가. 다시 한 번 걸음마를 시켜 걷게 해봐도 마찬가지였다. 안타까움에 즉시 가까운 가축병원 수의사한테 데리고 갔다.

"어린 것에게 밥만 많이 주고 활동도 못하고 매놓고 키워서 그렇습니다."

가만히 생각해 보니 담 구석에 매놓고 밥만 많이 준 채 무관심하게 내버려 두었구나 하는 생각이 들었다. 'O' 자로 휘어진 다리로 비틀비틀

우리는 종종 당진읍 남산길을 걸으며 행복하게 살자고 손을 걸어 약속을 했다

걸어오는 메리를 보니 여간 미안하고 측은한 게 아니었다.

메리는 족보 있고 예쁜 강아지이다. 무책임한 우리들이 바보 강아지를 만들었다고 생각하니 발걸음이 여간 무거운 게 아니었다. 수의사 말대로 철분이 부족한 거 같아 멸치와 명태 말린 것을 시장에서 사다가 먹이기로 했다.

아내는 시장에서 멸치와 명태 말린 것을 사다가 부엌에 보관했다. 그런데 둘째 딸 '나아'가 잘못해서 간장을 그 위에 엎질러 버렸다. 아내는 투덜대며 햇볕에 말리려고 마당에 신문지를 깔고 널어놓았던 모양이다. 어느새 냄새를 맡았는지 이웃집 개와 고양이가 반쯤은 물어갔다며 또 속상해 했다.

"에이구 속상해, 불쌍한 우리 메리 먹이려구 했더니 저 놈의 고양이와 개만 포식을 했네. 에이구 속상해!"

내가 위로도 할 겸 한 마디 거들었다.

부부의 길

"그것들이 우리네 세상이고 인생인 게요. 여보."

최근 아내는 허리가 아파 고생을 한다. 가끔 병원도 다니고 또 내가 밤이면 안마를 해주던가, 파스를 정성껏 허리부분에 붙여주었다. 이런 연유로 부엌의 연탄을 갈고 연탄재 버리는 일은 언제부터인가 나의 몫으로 되어 버렸다. 나는 아침저녁으로 운동 삼아 자청해서 이 일을 하기로 했다.

이런 나를 이웃에선 가정적인 남편이라고들 하는 모양인데 사실 그런 호평을 들을 만큼 자상하고 가정적인 남편, 가정적인 아빠로 불려 지기에는 많이 부족한 사람임을 자신이 잘 안다.

하루는 일찍 퇴근해서 그 날도 예외 없이 부엌에서 조심스럽게 연탄을 갈고 있었다. 메리가 방울 소리를 촐랑촐랑 내며 다가왔다.

"메리, 메리, 어서 오너라."

눈인사를 하며 십구공탄의 공기구멍을 맞추고 있었다. 갑자기 메리가 주둥이를 땅에 대며 끙끙거리는 게 아닌가.

웬일인가 싶어 메리를 보았다. 금방 바닥에 내려놓은 빠알간 불탄에 냉큼 주둥이를 대었던 모양이다.

"아!"

이일을 어쩌란 말인가. 훨— 훨— 불붙고 있던 불탄을 먹이인줄 알고 주둥이를 대는 바람에 새까맣게 그을려 저처럼 땅에 대고 끙끙 거리니…….

우리 집에 오자마자 밥을 너무 먹이는 무관심 속에서 다리가 'O' 자로 휘는 병을 얻었다. 그나마 먹일 멸치도 이웃집 개와 고양이한테 빼앗겼다. 새빨간 불탄에 앙증스러운 주둥이까지 태워버렸으니. 아! 불운의 강아지 메리야, 주인 잘못 만난 탓에 너의 수난의 역사가 이렇게 시작이 되었구나. 우리 집 메리야.

아픔과 생활

직장에서의 승진으로 충남 당진에서 아산으로 인사이동이 발표되었다. 가족들도 온양으로 이사를 했다. 온양온천에 이사 오면서 큰 맘 먹고 돈을 마련하여 허름한 독채 전세를 얻었다. 우리 다섯 식구는 별장 같은 집에서 살게 되었다. 그간 단칸방 남의 집 처마 밑으로만 돌던 우리 가족의 생활공간이 궁전 같은 분위기로 변하고 있었다.

온양에서는 대체적으로 삶의 재미가 있었다. 직장에서도 재미가 있고 책도 이곳에서 몇 권을 내고 동인활동도 열정적으로 했다. 문인협회 활동과 예총 활동도 열심히 하였다. 그 무렵 서울의 방송국에 출연을 하고 중앙지의 신문에 글이 연재되곤 하였다. 전성기를 이루는 알토라진 생활에 젖었다고 할까.

신문과 방송에 소개가 되자 전국의 여러 곳에서 강의 요청이 왔다. 또 출판사와 여러 잡지사에서 원고청탁도 날아들었다.

"어느 날 하룻밤 자고 나니 갑자기 유명인사가 되었더라."

고 말한 어느 연예인의 얘기가 실감이 났다. 연일 축하전화와 안부전화가 쇄도하자 사무실 동료들이 대신 전화 받기에 정신이 없을 정도였다. 매스컴의 위력을 실감하는 증거였다.

"어이 여기 전화 왔어요."

"이 전화부터 받아요. 제주도래요."

부부의 길

"여기 전화요. 미국 뉴욕 여자 교포랍니다."

"여기도 전화요."

한 번은 어느 분이 술 한 잔 사겠다고 만나자는 연락이 왔다. 바빠서 못나가겠다고 정중히 거절하자 전화기에다 대고 일갈 한다.

"야 임마. 텔레비전만 나오면 다냐아……?"

"아, 아니 그건 아니고오. 내가 선약이 있어서어……!"

또 한 번은 이런 공갈 성 협박성 전화도 받았다.

"야, 너 왜 학교 다닐 때 나한 테 꾼 돈 안 갚냐? 너 텔레비전 보고 방송국에 전화해서 연락처 알았으니 어서 이자까지 갚아. 안 갚으면 너 알았지……."

강의 차 대구와 부산을 빈번하게 오갈 때이다. 시내에서 택시 타려고 서 있는데 나를 많이 알아보았다.

"어, 안녕 하십니꺼?. 엊그제 텔레비전에 나온 작가 분 아닌가예?"

"예, 맞습니다. 안녕하세요. 반갑습니다."

"하모 맞고만예. 여기에다 싸인 좀 해주이소."

"예, 해드리지요."

'흥興이 있으면 퇴退가 있고, 오름이 있으면 내림이 있는 것인가.'

한참 강의와 창작 활동에 바쁜 행복한 시절이었다. 운명의 여신은 우리에게 얄궂었다. 아내가 막내 민형이와 함께 길을 걸어가다가 과속으로 덮친 경운기에 치어 중상을 입은 것이다. 직장에서 연락을 받고 온양 공립병원으로 달려갔다. 아내는 다리가 완전히 골절 상태이고 민형이는 얼굴과 목 부분을 심하게 다쳤다. 퉁퉁 부어 오른 얼굴은 차마 눈을 뜨고 볼 수가 없는 상태였다.

사고를 낸 당사자는 십대였고 영세민이며 무학자의 자녀였다. 답답한 마음에 가해자 집에 가보았다. 가해자의 아버지는 알코올중독자로 대낮

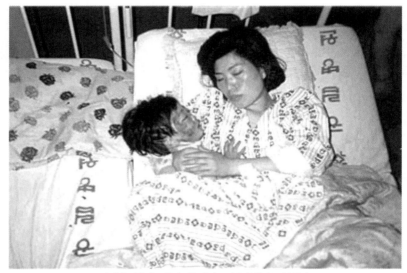
아내가 경운기 교통사고를 당하고 아들과 함께 누워 있다

인데도 술에 취하여 오두막집에서 코를 골며 자고 있었다. 핼쑥한 얼굴에 심장이 약해보이는 가해자의 어머니는 아이를 업고 허허로이 서 있었다.

참으로 난감하였다. 많은 치료비와 앞으로의 문제는 어떻게 풀어가야할 것인가. 밤잠을 설치며 고민을 했다. 아내를 병원에 뉘이고 잠이 오질 않아 창밖을 보니 휘영청 달이 떴다. 달을 보며 궁리를 했다. 아내와 민형이를 다치게 한 가해자 영세민의 십대 소년을 교도소로 보낼 것인가. 아니면 어차피 치료비를 못 받을 바엔 차라리 무상합의를 하여 선처를 할 것인가. 가해자 측이 얼마나 생활이 어려우면 아들을 초등학교도 못 보내고 그 지경으로 살겠는가 하고 측은한 생각이 들었다.

아내와 민형이가 당한 일은 순전히 내 탓이었다. 지금까지 선량하게만 살아온 착한 아내에게 죄업은 없으리. 그리고 이제 세상에 얼굴을 내민 지 3년 밖에 안 된 민형이가 세상을 알면 무엇을 알고 죄를 지었다면

부부의 길

무슨 죄를 지었겠는가.

이는 순전히 죄업이 많은 내 탓이다. 문학인지, 예술인지를 한답시고 툭하면 달랑 배낭 하나 메고 훌쩍 집을 나서지 않았는가. 주말이면 방안에 초롱초롱 앉아있는 가족들을 뒤로 한 채 문화행사장으로 다니며 알량한 낭만과 술에 탐닉한 이 몸 탓이로소이다.

문학이 뭐고, 명예가 다 무엇이라고, 한 권의 책을 내는 일이 뭐 그리 대단한 위업이랍시고 으스대며 천방지축 날뛰었는가. 소위 시인이요 작가랍시고 불리는 못난이여!

쥐꼬리만한 박봉에 살림은 온전히 아내한테 맡기고 자신의 허한 가슴 못난 핑계대고 그렇고 그런 형이상학적인 도가적 사상에 심취만 하면 전부인가?

나 하나 믿고 수만리 길을 촐랑촐랑 따라와 궂은일도 늘 감내하며 순종하고 살아온 아내를 두고 우쭐대며 천방지축으로 살았단 말인가.

돌이켜 보면 허구한 날, 하나에서 열 까지 다 못난 내 탓이로다. 인간으로 태어나서 아내를 만나 자식들을 잉태케 했다면 분명 이를 책임져야만 가장으로써 도리를 다했다고 할 수 있지 않은가. 아내를 호강은 못 시키더라도 잘 먹이고 잘 입혀 소망스러운 한 여인으로 아름답고 보람된 삶을 살아갈 수 있도록 말이지.

또한 자녀들은 초롱초롱 건강하고 알토라진 삶으로 이어질 수 있도록 가장은 책무를 다해야 하는 게 아닌가!

전술한 이런 류의 이론에 대입을 해봤을 때 나는 순전히 그렇지 못한 비가정적인 남편이요, 아빠일 수밖에 없는 위인이 아닐 수 없다.

이러고도 어디 나가면 가장이요, 호주라고 뽐내고 다녔으니 스스로 자책의 회초리를 든다. 평소 존경하는 소설가 박경수 선생님이 어느 날 조용히 불러 타일렀다.

"문학 이상으로 중요한 일은 자네 식솔을 잘 거느리고, 가정이 행복하게 사는 일일세. 잘 처신하게!"

그 당시는 이 말씀의 뜻을 깊이 깨닫지 못하고 건성으로 들었건만 이런 엄청난 사고를 당하고 나니까, 더욱 뼈저리게 느껴진다.

결국 문학이라는 예술행위도 가정생활의 연속선상에서 이루어지는 삶의 호흡 적 형태인 것이다. 이런 점에서 볼 때 가장 바람직하며 리얼리티한 문학작품도 따스하며 보람적인 인간 삶, 즉 가정 안에서 부터 자연스럽게 유도 될 수 있는 것이라 볼 수 있다. 따라서 진솔하지 못한 문학 작품은 보편적인 삶을 살지 못하거나 성실하지 못한 생활에서 나올 수밖에 없다는 논지의 등식이 성립된다. 이번에 사고를 당하면서 큰 공부를 했다. 좀 더 인간적이고 가정적인 사람이 되어야만 그 바탕에서 가장 바람직한 작품이 나온다는 것을······.

오늘은 처가에서 장모님과 처남, 처남댁이 병문안을 왔다. 먼 거리에서 병중의 장인어른을 두고 발길이 쉽지가 않았을 터였다. 막내딸의 사고로 잠자리를 이룰 수 없어 왔다고 하면서 많은 걱정을 하신다.

"하이고, 이 일을 어쩐다냐. 잉. 하이고 이보다 이렇게 둘씩이나 사고를 냈으니 워쩔까이―."

"그려두 천만다행인 줄 알그라. 이보다 덜 다친 것이 다 하느님이 보살피싱께 이. 쯧쯧쯧······."

장모님과 처남은 땅이 꺼질세라 걱정에 걱정을 하신다. 일흔이 넘으신 작은 체구에 농사일에 까맣게 그을린 장모님과 처남의 구리 빛 얼굴을 보노라니 마음이 더욱 아프다.

아내를 만나 처음 사귈 때는 처가에서 나를 싫어했다. 장발에 직업도 없이 청바지 차림으로 덜렁덜렁 다니는 실속 없는 총각한테 딸을 주겠는가?

부부의 길

'92.5.21. MBC-TV 「정보데이트」에서
오미연 아나운서와 함께

'92.2.15. MBC-TV 「세상사는 이야기」에
출연하여 전국적 화제

나중에 들은 얘기지만 당시 장모님은 낙제 점수를 줬다고 한다. 이유인 즉, 문학인지 무엇인지를 한답시고 직업도 없는 청년에게 마음에 차지 않으셨던 것이다. 아니 어느 부모라도 일정한 직업도 없이 미래가 불안한 청년한테 딸자식을 맡기고 싶었겠는가.

그런데 이상하게도 장인어른은 당시 이렇게 말씀하셨다고 한다.

"녀석이 여편네 굶기진 않겠응께 즈그덜끼리 좋으면 그냥 두그라!"

우리 두 사람이 시종일관 변하지 않는 마음으로 밀고 나가는 바람에 오늘날 부부가 되어 버렸다.

물론 한동안은 없는 살림에 아내에게 고생시킨 것은 사실이지만, 이젠 차츰 아내도 고생을 덜면서 지금에 이른 것이다. 언젠가 읽은 성경구절에 이런 말이 있다.

"네 시작은 미약하였으나, 너의 나중은 심히 창대하리라!"

시작의 고통이야 인생의 소중한 교훈으로 삼을 수 있는 것이라. 다만, 훗날엔 적어도 인고의 보람으로 인생의 소중한 교훈으로 삼을 수 있는 것이리라.

장인어른, 그리고 장모님! 조금만 더 지켜보시지요. 저희들 행복하고 보람되게 잘 살겠습니다.

정형외과 병동에서

'수술 중 출입금지' 란 빨간 표지판이 붙은 수술실로 사랑하는 아내가 축 처진 채 실려 들어간다. 잔뜩 겁에 질린 얼굴이다. 속눈썹을 파르르 떨며 눈을 감는 모습이 안쓰러워 고개를 돌렸다.

"너무 염려 마. 아마 잘 될 거야!"

위안의 말밖에 할 말이 없었다. 아내가 들어가자마자 육중한 수술실 문이 탕! 하고 닫힌다. 제발 저 불쌍하고 가련한 여인이 수술이 잘 되어 온전히 걸을 수 있도록 해달라고 간절하게 빌었다. 수술실 문 앞을 오가며 답답한 가슴을 달랠 길 없어 정형외과 병동 옥상에 올랐다.

저만치 설화산 아래에는 온통 아파트와 주택들이 들어서며 공사가 한창이다. 그 산 머리께로 흰 구름 한 점이 둥실 떠간다.

지난 6월 12일 아내는 온양 시내 교차로에서 갑작스런 교통사고를 당했다. 순전히 일방적인 사고였다. 아내는 모처럼 아들 민형(3세)이의 손을 잡고 길을 걷고 있었다. 그렇게 얼마를 걸었을까…. 두 모자가 행복하게 길을 걷고 있는데 날쌔게 옆을 지나던 경운기가 갑자기 우측 인도로 뛰어들었다. 아내와 민형이는 속수무책인 채로 거대하고 육중한 경운기에 운명을 맡겨야 했다.

아! 생각조차 하기 싫은 이 엄청난 사고로 아들 민형이는 목 부위가 심하게 찢어져 20여 바늘을 꿰매어야 했고, 얼굴과 온몸은 온통 타박상

부부의 길

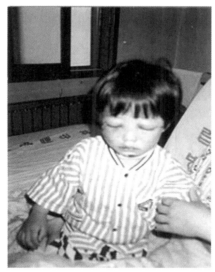

아들 민형이가 심한 교통사고로 살을 에이는 고생이 있었다

으로 피투성이가 돼버렸다. 아내는 또 어떠한가? 아내의 무릎아래 다리
는 완전히 부러지고(개방성골절) 팔과 엉덩이 등 온몸이 역시 경운기에 휘
말려 피투성이가 된 체 정신을 잃어버린 것이다. 다행히 이를 옆에서 목
격한 어느 사람에 의해서 시내 공립 병원으로 후송되었다.

내 사랑하는 아내여! 내 아들 민형아! 울지 마라, 금방 나을 거야. 암
만 우리가 살아 온 가난의 길, 수없이 걸어 온 지난 삶들을 그다지 죄스
럽게 살지는 아니하였잖니, 하느님은 무심하지 않으실 거야. 저 초롱초
롱한 별들을 보아라. 너처럼 영롱하며 윤기 있게 빛나는 별빛을……

저 빛이 우리의 가슴을 비추는 한 우리에겐 용기와 지혜가 있을 거야.

암만 그렇고 말고. 사랑하는 내 아내야. 그리고 토실토실 귀염둥이 내
아들 민형아!

뜻하지 않은 경운기 교통사고로 아내가 입원한지 벌써 두 달이 훨씬
넘어가고 있다. 아이는 쉽게 상처가 아물어 다행히 퇴원을 했다.

문제는 아내이다. 부러진 다리가 쉽게 붙지 않는 것이다. 석 달 여간 안정을 해야만 붙는다는 것이다. 아무래도 올 여름을 나고 초가을의 바람이 산들산들 조석으로 부는 9월 초에나 우리의 가정으로 돌아 올 것 같다. 그저 쉽게 다리의 뼈가 잘 붙어 훗날 보행에 이상이나 없어야 할 텐데.

아내한테는 큰 일이 아직 두 번이 남았다. 첫째, 퇴원한 후 며칠 간격으로 통원하며 물리치료를 받아야 걷는데 지장이 없다는 것이다. 왜냐하면 지금의 부러진 다리를 고정시키기 위하여 살 속에 박은 쇠막대가 뼈가 완전히 붙은 다음에는 빼내야 하기 때문이다.

따라서 다시 한 번 그 무시무시한 수술실의 육중한 문 속으로 들어가 마취상태에서 또 한 번 살을 째야 하는 것이다.

어제는 퇴근길에 병원에 가보니 아내가 얼굴을 파묻고 울고 있었다.

왜 그러냐고 다급히 물었더니, 전북 고창 친정집 아버님이 위독하다는 전갈을 받은 것이다. 팔순의 노구로 장이 좋지 않아 병원에서 고생을 하시는데 쉽게 가 볼 수 없는 자신의 처지를 슬퍼하는 것이었다. 아내는 위로 오빠를 넷 이나 둔 다복한 집안의 막내딸이었다. 그러나 과수원 경기가 심한 등락을 겪으면서 형편이 지극히 안 좋아 가세가 기울기 시작한 것이다. 이런저런 일로 장인어른은 심기가 불편하여 횟병까지 얻으신 것이다.

막내딸을 끔찍이 사랑하셨는데 지금은 어떤가, 그 막내딸은 교통사고로 인해 충청도 온양의 병원에, 팔순의 친정아버지는 전라도 고창의 병원에 누워 보고 싶어도, 가고 싶어도 오가지 못하는 형편이 되고 말았다.

울고 있는 아내를 달래다 필자는 아래층 매점으로 가서 백 원짜리 동전 20개를 바꿨다. 그런 후 깁스를 한 아내를 휠체어에 태워 3층 복도

부부의 길

에 있는 공중전화 박스로 밀고 갔다. 병석에 누워 그리워하는 부녀가 서로의 목소리라도 들을 수 있도록 통화를 하게 하기 위함이었다.

아내는 울면서 아버지를 불렀다. 저쪽의 아버지는 이미 식음을 전폐한 지 두어 달이나 된 중환자인지라 말이 잘 안돼서 '으으응! 허으음' 정도 밖에 못하니 참으로 안타까운 일이었다.

하염없이 눈물이 흘러 내렸다. 쨍그랑하고 동전이 또 떨어지자 나는 아내를 부축하며 미리 준비한 동전을 하나씩 더 넣었다.

이쯤해서 안되겠다 싶어 휠체어를 몰고 다시 병실로 돌아왔다. 흐느끼는 아내를 달래어 침대에 누이고 답답한 가슴으로 멍하니 창밖으로 시선을 더듬는다.

낮에 집에 잠깐 들렀었다. 병석에 누운 아내의 속옷을 가지러 들른 것이다. 허름하게 녹슨 양철 대문을 열고 집안에 들어서니 두 딸이 반긴다.

"아— 아빠, 왜 이제 와?"

"아— 아빠! 우리 빵 사줘."

바지 끝에 매달리는 아이들의 가슴을 끌어안으며 눈시울이 뜨거워진다.

"응, 알았다. 오냐. 아빠가 이따가 사주마!"

허름한 셋방에 들어서니 칠순의 노모가 밥을 짓고 있었다. 가뜩이나 당뇨로 고생하시며 허리가 아프신 어머님이 더욱 가련해 보인다.

젊은 며느리와 막내 손자 녀석은 불의의 교통사고로 병실에 누워있다. 집에서는 두 손녀가 칭얼댄다. 병원으로 보호자 밥을 해 나르랴, 각종 세탁물을 준비하랴, 노구에 여간 어려움이 더하랴.

어머니로부터 아내의 갈아 입을 할 속옷을 받아 챙겨들고 밖으로 나섰다. 큰딸 바램이와 작은딸 나아가 바지 끝에 매달려 또 보챈다.

"아, 아빠, 아까 빵 사준다 했으니 사줘야지, 응?"

양팔에 매달린 두 딸을 데리고 인근 가게로 갔다. 평소 잘 아는 아줌마가 인사를 한다.

"아니, 애 엄마와 애가 경운기 사고를 당했다면서요? 에그 이를 어쩌나. 가족 둘이 한꺼번에 그런 일을 당했으니 쯧쯧쯧……."

가게 아줌마의 걱정스런 소리를 들으며 아이들이 원하는 빵과 아이스크림을 사주니 철없는 아이들은 그저 좋아라한다.

"아. 아빠가 최고야 최고!"

아이들을 노모 곁으로 보내려니 이번에는 또 아빠를 따라오려 한다. 그러자 저만치 대문가에 나와 계시던 노모가 꾸부정한 허리를 간신히 펴며 호통을 치신다.

"어여 가라, 어여 가! 이 철없는 것들아, 아빠는 어서 병원에 들러 직장에 가야혀 이눔들아!"

그러나 엄마의 품 맛을 본지가 오래 전의 일인지 애들은 아빠 곁이라도 떠나지 않으려 보챈다.

칠순의 노모는 보채는 아이들을 데리고 집으로 가려하고, 철없는 아이들은 빵을 잘 사주는 아빠 곁으로만 오려고 발버둥을 친다.

떨어지지 않는 발걸음을 힘겹게 버스 정류장 쪽으로 떼었다. 뒤에서는 울음 섞인 아이들의 투정이 귓전에 울려댄다. 바지 끝에 대롱대롱 매달리는 듯 가슴이 미어질 것 같다. 안경 너머의 눈가에 벌써 뜨거운 눈물이 고인다. 지나는 행인들이 행여 눈치 채일까 싶어 손수건을 꺼내어 횡— 하니 코를 푸는 척 눈가를 씻고 병원 행 버스에 올라탔다.

병원 근처에 와서 오늘은 꽃이나 사가려고 꽃집으로 향했다. 늦게 핀 영산홍이 화려하게 화분위에 얹혀 있었다.

철쭉은 한문으로 척촉이라고도 한다던가. 이 꽃을 보고 발걸음을 머

　　　　　　　　　　　　　　　부부의 길

붉게 핀 영산홍 꽃

뭇거리고 서 있다는 뜻이리라. 정말 필자도 영산홍을 보고 병석의 아내
한테 사다 줄까, 말까 마음 설레고 있었다.

영산홍, 부귀를 뜻하는 청운의 뜻이 담긴 이 영산홍을 아내의 머리맡
화병에 꽂아주자. 그리하여 얼른 다리가 나아 불같이 일어나도록 저 화
려한 영산홍을 아내의 가슴에 환하게 안겨주자.

영산홍을 한 아름 안고 정형외과 317호 병동에 들어섰다. 아내는 매
양 그대로 다리에 붕대를 감은 채 통통 부은 얼굴로 아들 민형이와 함께
누워 잠이 들어 있었다. 가엾은 아내를 깨우기 싫어 살그머니 다가앉아
영산홍 한 다발을 가슴에 안겨 주었다. 그리고는 조용히 시 한 수를 읊
어 주었다.

아내여
내 아내란 가련한 여인이여
왜 여기 누워있는가.

집에는 철없는 아이들이

울고 있는 것을…

아내여

내 아내여

여기

안달래 반달래

이 가지 저가지 노가지나무

진달래 철쭉 한 아름

당신한테 바치노니

불 같이 일어 나거라!

모란 작약 철쭉을 세우勢友라!

화목구품花木九品 중 이등품

세종 때 강희연이 이르던 꽃이요

아내여

내 아내여

당신은 아내 중의 아내.

— 自作詩 「아내여」 중에서

　헬쑥한 얼굴로 침대에 누워 있는 아내를 뒤로 하고 병원 문을 나서려
니 코끝이 찡하면서 눈시울이 뜨거워진다.
　병원에 누워 있을 가엾은 아내, 그 무엇이 좋아 쫄랑쫄랑 이 사내를
따라와 이 모양 이 고통이란 말인가. 연애시절 우리한테도 꿈같은 살핏

한 사랑의 유희가 있었다. 서울에서 문학동인 활동을 하면서 마음의 교 감이 이루어져 급작스런 '우산 속 한 몸이 되어 평생을 언약했던 우리.'

"나 배고파 라면 좀 사줘!"

"응, 그러지 뭐, 누구 청인데 거절하나?"

다정히 손을 잡고 식당으로 가곤 했던 당신과 나.

설중雪中에 핀 매화를
아내로 삼은들 어떠하리!

아내의 사고로 인하여 사무실에는 며칠에 한 번 또는 오후에 출근을 하고 있었다.

오늘은 모처럼 퇴근 후 사무실 직원들과 함께 술을 마셨다. 다리가 부러져 파리한 모습의 아내를 생각하면 어디 감히 술이 넘어가랴만 답답한 가슴, 착잡한 심정 달래나 보자고 쓰디 쓴 쐐주를 목구멍에 끄윽끄윽 넘겼다. 고기 굽는 구수한 냄새와 매캐한 연기가 온 방안을 진동한다.

"세상살이가 다 그런 법이여, 자 한 잔 들어."

"그래 다 운명이라고 생각하구 이 술로 마음을 달랩시다. 김 작가."

다정한 목소리로 옆 동료들이 술잔을 건넨다. 한 잔 술로 마음을 달랠 수 있다면 까짓 이쯤의 술이야 뭐 대수이랴. 그래 마시자 마셔버리자! 운명도, 숙명도, 복잡한 이 현실도 함께 마셔 취해버리자.

우리 일행의 옆 테이블로 또 한 무리가 몰려왔다. 고기를 구우며 왁자지껄 술을 마시기 시작했다. 차림으로 보아 노동자 인듯한 이들은 고기도 많이 구어 먹고 여러 병의 술을 비우며 마셔대고 있었다.

건강해 보이는 구리빛 얼굴의 저들에겐 아무런 근심이 없어 보였다. 오로지 오늘 이 자리에서 희희낙락 먹고 마시면 최고의 행복인 듯 보였다. 그렇다. 행복은 어떤 부富의 상징인 물질도, 명예도 아니다.

그날그날의 노동과 흘리는 땀방울이 보람일 것이다. 저녁놀이 뉘엿뉘

엿 질 때면 마음에 맞는 동료들과 선술집에 들어가 돼지고기에 생두부와 김치를 안주 삼아 벌컥벌컥 대폿술을 들이키는 모습. 콧노래 흥얼거리며 집으로 가면 사랑하는 가족들이 있다. 따스한 이불 속에 몸을 누이고 편한 잠을 푹 잘 수 있는 이런 삶이 바로 소시민의 삶의 미학이요, 행복이 아닐까.

그리스의 철학자 아리스토텔레스는 평범한 행복을 인생 최고의 선善이라고 했다. 그러나 인생이란 그 오묘 복잡 다양한 세계는 늘 행복과 불행이 교감하는 게 아닌가. 그러나 이러한 행복과 불행도 별도로 드나드는 출입문이 따로 있는 게 아니다. 애로라지 오직 사람의 마음가짐에 있는 것이니 화복은 사람이 불러들이는 것이다. 불교에서도 모든 일은 자신의 마음에서 나온다고 해서 유심소작唯心所作이라 하지 않았던가. 철학자 루소도 그의 작품 '에밀'에서 말하기를 이렇게 갈파했다.

"모든 사물은 조물주의 손에서 나올 때는 선하지만 인간의 손에 들어오면서 타락한다."

조물주는 애초에 사물을 신선하고 착하고 깨끗하게 만들었지만 인간들의 술수에 의해 오염되고 불행해지는 것이 아닌가.

갖가지 상념을 떨치지 못하여 주고받은 술잔이 많아서인지 어지간히 술에 취했다. 술의 량이 많아서라기보다 요즈음 이런저런 고민으로 심약한 탓 일게다.

2차로 가자느니, 노래방으로 가자느니 하면서 저쪽 골목으로 사라지는 동료들을 뒤로 하고 아내가 누워있을 병원으로 향했다. 병원에 들어서자 병원 특유의 알코올 냄새, 소독 냄새가 훅 끼쳐온다.

317호 병실 문을 살그머니 밀치고 들어가니 아내가 모로 누워 잠들어 있었다. 얼마나 다리의 통증에 시달렸던지 야윈 손을 환부에 올려놓고 잠들어 있었다. 아내의 입술을 보았다. 화장 끼 하나 없는 입술 사이로

저 눈 가지에 매달려 핀 설중매처럼 우리의 사랑도 피어나리라

침이 흐르고 베갯잇을 적시며 자고 있었다.

(아하, 여보 그렇게 정갈하며 깔끔하고 단정했던 당신이 어린애처럼 침을 흘리며 자고 있다니…….)

눈물이 핑 돌았다. 보호자용 긴 의자를 당겨 앉아 아내의 손을 살며시 잡으며 눈물을 닦았다. 술기운이 확 가시는 듯 했다. '여보, 미안, 미안하오.' 그러면서 고대 로마인들이 찬란한 철옹성의 로마문화를 꽃피우면서 늘 신조처럼 되뇌었던 말을 생각했다.

"숨이 붙어 있는 한 희망을 버리지 말지어다.(Dum sporo sporo)"

인간이 살아있는 존재가 아닌 살아가는 존재로써의 가치를 절실하게 인식하는 사람은 어떤 사람일까. 고독과 허무의 늪에서 어떤 구원의 손길을 갈망하면서도 또한 그것을 부정하려는 면이 있는 걸까.

돈의 필요성을 느끼면서도 재물을 멀리 하려고 하다 또다시 돈의 위력 앞에 무력해지는 자괴적인 이 갈등.

부부의 길

아내는 교통사고를 당한 후 부러진 우측 하지 절단부분에 쇠막대 고정 틀에 10여개의 볼트를 뼈 속에 조여 봉합을 했다. 따라서 살 속에 박아놓은 쇠막대 고정 틀과 조인 볼트를 꺼내는 제거수술을 한 다음 다시 봉합하여 새살을 재생시켜야 한다.

이른바 '재수술' 또한 첫 수술에 버금갈 정도로 고통이 있고, 이십 여 일의 입원과 몇 백만 원이라는 돈이 있어야 한다. 생살을 메스로 길게 째고 쇠막대 고정 틀과 뼈 속에 깊이 조여진 볼트를 제거하려니 이 얼마나 소름끼치고 아픈 일인가. 그러니 재수술은 꼭 해야 한다. 살 속에 차디찬 쇠막대의 이물질이 들어 있으니 춥고 으스스할 때는 얼마나 시리고 저리고 아플 것인가.

재수술을 해주어야겠다고 생각하면서 차일피일 미루기를 삼년이 흘렀다. 이유는 간단하다. 병원비 문제와 이십 여일의 장기 입원 시 가정과 아이들 학교문제로 시기를 맞추질 못해서 그랬다. 또한 지금의 내 형편에 큰 병원비 마련이 쉽지가 않기 때문이다.

지금도 아내는 날이 궂을라치면 "아이고! 다리 아파" 하면서 고통을 느낀다. 이제 삼십 대 초반의 아내가 저렇듯 수시로 고통을 호소하니 마치 늙은 할머니와 사는 기분을 느낀다.

돈, 돈, 돈.

쓰레기와 재물은 쌓을수록 치사하고 더러워진다. 돈 알기를 돌덩이 보듯 해라. 또 어떤 이는 '가난은 불편할 뿐 죄는 아니다.'라고 말했다. 지금은 돌아가신 수필가 윤모촌 선생님에게 찾아가 말씀 드렸다.

"선생님, 돈을 많이 벌고 싶습니다."

"그래, 그럼 자네 앞으로 오줌을 눌 때 꼭 한쪽 다리를 들고서 누게. 그것도 가급적 길가의 전봇대를 보고서 말일세."

"예……?"

그 당시는 그 말씀의 뜻이 무슨 뜻인가 잘 헤아리질 못했다. 그 후 살아가면서 느낀 건 쉽게 말해서 개처럼 살라는 것이다. 인간답게 너무 인간적으로 살다보면 돈을 못 벌고 개처럼 더럽고 무섭고 교활하게 살아야 돈을 번다는 뜻이다. 그러니 전봇대 앞에서 한 쪽 다리를 들고 오줌을 싸며 철저히 개처럼 살아야 돈을 아주 많이 벌 수 있다는 숨은 뜻이 있었던 것이다.

남을 적당히 속이고, 배반하고, 혼탁한 세상과 적당히 손잡으며 군림하고, 교활하게 세상을 살아야 돈을 버는 것이 오늘날의 현실이라면 너무 부정적 편견일까.

천성이 느긋하여 베푸는 쪽, 벌기보다는 쓰는 쪽 이렇게 허허실실 살아 온 내가 그 큰돈을 언제 벌어 아내의 재수술을 해준단 말인가.

결국 인간은 삶의 쾌적을 쫓아 행동할 뿐이런가. 그러나 결코 도구나 노예가 아니라는 자각에 고독해지고 자괴적 갈등에 긴 세월을 삭힐 수밖에 없는 것이다. 이것이 작금의 부정할 수 없는 내 현실이다.

사랑과 죽음의 팡세 '시몬느 베이유'의 말처럼 행복을 위해서는 불행을 살 속에 못 박듯 깊이 박고 살아야 비로소 행복을 얻을 수 있다고 했다.

돈이여, 사랑이여, 세상이여.

한恨이 있는 인생으로 한恨이 없는 인생을 살아가려니 이처럼 위태롭고 슬프기도 한 것이런가.

명사십리明沙十里 해당화야
꽃 진다 서러워마라
명년이 다시오면
너는 다시 피려니와

부부의 길

애닲다 우리 인생

뿌리 없는 부평초야

— 명사십리明沙十里, 「한시」 중에서

3개월여 병원에서 투병 생활하던 아내가 가까스로 퇴원을 하게 되었다. 매일 먹기 싫은 병원 밥, 수시로 들리는 환자들의 아픔의 절규, 아침마다 굵직한 주사침을 들고 들어오는 간호원에 대한 공포, 병원 특유의 니글니글한 내음, 불편한 대, 소변 처리 등 어느 것 하나 편한 것이 없는 악마의 소굴 같은 병원을 나와 퇴원하게 된 아내는 이제 살 것 같다고 밝은 표정으로 '후유—' 한다.

퇴원하는 아내를 기쁘게 하고자 집을 옮겼다. 비교적 깨끗하고 조용한 집을 골랐다. 침대도 사다놓고 커튼도 밝고 좋은 색상을 골라 달았다. 특히 불편한 목발을 당분간 의지한 채 살아가야 하는 아내다. 화장실과 부엌의 구조를 유심히 살펴 되도록 아내가 불편해하지 않는 집을 골라 얻었다. 녹슨 대문을 페인트를 사서 색칠했다. 집안의 거실과 문 등은 니스 칠로 반질반질하게 덧칠을 해놓았다. 그런 후 아내를 새집으로 퇴원시켰다. 물론 퇴원 며칠 전 이사 갈 새 집의 구조(안팎) 구석구석을 찍은 사진으로 병원의 아내한테 전입신고식을 한 바 있었고, 병석의 아내도 고마워하고 맘에 들어 했다.

비록 남의 집이지만 퇴원한 아내는 목발을 짚고 집 안팎 구석구석을 살폈다. 나는 그런 아내를 꼬옥 잡고 다니면서 구경을 시켰다.

"아휴, 세상 살 것 같아요. 살던 집은 사고가 나서 그런지 가기가 싫었는데……. 여보, 고마워요!"

침대에 누워 아내는 눈물까지 글썽거리며 고마워했다.

"아냐, 당신이 오랫동안 고생을 했지 뭐, 나야 뭐……."

퇴원 후 한동안은 통원치료를 매일 다녀야 한다. 그러나 집에서 병원까지는 차편이 문제였다. 차가 없으니 말이다. 어느 날은 출장길에 집에 들러 병원까지 데려다 주고, 올 때는 병원 앞에서 택시를 타고 집에 까지 오게 했다. 그러나 동네 깊숙이 들어와 있는 주택가에서 병원을 갈 때가 문제였다. 그래서 하루는 이 직원차를, 다음날은 저 직원차를, 또 다음날은 출장길 관용차를 이용하여 집에서 병원까지 태워다 주었다. 이 일도 바쁜 직장에서 쉽지가 않았고 사무실 눈치가 보였다.

어느 날 퇴근하여 집에 오니 아내가 치료를 받고 와서 침대에 누워 울고 있었다.

"아니, 여보 왜 그래?"

"흐흐흑, 택시 타고 집에 오기가 쉽지 않아요."

"돈 주면 되지 왜 그래?"

"아니에요, 병원 앞에서 집에 오기 위해 목발을 짚고 택시를 세우면 빈 택시들이 그냥 지나쳐요……. 처음엔 몰랐는데 나중에 병원 사람들 얘기를 들어보니 택시 운전사들이 교통사고 환자들은 안태운대요. 흐흐흑— 재수가 나쁘다나요. 흑—."

"뭐, 뭐야? 참 내……."

말이 안 나왔다. 다친 것만도 서러운데 환자는 재수 없어 안태우다니. 아, 세상인심이 이렇게 각박할 수가 있나? 화가 났으나 차라리 눈을 감았다. 세상을 탓하랴, 매정한 인간을 탓하랴, 가치의 혼란이 일었다.

그날 밤 밤새 잠을 설쳤다. 아내는 유난히 밤에 더욱 다리가 쑤시고 뒤틀린다고 했다. 뾰족한 바늘이 다리를 콕콕 찌르는 듯한 아픔이란다. 그런 아내 곁에서 잠을 지척이다가 아내의 통원치료에 대한 묘안을 세웠다.

　　　　　　　　　　　　　　　　부부의 길

옆에 사는 매제妹弟가 당분간은 시간이 좀 날 테니 자전거를 한 대 사서 그 자전거에 아내를 태워 병원에 실어다 주고 치료가 끝날 즈음에 맞추어 다시 아내를 실어오는 것이다. 아내나 매제나 서로가 불편하고 창피 할 수 있으나 매일매일 택시 운전사들과 실랑이를 벌이는 것보다야 훨씬 나을 것 아닌가.

아침에 밥을 먹고 옆에 사는 매제를 불러 아내랑 의견을 일치 시켰다. 처음엔 아내가 미안하여 거절을 했다. 앞 뒤 사정을 살필 그럴 때가 아닌지라 착하고 성실한 매제도 쾌히 승낙하여 자전거로 당분간 통원치료가 시작되었다. 그러자 주위에서는 저렇게 다정한 처남댁과 매제가 있을까 하며 눈물겨운 모습에 감탄을 했다. 아내도 아내지만 착하고 소탈한 매제가 그렇게 고마울 수가 없었다. 아내의 다리는 하루가 다르게 좋아졌다.

석 달 여 고달픈 병원에서의 투병생활을 마치고 집에 온 아내는 매일 부지런히 병원으로 통원치료를 다녔다.

밤이면 나는 물리치료사가 되었다. 뜨거운 찜질기구로 환부를 감싸 묶어주었다. 다시 아내를 앞으로 누이고 온몸을 두드리고 주물러 주고, 다시 뒤로, 옆으로, 또 앞으로 가볍고 앙상하게 마른 작은 체구의 아내를 침대에 누이고는 두드리고 주물러 주어 시원하게 해준다. 아내는 그저 시원하여 좋단다. 이렇게 열두시 까지 해주다보면 아내는 새근새근 잠이 들었다. 나 또한 그 옆으로 눈을 감고 잠이 들어 버렸다.

그렇게 얼마나 잤을까.

"아이고, 내 다리가! 아이고 다리 아파……."

신음소리를 듣고 눈을 떠 보면 옆의 아내가 다친 다리의 고통을 못 참고 몸부림을 치고 있다. 그러면 부스스 일어나 습관처럼 한밤의 물리치료사가 되어야 한다. 눈두덩 위로 밀려드는 졸음의 무게는

눈 속을 뚫고 핀 설중매처럼 우리의 사랑도 인고의 세월을 어렵게 넘기고 있다

천근만근이다. 아파서 잠을 못자고 다리의 통증과 싸우는 아내를 물 끄러미 보며 부지런히 손을 움직인다. 다리를 두들기고 주무르고 다시 등으로, 옆으로 탁탁탁탁— 픽픽픽—.

그러다가 아내는 아내대로 나는 나대로 또 잠이 든다.

그렇게 반복된 한밤의 물리치료사를 하다 보니 요령과 기술도 늘었 다. 어느 부위는 살살 만지고 어느 부위는 강도 있게 두들기고 그러다 손이 힘들면 발바닥으로 톡톡 쳐주고, 눌러주고, 다시 손의 힘이 살아나 면 주무르고, 두들기고, 힐끗 아내를 보아 잠들었을 성 싶으면 나도 쓰 러져 잔다. 그러노라면 약삭빠른 아내는 다시 내 손을 가져다 다리에 올 려놓는다.

"왜 꾀를 부려 좀 더 두들기지 못하고. 흥—."

"아니 내가 병원 물리치료사인가. 아예 그럴 바엔 월급을 줘, 월급 을?"

부부의 길

투정 반, 사랑 반의 소근소근한 대화로 한밤을 지새우다 보면 새벽 한 두 시가 훌쩍 넘는다. 그러다가 기어이 새벽녘 신음의 일성으로 화들짝 깨어 다시 이 한밤의 물리치료사는 아내를 두들기고 주무르고.

어느 날 아내는 안마를 해주는 내게 미안했던지 한 마디 애교 왈,

"당신은 이제 누구하고도 싸울 일 없고 나에게도 손찌검은 못해요?"

"응, 아니 왜?"

"그거야 당신이 매일 밤 나를 뉘어놓고, 엎어놓고 두들긴 매의 회수가 얼마나 되는지 아세요? 수 천, 수 만 번의 펀치를 휘둘렀으니 누구를 이제 때릴 일도 나를 손찌검 할 일도 없잖아요. 이제 소원 풀었지요?"

"……허허헛, 허허헛."

밤마다 안마를 받던 아내가 미안함에 겨우 지어낸 말이다.

'그래, 어쨌건 실컷 두들겨 패서라도 당신의 환부에 고통이 없어지고 편하다면야 까짓 수만, 수백 번이라도 당신에게 펀치를 날려주마. 사랑하는 내 아내여!'

새벽녘 찬 공기가 마시고 싶어 밖을 나오니 저만치 새벽별이 반짝이고 있었다. 아내와 처음 만나 서울 월계동 셋방(두 평 정도의 세모진 방)에서 아기자기하게 신혼의 꿈을 꿀 때였지. 뚝 길을 오가며 손을 꼬옥 잡고 별 하나, 별 둘, 별 셋 하며 세어 보았던 그 별들이 뿌연 새벽 안개사이로 빛을 내고 있었다. 문득 정한모 시인이 애송하였던 '무량사無量寺에서' 라는 시구가 생각이 난다.

새로 돋는 반달이

나무 가지 위에 뜨니

山寺의 저녁종이

울리기 시작하네

달그림자 아른아른
찬이슬에 젖는데
뜰에 찬 서늘한 기운
창틈으로 스미네.

부부의 길

김애경 작가편

- 아내가 쓴 '병상일기'
  - 일상에서

아픔 그리고 희망 하나

　병실을 들어서는 남편이 오늘은 더위를 아랑곳 않고 정장을 하고 온
다. 다른 때와 달리 웃고 있는 표정이 의문스럽다. 잠시 후 친정아버지
의 임종을 조심스레 말한다. 차마 눈물도 안 나온다. 며칠 전 기브스 한
다리를 차에 싣고 아버지를 한 번 뵙고 온 후 그 모습이 자꾸만 생각나,
마음이 편안치 못했는데, 예상했던 기대는 오늘로 다 사라지고 말았다.
밉도록 끈질긴 목숨에 대해 원망을 더했다. 불쌍하신 아버지, 그 숨이라
도 멈추시면 그 많은 고통에서 벗어날 수 있었을 것을…….

　이렇게 기도를 했었다. 임종을 맞었어도 가 뵙지 못한 막내딸. 살아생
전 자주 가 뵙지 못함과 병실에 계실 때도 한 번 가뵙지 못함이 한으로
남았으니 통곡한들 살아오실 수 없는 걸 어이하리.

　새벽! 열린 창문으로 후려치는 차가운 빗방울에 눈을 떴다. 상반신을
일으켜 창문을 닫았다. 오소소 한기가 돌아 이불을 당겨 몸을 감추었다.
주룩주룩 내리는 저 빗줄기는 내 슬픔을 대신하여 눈물로 흐르고 있나
보다.

　발인 소식을 듣고도 이렇게 병상을 지켜야함이 나를 더욱 슬프게 한
다. 볼 수 없고, 알 수 없고, 말할 수 없고, 들을 수 없는 땅 속, 살아오신
지난날들을 잊으신 채 잠드신 아버지를 목 놓아 통곡한들 다시 오실 수

전북 고창 처가의 장인어른과 장모님의 생전 모습

없음을 알면서도 기적을 바라는 건 어리석은 기도이련가.

병실에 누워 있다가 문득 창밖을 보니 뭉게구름이 두둥실 떠있는 여름 하늘이 싱그럽다. 금방이라도 한 줄기 소나기가 퍼부을 듯한 하늘은 수시로 변하는 여자의 마음이련가. 3층 병동이 있는 건물을 마주하고 달리는 기차의 정적情迹소리에 나의 마음은 창가를 내려다본다.

병실마다 환자들이 각자 슬픈 하소연을 한다. 슬픔의 껍질을 온전히 벗어내어 눈물로 받지 않고는 다 들을 수 없다.

천정도 하얀색, 벽도 하얀색 또 한 평 남짓한 몸 하나 큰 대자로 누울 수 있는 침대도 하얀색…… 맞은편 벽에는 산봉우리에 걸린 자욱한 안개에 쌓인 철쭉이 활짝 핀 풍경화 한 점이 나의 심신을 다독이고 있다.

등줄기에선 연신 땀이 흐른다. 초복은 나를 더욱 지치게 한다. 나의 일과는 늘 그렇다. 뚜렷하게 하는 일 없고, 먹고, 자고, 배설하고, 주사 맞고, 링거 꽂고 조금의 시간이 허용되면 책을 읽고, 한 줄의 글을 적어보고.

매일 아침 7시 15분이면 간호원은 으레 하는 인사처럼 '잘 주무셨어요?' 라며 다가온다. 무서움에 경직된 나를 향해 두 대의 주사 바늘을 엉덩이에 무지막지하게 찔러댄다.

저마다 희망도 계획도 없어 보이는 모습들. 어떤 할머니의 말이 불현듯 떠올랐다. 정형외과 이곳은 병신들만 모인 곳이란다. 웃어버리고 말았지만 참으로 병신은 불쌍하다. 몸소 느낀 이후로 불편한 모든 이를 쳐다보는 시선이 달라졌다. 우리도 시선을 돌려보자. 따뜻함으로.

오늘을 화려한 병실환자 '외출!' 이다.

병실에서 손거울을 보며 그동안 쳐다보지 않았던 화장품을 이것저것 발라보고 루즈도 어떤 색이 어울릴지 발라보고 지워내고, 또 중요한 것은 옷에 대한 것이다.

병실 입원전에도 외출하려 장롱을 열어 보면 철 지난 옷 몇 벌이 걸려 있을 뿐 입을만한 옷은 없었다. 이 옷도 입어보고, 저 옷도 입어보고 벗어 던진다. 그 다음의 투정은 남편을 향해 화살이 정통으로 날아간다. 엉뚱한 남편은 그동안 월급타서 옷 사 입어라고 준 돈 다 어디가 썼느냐며 능청을 떤다. 이렇게 외출은 우리 주부들의 부풀었던 마음을 잔뜩 웅크리게 만드는 것이었다.

병원에 입원한지 한 달하고 이틀이 되었다. 침대에서 고양이 세수만 했을 뿐 시원스레 샤워 한 번 못했으니, 찾아온 손님이 내 옆에서 가까이 올까 두려웠다.

이렇게 꼼짝 못했던 내가 손아래 동서의 도움으로 난생 처음 휠체어를 타보게 되었다.

나에게 이 외출은 그 누구도 맛보지 못한 짜릿함이 느껴왔다. 병동 317호실 외에는 화장실이, 세면실이, 간호원 실이 어디에 있는지 느낌으로 마이크 소리로 방향을 감지하고 있었을 뿐이다. 나 아닌 다른 환자들도 아픔을 인내하고 있음을 돌아보고 가슴 뭉클함을 느꼈다.

부부의 길

그 동안 씻지 못한 마음 깊이까지도 깨끗이 닦아낸다. 이렇게 움직일 수 있음에 감사한다. 나보다 더한 환자 아니 죽음을 초월한 사람들도 많다는데.

내 아들과 내가 이렇게 살아 있음에 하느님께 감사를 드린다. 창문 너머로 씩씩하게 걸어가는 사람들이 부럽다. 일어서기에 노력하며, 후회 없는 삶을 살아가기에 더욱 열심히 살련다.

오늘은 수술하는 날.

아침동이 트니 간호원들이 분주하게 나의 병실을 오간다. 경직된 내 얼굴을 보며 하얀 천사들은 웃어 보라며 농담도 건네준다.

남편도 출근을 못하고 아침부터 내 곁에서 위안을 준다. 옆 침대의 환자들도 위로하며 무서움을 달래준다. 겉으론 웃음을 띠지만 두려움은 여전히 가슴 한가운데 자리하고 있는 것을. 조금 있더니 간호원들은 링거를 팔에 연결한다. 손목의 바늘이 아픔을 참지 못하게 한다. 오전에 한다던 수술은 4시가 넘어서 시작했다.

들것이 들어오고 두 대의 주사를 맞고 수술실을 향하는 내 몸은 두려움이 온몸을 감싸고 있었다. 수술실 앞까지 따라온 남편은 따라 들어 올 수 없는 표지판이 빨갛게(출입자 외 출입금지) 붙여있는 그곳에 서성였다. 나는 전기 청소기속에 먼지처럼 흡입되어 들어가고 말았다.

수술실 안은 냉랭함이 흘렀다. 초록색 가운을 입은 의사들과 간호원이 분주하게 움직였다. 수술대에 올려진 나를 삥 둘러 선 이들을 바라보며 두려움과 내가 진정 정상적으로 이 수술실을 나갈 수 있을지 떨림의 담담함이 몸안으로 파고들었다.

천정에 매달린 수술 조명등은 마취 탓인지 어느새 나의 두 눈을 안개 속에 잠기게 했다. 척추에 마취제를 맞은 후, 다리의 감각을 완전히 잃은 체, 깊은 늪으로 푸욱 빠져드는 느낌 외엔 도무지 생각나는 것이 없

충남 온양초등학교 교정에서 두 딸과 함께 아내

다. 몇 분 잠잔 것 외에. 그러나 그 시간이 40분이었다는 것은 나중에 알았다. 마취가 풀리자 숨이 차왔다.

가슴이 답답하고 무엇인가 짓누르는 느낌이 들었다. 산소 호흡기를 입에 대고 몇 분이 지났을까. 정상적인 호흡을 확인한 뒤 "잘 참았습니다." 원장님의 위로를 뒤로 한 나의 몸은 병실로 옮겨진다.

통증은 조금씩 나를 무섭게 뒤흔들어왔다. 추위와 떨림으로 치아에 수건을 물리고 이불을 두둑이 덮고 그래도 통증을 참지 못함은 인내가 부족함이었나 보다. 병실이 울리도록 외쳤다.

"내 다리야, 다리야……."

고통을 움켜쥐며 나는 혼잣말처럼 되뇌었다.

'언제나처럼 나도 그이와 함께 건강한 다리러 뛰어 볼까나…….'

이는 나만의 고통이 아니었다. 모든 이의 괴로움이었다. 아픔의 밤이 너무 길어 밝아오는 아침을 재촉하다가 차라리 이 밤 없었기를 기도했으니…….

부부의 길

가을의 삶

　단풍나무 길가에 즐비하게 늘어선 그 길을 나란히 발맞추어 걷는 연인들의 모습을 본다. 웬일인지 불투명한 지금의 나를 되돌아보며 막연한 불안감으로 나도 모르게 질투 하고 있었다.

　나 자신의 스스로에 대한 노여움 때문인지 지나가고 다가오는 이 아름다운 가을도 내겐 아무런 의미가 없다.

　창밖의 은행나무를 보노라면 학창시절 친구가 가르쳐준 '가로수' 란 노래가 생각난다.

　머릿속에 담아온 가사와 함께 푸른 잔디 언덕길에 비스듬히 누워 가르쳐준 마음의 노래를 나는 지금도 즐겨 부른다. 아마도 그 친구의 정성에 감동되었기 때문일까. 꼭 이 노래를 부를 때는 지금도 어떤 삶을 살아갈지 모르는 그 친구를 생각한다.

　길가에 가로수

　옷을 벗으면

　떨어지는 잎새 위에

　어리는 얼굴

　그 모습 보려고

　가까이 가면

나를 두고

저만치 또 떨어지네……

이렇듯 계절은 점점 깊어가고 있었다. 나를 지키고, 의지하게 도와주는 두 목발만이 지금 나의 유일한 친구가 되고 있다. 그리고 며칠 후 십 년지기 단짝이었던 친구가 남편과 함께 나를 찾아왔다. 반가움에 서로 얼싸안았다. 비로소 가을은 이 아름다운 계절을 송두리째 나의 품에 안겨다준 셈이다.

밀려서 쌓아두었던 얘기는 많았지만 변해버린 우리들의 모습에서 어떤 말을 먼저 해야 될지, 고작 서로의 안부가 전부였다.

그래도 얼굴 표정 하나만 보아도 서로의 행복과 고통을 서로 알 수 있는 사이어서 좋아라. 행복한 가정을 엮어 나가는 충실한 생활인의 모습이 아주 큰 우리들의 변화였다.

바쁜 세상 남보다 뒤지지 않기 위해 발버둥치는 세상사의 모든 것이 다 우리 손에 잡히지 않지만, 그래도 우리는 열심히들 뛰며 산다. 그것이 행복이며 보람이고 진리임을 알고 있기 때문이다. 바쁜 일상을 잠깐 접어 두고 시간을 내어 나를 찾아준 친구 부부를 고맙게 가슴에 간직해 두련다. 비록 정상인처럼 움직일 수 없으나, 목발의 도움으로 이들을 가까운 관광지로 안내했다. 온양의 명소인 민속박물관으로 우리는 차의 방향을 돌렸다. 일 년 만에 맛보는 자연과의 만남. 자연의 냄새가 이렇게 좋다는 사실을 모른 탓이었나! 갖가지 나무들이 서 있는 모습들에서 나를 다시 생각하게 된다. 전에 느끼지 못한 것에 감사하고, 즐거워하며 사람이란 행복할 때보다 불행한 환경을, 역경을 한 번쯤 겪음으로써 새로운 삶의 목표와 의지를 스스로 깨닫게 된다는 것을 새삼 깨닫는다. 내가 이렇게 성숙해진 가을을 닮아 간다는 것을 알게 되었다.

부부의 길

나뭇잎이 바람에 빙그르 회전하더니 나의 발밑에 떨어진다. 그것들을 사뿐히 밟고 돌아오는 이 길은 즐거운 삶의 터전이었다.

병실에 누워 스르르 잠들었다. 꿈속에서 친정집이 떠올랐다. 소녀시절 잘 부르곤 했던 이원수 선생님의 동요 '박 꽃 피는 내 고향'이 보였다.

　　고향고향 내고향 / 박꽃피는 내고향
　　담밑에 석류익는 / 아름다운 내고향

　　고향고향 내고향 / 바다 푸른 내고향
　　석양에 노을 따라 / 물새우는 내고향

　　고향, 고향, 내 고향 / 박꽃 피는 내 고향
　　담 밑에 석류 익는 / 아름다운 내 고향

내 고향 뒤 곁에는 유난히 박꽃이 많이 피었다

161

누구나 자기가 태어나고 자란 고향은 그립고 소중하다. 언제라도 따스히 반기기에 좋다. 피는 꽃, 흐르는 물, 나무와 산과 지저귀는 새소리, 강, 바다, 들……. 우리는 자기가 태어나 자란 곳이 모든 것을 여명黎明처럼 기억한다.

또한 그곳의 돌 하나 풀 하나도 가슴속 깊이깊이 간직하고픈 귀중한 이야기인 것이다.

그래서인지 '고향'이란 말만 들어도 고달프게 살아가는 현실을 잊고 먼 옛날의 때 묻지 않은 순수했던 그곳으로 달음질쳐 가고 싶어진다.

이렇듯 아름다운 기억들은 요즈음 아이들은 잊고 사는지 모른다.

풍족하게만 자란 아이들은 어른들의 자그마한 로봇처럼 살아간다면 어울리는 표현일지….

어린이들에게도 고향은 있지만 어머니 품처럼 따스한 고향의 추억은 없다. 왜냐하면 오늘날의 현실은 그들의 꿈을 조금씩 조금씩 앗아가고 있기 때문이다.

그래서 나는 아이들이 꿈을 키우며 살아가기를 바란다.

현관 앞에 카나리아의 울음소리를 걸어두고 지저귀는 새소리를 듣게 하므로 잊어져가는 고향냄새를 상기시켜주기도 하고 정서에도 좋을 것이다.

지그시 눈을 감고 흙냄새 나는 고향을 잠시 기억해본다. 그리고 넉넉한 마음으로 살아가는 아름다운 어른으로 남아 있자.

유행하는 가요의 흥얼거림도 좋지만 한 곡의 고향 같은 동요를 내가 부르고 자녀에게 부르게 함으로써 고향을 생각나게 해보자.

반겨줄 고향이 없는 이는 슬픔이라 했다. 마음속에 고향이 있다는 것은 바로 행복일 수도 있다. 우리 모두는 마음에 고이 간직한 언제라도 달려가면 맞아줄 마음의 고향을 만들며 살아가자.

부부의 길

사랑은 서로의 절반을 희생함으로 이루어진다. 접은 색종이 반을 사랑으로 펴서 절반으로 나누어 가진다면 우리의 살아가는 방식이 사랑을 꽃피우리라.

오늘은 가슴 속의 작은 떨림으로 인해 무척 잠 못 이루는 밤이다. 밤하늘엔 영롱한 별들이 무수하게 창가에 내려오고 있다.

하루의 일을 생각하면 복받치는 고마움에 눈물이 핑 돌고 있다. 무지개빛 사랑이 따로 없었다. 이것이 사랑이고 행복이다.

병원에 입원하고 있을 때에 남편은 한 달을 꼬박 병원에서 출퇴근을 하였다.

다리 한 쪽이 골절되었기에 한 발자국도 걷지도 못하고 대·소변을 다 받아내야만 했다. 남편은 불평 한 마디 없이 묵묵히 보살펴주었다.

이러한 남편에게 미안한 마음에 고개를 들지 못하는 나를 오히려 위로하고 따스한 사랑을 느끼게 하는 고마움의 눈물이 고인다.

이렇게 몇 개월을 살다보니 깁스한 다리를 푸는 오늘은 날아갈 듯했다. 사용치 않았던 다리는 후들후들 떨릴 뿐 설수가 없었다.

평생의 동반자. 남편의 지극한 사랑에 감사한다. 과연 나는 나의 남편에게 이토록 정성 다해 돌봐 줄 수 있을까하는 의문을 스스로에게 던져본다.

오랫동안 목욕도 못한 나를 가족 독탕으로 번쩍 안아 들어가더니 조심스레이 자리를 마련하고 온몸을 정성껏 닦아주었다. 이런 지극한 보살핌은 내 인생의 동반자가 아니고는 도저히 엄두도 내지 못할 것이다.

하루속히 나의 다리가 완쾌되기를 빌어본다. 남편에 대한 고마운 마음이 접은 색종이의 절반처럼 오늘도 나는 하늘 향해 고개 짓하며 약속해 본다.

병실에서

병원 생활을 하면서 하루하루의 지루함을 달래며 종이접기에 취미를 들였다.

나에게 조금이라도 도움을 준 고마운 사람들에게 마음의 선물을 드리려 정성스러이 한 장 한 장 고이 접어 예쁜 꽃과 별을 닮은 둥근 모빌을 만들어 고마움을 전했다. 받는 사람은 나의 정성을 알아줄까, 몰라줄까 하는 마음을 묻어두고 무조건적인 아가페 사랑을 받았기에 나도 되돌려주고 싶은 마음이었다.

종이를 하루 종일 엉덩이에 땀띠가 날 정도로 정성을 들여 접어 나의 창 앞에 고이 달아 놓았더니 살랑이는 바람과 재미있는 이야기를 나눈다. 창문에 늘여 놓은 화분들도 뒤질세라 대화하는 듯해 나의 기분은 날아갈 듯 상쾌했다.

내일이면 애 써 만든 모빌 꽃을 선물로 줄 터이지만 그래도 좋았다.

받는 고마움보다 주는 정성이 좋다.

딸아이가 종이학을 접겠다며 사들고 온 조그마한 색종이를 받아들고 모녀간에 머리를 다소곳이 맞대고 도란도란 학을 접는다. 딸이 물었다.

"엄마 학을 천 마리 접으면 자기 소원이 이루어진다는 게 정말이에요?"

"그래, 그만큼 자기가 하고자 하는 일에 정성을 드리면 성취된다는 것이란다."

부부의 길

천 마리 학이 날아 소원이 이루어지듯
나의 아픈 다리가 나으라고 딸은 종이학을 접어주었다

천 마리 종이학의 전설을 생각하며 예쁜 병에 종이학 한 마리 한 마리를 접어서 집어넣기 시작했다. 마냥 좋아하는 딸의 얼굴을 쳐다보며 지루한 병원의 하루해가 저물었다.

누구나 소망 하나 갖고 사는 일은 작은 행복이다. 그 행복을 깨지지 않게 하기 위해 우린 오늘도 사랑 쌓기에 열심인지 모른다. 주위 사람에게 고마움을 전하는 것 또한 받는 것은 살아가는 행복이다.

문득 중국 당송의 8대가 북송의 시인 소동파蘇東坡가 한 말이 생각이 났다.

"인생식자우환태人生識字憂患胎"

(사람으로 태어나 글을 안다는 게 벌써 근심의 시작이니라!)

'천하의 모두가 아름다운 것을 알고는 있지만 이는 추악한 것이 있기 때문이다. 모두 착한 것은 착하다고 알고 있지만 착하지 않은 것이 있기 때문이다. 그런 까닭에 있는 것과 없는 것은 서로가 낳은 것이고 어려운 것과 쉬운 것은 서로가 어우러지는 것이다. 긴 것과 짧은 것은 서로 형체를 들어내기 때문이며 높은 것과 낮은 것은 서로가 있어야 조화를 이룬다. 앞과 뒤는 앞이 있어야 뒤가 있고 따르는 법이려니…….'

병실에 누워있는 나에게 다가오며 남편 말한다.

"당신 입원하고 늙으신 어머님이 애들 뒷바라지와 빨래 밥 등을 맡으면서 요즘 부쩍 투정도 내시고 힘들어 하시네."

집에는 칠순의 시노모와 어린 애들 셋, 남편이 살림을 하고 있었다. 내가 없는 주방이며, 방안이 오죽하랴 싶다. 집안 꼴이 눈에 밟힌다. 그리고는 내가 입원 중에 집에서 있던 일을 말해준다.

어제는 시어머니가 남편을 불러 이랬단다.

"애비야, 이 야들(바램이와 나아) 머리에 이가 허옇게 실었다. 이걸 워티게 헌다냐?"

"예? 이라니요. 요즘 무슨 이가 있어요!"

반신반의하면서 남편은 두 딸의 머리를 바짝 잡고서 머리칼을 헤쳐 보았단다. 아니나 다를까 머리 속엔 이가 굼실굼실 파고들어 머리칼 뿌리마다에 박혀 있더란다.

"아! 이런 웬 이가……."

남편은 머리끝이 삐쭉 서면서 온몸에 힘이 쭉 빠졌다고 하며 시름에 젖는다. 난 고개를 숙이고 눈물을 흘렸다.

'우리 아이들한테 이라니? 요즘이 어디 그 옛날 지극히 가난했던 전란시절도 아닌 과학문명이 극도로 발달된 현대에 이라니…….'

기절초풍 할 일이 아닌가 싶다. 나는 아이들을 키우면서 유난히 깔끔했다. 아이들의 머리칼하며, 옷매무새, 신발, 등 늘 검소함과 깨끗함을 강조하였다. 집안도 마찬가지이다. 집안 구석 어디에도 지저분한 구석

부부의 길

은 없다. 그저 쓸고, 닦고, 털고 하는 나를 보고 남편은 늘 이렇게 말한다.

"당신은 너무 쓸, 닦, 털이야. 너무하면 결벽증에 가깝다구."

"깨끗해서 나쁠 것 없고 안 쓸, 닦, 털보다 낫잖아요. 여보."

내가 교통사고로 입원하자 집안 꼴이 말이 아니었다. 칠순의 시노모가 힘겹게 집안 살림이랍시고 하시지만 노환으로 쉽지 않은 일이었다. 그래서 내가 입원한지 석 달여 되도록 아이들 머리를 감겨주지 않다보니 어리고 철없는 애들의 긴 머리카락에 온통 그 놈의 이 들로 득시글거렸으니 가슴이 답답한 일이었다.

남편은 답답한 가슴에 방안에서 가위를 들고 나왔다고 한다.

"너희들 이리 오너라. 안 되겠다 당분간 엄마가 퇴원해서 집에 올 때까지 삭발하자."

"아빠, 난 싫어요. 이 긴 머리가 좋아요. 응──."

어린애들도 여자애들이라고 외모에 신경을 쓰는 듯했지만 남편의 각오를 꺾지 못하고 두 딸은 남자 단발머리에 가깝게 머리를 싹둑싹둑 잘려 버렸다. 남편은 이 세상의 고난도, 아내의 병마도, 나의 우매함과 무능함도, 그 모든 세상의 싫은 것을, 불특정 다수를 한풀이 삼듯 이를 악물고 싹둑싹둑 잘라 버렸다고 했다.

신문지를 깔고 자르는 아이들의 머리카락 위로 남편의 눈물이 흘렀다고 한다. 그러면서 이렇게 다짐했다고.

"애들아! 미안하단다. 조금만 참으면 엄마가 퇴원하여 너희들의 머리를 곱게 길러 따주고 넘기어 예쁜 '오로라 공주', '백설공주'를 만들어 주실 거란다. 그러니 조금만 참거라. 미안하다 애들아……."

볼을 타고 흐르는 눈물과 머리를 깎는 아빠를 향하여 철없는 애들은 이렇게 말했다고 한다.

"아빠, 왜 울어?"

"응, 아니야 눈에 머리카락이 들어가서 그렇구나. 음, 괜찮다 괜찮아."

우리의 살점 같은 아이들의 머리칼을 신문지에 싸서 대문 밖 쓰레기통에 버리려 나와 보니 저만치 두부장수 아저씨가 종을 흔들며 연호連呼하더란다.

"두부사려, 두부사려—."

아득히 저 멀리 까만 시공 속으로 애처로운 남편은 마음이 무척 아팠다고 한다. 그러면서 이렇게 말 했단다.

"예쁜 우리 오로라 공주. 백설공주야 조금만 기다려라."

"……."

남편의 이야기를 들으며 나는 길게 심호흡을 했다. 그리고 눈을 감고 심연에 빠졌다. 희망과 불행, 좋음과 나쁨 이런 것들은 바람이 일고 비가 오고 눈이 오는 것처럼 자연스럽게 지나가고 다시 오곤 하는 그런 세월의 흐름이었다.

옛말처럼 화복무문유인소소禍福無門 有人所召라 했다. 인간의 행복이나 불행은 드나드는 출입문이 따로 있는 것이 아니다. 오직 사람의 마음가짐에 있어 화복은 사람이 불러들이는 것이다. 그래서 인간만사 매사지사 유심소작人間萬事 每事之事 唯心所作이라 하지 않았던가 말이다.

교통사고를 당할 무렵. 남편은 서울신문사 스포츠신문에 글을 매일 연재하고 있었다. 90회 정도 연재를 했는데 나의 교통사고로 병간호에 경황이 없어 더 이상 연재를 하지 못하는 아쉬움이 있었다.

신문연재를 마치자 원고료가 많이 왔다. 중앙지 신문이라서 그런지 돈이 많이 왔다. 거금 3백만 원이 왔는데 이 돈으로 나와 아들 민형이의 병원 치료비에 사용하였다. 미안하였다. 얼마나 힘들게 써서 매일 연재한 글인데. 그런 고통의 씨앗을 내 교통사고 병원비로 사용하는 어처구니없는 일을 겪었으니 참으로 답답한 일이었다.

부부의 길

온양에서 왼쪽 시어머님과 오른쪽 친정 어머니의 생전 모습

　언제인가 읽은 소설 '억새풀'에서 주인공은 자신도 어려운 가운데에서 상대에게 선의를 베풀며 이렇게 되뇌었다.
　"내가 베푸는 무한한 자비 앞에는 악인도 없다."
　남편이 나의 대·소변을 받아내며 고생하던 90일간의 진료 속에서 나의 병세는 호전되어 가고 민형이도 점점 좋아지고 있었다. 영세민한테 사고를 당하여 안타깝다는 비보를 접하고 남편의 직장에서 동료들이 얼마간의 격려금을 가지고 오셨다. 주변에서의 도움으로 그럭저럭 사고에 따른 문제를 극복하며 안정기를 찾는 듯하자 친정아버지가 돌아가셨단 비보를 접했다.
　이 비보를 접한 나는 병원 침대에 한 쪽 다리를 부목副木에 묶고 있던 터이어서 작은 가슴을 들먹이며 울었다. 칠순의 노구로 막내딸 얼굴도 못보고 눈을 감는 친정아버지의 심정은 오죽했으랴 싶다. 작고하신 친정아버지의 비보와 교통사고로 인해 울먹이는 내 모습을 보고 남편은 작가답게 시를 한 편 썼다.

> 악몽의 긴 밤이었습니다
> 터질듯한 고통의 배를 움켜쥐고
> 시름했던 간 밤
>
> 얼른 밝음이 오지 않음은 이 몸이 죄인이옵니까
> 주님이시여
> 죄라면 박을 어루만져 타고
> 만고를 다 맡은 몸
> 게한나에 던져져도
> 마다하지 아니하리오
> 저
> 박 같이 미련하고
> 양 같이 순한 이를
> 고통으로부터
> 사 하여 주시옵소서
> ― 自作詩 「차라리」 중에서

　3개월의 긴 병마 끝에 퇴원하였다. 퇴원하였다 하여 지긋지긋한 병원과의 이별이 아니었다.
　매일 같이 깁스를 하고 병원을 오가며 물리치료를 받아야 했다. 남편은 출근하고 없으니 옆에 살던 시누이 부부가 나를 극진히 보살펴 주었다.
　옛 부터 '때리는 시누이보다 말리는 시누이가 더 밉다' 라는 말이 우리의 며느리들 가슴에 깊이 자리하고 있다. '시'자만 들어가도 서먹서먹하고 서로 어려운 관계가 바로 올케와 시누이라 했다.

오죽했으면 자신을 말려주는 시누이가 더 밉다고 표현했는지 속담 하나만을 들어봐도 알만한 일이 아닌가.

내가 교통사고를 겪은 지 5개월이 되었다. 그동안의 고통의 순간들이 하루에도 몇 번씩 눈물로 얼룩진 적이 많았다. 이러다보니 다른 사람이 없이는 내 몸 하나 제대로 지탱할 수 없는 사람이 되고 말았다. 길거리를 지날 때 사람들의 시선을 생각하면 절로 고개가 숙여지곤 한다. 또한 지체부자유자의 삶이 어떠한지도 조금씩 알게 되었다.

내가 이러한 불편한 다리를 이끌고 병원을 다닐 때 이 어렵다는 시누이의 도움 없이는 하루도 병원에 갈수가 없었다. 이렇게 매일 매일을 함께 살다시피 하다 보니 올케 시누이의 사이의 정이 무척이나 두텁게 다져진 것 같다.

서로가 서로를 사랑하고 사는 것이 어려우면서도 쉽다는 생각을 한다.

시누이가 나의 중요한 일부분처럼 붙어 다니게 되다 보니 자매같은 느낌을 받는다. 또한 주위 사람들은 친 자매인 줄로 착각을 한다. 바쁘게 살아가는 현실에 자매간에도 어려운 일을 시누이는 불평 한마디도 없이 잘도 해낸다. 어느 미장원엘 같이 갔더니 우리를 자매인줄 알았단다. 이쯤이면 더 이상의 말이 필요하지 않다. 오는 정 가는 정이다.

한 발자국씩 뒤로 물러서면 다툴 일도 없고 원수질 일도 없어진다.

올케와 시누이란 관념에서 벗어나 둘 다 남의 집 며느리임을 알고 산다면 자매가 따로 없다고 생각한다.

온양에서 허름한 독채 전세 집을 마련하여 별장 같은 곳에서 살면서 나의 아픔과 함께 오랫동안 병마와 씨름하는 세월은 저 하늘가의 흰구름처럼 흘러가고 있었다.

아버지의 빈자리,
오랜 고목 같은 오빠의 그늘

　풍요로운 계절의 바람결은 쾌적하고 깔끔한 문화마을 전주 예수병원 308호를 뒤로 하고 나오는 발걸음은 참으로 찹찹하기만 하다. 3년 전 이렇다 할 병명도 모른 채 첫 번째 뇌수술을 성공적으로 마친 뒤 이번에 다시 뇌 재수술을 받아야 했던 큰 오빠의 근영近影 때문이었다.

　특수한 수술과 치료로 인하여 빡 빡 밀어버린 머리에 뚱뚱 부어 오른 모습은 차마 오빠의 얼굴을 바로 볼 수가 없어 흐르는 눈물을 참지 못했다. 이것이 이른바 베트남 전쟁의 고통에 산물인 '고엽제'의 후유증으로 간주 할 수 밖 에 없을 것이련가……!

　지난 1967년 겨울 베트남전에 많은 우리 한국군이 파견됐을 때 큰오빠는 어려운 가정형편을 도울 목적으로 자원하여 비둘기 부대의 대원으로 베트남전에 참전하였다. 남들은 사지死地의 땅인 베트남에 안 가려고 발버둥을 쳤지만 큰오빠는 그곳에 자원을 했다. 너무나 어려웠던 우리 집 가정형편을 어떻게 해결해보려는 큰오빠의 모진 결행이었다. 그리고 전 날 설야는 호롱불 초가 아침을 어머니의 소리없는 흐느낌과 아버지의 헛기침으로 작별을 대신하고 있었다. 큰아들을 머나먼 이국땅에 보낸 부모의 가슴저린 아픔과 한恨 서린 정을 그 누가 다 헤아릴 수 있었을까.

　어머니는 한동안 집 앞 사립문 밖 먼 허공을 멍하니 주시하다 힘없이

　　　　　　　　　　　　　　　부부의 길

들어오곤 하셨다. 아버지는 밤마다 좁은 공간 오두막을 나지막한 한숨으로 뜬눈으로 지새웠다. 부모님의 마음을 헤아리는지 밤마다 부엉새의 애절함은 뒷산 언저리에 매달리어 부우엉— 부우엉— 하고 야속하게 울어댔다.

이마에 송알송알 땀을 흘리시며 산비탈 뙈기밭과, 앞마당 커다란 은 행나무, 울타리 탱자나무, 뒤 켠 어두컴컴한 송이재배 고목나무까지도 손수 따라 다니며 아버지를 도와주었던 큰오빠의 손때와 숨결이 배어 나오듯 어머니와 아버지는 늘 그 곳들을 한 번 더 어루만져주시며 소리 없이 눈시울을 적시는 모습을 나는 자주 목격하곤 하였다.

내가 어머니의 품안에서 제일 많은 고통의 한숨 소리를 들을 수 밖 에 없던 것은 막내로서 언제나 어머니 곁을 떠나지 않았던 까닭이다. 특히 가족의 오붓한 밥상 앞에서는 이국땅의 자식을 생각하며 쓴맛으로 먹을 수 밖에 없었던 부모의 마음을 자식은 십 분지 일이나 알 수 있을까.

사람은 망각의 동물이며, 시간은 약이라 했던가. 막 떠나보내야만 했던 고통은 길다며 길고 짧다면 짧은 1년이란 세월로 그렇게 어머니, 아버지의 가슴을 새까맣게 물들이며 지나가고 있었다. 그러는 세월 큰 오빠는 베트남 디안이란 곳에서 월남군 23도로인 하노이까지의 도로 공사하는 일을 맡았다. 가족을 위해 더 크게는 국가의 발전을 위해 머나먼 쏭바강가에서 비지땀을 흘리며 험하고 험한 정글을 헤매야만 하였다.

지난 베트남 전에서 미군은 베트콩의 근거지를 말살하고 죽이기 위해 이른바 북폭北暴을 과감히 감행했다. B25 비행기를 동원해 정글에 고엽제를 마구 뿌렸다. 이 고엽제가 후에 있을 고통도 모른 체 큰 오빠를 비롯한 우리의 따이한들은 정글을 뒹굴며 더러는 모기와 벌레를 막아주는 고엽제를 몸에 바르고 온 몸에 샤워하듯 뿌리기도 하였다니…….

이 당시 큰 오빠는 따이한 도로를 건설하였고 파괴된 공공시설물을

오빠가 자유수호를 위해서 참여한 치열한 베트남 전쟁터

복구하였으며 더 크게는 베트남의 민족들의 교육환경과 주거환경을 위하여 대민지원이라는 명목 아래 몸을 사르며 쓰러지도록 혼신의 노력을 기울여야만 했다. 그렇게 피땀 흘려 목숨과도 바꿀 수 없던 월급은 가족에게 다 오는 것이 아니었다.

그 귀하고 귀한 돈은 고국으로 돌아와 국가발전이란 명목으로 그 당시 경부고속도로 건설하는 비용을 일부 떼어놓고 나머지는 고국의 가족에게로 전달되었다. 부모님은 그 돈을 오빠의 목숨이라 여기셨다. 단 한 푼도 쓰시는 법이 없으셨고 고스란히 오빠의 몫으로 저금을 해두셨다. 인정 많고 너그러운 오빠는 베트남에서도 전쟁의 고아들을 많이 사랑하였다. 커다란 오빠의 눈망울이 그랬듯이 베트남의 아이들은 숨김없는 순진무구함이 사진첩의 오랜 추억으로 남아있음은 하나의 기억할 수 있는 색 바랜 고품으로 남아있다. 고귀하고 단아한 꽁까이 아오자이를 입고 길게 늘어뜨린 새까만 머리에 청순한 베트남 아가씨는 오빠가 한국

부부의 길

에 돌아온 후 한동안은 이국의 아름다운 소식을 많이 전하여 주었었다. 그리고 오빠에게 있어서 1년간의 고통의 기간들이 인생의 아름다운 밑바탕의 추억으로 남기를, 인내 할 수 없는 긴 고통이 있을 줄을 알 수 있었다면 얼마나 좋았을까.

계절의 아름다움은 숨길 수 없는 신이 주신 선물이 아니던가. 높고 푸른 하늘 정글을 뒤로하고 짙은 녹색 야자나무의 이국적인 풍경 또한 사진 속의 풍요로움이었다. 그 후 1968년 봄! 1년이란 복무기간을 마치고 배를 타고 부산으로 들어올 때 온 국민의 환호를 받으며 오빠가 소속된 비둘기부대가 그리도 그리워하던 고국 땅에 돌아왔다. 오빠가 돌아오던 날 아침부터 까치가 울어댔었다. 보낼 때도 그랬듯이 오빠가 돌아오는 날 도 부모님은 설레임에 밤잠도 설치셨는지 새벽부터 부산히도 움직이셨다.

짙푸른 군복에 야전잠바를 입고 군화소리 크게 울리며 등에는 커다란 샌드백 같은 주머니를 매고 사립문을 들어서는 거무접접한 오빠의 모습은 영락없는 월남군의 베트남 건설공병이었다. 난 그 날을 잊을 수가 없다. 등에 맨 군인의 샌드백에서 내가 들어보지도, 눈으로 볼 수도, 만져보지도 못했던 희귀한 보물 같은 물건들이 와르르 쏟아져 나왔다. A레이숀(깡통으로 된 통조림)은 과일이 들어있었고 B레이숀은 고기 통조림이었으며, C레이숀은 콩, 곡류, 생선이 들어있는 통조림이었다. 시골에서 야채만으로 길들여진 입맛에 새로운 문명의 맛을 내 입에 들였을 때, 그 감미로운 맛을 그 어떻게 형용화 시켜야 될까. 그때 처음으로 커피라 부르는 커다란 통에 갯엿과도 같은 짙은 갈색으로 미국사람들이 잘 마신다는 그 차를 구경을 넘어 향을 맡으며 입안의 달착 쓴맛을 맛보았다. 그리곤 그 커피를 통에서 큰 수저로 가득 퍼내어 요즘 말하는 아이스커피처럼 얼음을 넣어 마시는 그 맛은 정말 어찌 표현 할 수 없는 황홀한 그 맛이었다.

이때부터 커피의 향과 맛에 반하신 어머니는 돌아가시기 얼마 전까지도 커피 마시는 즐거움을 낙으로 여기셨다. 지금도 커피를 마실 때면 잔속에 어머니의 얼굴이 향기로운 커피향내와 함께 잔잔한 웃음이 내 안으로 스미여 온다. 앞일을 미리 보았음인지 그때부터 우리집은 커피집으로 맥을 이었다. 가지각색의 알사탕이 가득하여 입안에 가득 차 말 할 수도 없는 큰 알사탕하며, 미제 껌, 일명 바둑껌이란 것을 처음 먹었을 때 그 달콤함이 혀끝에서 입안에 향기로웠다. 아까워서 먹다가 밥 먹을 때 밥상 밑에 붙여놨다가 식후에 다시 떼어 먹곤 하였다. 우리 형제자매들은 상 밑의 자기 껌을 잊지 않으려고 껌을 붙인 위치를 잘 기억하려고 서로 싸우기 까지 했다. 아마도 어려운 시절 한 번 쯤은 겪어 봤을 아름다운 헤프닝이 아니던가. 제일 막내인 나는 보너스로 껌 한 두 개는 더 주었었나 보다. 어느 날 단물이 다 빠지기도 전 셋째 오빠의 손가락이 야무지게 내 입안에 들어와선 잽싸게 꺼내가 오빠 입에 넣어버린 기억, 그리고 난 꺼이꺼이 한참을 울다가 잠들었던 시절이 어쩌면 지금도 잊지 못할 행복이라는 생각된다.

아마도 큰오빠 덕분에 온 동네 친구들의 부러움을 등에 업고 가슴 내밀고 골목길을 누빌 수 있었던 것도, 부상 없이 건강하게 돌아와 온가족의 웃음이 작은 초가오두막을 가득 채워준 것도 이것이 가족이며 조그만 사랑이라 느꼈다. 그리고 곧바로 정들었던 초가 방 두 개에도 행복해 했던 그 집은 오빠의 설득에 밀려 목수이신 아버지와 오빠의 합작으로 하얀 슬레이트 기와집을 손수 새로 지어 이사를 하였다. 큰오빠는 자신이 소속되어 참전했던 비둘기 부대의 평화를 상징했던 '비둘기'를 흙으로 빚어 하얀 시멘트를 입혀 양쪽 지붕 끝에 기념물을 새워놓았다.

부모에게 순종적이며 형제간의 우애가 그랬듯이 우리 집은 그 후로

부부의 길

평화의 집이라 불리웠다. 그해 겨울 오빠는 꽁까이 아오자이의 아름다운 추억을 살며시 사진첩에 접어두고 결혼을 하였다. 그리곤 시골 농부 그 모습으로 뼈가 부서지도록 부모를 위해, 가족을 위해 열심히 농군으로 사셨다.

젊음을 불태울 때의 건강함은 누구나 누릴 수 있는 축복이리라. 부모처럼 동생들의 학구열까지도 힘들다 하지 않고 뒷바라지를 하던 오빠는 한 해, 두 해가 지나면서 알 수 없는 고통에 힘겨워 하셨다. 아픔의 몸부림에 병원에서도 이렇다 할 진단을 받아 내지도 못하고 황소처럼 뒤돌아 볼 사이 없이 일만 해온 탓이라 생각하며, 병을 이겨내기 위해 더 더욱 험난하다던 과수원 일을 더 확장시키셨던 분이었다.

그리고 몇 년의 세월을 훌쩍 넘기고 월남전에 참전했던 많은 분들이 이름모를 병마로 싸우다 그것은 고엽제의 후유증으로 밝혀지면서 사회화되었고 보상을 받게 되는 특권을 받았다. 그것도 1995년 모든 매체를 통하여 극심한 사람들 일부만이 정부의 특권을 받았을 뿐이다. 몇 해 전 미국의 고엽제를 만든 회사를 상대로 소송을 하였으나 약한 나라의 처절함은 미국이란 강대국 앞에 힘없이 무너져 버렸다. 현재도 재소송은 하고 있으나 비전없이 베트남전 군인들은 고엽제의 후유증에 본인은 물론 온 가족이 고통에 떨고 있다.

큰 오빠는 몇 번의 재검토 끝에 겨우 작은 돈의 보상을 받게 된 것도 고마워할 따름이다. 그리고 두 번의 뇌 대수술을 거치고 지금도 큰일은 할 수 없고 약으로 지탱할 수 밖에 없는 오빠의 애처로운 모습이다. 이것이 나라의 경제발전을 위해서, 이국땅까지 가서 고생한 크나큰 보상인가. 매일의 고통이 서러움의 애가로 메아리칠 따름이다.

황금빛 들녘 노을을 등에 지고 경운기가 터덜거리며 일손을 마친 생기 있는 지난 세월의 오빠의 모습을 새삼 그리워한다. 커다란 밀짚모자에 커다란 마스크로 얼굴을 가리고 사과나무 가지에 농약 치며 다가올 결실의 열매를 위해 공력을 드리는 그런 오빠의 모습을 그려본다. 언제나 마루문 활짝 열고 어서 오너라 팔 벌리는 친정아버지 같은 그늘로 계셨으면 좋겠다. 김장철이면 고춧가루, 고추장, 된장, 참깨, 들깨, 단감 모두 보내주지 않아도 내 친정 갈 때 환한 웃음으로 반겨줄 부모 역할 끝없이 해줬으면 좋겠다. 수학여행 며칠을 앞두고 아버지, 어머니는 서울에 가셨고 여행비를 못내 쩔쩔 맬 때, 그 돈을 내 손에 쥐어주며 잘 다녀 오라시던 오빠의 모습을 지금도 잊지 않고 사는 것을.

장두감 한 개 머리맡 옥상에 '뚝' 하고 떨어진다. 결실의 황금빛이 오기도 전에 떨어져 버린 감 몇 개에 서운함이 가슴을 아리게 한다. 다가올 이 계절에 잘 익은 장두감 딸 즈음 큰오빠 내외분을 초대하여 감나무 늘어뜨린 옥상 비취솔에 둘러 앉아 따끈한 커피 향기에 젖어들고 돌아가신 부모대신 역할 반 다해주신 사랑에 보답하고픈 이 막내의 마음을 반이나 알아줄까. 두 번 다시 병원에 누워있지 않기를 소망중에 소망으로 기도함을 아시는지…….

바람이 서늘하다 계절은 가고 오건만 자연의 아름다움에 미약한 인간의 오만함을 다 풀어헤쳐 삶의 향기로움에 너울거릴 수 있음을 잠시 눈을 들어 은하군단의 밤하늘 블랙홀에 사뿐히 뛰어 들어 봤으면……

부부의 길

단, 하나의 언니에게

오전 11시.

"띵 동— 띵 동—. 우체국 택배입니다."

커다란 상자가 내 손에 전달되어 열어보니 그 속에는 언니의 정성으로 가득 찬 실들의 찬란함을 어찌 표현할 수 있겠어. 상자 속의 작은 메모지 에는 이렇게 쓰여 있었다.

"애 내가 이 카키색으로 여름 원피스를 떠서 입었더니 너무 잘 어울리던데. 사람들이 다 부러워한단다. 그래서 너 생각이 나서 똑같은 색의 실을 사 보낸다. 예쁘게 떠서 올 여름에 같이 입고 만나자. 서울 언니가."

언니! 그때의 감동은 눈물이 핑 돌 것 같았어. 다가올 여름의 환희를 생각하며 한 올 한 올 떠 올라가는 코바늘의 움직임에 우아한 원피스가 탄생되었을 때 그 기쁨은 대단했지.

8월 15일 광복절 아버지의 기일에 온 가족들 다 모인 자리에 언니와 난 단연 화제의 선두에서 부러움을 가득 받았었지. 참 행복의 기쁨이란 작은 것에서 시작되나봐.

멀리 떨어져 살아도 항상 옆에 있는 듯한 언니의 보살핌의 손길은 포근하기 만해. 불혹의 나이란 자신의 모습에 책임을 질 수 있는 나이라 했건만. 언니! 난 아직도 끝없는 막내의 모습 뿐인가봐.

세월이 흐를수록 언니와 난 한 살을 더 먹어 서서히 노환의 길에 다가서고 있다는 사실! 추적추적 가을을 뒤로하는 낙엽비가 뒤엉켜 겨울을 한껏 재촉하는 소리가 왠지 서글픔으로 잠 못 들 게 하여 아스라한 옛 기억을 살포시 기억나게 해주네.

언니! 생각나 어릴 적 시골집 안방과 윗방 가운데 대청마루방에서 뜨거운 태양열을 식히며 가곡 '비목'을 열창하다 목 아팠던 기억, 시골 일 다 끝난 저녁이면 늦은 시간까지 외화를 보느라면 아버지께서는 늘 이렇게 말씀하셨지.

"그만들 자거라!"

그러면 우리는 동시에 이렇게 답변했지.

"네 아버지."

결국 난 언니 옆에서 잠이 들어 언닌 날 업고 마당을 가로질러 우리 방까지 엎고 갔던 일. 그리고 아침이면 난 저녁일이 기억이 없어 내가 어떻게 방까지 왔는지 기억조차 못하던 헤프닝.

양장기술을 배운 언니 덕에 예쁜 교복 만들어 입혀주고, 체육복까지도 맞춤으로 입고 다녀 친구들의 부러움을 샀었고, 특히, 고등학교 소풍 내내 언니가 손수 만들어 싸주었던 도너스는 단연 친구들 간에 정말 '짱'이였지. 그리고 친구들에게 좋은 조언을 해주어 인생길에 도움을 받은 친구들은 지금도 언니를 나보다 더 잘 기억하고 산데나……

겨울 긴 밤을 새워 뜨개질한 스웨터를 내 머리맡에 고이 접어놓고 동생이 입고 좋아할 일에 마냥 즐거워하며 피곤함도 잊었다던 언니는 정말 나에게 천사였어. 이런 일 저런 일 생각하면 그냥 그 시절의 아름다움은 변하지 않는 책갈피의 노란 은행잎이었어. 하지만 사람이 살면서 즐거웠던 일만 있을 순 없다지.

내가 여고 3학년 여름 친구의 꾐으로 인해 학교 그만 두고 간호 보조

부부의 길

서울 대방동 언니집에서 미국 동포 작가들과 함께. 뒷줄 왼쪽에서 3번째가 언니

학원에 등록하겠다며 고집부리다 친구 집에서 오지 않자, 이른 새벽 자전거 타고 새벽안개에 이슬 가르며 날 찾으러 왔던 그 때의 언니는 정말 무서운 아버지보다도 더 무서운 모습 이였어. 만일 그런 언니가 없었다면 아마 나의 인생길은 지금 딸 둘 아들 하나의 단란한 가정이 아니었을 수도 있었을 거야. 꼭 비관적이 될 수만은 없겠지만 난 그런 언니의 존재가 지금은 돌아가신 엄마의 자리를 대신하고 있다고 믿고 살고 있다는 걸.

때에 따라 된장, 고추장 단지 들고 온 언니가 고맙고, 작년 겨울 모피 코트 혼자 입기 미안하다며 내 것 하나 더 사서 보내 준 언니에게 미안하고, 신발 두 개 살 티켓 생겨서 내 발에 맞는 신발 사라 보내준 그런 언니에게 감사하며 사는 이 동생은 언제나 언니에게 그 빚 다 갚아야 될지 모르겠어. 난 아마 내 동생이 있었다면 언니의 생각 반도 못하며 살 것 같아.

몇 해 전 자궁 난소 수술을 하고 병원에 누워 있던 언니의 모습을 보고 안쓰러움에 그냥 난 썰렁한 말을 늘어놓았지만 그게 사실을 나의 눈물 섞인 마음이었어. 언니는 오히려 날 더 걱정 해줬지. "오지 않아도 되는데 이 수술이 뭐 별거라고 먼 거리 힘들게 왔느냐"며 웃던 언니의 모습 지금도 생생해.

맏아들이며 장손인 형부를 만나 궂은일도 마다하지 않고 하면서도 웃고 사는 언니의 모습에서 난 가끔 내 자신의 나약함을 보이곤 했지. 나보다 더 작은 체구에서 어떻게 그런 힘이 나오는지 참으로 대단한 언니야!

오십견의 고통을 견디며 뒤늦게 배운 운전 솜씨를 과시하며 초보딱지 크게 붙이고 서울에서 대전의 고속도로를 질주하여 감칠맛 나는 김치 담아 와 주어 정말 고마운 언니! 불러도 싫지 않은 언니! 친정엄마 대신하여 따스한 사랑 더해주는 그런 너그러움에 나의 보답은 열심히 사는 것이라고 말해 주던 언니. 참으로 나에게 있어 고귀한 국화꽃과도 같은 향기로운 존재야. 그래서 인지 난 언니와 동생이 말다툼을 한다던가 싸우는 사람은 싫고, 내 자식들이 서로 말다툼을 하는 모습을 볼 때에도 나로서는 도저히 이해가 되지 않으니 어쩌면 좋지. 때려 주고 싶거든…… 하루가 지난 어제는 또 우리에게 한편의 추억의 페이지로 장식되었겠지.

언니 우리 언제 구로동 뚝섬 따라 우리가 힘들게 살며 물난리 이겨냈던 그곳으로 기억을 찾아갈까? 어제 앨범을 보다 흑백사진의 추억에 갑자기 구로동 추억이 생각났어.

언니! 난 요즘 따뜻한 털모자를 뜨고 있어. 그리고 언니가 나에게 했던 것처럼 나도 우체국 택배로 보낼 거야. 언니에게 포근한 올 겨울이 되게 해주고 싶어. 몇 일전만 해도 머리맡 옥상에서 감 떨어지는 소리가

부부의 길

요란하더니 요즘은 주홍빛 예쁜 감들이 내 손길을 기다리고 있는 듯해. 작년엔 홍시 감 한 바구니 언니에게 보냈었는데, 올해는 심한 송충이들의 행진에 많은 수확을 할 수가 없네. 그래도 몇 개만이라도 이 동생의 사랑 가득 담은 홍시를 꼭 보낼 거야.

이것이 이 동생을 사랑해 주는 언니에 대한 작은 보답이라 믿고 싶거든. 내일 아침이면 난 분주해 질 거야. 밤새 내린 가을비로 감잎이 다 떨어져 온 통 마당이 말이 아니야. 언니 ! 편지 속의 이 감잎은 올해의 아름다운 추억이야. 건강하고 아름다운 서로의 가정 예쁘게 꾸미고 행복하게 살자.

그리고 어디론가 떠나고 싶을 때 떠나는 오너드라이버가 되어보지 않겠어?

단 하나의 동생이 사랑하는 언니에게

큰 올캐 언니 전상서

아침저녁의 살가운 바람이 살며시 여미게 하는 계절이 왔습니다. 우리에게 가끔은 바라지 않던 것도 나에게 아주 소중함으로 다가오기도 하나봅니다. 그것은 바로 늙어져가게 하는 나이입니다. 세월의 연륜에 더해 많은 경험은 아름다움으로 모두에게 교훈을 줍니다. 어느 시인의 시가 생각납니다.

"그대의 말은 소리가 없어서 아름답습니다. 가끔씩 사람의 말은 소리가 커서 사랑하는 마음을 부서지게 합니다. 소리가 큰말은 우정을 죽이고 믿음을 죽이고 나를 죽입니다. (중략) 소리 없는 말은 깊은 바다 속 천연진주."

소리 없는 말은 그대의 말씀입니다. 언니의 말씀이 바로 나를 더욱더 성숙하게 해주고 더 사랑하는 사람이 되게 합니다.

"막둥이는 시누가 아니라 내 딸이야. 시누라고 미워해 본적이 한 번도 없었어!"

전 가끔 언니의 그 대답을 듣고 싶어 전 아주 좋은 시누가 못되었죠? 라고 묻곤 하였습니다. 한결같은 언니의 대답은 나를 흐뭇하게 해주었습니다. 또 가끔은 친정엄마 마음의 포근함을 언니에게서 찾고 싶어져서 인가 봅니다. 제가 6살 가을날 그때도 지금처럼 예쁜 낙엽이 곳곳에 쌓이고 안토시안 단풍의 아름다움을 가득 몸에 담고 시집온 22살의 언

부부의 길

니는 정말 꽃이었습니다.

예쁜 한복으로 단장하고 살포시 오가는 언니의 뒷 꽁무니를 무던히도 쫓아 다녔지요. 그리고 언니의 신혼 방을 친구와 몰래 들어가 옷장속의 아름다운 색색의 한복을 보는 것도 부족하여 만져보고 만지는 것도 부족하여 하나하나 꺼내 입어보고 넓은 방을 빙글빙글 돌다 넘어지고 행여 언니에게 혼날까봐 흔적 없이 방을 치우고 옷을 제자리에 넣었다 한들 왜 그 일은 몰랐겠습니까?

하지만 언니는 한 번도 혼내지도 않았습니다. 그래서 난 더 언니 방을 깨끗이 청소해 언니를 기쁘게 해주고 싶었나 봅니다. 그리고 하얀 눈이 소복하게 쌓인 겨울날 큰오빠와 언니는 친정 나들이를 가는데 왜 내가 두 분의 손을 맞잡고 신행길에 불청객으로 따라갔는지 그땐 이해 할 수도 없고 웃음이 나는 일이겠지만 지금은 엄마보다도 언니가 더 좋았다는 걸 이해 할 수 있답니다. 정말 외갓집의 정을 언니의 친정에서 느끼고 살았나 봐요. 미운오리새끼처럼…

왜냐하면 엄마는 외삼촌이 안 계셔서 또 날 늦게 나셔서 외갓집의 의미와 정을 모르고 살았잖아요. 그래도 싫다 아니하시고 날 친정에 갈 때마다 데리고 가곤했지요. 언니! 기억나시죠. 첫 아들인 조카를 낳고 난 그 조카가 얼마나 귀여운지 손도 빨고, 발도 빨고, 그리고 무엇이든지 내 것은 사주지 않아도 조카 방울달린 옷만 사주면 그저 좋아했던 나! 언니는 먼 밭에서 일하실 때 난 하얀 띠로 조카를 업고 놀아도 싫증나지 않았고 밭 언덕 둔덩이에 땡볕을 가리기 위해 우산을 꽂아 조카가 잠들면 그 밑에서 함께 자던 기억도. 지금은 너무 아름답고 소중해요. 어린 나에게도 그렇게 예쁜 조카인데 어른들은 얼마나 예뻤을까요.

하지만 난 그런 예쁜 조카를 위하는 과도함으로 사건도 냈죠. 매미울음 하늘을 찌를 듯 더운 여름 날 그 예쁜 조카가 외갓집에 가는데 나의 억지로 인지 아님 순수함인지는 지금도 모르겠으나 난 또 내 조카를 지키기 위해 당당히 조카 곁을 꿋꿋이 따라다녔지요 친정에서도 언니가 장녀이다 보니 저 또래의 어린 남동생도 있었고 그 어린 사돈은 내 귀여운 조카를 실은, 자신도 큰 누나의 아들인 그 조카가 얼마나 예쁘겠어요. 하지만 나에게 빼앗긴 듯해서 인지 자꾸 짓궂게 장난을 치잖아요.

그래서 그 어려운 사돈을 신발을 들고 쫓아가 냅다 때려 주었어요. 그리고 그 후 사건은 기억이 없네요. 아마 언니는 아실거지만 한 번도 내색하지 않으셨어요. 그리고 어려운 시부모의 불호령을 맞으셔도 정말 소리 없는 말씀은 가정의 행복을 지금까지 지키고 계심을 우린 모두 알고 있잖아요. 하지만 보이지는 않았지만 언니의 뒷모습에서 눈물을 보았습니다. 돌아누워 잠든 모습에서 나이의 세월을 느꼈습니다. 그리고 편안함을 느꼈습니다.

힘내세요! 작년 목 수술을 하신 후 혹시 변한 목소리가 그대로 남지나 않았을까. 걱정했는데 완쾌 되신 모습 정말 고맙습니다. 월남에 다녀오신 후 고엽제의 후유증으로 몇 번의 뇌수술을 하신 큰오빠의 병 수발을 지금도 마다않고 하시며 다섯 자녀의 대학까지의 뒷바라지도 빚 속에서, 남들 손가락질 속에서도 훌륭하게 키워놓으시고 그것도 부족하여 시누이의 한해 양념들 까지도 챙겨주심을 어떻게 갚아야 되나요. 나 역시도 어려움이 있을 때도 언니, 오빠 두 분을 생각합니다. 그리고 그 모습을 배워 살아가겠습니다.

요즘 "어머님 전상서"를 보면서 큰 올캐 언니를 생각나게 했습니다. 그리고 행복합니다. 비록 부모님은 돌아가셔 계시지 않아도 언니, 오빠 두 분이 그 자리를 대신하여 친정을 생각하게 하고 그곳에 가도 나를 포근히 안아주는 두 분이 계셔 정말 감사합니다. 나에게 있어 올캐 언니는 올케언니가 아닙니다. 친정엄마 입니다. 오늘 아침 택배로 배달된 고춧

부부의 길

가루, 참깨 가을을 가득 담은 언니의 마음 다 채워주지 못해 미안합니다. 6살의 순진무구했던 시누이를 딸이라 생각하는 언니의 마음, 잊지 않을게요. 그 흔한 양말 한 켤레도 제대로 사주지 못하는 시누이 이지만 마음은 변하지 않는 막내 시누이입니다.

"소리 없는 말은 깊은 바다 속 천연진주. 그대의 말씀입니다."

언니 사랑합니다. 그리고 건강하세요.

— 2004년 10월 가을날 막내 시누이 드림.

변산반도에서 추억 만들기

우린 모처럼 늦여름 나들이에 나섰다. 찾아갈 곳은 전북 부안에 자리한 부안반도였다. 어느 시인이 말한 것처럼

"떠나는 자의 뒷모습은 아름답다고 했던가……!"

저마다 길 떠나는 자들의 뒤차 모습이 왜 이렇게 아름답게 보이고 마음을 들뜨게 만드는가. 옆에서 부지런히 운전하는 옆모습의 중년남자. 모자를 눌러 쓴 남편의 모습이 왜 이리도 멋있어 보이던지. 과연 잠자리(!)에서도 이 처럼 멋있는 남편이었던가! 하고 알궂은 생각도 해본다.

창밖은 늦여름의 체온으로 후덕지근하다. 산야엔 짙은 신록으로 푸르고 깊게 호흡을 하고 들녘엔 짙푸른 벼들이 알곡을 익히며 결실에 계절인 가을을 고대하고 있었다.

전라북도의 관광 해양도시인 변산반도. 산과 들, 그리고 바다가 함께 어우러진 천혜의 고장인 전북 부안군. 변산은 예부터 능가산, 영주산, 봉래산 등으로 불리워 온 십승지역의 하나인 명승지로써 산과 바다와 기름진 평야가 조화를 이루어 가는 곳 마다 절경을 이루고 고려시대에는 고려자기의 생산지로써 찬란한 문화의 꽃을 피워왔던 곳이다. 변산은 '산의 변산' 과 바다의 변산으로 이루어진 한 폭의 그림 같은 아름다운 고장이다.

부부의 길

추억이 묻어있는 변산 앞바다 가족과 함께

변산에서 우린 낯선 이방인이 되었고, 변산의 해변도로를 따라 길이 열려 있는 대로 자동차 네 바퀴는 열심히 우리를 안내하고 있었다. 가끔 해변도로의 가로등의 빛남으로 탁 트인 바다의 절묘한 향기가 한 움큼씩 시원하게 마음으로 들어온다. 변산면에 소재한 도로 왼쪽으로 휘황찬란한 유혹의 변산 온천을 지나 조금 가파른 듯, 자동차의 엔진이 버거워짐을 느끼며, 엑셀레이터를 힘껏 밟아 고갯길을 지나 오른쪽에 자리한 어둠을 뚫고 하늘 높이 우뚝 솟은 네온사인 간판의 "동그라미"란 레스토랑은 우릴 빨리 오라 손짓한다.

도착한 현 시각을 보니 자정이 되었으나, 객을 위한 주인의 친절은 허리가 바닥을 닿을 듯싶다. 시간의 감각을 잃은 채 우린 허기진 배를 위해 나는 콩나물 국밥을, 남편은 얼큰한 육개장을 시키고, 더불어 맥주 한 병, 소주 한 병을 즐기고 난 뒤, 2층에 민박을 정하고 난생처음으로 둘만의 행복으로 깊이깊이 빠져들고 있었다. 그리고 아침 눈부심의 햇

살은 사방으로 둘러친 아치형 대형 유리창을 통해 넓고 푸른 바다 위를 불타듯이 올라오는 해를 보며 길지도 짧지만도 않았던 세월의 아픔을 고스란히 바다에 묻히며 한 동안 미움으로 다가왔던 남편의 가슴으로 파고들고 있었다. 우리의 깊은 사랑만큼 서로를 이해하고 보듬어 주는 승화된 사랑을 하고자 하며…….

훈훈한 인심이 묻어난 부안의 절묘한 경치를 바라보며, 산자수명山紫水明의 외변산의 절경을 미묘한 감탄사로 토해내며, 기암절벽의 채석강과 월명암의 서해낙조는 기교함이 신의 조화라 했다던가! 변산반도란 의미대로 해변과 산과 섬의 질서 있는 오묘함에 입을 다물지 못했다. 여름으로 다가온 등꽃 향기는 바다의 내음의 향기만큼이나 나의 코를 자극하여 먼 바다의 수평선에 시선을 머물게여 나의 눈과 입맞춤으로 남아있다.

정상인 듯 고갯길에 자리한 커피숍은 비록 호화롭진 않지만 바다를 배경으로 몇 개의 자리를 마련하여 한 폭의 그림 같은 정경과 함께 그리고 남편과 함께 마시는 한 잔의 커피는 마음속 깊이 향기를 머금고 있는 듯 하여 설래임으로 남아 있다. 절경을 따라 내변산을 돌아보니 봉래구곡과 직소폭포, 기암사의 대웅전과 내소사의 전나무 숲은 우리가 지금 한 폭의 수채화 속 주인공이 되어있었고, 사진첩에 영원히 추억의 얘기거리로 남아있겠지…….

부부와 연인을 알아보는 방법에서 식당에서 말없이 밥만 먹는 사람은 부부, 다정하면 연인, 더운 여름 땀이 나도 두 손 꼭 잡고 있으면 연인, 떨어져 있으면 부부, 그래 오늘 이렇게 화려한 동행이 되기 전엔 우리가 그랬다. 하지만 지금은 다르다 서먹서먹했던 "애정전선이상 무"임을 확인하였고, 연인 같은 부부가 되어있었다.

동그라미 인생처럼 모나지 않고 모든 것을 포용하는 사람이 되고자

부부의 길

서로 두 손을 잡아본다. 그래! 가끔은 일상생활을 잠시 접어두고 여행을 떠나 보자. 여행이란 한 번 보고 가면 잊는 것이 아니고, 다시 한 번 오고 싶게 하는 것은 꼭 절경만이 아니다. 그곳의 인심과 직결됨을 알게 된다. 우리가 묵었던 민박집의 인심을 기억했고, 동그라미레스토랑의 친절함을 우린 기억했기에 변산반도 바로 이곳은 우리를 또 다시 부르고 있었고, 가족을 동반하여 네 번의 여행으로 우릴 유혹하였다. 비록 비행기 타고 해외여행은 가보지 못했지만 내 살고 있는 이 땅의 절경과 인심을 찾아 사랑을 나누며 살기로 했다. 그리고 우리 자동차 트렁크엔 언제나 텐트와 코펠과 만물상자가 준비되어 있다.

호화스런 여행이 아닌 우리만의 특별한 추억의 여행을 만들기 위해서 오늘도 우리는 변산반도에서 우리는 추억 만들기에 여념이 없다.

그래서 '인생은 추억을 먹고 산다'고 했다. .

군계일학群鷄一鶴

군계일학群鷄一鶴!

 닭 무리 속에 끼어있는 한 마리의 학이란 뜻으로 여러 평범한 사람들 가운데 뛰어난 한 사람이 섞여 있음을 이르는 말로서, 세기를 넘어 해제가 통치하던 위진 시대로 잠시 들어가 본다.

 정권의 욕심이 난무하는 어느 시대를 막론하고 자신의 이기적인 목적을 달성하기 위해서는 무고한 백성들이 혼란을 겪는 일은 허다하다.

 위진시대에도 혼란스러운 세상을 피해 산속으로 들어가 문학과 노장의 사상, 음악 등 청담을 담론하며 세월을 보내던 선비가 적지 않았다. 이들 중 대표적인 인물은 죽림칠현으로 불리는 일곱 명의 선비로 완적, 완함, 혜강, 산도, 왕융, 유령, 상수 등이었다.

 이들 가운데 혜강은 특히 문학적 재능이 뛰어 났는데, 무고하게 죄를 뒤집어쓰고 처형을 당하였다. 당시 그에게는 열 살 박이 아들 혜소가 있었다. 서경書經에 보면, 혜소가 장성하자 혜강의 친구 중 한 사람인 산도가 혜소를 무제에게 천거하며,

 "아버지와 자식간의 죄는 서로 연좌하지 않는다고 했습니다. 혜소는 비록 혜강의 아들이지만 춘추시대 진 나라의 대부 극결에 뒤지지 않을 만큼 총명합니다. 그를 비서랑을 임명하십시오."

 무제는,

부부의 길

"경이 천거하는 사람이라면 승이라도 능히 감당할 것이오."

라고 흔쾌히 허락하고, 혜소를 비서랑 보다 한 계급 위인 비서승에 임명하였다.

그리고 혜소가 낙양으로 가던 날, 그의 모습을 지켜보던 이가 다음 날 왕융에게,

"어제 구름같이 많은 사람들 틈에 끼어서 궁궐로 들어가는 혜소를 보았습니다. 그 모습이 의젓하고 늠름하여 마치 닭의 무리 속에 있는 한 마리의 학 같았습니다."

그러자 왕융은,

"혜소의 아버지는 그보다 더 뛰어 났었다네. 자네는 그 부친을 본적이 없으니 말일세."

혜소는 부친만은 못했지만 상당히 뛰어난 인물이었다. 여기에서 군계일학群鷄一鶴이 나오게 되었다. 혜소는 나중에 시중侍中으로 승진하여 혜제 곁에서 직언直言을 올리는 몸이 되어 올바르고 곧게 처신하다 팔왕의 난이 한창일 때 혜제는 이를 진압하려고 군병을 일으켰으나 전세가 불리하여 피란을 가게 되었으며 군이 패배하고 혜소가 부름을 받아 당도 했을 때는 모두 도망하고 없었으나, 혜소는 의관을 바로 하고 창과 칼이 불꽃을 일으키는 어차 앞에서 몸으로 혜제를 감싸며 지키다가 혜제의 어의를 선혈로 물들이며 충의의 피를 흘리다 죽게 되었다.

세기를 넘어 현세에도 어쩌면 문학이란 사람들의 마음을 사로잡기도 하고 공감대를 형성해 울고 웃으며 암울한 정세를 문장의 힘으로 대침을 놓아 힘없는 서민을 대신하는 역할을 하다 비명에 간 사람들이 한 둘이겠는가! 어쩌면 현시대에도 자유문학을 꿈꾸며 사람들의 암울한 마음을 달래 생기를 찾게 해주기 위해 오늘의 꿈을 내일의 희망으로 잠재우며 사는 진정한 우리의 문학인들은 살아 숨 쉬고 있다.

내 남편이 군계일학으로 거듭나기를 소망해본다

　사람들은 저마다의 뛰어난 재주와 자기만의 타고난 능력이 있다. 나
는 이 고사성어古事成語를 읽다가 문득 세상에서 제일 가까운 사람을 생
각하게 되었다. 등잔 밑이 어두워 어쩌면 빛에 잘 보이는 먼 곳만을 바
라보고 살았다는 것도 부인하지는 않는다.

　과연 내가 불혹의 나를 책임질 세월 동안 나를 위해 타인을 위해 해온
일이 무엇인가 생각하다, 생각나는 것이 아무것도 없다는 것이다.

　내가 나를 위해서도 타인을 위해서도 불타는 의욕을 나타낸다는 것은
심오한 자신의 희생이 뒤따라야 한다는 점에서 어려운 일이 될 수 있다.
그러나 내가 아는 이 사람은 그것을 위해 태어나 그것을 위해 죽을 수도
있다는 생각이 문득 문득 들게 한다.

　누구나 이 세상에 태어난 사람들은 남들보다 월등해지기를 원하지만
뜻대로 다 되지는 않는다. 사람이 불완전성으로 인해 모든 일을 완전하
게 할 수는 없겠으나 다른 사람들 앞에서 어떠한 사람으로 불리워지는
가에 따라 잣대를 그을 수 있으리라.

　사람들 기억에 흠 없는 사람, 법 없이도 살 사람, 사랑이 많은 사람,

　　　　　　　　　　　　　　　부부의 길

후하게 베푸는 사람, 입이 무거운 사람, 지혜로운 사람, 따뜻한 사람, 된 사람, 난 사람…….

우리는 사람들 눈에 어떠한 사람으로 남기를 바라는가? 나는 과연 어떠한 사람이 되기를 원하는가? 하지만 이 사람은 사람인지라 실수도 있지만 자신의 그 일만큼은 자신만만하고 완전하게 시작하여 마무리를 하는 타고난 사람이다.

대중 앞에서도 당당하게 무리를 웃기고 그 시간에 빠져들게 하는 재주를 지니고 있다. 자신의 펜대로 세기를 넘나들며 인물을 구상하는 마력을 지니고 있다. 하얀 화선지에 붓의 휘호를 단번에 찍어내는 도화선의 힘을 가지고 있다.

다른 사람의 어려움을 자신의 일처럼 먼저 손을 내밀어 도와주는 사랑을 가지고 있다. 가끔은 사람을 너무 자신처럼 믿어 뒤통수 맞을 때도 있지만…….

문학의 열정은 어느 누구도 따르지 못할 추진력을 보이는 돌발탄의 위력이 있다. 누구도 따를 수 없는 입담의 개그는 허무하게 웃는 유머가 있게 하는 사람이다.

이 사람은 스스로 자신을 가리켜 '고개 숙인 남자'라 칭한다. 이유인즉 벼가 익으면 고개를 숙이듯이 자신역시 심사숙고한 일을 결정하기 위해 겸손을 가지기 위해서라 말한다.

사람은 열 가지 중 한 두 가지를 잘하지만 여러 가지를 다 잘 할 수는 없는 법이지만 인간으로서 이렇게 문학적인 가치를 스스로 잘 구상하고 이끌고 마무리하는 능력은 과히 누구도 넘나들 수 없는 경지를 달리고 있다고 표현하고 싶다.

창의력을 잘 발휘하여 직장에서 윗사람의 총망 받는 직원으로 거듭날 때 질투의 화신을 물리치는 의지력은 자신만이 아닌 가족에 대한 깊은 배려를 느끼게 하는 사람이다. 충의심도 대단해 윗사람에게 지혜의 직언直言을 잘 하는 그런 사람이다.

그가 바로 고사성어에서 느끼게 하는 내 남편을 두고 이르는 말이라 생각을 해본다. 그를 가까이서 보고 있노라면 함께하지 않고는 안 된다는 생각을 하게 된다. 고로 함께 심취하게 된다는 것이다. 열정에 사로잡혀 사랑에 사로잡혀 우리는 함께 삼 겹줄 안에 서로를 바라보며 살고 있나보다.

사나이는 의리에 살고 의리에 죽는다 했는데! 그는 문학속에 살고 문학 속에 죽으려 하는가! 굳은 심지의 대명사 대나무는 백 년에 한 번 꽃을 피우고 자신의 몸을 태운다했다. 열정으로 불태운 당신의 순수문학의 나래를 학처럼 고귀하고 화려하게 비상하소서.

과히 당신은 많은 무리의 닭 중에 학 같은 사람입니다. 총명과 지혜와 능력과 분별력으로 모두가 공감하는 그런 문학의 열정을 불태우소서.

초가 자신을 태워 주위를 환하게 비추고 녹아내리듯이 그대 역시 마이크 속에서 목소리의 음률을 녹아내려 즐거움을 더해 주고, 펜 속에 마력으로 세기의 작가로 남기를 기도하리다.

아들인 혜소는 총명하고 남들보다 뛰어나고 의젓하고 늠름하기가 학과 같다 하였으나, 혜강인 아버지보다 못하였다면 그의 아버지의 올바름은 과히 다 들 수가 없을 듯싶어 진다. 심중한 사람은 사상을 깊이 있게 말하고, 보통사람은 사물을 바라보고 말을 하고, 속이 좁은 사람은 사람을 보고 말을 한다.

비슷하고 평범한 사람들 가운데서 심중한 사람이 되고 뛰어남을 보이려면 남보다 열배는 더 노력해야한다.

다른 사람들과 똑같이 먹고 마시고 생활을 하지만 남이 다 잘 때 그는 일어나 문학의 열정을 불사른다. 그래서 평범한 사람들 중에서 돋보이는 학으로 변신하고 있었다는 것이다.

　그래도 세상은 살맛나는 세상인가보다. 음악인과 문학인이 칩거를 마다하고 신이 나서, 음악이 하늘높이 오르고, 문학이 세상을 가득 채우는 것을 보니. 그리고 작은 꿈과도 같은 소망을 가져본다. 비록 아들이 아버지보다 못한다 할지라도 그 생각과 모습이 닮았다면 기대를 해봐도 될 성싶다. 닭은 죽어도 닭이고 학은 죽어도 학이 될 수밖에 없는 법이다.

자목련이 바람에 날리던 날

　유난히도 올 겨울은 따스하게 지난듯하다. 그리고 소리 없이 봄이 찾아왔다. 화사한 꽃빛이 유혹하는 초대장에 답을 하기도 전에 꽃들은 봄바람과 이미 입을 맞추고 말았다.

　밤새 천둥이 쳤다. 거친 바람과 비가 소리치며 봄을 시기하더니만 아침에 일어나 화단을 보니 며칠 새 예쁘게 꽃망울 터트려 피었던 자목련의 꽃잎이 하나둘 땅 바닥에 뒹굴고 있다. 못내 아쉬움을 남긴 채 떨어져 버린 그 모습에 긴 한숨을 내쉰다.

　보랏빛 겉잎에 싸인 하얀 속 꽃잎이 흰 속살을 내보이며 화단 곳곳에 축 처져 기다랗게 늘어진 잎들이 인생의 여운을 드리우고 있는 듯 하다.

　봄의 교향악에 맞춰 열흘간의 고귀하고 화려함을 보이고자 뜨겁게 작열하는 한여름의 태양을 푸른 잎을 드리워 이겨내고 지는 낙엽의 아쉬움을 작별하고 세찬 눈보라를 이겨내어 인고의 세월을 넘긴 고운 자태가 하룻밤의 비바람에 다 지고 나니 세월의 허무함을 노래하고 있구나.

　부스스한 내 모습이 거울에 비춰진다. 머리를 보니 미장원에 가야할 시기를 알려주고 있다. 집안을 대충 정리하고 미장원을 향해 발걸음을 재촉했다. 머리는 오전에 해야 잘 나온다는 속설을 잘도 믿기 때문이다. 부산해야 할 미장원이 오늘 따라 한가하다 못해 썰렁해 보인다. 넓은 공간에 주인이 갇혀있는 듯한 분위기다. 조심스레 인사를 했으나 다정다감한 원장은 인사는 주고받고 했으나 꼭 상가지구喪家之狗(기운이 없어 축 늘어져 수척하고 쇠약한 사람)한 사람으로 보였다.

나는 약속이나 한 것처럼 무의식적으로 의자에 앉았다. 원장은 도구를 밀고 내 뒤에 섰다. 거울에 비춰진 원장의 머리에서 하얀 리본을 보게 됐다. 난 눈이 휘둥그레지며 어찌된 영문인지를 물었다. 원장의 눈시울이 뜨거워지는 듯하다. 괜한 질문을 했나싶어 시선을 피했다. 눈물을 한 손으로 닦고 나서는 실은 친정어머니가 며칠 전에 돌아가셨단다.

어머니가 돌아가시기 며칠 전 미장원에 오셔서 머리를 파마해 달라고 조르셔서, 늙어서 하는 파마는 빗질만 더 어려우니 그냥 커트를 해드리겠다고 했더니, 하나 있는 딸년이 늙은 에미 말을 들어 주시도 않는다며 어찌나 우기며 조르던지 화가 나서 같이 마구 싸우다가 결국은 커트를 해 드렸는데 그리고 며칠이 지난 뒤 어머니가 돌아가셨다는 것이다.

그리고 그녀는 더 이상 말을 잇지 못하고 또 눈물이 주르르 볼을 타고 흘러 내렸다. 돌아가시려고 하지도 않던 파마를 해달라고 했는데 자식이 부모의 마음을 다 알지 못해 한이 되어 어쩌냐며 서러워했다. 그날 어머니께 너무했나 싶어 다음엔 꼭 파마를 해드려야겠다고 다짐 했는데 영영 돌아오지 못할 곳으로 가서 이제는 그 소원 들어 줄 수 없어 죄를 지었다며 가슴이 찢어지는 듯 하여 죽겠다는 것이다.

어찌된 영문이인지 나도 더 이상 어떤 위로의 말을 할 수가 없었다. 멍 하니 머리를 맡긴 채 앉아 있을 수 밖에……. 왜냐면 그 친정어머니가 미장원에 오셨을 그 때 나도 이 미장원에 머리를 하러 왔었고 그 광경을 다 보고 있었기 때문이다. 어쩌면 나도 한을 남게 한 공범인지도 모르겠다는 생각을 했다.

그날은 손님이 유난히 많았다. 그녀의 친정어머니는 손님들이 머리를 다 할 때까지 한쪽 모퉁이 의자에 앉아 지루했지만 평온하게 차례를 기

제2회 지하상가 시월애 문화한마당 행사에서 노래하는 김애경 성악가

다리고 계신 듯 했다. 나도 내 차례가 올 때를 기다리며 내 친정어머니를 보는 듯 하여 난 옆으로 가서 이런 저런 얘기를 나누며 무료한 시간을 보내고 있었던 것이다. 참으로 고상하고 깔끔하게 늙으셨다는 생각을 했다. 머리는 완전히 백발이 된 모습이 얼마나 눈부시게 예쁘셨던지 지금도 눈에 그 모습 선하다.

내가 양보를 하며 먼저 하시라 했더니 아니라며 사양을 하셨다. 그래서 내가 먼저 머리를 말고 전기에 머리를 말리고 있던 차에 그 어머니와 딸의 옥신각신하는 대화를 다 들어야만 했다. 난 어느 편을 들 수가 없었다. 한번만 파마를 해보고 싶다는 어머니의 입장에서면 그것이 이해되고 딸의 입장에서 보면 늙으셔서 팔 힘도 없는데 빗질을 못할 것을 생각하는 그 마음을 이해 할 수 있을 것 같아 나는 가만히 그 날도 그들의 언성 높은 대화를 끝까지 다 들을 수밖에 없었다.

그리고 이렇게 말했다.

부부의 길

"어르신 따님 말이 옳아요. 팔도 아프시고 빗질도 어려우신데 그냥 편하게 커트가 좋을 듯싶네요."

결국은 소리 크고 힘 있는 자는 이기는 법! 딸의 강세에 힘없고 늙은 노모는 결국 커트를 하고 말았다. 그리고 그 어머니는 한 맺히는 그 소리를 딸의 뒤에 대고 하시더니 문을 열고 있는 힘을 다 하여 문을 쾅— 닫고 집으로 가셨다. 그때 그 딸은 늙으면 돌아가시려고 노망이 드시는지 안하던 일을 하시려고 한다며 의미 있는 말을 했었다.

사람은 자기 자신이 죽을 때를 어느 정도 직시하나보다. 내가 어렸을 적 큰 언니는 알 수 없는 병으로 눈을 감을 수 밖에 없었다. 어느 날 앉지도 못하던 큰 언니는 일어나 조금의 거동을 하기 시작하였다. 앉아서 밥을 먹고 깨끗하게 목욕도 시켜달라고 엄마에게 부탁도 했다. 온 가족을 다 불러 보기도 하고 밝게 웃기도 하였다. 그래서 난 이제 언니가 병이 다 나았다고 생각했다. 그리고 언니는 평온하게 가족을 품에 안고 평온하게 눈을 감았고, 오지 못할 곳으로 영영 떠나버렸다. 그리고 난 꿈속에서 언제나 언니가 저 멀리 하얀 꽃을 뿌리며 빙빙 돌고 있는 꿈을 자주 꾸곤 하였다.

그때도 추위가 다 가시기 전 자목련이 바람에 날리는 날 이었다. 아름다운 청춘의 날이 꽃잎으로 뚝— 뚝— 떨어지고 있었다.

"사람은 추억을 먹고 산다!"

오늘따라 가슴 아린 '자목련이 바람에 날리던 날'이 처연하게 그립다.

가을과 겨울의 만남

　만남의 설래임은 언제나 마음을 기쁘게 하며 어쩌면 아려오는 그리움으로 밤잠을 설치게 할 때도 있다. 사람은 누구나 계절의 문턱에 발을 올리고 서면 살며시 무언가에 이끌려 문을 열어보고 싶은 잔잔한 충동이 인다. 계절의 친절함으로 사계를 만나보면 모든 것을 사랑하고픈 열정이 인다. 친절은 세상을 아름답게 한다. 모든 비난을 해결하고 얽힌 것을 풀어 헤치며 곤란한 일을 수월하게 하고 암담한 것을 즐거움으로 바꾼다.

　사람마다 마주하는 것이 다르듯이 나는 유난히 빛바랜 가을의 유혹을 버리지 못하고 사는 때가 많다. 화려한 꽃 축제의 봄을 지나 싱그러운 그늘의 진녹색의 여름을 넘어 바람의 손짓에 춤을 추는 은빛물결 억새의 유혹은 차마 나를 가만히 두지 않으려 한다. 그래서 나는 가끔은 아름다운 가을이 다 가기 전에 남편 향해 난 가을 산에 오르고 싶다는 것을 투정부려 보기도 한다. 그럼 어쩌다 가뭄에 콩 나듯이 가을 구경을 가기도 한다.

　얼마 전 남편이 문학행사로 강원도 태백으로 문인들과 가을을 만끽하며 기차로 여행을 하며 나에게 전화를 했다.

　"가을을 좋아하는 당신만 두고 아름다운 가을을 나 혼자만 보니 미안해. 당신과 같이 왔으면 좋았을 텐데, 다음에 꼭 기차타고 갑시다."

전화를 받고도 알았다며 잘 구경하고 오라고는 했지만 가슴 한 구석에선 자꾸 눈물이 흘러나온다. 사람이 나이가 들면 자꾸 투정과 서러움만 늘어 간다더니 주책스럽게 웬 눈물이 나오는지…….

올해도 이 가을이 다 지나가나 보다 한탄하며 마당에 떨어져 굴러다니는 감잎을 쓸며 애꿎은 빗자루만 화난 나의 손놀림에 휘청거리고 있다. 바스락거리며 부서지는 감잎을 태운다. 자연의 향기를 콜록거리다 하늘 높이 올라가는 연기를 보며 휴! 한숨으로 하늘을 바라본다. 높고 푸른 하늘이 내 눈 안에 가득히 채워진다. 그리고 옷깃을 여미는 스산한 늦가을의 바람이 허전한 나의 마음을 잠재우려 하고 있었다.

이른 아침 부산한 아침준비로 남편, 자녀 다 나간 텅 빈 거실에 한 잔의 커피향기에 취하려 하는 순간! 따르릉 요란한 전화벨을 찾아 헤맨다. 바쁘게 움직이다 나도 몰래 던져 놓은 전화기가 소파 한 구석에 쳐 박혀 있다. 이미 전화는 끊겼다. 하지만 분명 가을의 외로움을 위로해줄 사람은 현우 엄마다. 다이얼을 눌렀다.

"가정주부 뭐 해유! 전화도 안 받고"

"가정주부 외로운 가을에 죽었어.

"그래서 내-가 있-잖-아. 빨리 준비해요. 진이 엄마랑 유나엄마랑 몇 명이 늦긴 했어도 가을을 만끽 할 수 있는 지리산에 갈 거래요. 우리도 따라 갑시다."

"예쁜 단풍도 없을 텐데……."

"그래서 안 간 다구요."

"알았어. 30분 내로 준비할게."

무엇에 홀린 기분이다. 허우적거리다시피 부지런히 화장을 했다. 대충이지만 여자의 윤곽이 나온듯하다. 맘에 들게 예쁘게 정성들여 한 화장은 아니지만 나의 모습이 미워 보이진 안는다. 혼자만의 착각을 가끔

예전에 근무했던 충남 금산 복수초등학교 교정에서 부부

은 하지만 내가 나를 예뻐하지 않는다면 그 누가 예뻐해 주랴!

여자 나이 불혹이면 자신의 정신과 외모에 책임 질 줄 안는 사람이 되어야 한다. 수많은 사람과의 인연과 우연 속에서 만남과 헤어짐의 관계 속에 나의 기억에 남아 서로를 위로해줄 사람 한 명만 있어도 인생의 성공을 기약할 수 있다. 나에게 현우 엄마는 그런 사람이다. 언제라도 내가 필요로 할 때에 내 옆에 서 있다. 지란지교의 고귀한 정신적인 지우이다.

난 어리광을 잘 받아주는 나 보다 나이 든 언니들을 좋아 한다. 왜냐하면 나의 부족함을 세월의 연륜으로 다 보듬어 주고 지혜의 조언을 많이 해주기 때문이다. 그런 맘 좋은 언니들과 계절의 아쉬움의 끝자락을 잡고, 땅 속 깊이 자신의 몸을 받쳐 봄의 아름다움으로 거듭나기 위한 잎 새의 바스락거림은 내 마음을 더 가라앉게 만들고 있다. 내 빈 가슴을 닮은 이런 가을의 아쉬움을 어쩜 난 즐기고 사는지 모른다. 그래서

부부의 길

철지난 가을의 헤어짐을 만끽하러 가는 이 기분은 내가 지금 날개 달고 비상하는 가을 철새가 되어가고 있었다.

험준한 지리산의 고갯길을 네발의 엔진을 달고 자동차는 숨 헐떡임도 없이 육중한 아줌마들을 포근히 안고 잘도 올라간다. 안토시안 가을의 아름다운 경관을 보고 경탄의 아우성 대신 다 져간 잎사귀의 잔재가 차가이 불어오는 산사의 바람과 함께 손끝으로 스쳐간다. 지리산 중턱의 성삼재주차장에 우린 내려 노고단의 정상을 앞에 두고 2시간정도를 열심히 올라가야한다. 춥다고 두툼히 입고 간 외투의 투박함이 무색하게 다들 땀으로 젖어 하나둘 벗어 들고 오른다.

웰 빙 건강을 즐기는 많은 사람들은 신발을 벗고 맨발로 힘차게 내려온다. 사람이 늙으면 힘이 입으로 가고 젊으면 힘이 아래로 간다더니 청춘들이시라 발이 시립지도 않나보다. 그들의 웃음 띤 얼굴들은 분명 무언가의 감탄함을 보았을 듯 한 설래임을 갖게 한다. 그리고 해발 1,800미터의 노고단의 정경을 앞에 두고 우린 감탄사를 만발하고 말았다.

하늘과 산이 맞닿는 지리산의 설경은 내 태어나 처음 보는 황홀함으로 호흡이 가빠 일행을 뒤로 한 채 나도 몰래 발걸음이 빨라지고 있었다. 일행의 부름이 없었다면 단숨에 오르겠다는 집념만이 나를 압도했을 것이다.

가을과 겨울의 만남, 아! 이 기분을 누리려고 험준한 정상을 향해 고행과도 같은 산행을 하는 사람들의 기분이 바로 이러 하겠지! 하늘은 분명 높고 푸른 가을 하늘이건만 산은 정녕 겨울이란다. 하늘 향한 가지마다 하얗고 빛나는 유리 옷을 걸쳐 입고 청솔의 머리마다 하얀 눈꽃을 이고 있다. 뜨거워 아름다운 눈꽃이 다지기를 아쉬운 듯 하늘엔 불타는 질투의 화신인 해를 대신해 보름달이 설경을 지키고 있다.

내가 오른 이곳에 나의 존재를 알리듯이 야-호! 하며 목청껏 소리쳤다. 따분하고 답답했던 마음 다 버리고, 내가 나를 용서 하지 못했던 일 다 잊고, 상대를 관용으로 마주하지 못함을 사랑으로 마음을 넓히고자 가슴을 활짝 열었다. 마주한 설경의 아름다운 메아리가 내 가슴에 들어온다. 차가운 겨울바람이 목을 타고 가슴으로 쏴 하고 들어오자 기분이 상쾌하다. 코끝도 찡하고 차가움으로 아려온다.

이 아름다운 계절을 눈과 마음으로 느끼게 해주신 신의 위대한 존재를 다시 한 번 생각하게 만든다.

500원 동전을 하나 넣고 망원경을 통해 먼 산의 설경을 내 눈 안에 다 넣었다. 실가지 마디마디 솜털 같은 서리발이 잎 떨어진 나무들을 위로 하듯 따뜻하게 감싸 안고 눈꽃으로 서로의 사랑을 승화시켜 아름다움을 창조하고 있는 듯 하다. 과히 눈이 부셔 마주하지 못할 너의 자태에 난 반하고 말았어!

만남이 있은 후엔 헤어짐이 기다리듯 난 아쉬움을 뒤로 하고 하향의 발걸음을 하지 않을 수 없으리.

때 이른 겨울! 너와 나의 만남은 참으로 날 떠난 가을의 빈 자리를 다 채워줄 것 같아.

널 뒤로 한 채 한 참을 내려와 내 시야에서 사라져 간 너였지만 하얀 그 눈꽃은 지금도 내 머리 속 환상에서 내 꿈속에서 나를 즐겁게 해주고 있지.

그리고 현실의 행복을 더 즐거워해야 함을 배우게 해준 계절의 아름다운 친절함에 난 늘 감사하고 살아야 한다는 사실을 알게 되었지!

내일 아침엔 즐거움으로 감잎을 쓸어야겠다. 곧 나에게 다가올 겨울 손님을 친절하게 만날 준비를 하기 위해서……

부부의 길

브레이크 뉴스 호남 여성론 _김우영

호남 우먼파워 21세기는 여성이 세상을 이끌 것

○여고 졸업생 소녀의 잠재된 호남 우먼파워

나는 충청도 서천의 외진 마을에서 태어나 자랐다. 소년기와 스무 살 초반에는 시골에서 자랐다. 그러다가 스무 살 중반기에는 청바지와 장발, 긴 구두굽에 도깨비 빗을 뒷주머니에 쑥 찔러 넣고 다니며 서울에서 허접하게 생활하였다.

서울에서 이렇다 할 직업도 없이 형님이 하시는 사업을 도와주며 그럭저럭 서른 살 문턱을 향하여 세월의 주름살을 넘기고 있었다.

이때 소년시절부터 좋아했던 문학이란 화두話頭를 향하여 산을 오르기 시작하였다. 나의 문학입문 동인회同人會였던 '나아가니 문학회'와 '한국순례문학회'가 나의 문학청년시절의 모태母胎이다.

그 당시 문학청년시절에 만난 사람이 바로 수필을 쓴다는 '미스 김(김애경)'이었다. 당시 미스 김은 고향 전북 고창에서 고창여고를 막 졸업하고 앳띤 단발머리로 서울에 올라와 오빠집에 머물고 있었다. 미스 김과 나는 모임에서 문학활동을 하면서 친하지는 않았다. 모임에서 만나면 서로 회원정도로써 눈길 인사 정도나 주고 받는 사이였다.

"자, 우리 목적지도 목표도 없으니 지금부터 제일 먼저 오는 열차를

소녀시절 청순했던 아내

타는 거예요."

"좋아요. 굿……."

손을 걸고 파이팅을 외쳤다. 잠시 후 열차가 속도를 줄이며 플랫트홈으로 들어온다. 호남선 야간열차였다. 소주와 오징어를 준비한 우리는 가벼운 마음으로 열차에 몸을 실었다. 둘이는 까아만 밤길을 달리는 철마에 몸을 싣고 중원평야를 거쳐 호남들을 향하여 달렸다.

우연히 함께 한 열차여행이 평생 열차 레일 위를 함께 가는 '부부'가 되었다. 따라서 충청도 청바지와 더벅머리 총각이 전라도 고창 처녀에게 장가를 가게된 것이다. 따라서 이후 충청도 서천과 전라도 고창을 오가며 아이 셋을 낳고 오순도순 살아가는 오늘날에 이른 것이다.

○억척 여성의 파워와 근검절약 호남여성

충청도 외진 마을에서 태어나 애오라지 순박 일변도의 길만 걸어왔고, 삶에 대한 억척이나 노력에 부족함이 가득한 나는 미스 김 즉, 지금의 아내 김애경을 만나 살면서 아내의 억척성과 근면성에 놀랐다.

내가 직장에 나가면 집에서 아이 셋을 키우며 부업을 하기 위하여 하루 종일 움직였다. 아이 셋 양육에 직장을 나갈 수 없는 형편이어서 집에서 부업을 하기 위해서 읍내에 나가 가계를 기웃거리며 부업거리를 가져와 하루 종일 작은 방안에 앉아 일을 했다.

부업의 종류는 수 없이 많지만 몇 가지만 예를 들어보자. 종이봉투, 구슬 악세사리, 인형만들기 등을 하기 위해서 읍내에 나가 가계를 기웃

부부의 길

거리며 부업거리를 가져와 하루 종일 작은 방안에 앉아 부업거리를 가지고 시름을 했다.

이렇게 번 돈은 몇 푼 안 되지만 내가 직장에서 퇴근 후 동료들과 1-2시간동안 잠깐 마시는 술값 정도를 하루 종일 애를 태워 돈을 벌곤 했다. 나의 박봉에 보탬을 주기위해 번 돈으로 아이들 간식거리와 옷 사주고, 유치원에 보내곤 했다. 가정주부치고는 꽤 큰 돈 벌이였다.

시장을 나가면 어디 싼거리가 없는지, 덤으로 주는 데는 없는지 시장 골목을 여러 번 누비고 다녔다.

매년 가을 김장철이면 아내는 '시래기 줍는 아낙'이 된다. 남들이 김장을 하고 버리는 무나 배추 시래기 감을 찾아 시장 채소전 곳곳을 돌며 보자기에 담아 집으로 가져오는 것이다. 매년 '시래기 줍는 아낙' 모습이 비쳐지자 주변에서는 이랬다.

"참 지독한 애 엄마야."

"저러니 전라도 억척이지……."

이런 소문에도 아랑곳하지 않고 모은 시래기는 집 처마에 쭈욱 매달아 말려 놓는다. 이 시래기로 우리 5가족은 다른 반찬을 사지 않고 시래기국으로 춥고 배고픈 긴 겨울을 낳곤 했다.

○ **억척여성이 호남 우먼파워를 낳는다**

근래 아내 김애경은 1인 5역을 해내는 중년 우먼파워로 맹렬 정진하고 있다.

첫째 성악가로 활동과 화가로의 작업, 뜨개질 여도사, 수필가, 아르바이트 등이 그것이다.

둘째, 성악가로써의 노력이다. 여학교시절부터 해온 성악공부를 대전에 정착한 몇 년 전부터 열심히 노래연습을 하고 있다.

나름대로 노력한 덕분에 요즘은 출연료를 받으며 각종 무대에 서고 있다. 주요한 레파토리는 '그리운 금강산' '시월에 어느 멋진 날에' '오 델미오 아마토벤' '님이 오시는지' 등이다. 벌써 예금통장에 입금된 출연료는 상당하다. 이 돈으로 두 딸 혼수감을 사준다는 계획을 야무지게 세워놓고 있다.

셋째, 아내는 그림을 그리고 있다. 특별하게 어느 유명한 화가에게 사사를 받거나 전문학원을 다닌바 없지만 이웃 화가들의 작업실을 드나들며 어깨너머로 구경한 눈매로 그림을 그리기 시작하여 현재 10점이나 된다. 주로 풍경화와 꽃, 산수를 그린다. 50여점이 모아지면 전시회를 한다는 계획이다.

넷째, 아내는 뜨개질 여도사이다. 웬만한 모자는 하루만에 한 개 뜨고, 윗옷이나 조끼는 2-3일이면 뜨고, 가방은 1주일 정도면 완성된다. 아내의 웬만한 의상과 모자, 가방, 장갑, 양발은 전부 자신이 손 수 뜬 수제품 장신구이다.

나와 함께 외출하여 어디를 가면 주변 여성들의 눈길이 아내의 의상이나 장신구로 쏠린다. 이런 아내와 함께 다니는 남편인 나에게도 함께 시선이 몰린다. 손수 뜬 의상과 모자, 가방을 메고 다니는 아내를 보고 같은 여성의 입장에서 보면 부러운 모양이다. 이것도 뜨개질 여도사와 함께 사는 나의 축복이다. 즐거움이다.

다섯째, 아내는 수필가이다. 그간 KBS 리포터를 비롯하여 충남도정 신문 명예기자, 대전일보, 충청일보 등에 여성수필란에 고정으로 연재하는 맹렬 여성 에세이스트이다. 이 덕분에 각종 노천명 문학상을 타는 것을 비롯하여 각종 상을 휩쓸고 수필집도 2권이나 출간하는 기염을 토하였다.

여섯째, 아내는 1년 중 거의 아르바이트를 하고 있다. 구청 등에서 지역 주민을 일시 고용하여 추진하는 일이 자주 있다. 예를 들면 주택 인구조사원, 교통량조사원 등의 용역을 하며 아르바이트 형식으로 돈을 벌고 있다.

아르바이트로 어렵게 번 돈은 우리 가족 5명의 보험료로 고스란히 지출되고 있다. 이외에도 긴요한 가용돈으로 쓰여지고 있어 나의 박봉에 설움을 덜어주고 있다.

물론 이외에도 한 가정의 엄마와 아내로써의 임무도 물론 충실하고 있지만 이 일은 어느 주부나 하는 일이기에 이곳에서는 언급을 생략한다.

○ **21세기는 여성이 세상을 이끌 것이다.**

호남지역은 고대로부터 한양 조정에서 이런저런 사정에 의하여 밀려난 선비들이 주로 오는 귀양살이의 도피처였다. 해안가의 외딴섬과 산골 등은 조정으로부터 보내기 쉬운 귀양처였다. 따라서 호남지역은 당시 조정으로부터 대접받는 곳이라기보다 귀양이나 보내는 한적한 외진 땅이었다.

그리고 이곳은 예로부터 백제권역으로써 충청도와 함께 분류된다. 삼국시대 때 신라와 당나라 등으로부터 수많은 침입을 받으며 인고의 세월의 견디어낸 지역이다.

또한 서해와 남해안을 끼고 있어 임진왜란 때 수시로 침입하는 왜적의 출몰로 인하여 인명피해와 수탈을 겪는다. 기나긴 군사정권시절에는 위정자들에 의하여 비개발지역으로 묶여 빈한한 지역으로 구조적으로 천대받은 비경제적 곳이다. 그리고 근대사에 일어난 광주사태는 더욱 호남권을 어려운 수렁으로 내모는데 한 축을 이룬다.

숱한 시련과 역경을 겪으면서 호남여성들은 가족을 먹여 살리기 위하여 삽과 호미를 들어야 했고, 몸소 경운기를 몰고 일터로 나가 고된 노동을 해야 했다. 이러면서 자연스럽게 호남여성의 우먼파워는 만들어졌던 것이다.

할머니는 어머니에게 어머니는 며느리와 딸에게 딸은 손녀에게 억세지 않으면 살아가지 못하는 긴박한 현실을 인식시켜 억척여성으로 만들어갔던 것이다. 오늘날 호남여성들은 그 옛날 할머니와 어머니가 억척스럽게 살아왔던 것처럼 그 환경에 오랫동안 몸에 배어 살아왔기에 어디를 가나 팔을 걷어 부치고 이마에 수건을 두르고 거친 광야를 걸어나가는 것이다.

그럼 호남여성의 정체성은 무엇일까? 또는 그 저력과 역동성은 어디에서 나왔을까? 이에 대한 대답은 분분하겠지만 호남여성과 26년을 살아온 나로써는 이렇게 정의하고 싶다. 우선 오랜 역사의 소용돌이 속에서도 아이를 낳고 키우면서 먹고살기 위한 필사의 노력으로 일터에서 노동을 해왔다. 남편은 전쟁터에 끌려 나가 죽거나 소식이 없는 터에 현재의 생계를 여성 그들이 꾸려나가야 하겠기에 그렇다.

또 한양의 조정으로부터 유배당하여 온 선비들은 현실의 답답함을 대부분 책 저술이나 시, 그림 등의 예술로 승화시켜 나갔다. 학문과 예술의 지향성, 이런 양반가 귀양선비들과 함께 살며 예술을 배웠다. 그리하여 그들도 답답한 현실을 이를 통하여 극복하려 했을 것이다.

중앙정부의 비경제적, 비개발이란 편향적 대접을 받으며 식솔이 굶거나 죽을 수는 없었을 것이다. 따라서 아이에게 젖을 물리고 산으로, 바다로 나가 먹고 살기위한 몸부림을 쳐야 했을 것이다.

이러한 삶의 본능적인 바탕위에서 모진 바닷바람과 거친 폭풍우를 맞으며 호남여성의 저력과 역동성은 자연스럽게 다져졌을 것이다. 요컨대 '일해야 먹고 산다!' 이것이 아마도 호남여성의 정체성일 것이다.

부부의 길

소녀시절 아내가 펄쩍 뛰어 호남 우먼파워로

　멀리도 아닌 가까이서 함께 사는 나의 아내 김애경. 위로는 장모님, 더 나아가서는 할머니로부터 뜨거운 피를 이어받은 아내는 오늘날 아이 셋을 열심히 살고 있다. 성악가로, 화가로, 뜨개질여사로, 수필가로, 아르바이트라는 1인 5역은 물론, 기본의 가정의 엄마와 아내로써 최선을 다하고 사는 것이다.

　아내와 한 지붕, 한 이불속에서 살아온 지 26년. 가까이서 지켜본 호남여성 김애경은 분명 역사가 낳고 길러낸 억척여성이다. 한시도 눈을 떼지 않고 26년을 지켜본 산증인 남편으로써 말한다면 이렇게 표현하고 싶다.

　"21세기는 여성이 세상을 이끌 것이며, 그 기본적 정신철학이 바로 호남 우먼파워이다!"

자목련 사랑

김애경 수필집

김 애 경

도서출판 하늘과 땅

나는 백목련보다 자목련을 좋아한
다. 자목련 열매는 달걀 모양 타원
형으로 많은 되어 있다. 주로 10월
에 갈색으로 익으며 빨간 종자가 실
에 매달린다. 꽃잎의 겉 면이 연한
홍색빛을 띤 자주색이고 안쪽이 흰
색인 것을 자목련은 정원수로도 가
꼰다고 한다.

- 작가의 말 中에서 -

김애경 수필집

자목련 사랑

김 애 경 수필집

도서출판 하늘과 땅

값 10,000원

김 애 경 (金愛卿)

- 전북 고창 출생
- 이때 시절부 시인 선생님과 동행으로써 소녀
부터 문학적 영향을 받고 성장 13회부 동화의
화력 선생님 계간 『문학탐구』를 통하여 8단계
그간 총합일보, 충무일보, 대한일보 등에 수 년
부 연재이 를 연재하였음.
- KBS영상축국 리포터로 및 충남도청산문사 기자로
동한 바 있음
- 한국문학자치 제1회 신인문학상, 충청남도
김사배, 제3회 여성주간 기념 현상공모 수필부
충청남도 금상 가족문예 작품공모 장려상, 한
광공사 창시기념현상공모 문예작품상 전국장
업진흥회 국민편지쓰기대회 금상 장려상, 제3
천원 문학상 수상, 전국 글짓기대회 행정안전
큰 대상 등 수상
- 복원대학교 평생교육원 성악반 수료, 현재 세
화원 성악반 수학
- 미술전시회 및 제5여백화전 성악발표회
- 충국 빌리핀, 말레이시아 등 문화행사 초대 노래
- 2019.6.30 18~20:13.4.26 연속 KBS-1 TV 이
당 프로그램 출연
- 저서 『자목련 사랑』 공저 '부부'외 2권 출간
- 한국문인협회, 문예마을, 한국예의문화교류회,
충구문학회 회원

아내 김애경 작가의 수필집 『자목련 사랑』

출간과 예식

1991년 5월 18일

온양에서 보람과 아픔을 겪으면서 산고처럼 많은 글들을 쏟아냈다. 그 결과 두 권이 동시에 출간되었다. 하나는 하락도서에서 출간한 시집 '실종광고'와 또 하나는 도서출판 대림 기획에서 출간한 수필집 '휘청거리는 술잔'이었다. 어렵게 두 권이 나오는데 그냥 넘길 수가 없었다. 출판기념회를 해야 되겠고 아내의 정한을 풀어주어야겠다고 생각했다. 상중예식으로 인하여 아내와 정식으로 결혼식을 못했다. 결혼사진 하나 없는 안타까움에 젖어 있는 아내한테 웨딩드레스를 입혀주기로 했다. 아이 셋이나 있는 사람이 이제야 결혼식을 갖는다면 좀 머쓱할 테니 부부 작가의 출판기념회 형식을 빌어 결혼식을 갖자고 했다.

"파트너가 바뀐 것도 아닌데 두 번 결혼식을 가지면 어때?"

"그럼요. 합시다 해요. 당신은 나의 첫 남자 맞아요."

"그으럼 당신은 나의 첫 여자이니까."

"정말이지요, 여보……!"

"You are my first, you are my last, you are my everything!"

(당신은 나의 첫 사랑이요, 마지막 사랑이며, 당신의 나의 모든 것이요)

장소는 온양민속박물관으로 결정이 났다. 제1부는 결혼식 행사를 갖고, 제2부는 출판기념회를 갖기로 했다. 행사를 한다고 전국의 지인들한테 초청을 하였더니 많은 작가와 친구들, 선후배 동료들이 찾아 주었다. 참으로 고마운 일이었다.

아내는 작은 키에 기미가 좀 서리긴 했지만 웨딩드레스를 입혀 놓으니까 아주 예쁜 천사였다. 아이를 셋이나 낳고 기른 30대의 부부한테 큰 딸과 둘째 딸이 예쁜 꽃바구니를 들고 나란히 하객들의 박수를 받으며 우리에게 갖다 주질 않는가. 참으로 고맙고 예쁜 일이었다.

> 새벽녘엔 / 부스스한 얼굴로 / 아내가 손을 호호 불며
> 아침밥을 진다 / 아내 집에서 가져온 / 청국장과 총각김치
> 행복을 한입 머금고 마주앉은 둘만의 천사에 식탁
> 오늘엔 / 기천원의 원고료 오면 / 아내를 위해 월동을 치자
> 설거지 때 손이 시려 / 입과 포옹하는 고무장갑
> 출근길에 도시락과 미움사는 / 앵두빛 손 털장갑
> 허이연 귀 밑이 시려 / 큰 키 작아지는 털목도리 사주어
> 안식의 사랑을 우려내자 / 저녁엔 밥도 지어보자
> 조갯살에 흰두부 된장찌개
> 쌀 한 되 사서 흰밥 소복히 둥그런 지붕 / 아내의 얼굴에서
> 놀라운 행복을 우려내자
> 내일은 / 친구를 찾아 변통하여 / 원고지 사놓고 쌀 한말 사놓아
> 우려낸 사랑과 행복을 / 엿가락처럼 늘리어 내자
> ― 自詩 「아내를 위해」 중에서

온양민속박물관에서 출판기념회 겸 혼례식을 치르고 난 후에 아내가 쓴 두 번의 신혼 시절을 맞은 '우리는 부부 문인'이란 글이다.

생각하면 가슴이 설레기만 하던 핑크빛 셀로판 종이같이 투명하고 아

큰 딸 바램이와 작은 딸 나아가 우리 부부에게 축하의 꽃다발을 건내준다

런한 신혼시절, 가슴이 쿵쿵거리고 하루만 못 봐도 병이 날 것 같이 그
립기만 하던 신혼생활.

이러한 꿈만 같은 신혼시절은 행운아 중에 행운아인데 우리는 혼례식
을 두 번씩(?)이나 치룬 셈이다. 이러다 보니 모르는 이는 혹시 이들이
재혼인가 하는 의아심이 들테지만 우리는 숫처녀 숫총각으로 만나 아기
자기하게 사랑의 금실을 수놓은 부부임을 새삼 선언하는 바이다.

돌이켜보면 8년 전 우린 서울에서 문학 활동을 하다가 만난 보기 드
문 문인 커플이다. 당시 학생의 신분으로 공부를 할 때였는데, 법적으로
혼인신고(부친 별세로 상중예식을 치름)만 한 채 우선 신혼생활에 들어갔다.
당시 아내는 직장을 나가 학비와 생활비를 벌어야 세모진 방(당시 신혼의
작은 월셋방)에서의 뿌듯한 단꿈의 생활 영위가 가능했던 것이다.

그렇게 살기 시작하다가 학업을 마치고 고향인 충남 서천으로 낙향하
여 농사를 지으며 직장을 잡게 되자, 시골에서의 생활이 시작되었다. 그

부부의 길

1991. 5. 18 온양민속박물관에서 혼례식 겸 출판기념회

후 다시 당진을 거쳐 이곳 온양으로 이사 오면서 8년여 만에 두 딸과 아들까지 얻은 세 아이의 부모로 식솔을 거느린 오붓한 한 가정을 이뤘다.

작년 봄의 일이었다. 결혼식 사진 한 장 없이 웨딩드레스를 못 입은 것이 한恨이 되어 가슴이 늘 허전하였다. 더러 누가 와서 결혼식 사진을 보자고 할 때가 가장 무안하기까지 했다.

그래서 수필집 '휘청거리는 술잔'의 출판기념회 겸 혼례식을 소설가 박경수 선생님의 주례로 치루었다. 물론 직장동료와 문인들까지 모두 200여명이 이곳 온양민속박물관에 몰려와 대 성황을 이루었다.

이곳 저곳에서 화제가 만발하는 건 당연한 일 이었다. 우리는 서울에서 문학동인 활동을 하면서 만나 상중예식을 치룬 신혼 생활과 작년 정식으로 하얀 웨딩드레스를 입고 치룬 혼례식의 신혼 생활을 포함해서 두 번을 치루었으니……. 이런 두 번의 호젓하고 달콤새콤한 신혼(!?) 생활이 부럽지 않으세요!

여행길에서 만난 사랑

◆공업도시 구미에서

K형,

여기는 금오산 아래에 있는 신흥 공업 도시인 경북 '구미시' 입니다. 온양에서 필자의 큰 행사를 마치고 천안에서 밤11시 40분 경부선열차를 타고 이곳에 도착하니 벌써 새벽 2시 입니다. 깊은 어둠이 내립니다. 간간히 가로등 불빛이 새벽 찬 공기에 길손을 반기는 것 같습니다. 구미역에 도착하니 고맙게도 후배시인 '황한섭' 이 새벽시간에 자가용을 가지고 마중을 나와 있더군요. 둘이는 집에 도착하여 새벽 4시까지 이런저런 일로 담소하며 막걸리를 마셨지요. 옆에는 아내와 후배 시인의 아내가 무릎을 맞대고 또한 살아가는 이야기에 밤이 새는 줄 모르는 군요. 그러더니 새벽 4시경이 되어서야 잠자리에 들게 되었는데 후배 시인 내외는 그들의 침실인 안방을 우리에게 내어주는군요.

"형님, 좀 불편하드래도 이곳에서 신혼여행 첫날밤(?)을 맞으시지요."

이렇게 고맙고 무안할 데가 어디 있나요. 후배시인 내외는 우리에게 안방을 내어주고 옆에 아이들이 있는 작은 방으로 가더니 오순도순 애기를 나누고 있네요. 구미공단 변두리에 위치한 후배시인의 임대아파트에서 새벽4시 잠이 오질 않기에 필자는 K형에게 이처럼 편지를 쓴답니다. 여행지에서의 어색함과 어제 온양에서 치룬 큰 행사에 대한 생각에

부부의 길

길에서 만나 부부의 인연이 된 우리는 종종 열차여행을 함께 하고 있다

뒤척이고 있습니다.

K형,

나는 이번에 큰일을 치루었습니다.

우선 첫 번째는 지난해 말에 낸 수필집 '휘청거리는 술잔'과 근간된 농민시집 '실종광고'란 두 개의 저서에 대한 '출판기념회'와 8년 전 부터 별러왔던 아내와의 정식 혼례식(?)입니다.

K형에게 언젠가 말했듯이 필자는 아내와 지난 83년에 만나 막 결혼을 하려는데 갑자기 부친께서 작고하시는 바람에 이 지방 풍습에 의거 이른바 '상중예식喪中禮式'(찬물 떠 놓고 간단히 치르는 예식)을 치룬 것입니다.

어떻게 보면 요즈음은 20~30분 간격으로 신발공장에서 신발 찍어내듯 예식을 치릅니다만. 선친의 영정을 모시고 의미 깊게 치룬 예식이 더욱 깊이가 있을 수도 있지 않겠습니까? 경황 중 졸지에 치룬 상중예식인지라 양가 친지어른들과 친구들이 늘 마음에 걸리셨던 모양입니다.

사람은 누구나 주위의 많은 사람들로부터 뜨거운 축복을 받으며 결혼하기를 원합니다. 말끔한 정장에 순백의 드레스를 입고 단 한 사람과 일생에 한 번 예식을 올리며 평생 해로하기를 소망합니다. 오랜 세월 앨범에 사진을 끼워 넣고 보기를, 또 살기를 원하는 게 아니겠어요.

K형,

나의 아내는 과수원집 막내딸로 태어나 애지중지 자라다가 어쩌다 이 사람 만나 8년 여 동안 가난의 고통을 겪으며 살아온 여인이지요. 이런 여인한테 오늘은 기어이 웨딩드레스를 입혔습니다. 사진을 찍고 일생일대의 최고의 날을 만들어 행복한 미소를 짓게 했습니다. 지금 이 시간도 얼마나 가슴이 후련하고 좋은지 모르겠습니다.

출판기념회 겸 혼례식으로 치룬 행사에 온양 문인협회, 화요문학회 회원들이 많이 애를 썼답니다. 서울에서 오신 한국수필가협회 사무국장 이숙 선생님, 시인 나태주 선생님, 소설가 박경수 선생님, KBS수필문학회 양상민 회장님 등이 오셔서 격려를 해준 덕분에 2백여 명이 운집한 근래 보기 드문, 이채로운 문화행사였다는 것이 참석한 많은 사람들의 의견이더군요.

K형,

나는 내일 부산 '태종대' 로 아내와 함께 여행을 떠납니다. 그곳에 가서 시간이 나면 다시 편지하겠습니다. 시계를 보니 새벽 4시 30분을 넘기고 있군요. 후배 시인 '황한섭' 이 늘 아끼는 시 '노루 울음' 이 잘 표구되어 벽에 걸려 있군요.

부부의 길

누이야 비가 내린다

저 숲 강가에서 옷을 적시고

살을 스며서 추워서 떠는 누이야

강 건너 불빛 동네 아득아득하고

강물에 찬 개구리

울음 귓전이 요란하다

누이야 풀잎들만 만지며 서 있는

누이야

내가 돌아갈 방은 구공탄 문틈을

넘고 개구리 소란하게 울며

죽은 친구의 모습이 창틀에 흐른다

비는 내려서 풀잎들은

어둠속에 잠 들고

네가 돌아갈 때는 창틀을

흔드는 친구를 위해

잠든 풀꽃을 위해

맨발로 강둑을 넘어서 온다

강물 흘러 강물과 만나고

바람 불면 바람 끝에 잠자는 누이야

— 詩「노루울음」全文

부산 태종대에서

K형.

여기는 우리나라의 남쪽 항구 부산 '태종대' 입니다. 시원한 바람과 검푸른 바닷물이 넘실대는 태종대입니다.

어제 구미의 후배시인 '황한섭' 이 부산 행 기차표를 나란히 두 장 끊어준 덕분에 저희 부부는 다정히 이곳에 와서 '아란차(Arancia)' 라는 모텔에 들어 멋진 여행을 만끽하고 있답니다.

비릿한 갯내음이 물씬 풍기는 이곳 태종대를 아내와 둘이서 걸었습니다. 푸른 파도가 넘실대는 저만치에는 '부산해양대학교' 가 보입니다. 또 멀리 그 유명한 '오륙도' 도 보이는 군요, 잘 아시는 것처럼 '오륙도' 는 바다 위로 솟은 암석인데 바닷물이 만조일 때는 암석 봉우리가 다섯 개로 보이고, 간조 시에는 여섯 개로 보여서 '오륙(五‧六)도' 라지요?

사람들은 저마다 삶의 영위를 위해 바쁜 모습들입니다. 통통배 어부는 부지런한 손놀림으로 어구를 손질하고 있습니다. 해풍에 그을린 상인들은 좌판대 위에 생선을 부려놓고 손님들과 흥정하느라 바쁜 모습이 보이는군요. 그리고 우측 산 중턱에는 하얀색의 위령탑이 보입니다. 사람들에게 물으니 해난사고를 당해 실종된 선원들의 영령을 위로하고자 세운 위령탑이라니 더욱 가슴이 뭉클해지는군요.

부부의 길

K형,

기왕에 존재와 사망에 관한 얘기가 나왔으니 한 마디 해야겠군요. 얼마 전 K형은 그리도 아끼는 현세의 단 하나, 사랑하는 '아내'를 병환으로 잃었습니다. 저는 그때 직원으로부터 사무실에서 그 비보를 듣고 참으로 만감이 교차했습니다. 서울 '고려병원' 영안실을 찾아가는 그 발길은 너무 무겁고 안타까웠습니다. 그렇게 가정적이고 인자한 K형이 아내를 잃었다는 현실이 믿어지지 않았습니다. 아니, 차라리 잘못 전해들은 비보이기를 간절히 바랐습니다. K형을 만나 인사동 단골집인 '시인학교'로 동행해 문우의 정을 나누며 술이라도 한 잔 하고픈 엉뚱한 마음을 안고 갔습니다. 그런데. 그런데 그게 아니었습니다.

K형은 상복에, 예쁜 두 딸 아이들도 하이얀 소복 차림으로 슬퍼하는 모습을 볼 때 얼마나 가슴이 아팠는지…….

인간의 존재와 죽음에 관한 얘기는 각 종교나 학문, 인습, 역사가들에 의해 각기 해석합니다. 천당과 지옥, 연옥, 흙, 무소유 등 많은 얘기가

동양의 나폴리로 불리는 부산 태종대의 아름다운 풍경

'92.5.18 온양민속박무관 출판기념회 겸 혼례식

있으나 분명한 것은 누구에게나 소중한 사람이 죽으면 곁에 없다는 것입니다. 늘 함께 호흡하고 마주보던 사람이 없음으로 인해 겪는 공허와 아픔은 죽음으로 인한 것입니다. 인간의 누구나 태어나 한 번은 죽습니다. 그러나 막상 본인이 큰일을 당하면 그 슬픔의 무게는 제어할 수 없을 만큼 상처가 깊습니다.

'네가 태어날 때는 울며 탄생하여 여러 사람이 웃었으나 네가 죽을 때는 너는 웃고 여러 사람이 울도록 하여라.' 는 말이 있습니다. 여러 가지 측면에서 의미 있는 얘기입니다.

K형, 용기를 가집시다. 앞으로 이 사람이 자주 시간을 내어 만나도록 하겠습니다. 살아가는 훈훈한 맛을 느낄 수 있도록 해드리겠습니다. 우리 한 번 풍요롭고 살만한 이 세상 멋있게 살아갑시다.

K형, 저는 이 원고를 쓰고 검푸른 파도와 갯내음이 물씬 풍기는 '태종대'를 떠나 부산 시내로 갑니다.

이곳의 수필가 '구자분', 시인 '정혜선' 등과 만나기로 했습니다. 더불어 이곳의 '부산우유' 잡지 편집자인 정경락이란 친구가 술 한 잔 하자는 군요. 그리고는 하루 더 묵고 내일 마산으로 갑니다. 마산에 사는 우리 KBS문학회원 '윤용수' 씨가 '아내의 치마'란 수필집을 내고 출판 기념회를 하거든요.

거기서 KBS문학회 회장인 '양상민' 극작가와 합류하기로 했답니다.

현해탄이 보이는 언덕, 마산으로 갑니다.

K형, 태종대를 떠나며 이만 붓을 접습니다.

전라도 광주에서

K형.

어제는 부산을 떠나 시원하게 펼쳐진 부마고속도로를 달려 마산에 도착했답니다. 마산 창동에 있는 '동서화랑'에서 '윤용수' 회원의 '아내의 앞치마'란 수필집 출판기념회를 지켜봤습니다. 포근한 가정의 체취가 배어나는 흐뭇한 자리였습니다.

시간 관계상 아쉬운 인사를 나누고 광주를 향해 출발했습니다. 좌측으로 검푸른 남해의 수평선이 보이는가 하면 우측으로는 신록이 푸른 산야를 보며 쭉 뻗은 남해고속도로를 달렸습니다. 하동에 도착하니 은어의 비늘처럼 빛나는 섬진강이 잔잔히 남해로 흐르고 있었지요.

차창으로 시원한 바람을 맞으며 달립니다. 미인과 교육의 도시 '순천'이 입구의 폭포수 광경과 함께 그윽이 드러나는군요. 욕심 같아선 여수의 오동도와 다도해 구경을 하련만 일정에 쫓겨 그냥 발걸음을 광주로 돌렸답니다.

호남 제1의 도시 광주는 역시 호남의 대표 도시였습니다. 그러나 5·18광주항쟁 추모일이 지난 지 며칠 안 되는지라 매케한 최루탄 냄새가 금남로 전남 도청 부근을 뒤덮고, 이곳저곳엔 전경들과 군중들이 모여 있는 안타까운 현실을 보았습니다. 언제나 이러한 현실들이 축복받은 우리의 아름다운 금수강산, 이 땅에서 사라질까요?

부부의 길

K형,

아침은 이곳의 명물 '추어탕'으로 흡족히 때우고 아내의 친정이자 나의 처가인 '고창'으로 잠시 후 떠납니다. 좀 더 푹 쉬며 구경을 하고 갔으면 하는 욕심이지만 두어 가지 사유 때문에 안되겠군요. 첫째는 노모한테 맡기고 온 두 딸(바램이 8살, 나아 6살)의 걱정과 금요일(24일) 온양 문화원에서 있을 문화강좌 시간에 초청이 되어 강의를 해아 하는 일정 때문입니다. 그래서 뽀로통한 아내의 등을 다독이며 고창으로 갑니다.

고창에 가면 우선 지난 번 방세 보증금이 부족하며 처남으로부터 빌린 빚도 갚으려 합니다. 고맙게 잘 썼거든요. 그리고 온양 가는 길에 서천에 들러 농협의 빚도 갚으려 합니다. 필자와 아내를 늘 걱정하게 하는 빚들이었거든요.

지난 18일 온양에서 있은 출판기념회 및 혼례식 행사 때 참석한 따스한 이웃들이 행사 경비나 보태 쓰라고 도와준 덕분에 작지만 생활의 빚, 가슴속에 맺힌 빚을 갚을 수 있군요. 모든 분들께 나와 아내는 고개 숙여 큰 절을 올립니다. 더욱 부끄럽지 않은 생활과 청사에 남는 고귀한 문학작품을 쓰는 것만이 훈훈한 손길을 주신 이웃들에 대한 보답이라고 생각한답니다.

K형,

4박 5일의 구혼여행(?)은 참으로 유익했습니다. 온양 → 천안 → 구미 → 부산 태종대 → 서면 생선횟집 → 마산 → 순천 → 광주 → 고창 → 서천 → 온양 순으로 여행은 마무리 지어지는군요.

아마도 일생을 두고 이런 유익한 여행을 언제 또 할 수 있을지 생각이 아련하군요.

K형,

여행 중에 썼던 편지들이 두서없는 것들이었습니다. 다만 현지로부터 느끼는 생경한 사물들, 사람들에 대한 생각을 진솔하게 전하고 싶었답니다.

어려서의 꿈은 화가나 음악가가 되려고도 했지요. 그런데 화가나 음악가는 가지고 다니는 그림도구나 악기들이 비싸 저 같은 가난한 농민의 아들은 그림의 떡이었답니다. 그러다가 이처럼 문인의 길을 쉽게 택한 이유는 문인은 가난해도 볼펜과 원고지만 있으면 어디서든지 작업이 가능했기에 그렇답니다. 이번 여행길에 아내와 같은 이야기를 주고받으며 빙그레 웃기도 했답니다.

K형, 그럼 온양으로 가서 또 뵙겠습니다. 건승을 빕니다.

부부의 길

강의를 마치고

4박 5일의 남해안 여행을 끝내고 서둘러 온양 집으로 돌아왔다.

온양 문화원에서의 초청 강의 일정에 맞추기 위해서였다. 서둘러 돌아오는 나의 빠른 걸음을 동동걸음으로 따라오는 아내한테 대단히 미안한 일이었다. 아내와 만나 8년 만에 처음 갖는 여행이자 둘만의 신혼여행(?)이 아니었던가. 그러나 어찌하랴. 부족하지만 나의 강의를 듣고 싶어서 청중이 모여든다는데. 다음날 평소 가지고 있던 생각들을 대략 정리하여 정장을 하고 문화원으로 향했다.

"멋있게 강의하고 오세요."

대문 앞에서 '앞치마 배웅'을 하는 고운 아내를 생각하며 남산 계단을 올랐다. 청중들은 벌써 삼삼오오 짝을 지어 오고 있었다.

잠시 후 주최 측의 소개로 연단에 올라 진지한 태도로 귀를 기울이는 청중들을 향해 평소의 철학과 열정의 소신 론이 시작되었다.

여러분! 이 세상이 왜 이리도 수상합니까. 아침마다 조간신문을 펴들면 기골이 장대하게 서 있는 사건, 사고들의 머리기사들, TV만 틀면 답답한 가슴 메어지도록 저미어오는 세간의 사건, 사고들……. 누가 이 젊은이들을 분신하도록 만들었으며, 그 아까운 생명을 쉽사리 던지는 그들은 누구입니까. 아닙니다. 우리 모두의 일입니다. 이 지구상에 살아있는 재주 있고 머리통 큰 만물의 영장이라는 인간이라고 불리 우는 우리

큰 딸 바램, 작은 딸 나아, 막내 민형과 함께 온양 송악 민속마을가에서

모두의 책임입니다. 이 순간 우리는 이 일을 깊이 생각하는 재조명의 단
상이 되어야 할 것입니다.

　여러분! 우리가 어느 민족입니까. 중국이라는 큰 땅덩어리에 토끼모
양으로 붙어있는 우리 한반도는 아침이 가장 먼저 찾아오는 동트는 나
라, 동방의 나라입니다. 더불어 이 나라는 이 지구상에서 유일한 단일
민족입니다. 그러나 이 나라도 지나 6·25동란으로 인하여 반쪽으로
나뉘는 반쪽 국가가 되었습니다. 거기다가 또 경상도다, 전라도다, 충청
도다 하고 지역감정까지 첨예하게 대립되어 있습니다.

　여러분! 이렇다 해서 세상을 다 비관적으로 보자는 것은 아닙니다.

　우리 주위엔 인정의 꽃이 훈훈하게 피어나는 일이 많습니다. 평생을
김밥장사를 해서 번 돈으로 수십억 원의 장학금을 내놓는 할머니가 있
는가 하면, 이름도 성도 모르는 사람에게 생명의 불꽃을 이어 주는 장기
기증자, 불우 이웃을 꾸준히 돕는 사람들 등 세상엔 수많은 사람들의 뜨

　　　　　　　　　　　　　　　　　　　　　　　부부의 길

끈한 수범垂範 사례가 많습니다.

이렇듯 희·비가 어우러져 살아가는 것이 우주의 조화요, 세상살이의 섭리인 것입니다.

진보와 보수, 보수와 진보가 요즘처럼 첨예하게 대립을 보일 때는 '황희정승'의 일화가 생각납니다.

당대는 물론 후대에 이르기까지 황희 정승만큼 원만한 정사를 이끌어 간 사람은 드물다고 합니다. 좌·우의 의견을 충분히 수렴하여 보다 합리적인 합의점을 도출시켜 정사를 이끌어 나갔다고 합니다.

여러분! 중국이라는 거대한 대륙이 오늘날 제3국의 우두머리로 국제 사회에서 힘을 과시하는 저력이 어디 있다고 봅니까. 경제적, 정치력 등은 아직 후진국 수준을 못 벗어나고 있습니다. 그러나 그들만이 갖고 있는 고귀한 이상과 철학이 있습니다. 그것은 바로 그들의 중화사상이며 그런 것 중에 만만디이즘 '慢慢的' 이 있습니다.

느긋하게 큰 것을 기다리는 대기만성의 민족적 근성입니다. 지금껏 그들은 서방 세계에 정치, 사회, 경제를 전면 개방할 듯 하면서 '아직은…' 이라며 고개를 흔들며 기다린 지 1백 여 년이 지났습니다.

"작은 도둑은 창고에 들어왔을 때 열쇠를 잠금으로써 잡을 수 있지만, 큰 도둑은 창고를 활짝 열어놓고 다른데서 훔친 것까지 가지고 들어오도록 하여 열쇠를 잠금으로써 큰 것을 얻는다는 것입니다."

그들의 만만디이즘은 장자의 중도론中道論과도 맥을 같이 합니다. 더불어 공자의 삼인지행 필유아사三人之行 必有我師와 락이불유 애이불비樂而不流, 哀而不悲와도 같은 논리입니다.

또한 서양은 어떻습니까.

전진전술의 영웅이 '나폴레옹' 이라면, 퇴각전술의 영웅은 영국의 '웰링턴 장군' 입니다.

온양문화원에서 강의를 하며

　서둘기 좋아하고 파벌, 좌·우 대립을 일삼는 우리한테 위에 언급한 일들은 참으로 시사하는 바 크고 유익한 일들입니다.

　보수와 진보, 지역 간 갈등이 첨예하게 대립하는 오늘날의 사회를 살아가는 우리들입니다. 오늘이나 내일의 성급함보다 언제나 지난날을 되돌아보면서 다시 한 번 일상을 되돌아봐야 할 때라 생각합니다. 그리하여 대립과 갈등, 오해와 분파보다는 화합과 우의를 다지는 예의와, 덕목이 동 트는 나라에서 훈훈한 인간미학이 도처에서 펼쳐지는 사회를 만들어야겠습니다.

부부의 길

귀향

내가 태어나 자란 고향이 그리웠다. 소년시절 문학에 눈을 뜨고 갈대밭과 금강가를 돌며 방황과 혼돈으로 번민했던 청년시절이었다. 그런 고향 땅이 눈에 밟히기 시작하였다. 고향이 그립고 가고 싶었다. 어렸을 적, 자라면서 정이 들고 눈에 익었던 정서들이 꿈에도 그리웠다. 많은 사념의 공간 속에서 오버-랩 되어 다가서고 있었다.

라디오를 켜놓고 '밤을 잊은 그대에게' 와 '별이 빛나는 밤에' 를 듣다 보면 새벽까지 밤을 지새우기가 일쑤였다. 그러면 어머니는 게슴츠레한 눈으로 말했다.

"야아 그만 불 끄고 자라. 석우(석유)탄다."

석유 등잔불 아래에서 책을 보고 라디오를 듣던 시절이었다. 먹고 살기 힘들던 시절 어머니는 칠 남매의 부양을 위하여 사과 장사를 했었다. 그것도 이십여 년이 넘도록 말이다. 한 푼이 그립고 힘들던 시절 라디오를 끼고 석유를 낭비하며 밤을 지새우는 내가 안타까웠던 것이다.

이십 대에는 산과 강가를 거닐며 젊음과 패기를 구가하던 시절이었다. 기타를 들고 책을 옆구리에 끼고 다녔다. 또 당시는 마을마다 콩쿠르가 자주 열렸다. 무대라고 해봐야 산언덕에 마루 장 같은 것 하나 깔아놓고 대나무 가지와 색종이 테이프로 얼기설기 무대랍시고 만들어 놓았다. 그 당시 무명의 맹인 기타리스트를 무대 한쪽에 앉혀 가요반주를

천하가 부럽지 않던 스무 살 청바지 문학청년시절

맡기고 노래를 부르면 콩쿠르는 성황을 이루었다. 여자들 꽁무니를 쫓아 다니며 휘파람을 불며 철없이 뛰놀던 그 시절. 노래를 잘하여 1등을 하면 비누 10장, 2등은 까만 고무신 한 켤레, 3등은 수건 한 장을 주곤 했다. 노래를 잘하여 1등을 하면 이 마을 저 마을 콩쿠르에 불려 다니며 노래를 해야 했다. 그러면 그 사람은 인근에서 인기 짱이 되었다.

마을마다 막걸리 집이 있어 시어터진 김치에 마늘 하나면 막걸리 안주는 끝이다. 어느 날은 막걸리 생각이 간절하지만 돈이 없어 전전긍긍하다가 친구랑 이웃마을 고추 서리를 나갔다. 빠알갛게 잘 익은 고추 한 포대를 개울건너 막걸리 집에 맡겨놓았다. 한 달 내내 그 막걸리 집 문턱이 닳도록 킥킥거리며 들랑거리며 막걸리 타령을 한 적도 있다. 그런데 고추서리를 한집이 결국 나중에 사귀게 된 여자친구네 집이었다. 그것도 무슨 자랑이라고 '고추 서리 장본인이 바로 나' 라고 고백했다가 '고추도둑놈' 으로 몰려 그 여자 친구와 절교로까지 이어졌다.

"인자 봉게. 우리 고추밭 도둑놈이었구먼요. 그 때 그 고추를 따서 울 엄마가 내 원피스 한 벌 사기로 혔는디. ……에이 나쁘은 노옴―."

"아녀. 그 때는 별 생각없이 막걸리 생각이 간절혀서 그렸어. 미안혀이―."

"그려도 그렇치. 내 원피스 물어내유……!"

"……."

부부의 길

고향으로의 귀향을 하기 위한 고심 끝에 마침내 결정이 되었다. 온양에서 서천으로 이사를 한 것이다. 온양에서 이사하기 전날 밤 아내와 아이들은 내 바지 끝을 붙들고 울었다.

"여보 이곳 온양에서 살아요. 서울도 가깝고 천안도 가까워 교통이 이처럼 좋은 대도시 이곳을 두고 왜 시골로 다시 내려가요."

"……."

"아빠, 다른 애들은 다들 도시로 오려고 발버둥 치는데 우린 왜 시골로 가요?"

"아빠, 공부가 안되요. 친구들 사귈만하면 전학을 가는 바람에 적응을 못 하겠어요 아빠. 응 여기서 그냥 살아요."

아내와 아이들은 울다시피 애원했다. 그러나 고향산천이 눈에 박힌 이상 나의 결심을 꺾을 수는 없었다. 예정대로 서천으로 이사를 했다.

1997년 고향 서천으로 전입을 하고 집은 역 근처에 있는 빌라를 하나 구입하여 이사를 하였다. 청년시절 문학과 꿈으로 아롱지었던 고향산천에 왔으니 얼마나 좋겠는가. 이사해서 한 달여에 가깝게 집들이 잔치를 하였다. 친구와 동료, 선후배들을 집에 초청하여 음식을 제공하며 고향에 온 정겨운 나날을 보냈다.

또한 기왕에 고향에 왔으니 객지에서 배우고 다졌던 문화예술 행위를 파급해야겠다는 일념으로 몸과 마음을 바치다시피 노력을 기울였다. 시낭송과 문예반의 운영, 독서그룹의 독서지도 등 한층 앞서고 한 단계 업그레이드 된 서천문화의 상승을 위하여 나름대로의 정열을 발휘했다.

'객지에서 지역을 돌며 지역문화 발전을 위하여 노력을 기울였는데 고향에서는 더욱 배가를 해야지.'

하는 일념으로 4년여를 뛰었다. 그러나 과유불급過猶不及이었다. 모든 사물이 그 정도를 지나치는 것은 미치지 못한 것과 같은 것이다. 객지에 나가 살다온 사람이 적절히 고개를 낮추고 있었어야 했던 것이다. 향수병에 지쳐 있었기에 고향사랑이 남다르게 앞섰던 지도 몰랐다.

'내가 고향에 가면 이런 것을 해야지.'

하는 단순한 의욕만 앞세워 무리를 했던 것 같다. 세월이 흐를수록 이것은 아닌데 하는 생각이 들고 점점 회의가 일기 시작하였다. 고향이라는 어떤 환경의 작용점이 점점 나를 힘들게 하고 있었다.

내가 고향 서천으로의 귀향歸鄕에서 오는 보람과 번민으로 밤을 지새울 때 아내가 쓴 글이다. 현실을 직시하며 올 곧게 진단한 내용의 '그리움의 길목에서'라는 제목인데 부제副題로 '남편에게 띄우는 글'이란 내용이다.

그리움의 길목에서
— 남편에게 띄우는 사연

자정의 분침 소리가 유난히도 크게만 들리는 늦은 이 시간!

오늘 하루 열심히 가족을 위해서 육신의 피곤함을 침대에 내 맡긴 채 피곤하게 잠을 자는 당신의 모습을 보니 안쓰러움이 나를 가슴 아프게 하네요.

비록 나의 손이 보드라운 솜털은 아닌, 주부 습진이 손바닥에 얼룩졌다하여도 이 세상에 하나 밖에 없는 '아내'라는 이름으로 당신의 두 볼을 어루만져 봅니다.

여름내내 그을렸던 이마의 자그마한 기미를 발견하곤, 나의 두 눈에 작은 이슬이 맺히는 듯합니다. 난 이내 침대에서 일어나 냉장고로 다가가 야채 박스 한 켠에 고이 있는 오이 한 개를 들고 와 얇게 저미어 당신의 얼굴에 다복이 마사지를 합니다. 오이의 시원함에 당신은 지그시 눈을 뜨며 이렇게 말했지요.

"음——. 오이의 상큼함이 코를 자극하네. 총각시절 서울에서 자취 할 때 배가 고프면 오이를 사 가지고 들어와 씻지도 않은 채 청바지에 쓱—— 쓱—— 닦아 먹었었지. 가만히 생각하면 지금의 이 냄새가 바로 그 시절의 향긋함으로 되살아나는군."

그리고 나도 당신 곁에 나란히 누워 온 얼굴에 오이를 다닥다닥 붙이고 다정히 지난날의 추억을 소담스레이 담아내었지요.

십 수 년을 부부의 애정으로 살아온 날들이 행복만이 전부였다면 진실이 아니라 하겠지요. 그래요. 우리의 긴 사연은 붉은 단풍색 모양으로 퇴색되어 가는 이 가을을 노래하고 있나봅니다.

문학이 좋아 동인활동同人活動을 하다가 만나 서로 사랑을 했고, 사색이 좋아 생각하기를 즐겼고, 여행을 좋아하는 것 까지 닮은꼴이 많았지요. 그래서 이렇게 지금까지 딸, 아들 셋 낳고 잘 살고 있노라고 말하고 싶습니다.

지난 시절, 한때 나의 마음은 답답했답니다. 자유분방함으로 살아가는 보헤미안 같은 당신을 보지 않겠노라 속이 상하여 등을 맞대고 자리한 적도 있었고, 내가 지금 기억하듯 당신도 잊지 못하고 있다는 걸 잘 알고 있어요. 나 몰래 열차표 사 가지고 여행가려다 들킨 일, 문학을 핑계 삼아 밤늦도록 오지 않던 일, 문인들과 술에 취해 거리를 배회하던 일 등, 한 동안은 유유한 가로등이 나의 벗으로 다가오던 일. 그 빛이 더욱 친근한 달빛사냥꾼이 되어 음미하던 때도 있었지요.

낮에는 당신이 운전을 하고 밤에는 문인들과 한 잔 술에 흥취를 이루어 대신 내가 운전을 하니까 당신이 이랬지요.

"나는 낮에 딴 운전 면허증이고, 당신은 밤에 딴 야간운전 면허증이야. 하 하 하……."

'부부' 란 어느 부족한 반쪽을 채워주는 '거울 같은 것' 이라고 하지요.
여보, 우리가 늘 암송하던 싯구가 생각나나요?

손이 아파

밥 못할젠

이 손이

대신하고

발이 아파

못 걸을젠

이 몸이

업어주고 걸어주어

홀로사랑

말못해

둘 사랑

맞사랑이라내……

(중략)

현재 우린 이렇게 살아가고 있노라고 말하고 싶어지는군요. 당신은
가장家長의 무거운 두 어깨를 언제나 버겁다하지 않고, 삶의 일터에서
생기는 어려운 일을 가슴으로 삭히며, 꿋꿋이 지켜온 당신께 언제나 감
사하고 있다고…… 오늘 이 지면으로 인사하고 싶습니다.
　하지만 이 지면을 빌어 당신께 꼭 부탁하고 싶은 이야기가 있어요.
'사람은 다 자기 마음 같지 않다는 걸요.' 당신이 마음이 좋아 자기 속
마음까지 다 주고도 몇몇 사람들로부터 인간적인 배신을 받고 얼마나
아픈 가슴앓이를 했나요?

240　　　　　　　　　　　　　　　　　　　　　　　　　　부부의 길

평생 함께 업고 가야 할 부부의 길

사이가 좋을 땐 충분히 이기利器를 향유하다가도 다소 거리가 멀어진
다 싶으면 이쪽의 약점을 물고 늘어지는 게 인성이 다듬어지지 않은 못
된 사람들의 악성惡性인걸요.

그리고 나 몰래 문인들 보증 잘못 해준 일, 맘 좋게 돈 빌려주고 못 받
고 지금까지 그 빚을 우리가 짊어지고 가려하니 언걸먹어 그 얼마나 힘
든 일이던가요.

인생은 하루하루가 살아있는 좋은 경험이라고 합니다. 어제가 있기에
오늘이 있는 것이고, 또 희망의 내일이 있다는 세월의 명약名藥을 우리
는 다시 한 번 생각하며 살기로 해요.

낙이불유 애이불비樂而不流 哀而不悲란 말을 우린 자주 사용하지요. 맞
아요. 사람이 살면서 어떻게 좋은 일만 있겠어요. 즐거워도 너무 질탕하
게 즐거워하지 말고, 슬퍼도 과도하게 슬퍼하지 말아야 함을 알 듯이,
유유히 은유자적하면서 우리 지금 많은 어려움이 있다하여도 곧 다가올

기쁜 희망으로 용기를 얻기로 해요.

세상엔 화합의 하모니 보다, 불화합의 하모니 소리가 많다고 하더이다. 하지만 그것은 곧 아름다운 인생연주회의 '발 빠른 간주곡'에 불과하잖아요. 큰일을 하려면 늘 어려움이 따르고, 좋은 일을 하려면 주변으로 부터 모진 비바람이 몰려드는 법이지요.

여보!

하지만 당신에게 많은 어려움이 있듯, 나 또한 보이지 않는 마음의 시련이 있어요. 어쩌면 내가 극복하기엔 스스로 부족함이 많음을 인정하지 않을 수 없나 봅니다. 나이 드신 홀시어머니를 모시고 사는 둘째며느리로서 가끔은 내가 왜 형님의 책임을 지고 사는지를 내 자신에게 물음표(?)를 쓰곤 한답니다.

그것은 천륜天倫을 거스르는 일임을 잘 알기에 무거운 도덕의 저울추가 나의 그릇된 가슴을 짓누릅니다. 너른 평야처럼 내 마음을 사랑으로 채우고 나니 지금은 나가야 할 방향을 찾게 되어 기쁨이 더 크더군요.

자기 식구밖에 모르던 당신과 살려하니, 효자 집에 효부 없다는 말이 실감날 정도로 보통이 아니었지만. 세월의 연륜처럼 지금은 당신도 아내에 대한 애정이 많은 변화로 인하여 아껴주시기에 내가 위로를 받기에 모든 것을 이해하고 있다는 것도 꼭 전하고 싶습니다.

그리고 우리들에 사랑의 '대출증거'인 세 남매가 있잖아요. 얼마나 든든한 우리의 말없는 '희망보험'인가요!

당신 기억하나요? 우리의 사소한 말다툼에도 아이들의 울먹이는 소리를 말 입니다. 그런 다음날 아침이면 어김없이 세 아이가 침대 머리맡에 '엄마, 아빠 우리 행복하게 살자!'며 앙증스럽게 편지를 써 놓는 일로 인하여 우린 다시 웃고 행복해 하던 일들을……

독서와 글쓰기를 생활화하는 우리 부부로 인하여 아이들도 독후감과

부부의 길

글을 많이 쓰지요. 이 밀알이 먼 훗날 주옥珠玉같은 좋은 작품들로 남는다면 그 얼마나 행복한 '추억만들기'가 될까요.

이것이 바로 행복으로 다가갈 창조주께서 엮어주신 삼 겹줄의 튼튼함, 바로 당신과 나 그리고 우리 아이들이란 것을 세월의 굴레속에 알아가고 있답니다.

책상 앞에 앉아 당신에게 편지를 쓰다가 잠시 베란다로 나가 밤하늘을 쳐다봅니다. 은하를 가로 질러 초롱이는 별들의 노래가 들립니다. 오늘따라 초승달의 게츠름함이 나의 시선을 한참이나 처연하도록 머물게 합니다.

그리고 당신의 곤히 잠든 모습을 다시 뒤 돌아 봅니다. 세 아이의 새근댐이 귓가로 들려옵니다. 이것이 행복이라 느낍니다. 그리곤 영원히 가슴에 묻어두고 한 올 한 올 꺼내어 행복을 노래하고 싶습니다.

며칠 전. 당신과 금강 갈대밭에서 돗자리 깔고 앉아 맑은 가을 하늘을 바라보며 우리는 이렇게 말했지요.

"난생 처음이야. 이렇게 앉아 하늘 보는 거!"

해맑은 하늘 위로 날아가는 철새떼를 보았고, 뭉게구름을 뚫고 높이 가볍게 날아가는 은색 비행기를 보았었죠. 그리곤 두 손을 꼬옥 잡으며, '우리 더도 말고 덜도 말고 이렇게만 살자!'며 손가락을 걸었지요.

지금은 어둠의 커튼이 드리워져 있지만, 벽에 걸린 '밀레'의 '이삭줍는 사람들'의 모습에서 영글어 가는 풍요로움의 계절 가을을 느끼게 됩니다.

여보! 당신에게 약속받고 싶은 소원이 하나 있어요. 들어 주실 건가요. 낙엽이 다 지기 전에 '가을산'에 가고 싶어요. 그리고 수북이 쌓인 낙엽위로 스스슥— 소리내며, 낙엽소리만 들어도 웃는 사춘기 철없는 소녀가 되어 보고 싶어요. 은행나무의 노오란 마지막 잎새가 이 나무에서 다 떨어지기 전에…….

이 세상에서 제일 가까운 사이가 살을 맞대고 사는 '부부'라지만 당신에게 이렇게 편지를 띄우는 것이 과연 몇 년 만인지 모르겠어요. 문명의 발전과 이기에 더욱 익숙해 진 우리의 모습, 전화의 간편함을 더욱 친근하게 느끼는 세태, 편지의 낭만과 설레임의 아름다움이 자꾸만 멀어져가는 우리의 서먹함이 오늘의 현실이란 사실이 웬지 서글퍼지는 이 밤이군요.

잠시 오늘 이 시간만이라도 사랑의 우체통으로 다가가 내 마음의 편지를 당신의 넓은 가슴에 등기우편으로 부치겠습니다.

이 아름다운 계절이 다 지나가 후회하지 않을 솜사탕을 만들어 하늘 높이 날려 보내려 합니다. 사랑합니다. 당신이라 부를 수 있는 오직 단 한 사람 '남편'이란 이름이여!

가을밤
당신의 안에 있는 아내로 부터…

제5장

다시, 대전으로

금산으로

2001년 9월 1일. 서천에서 금산의 직장으로 발령을 받았다. 서천의 집이 쉽게 팔리지 않는 바람에 우선 서천에서 금산까지 2시간 가깝게 출퇴근을 하였다. 아침저녁으로 피곤했지만 가족이 함께 생활하는 가정이 정녕 아늑하였다.

마침 때는 바야흐로 단풍의 계절 가을이었다. 안토시안 오색 단풍이 금산 대둔산 자락을 붉게 물들이기 시작하고 있었다. 물 좋고 인심이 좋아 산천이 비경처럼 아름답다는 인삼의 고장 금산으로 오가며 객지로의 직장생활이 시작되었다.

도시가 아닌 산골 초등학교로 옮기고 보니 자연환경과 주변 환경은 참으로 더 없이 좋았다. 그러나 업무추진 체계의 변경 등으로 모든 것이 낯설고 물설어 어리둥절했다. 하지만 아침저녁으로 자가용을 몰고 다니며 즐기는 '가을산행 오너 드라이브 에세이' 맛에 모든 것은 모름지기 용해되었다.

나의 근래 일상은 이렇다. 새벽 6시 부스스 눈을 뜨면 우선 아침 샤워부터 한다. 애정 어린 손끝으로 배웅하는 아내를 뒤로 하고 아반테 승용차에 시동을 건다. 카 라디오의 오전 7시 시보時報가 싱그럽게 울리고 하루를 열며 나를 반긴다.

이른 아침 차량과 인적이 드믄 안개 자욱한 코스모스의 신작로를 따

부부의 길

서천과 금산을 오가며 가을대둔산의 아름다운 단풍에 취했다

라 쭈욱 차를 몰고 간다. 시원한 아침 공기가 세속으로 오염된 심신心身을 달래준다. 탁 트인 국도를 따라 서천읍을 벗어나 모시의 고장 한산마을 외곽도로를 따라 가다보면 부여의 임천골이 나오고 젓갈마을인 논산 강경읍이 한눈에 들어온다.

다시 차를 몰아 논산마을 들판을 가다보면 학생들이 도로를 따라 삼삼오오 무리를 지어 학교를 향하여 가고 있다. 이들을 옆으로 하며 연무대 인터체인지 앞 신호등에 잠시 대기한다. MBC 드라마 전원일기의 마을 이름으로 나오는 양촌마을을 따라 가면 논산이 끝난다. 곧 이어 산천이 아름다운 고장 금수강산인 금산이 나온다는 이정표지가 눈에 들어온다.

그러나 꼭 여기서 거쳐 가야 할 곳이 있다. 대둔산 자락에 대롱대롱 매달린 산골마을인 전북 완주군 운주골이 나오고 그 옆으로 봉동골이 있다. 이곳을 뒤로 하고 이제부터 국립공원인 대둔산 가을산행 환상의

드라이브 에세이가 200자 원고지에 주절주절이 옮겨져 펜의 마법사가
되어 종횡으로 열린다.

> 오- 매 단풍 들겠네 / 장광에 골 붉은 감잎 날아와 /
> 누이는 놀란 듯이 치어다보며 / 오- 매 단풍 들것네 //
> 추석이 내일모래 기둘리리 / 바람이 잦이어서 걱정이리 /
> 누이의 마음아 나를 보아라 / 오- 매 단풍 들것네 //

— 김영랑의 시「오메 단풍들겠네」중에서

오메 – 단풍들겠네에— 노랗고 **빠**알간 갖가지 단풍으로 물들기 시작
한 대둔산의 한적한 산길을 따라 산행 드라이브는 시작 된다. 속리산 말
티고개 같은 오르막길과 내리막길을 조심스레 달리다보면 구름에 살포
시 드리운 대둔산 정상이 나온다.

자동차도 잠시 휴차 중. 구름도 머물다 간다는 정상에서 산협山峽을
바라보며 마시는 300원 짜리 커피는 두고두고 잊지 못할 여운으로 남
는다. 다시 내리막길을 조심스레 가노라면 금산의 진산면이 나온다. 이
어 충북 옥천 방향으로 직진하여 10분 정도 가면 대둔산자락의 복수 초
등학교가 보인다. 누님의 품처럼 안온하게 자리 잡고 있는 나의 직장이
기다리고 있다.

교통안전수칙 깃발을 들고 서 있는 아이들이 보인다. 아침이슬 같은
눈망울로 교통질서 봉사를 하고 있는 우리의 밝은 미래 동이들.

"안녕 하셔유—."

"으음 잘 있었어요! 그럼 수고해요."

보송보송한 운동장을 가로질러 터벅터벅 사무실로 들어서면 서로 반

부부의 길

갑게 인사하시는 여러 선생님들.

"안녕들 허셨남유——."

"예, 안녕허셔유——."

아침 7시 서천을 출발하여 금산에 도착한 시간 오전 8시 30분. 1시간 30분의 가을 산행 오너 드라이브 에세이는 살가운 문자로 생생하게 살아 원고지에 배열된다. 오후 5시 퇴근 할 때도 역시 반대의 과정으로 되풀이 된다.

조만간 대전으로의 살림집 이사를 하기 전 까지는 가을 산행 따라 열리는 '오너 드라이브 에세이' 는 펼쳐질 것 같다.

하루 왕복 3시간을 차에서 보내는 시간이 다소 피곤은 하지만 어쩌면 이런 일도 나에게는 많은 생각들을 하게 한다. 바쁘고 거침없이 살아온 지난날들을 되돌아보는 자숙의 계기도 되지 않을까.

주변의 아름다운 사람들, 착하고 반가운 주변 문인들과의 흐뭇한 교유를 통한 가슴 따뜻한 우정들……. 이 분들에게 늘 감사하다고 행복하게 살아가자며 손 흔들며 말을 해야지. 내일 아침 가을산행 오너 드라이브 에세이를 위하여 오늘밤은 일찍 자 두어야 하겠다. 아무렴 그렇고말고.

"여보, 그만 잡시다아——."

"그래요. 내일 가을산행 오너 드라이브 에세이를 위하여 일찍 자야지유——."

가을 하루 단상을 조용한 묵상으로 정리하며 잠을 청했다.

서천에서 금산으로 출퇴근하면서 금산 지역 문우文友들과 우정을 쌓기 시작하였다. 금산문인협회의 임영봉 지부장과의 문학적 대화에 장을 넓혀 갔다. 그리고 십여 년 전부터 교분을 맺어왔던 금산문화원의 안용산 사무국장과도 십여 년 깊은 우정을 쌓아나갔다.

오늘은 금산경찰서의 파출소장님이신 장두석 시인을 만났다. 직장은 금산이지만 대전 집에서 출퇴근하고 있었다. 밖에서 식사를 하고 오늘은 장 선생님 댁인 대전 판암동을 방문하여 하룻밤 쉬는 날이다.

손님대접이 얼마나 대단한지 부부가 사용하는 안방을 비워주었다. 극구 사양을 하였으나 안방이 아니면 안 된다며 부부가 응접실로 나가지 않던가. 오호, 이 일을 어쩌지……

지금은 우주의 삼라만상이 숨죽인 듯 깊은 가을 밤 새벽 4시다. 창밖의 귀뚜라미 소리에 부스스 눈이 떠지자 늘 지니고 다니던 노트북을 펼쳤다.

충남 금산에 인사발령 이후 객지에서 동가식서가숙東家食西家宿하는 나를 안타까워 제대로 된 식사 한 번 대접하고 싶다는 장 선생님의 배려였다. 며칠 전 장 선생님과 만나던 광경이 떠올랐다. 친구와 포도주는 오래일 수 록 좋다고 했던가. 금산 복수초등학교에서 분망하게 움직이고 있는데 전화가 왔다.

"김 선생님. 저 장두석 입니다. 오늘 저 하고 만나 저녁이나 하시지요."

"예, 반갑습니다. 그렇게 하시지요."

이 지역 붙박이 자연 목가적牧歌的 시인인 장두석 선생님의 반가운 전화였다. 부지런히 업무를 마무리 하고 초행길인 금산 부리면을 향하여 차를 몰았다.

전북 무주라는 이정표가 나오고 또 충북 옥천을 거치며 옆으로는 백제의 올 곧은 젖줄인 금강의 상류, 푸르고 맑은 시냇물이 흐르고 있었다.

'참 시냇물이 맑구나! 차 안에서 보아도 물속에 있는 바윗돌과 이끼가 보이네. 역시 그래서 전북 무주와 충남 금산의 금강錦江이로구나' 하

부부의 길

고 생각하며 차를 천천히 부리를 향하여 몰았다. 시냇물 건너편 또한 비경이로다. 깎아지른 듯한 바윗돌의 암벽하며, 무성하게 자란 수목 위로 높다랗게 치솟은 험준한 산세와 물감이 번지듯 늘어나는 가을의 전령사인 오색 단풍들……

아! 지금이 과연 가을이로구나, 가을이야. 차창으로 선선한 가을바람이 불어온다. 가을하늘의 하얀 뭉게구름과 들판에는 노랗게 익은 벼들이 추수철임을 말하고 있었다. 허수아비는 들녘의 한 가운데 두 팔을 벌리고 서 있다. 바람이 불때마다 딸랑딸랑 방울 소리를 울리며 새떼를 쫓고 있다. 행여 한 알의 알곡을 잃을세라 그 옆에서 소리 높여 부르는 농부의 풍년목가豊年牧歌 소리.

"휘이이― 휘이이―."
"휘이이― 휘이이―."

주여, 때가 되었습니다. 여름은 아주 위대했습니다.
당신의 그림자를 해 시계 위에 놓으시고
벌판에 바람을 놓아주소서.

마지막 과일들을 결실토록 명하시고,
그것들에게 또한 보다 따뜻한 이틀을 주시옵소서.
그것들을 완성으로 몰아가시어
강한 포도주에 마지막 감미를 넣으시옵소서.

지금 집 없는 자는 어떤 집도 짓지 않습니다.
지금 외로운 자는, 오랫동안 외로이 머무를 것입니다.

잠 못 이루어, 독서하고 긴 편지를 쓸 것입니다.
그리고 잎이 지면 가로수 길을
불안스레 이곳저곳 헤맬 것입니다.

　　—라이너마리아 릴케의 시 「가을날」 중에서

가슴에 와 닿는 절창의 시구이다. 저만치 부리면이라는 이정표가 보였다. 도로변 파출소 간판이 어디쯤 있는지 두루 살피기 위하여 차를 가변에 대고 천천히 몰았다. 그랬더니 도로변에 포돌이 그림이 보이고 '부리파출소' 라는 간판이 나왔다.

파출소 안마당에 차를 주차하고 사무실 안으로 들어가 인사를 했다.

"안녕하십니까? 장 선생님."

"아이구, 이거 먼 길 오셨습니다. 조금만 기다리시죠. 업무 좀 마무리하고서……."

그간 자주 전화통화로 안부 인사는 나누었지만 직접 뵙기는 오랜만인 것 같아 무척 반가웠다. 다만 평소의 건강이 편하질 못하시다드니……. 약간 여윈듯해 보이신다.

드러내놓고 활발하게 문학 활동을 하는 것은 아니지만 묵상 하는 듯 지어내는 올 곧은 시 작품, 고향을 사랑하는 순박한 자연 친화적인 목가牧歌소리, 인생을 조용히 관조하는 듯한 심오한 의지의 시적詩的 자연스런 표현들은 가히 인생 중년으로 농익은 시인의 길을 걷는 분이 바로 장두석 선생님이라는 생각이 들었다.

"김 선생님, 이곳이 아주 아름다운 금강의 발원지 적벽루 강가입니다. 그래서 저 위 적벽루 식당에 좋은 식사 자리를 마련했으니 우리 거기 가서 한 잔하며 대화를 나눕시다."

　　　　　　　　　　　부부의 길

아름다운 충남 금산 가족여행 중에

"예, 그러시지요."

물속이 무릎 아래까지 들여다보일 정도로 수정같이 맑은 시내다. 물길을 따라 굽이굽이 산길을 거슬러 올라갔다. 영화 속 월남의 '콰이강 다리'를 연상하게 하는 폭 좁은 긴 다리를 건넜다. 저편 시냇가 쪽으로는 기암괴석이 있고 점점 단풍잎으로 물들어가는 가을 산이 곱다.

잠시 후 '적벽루 가든 식당'에 도착했다. 장 선생님이 미리 전화로 마련해 놓은 터인지라 도라지가 들어간 토종닭 백숙에 동동주가 맛깔스럽게 나왔다.

장 선생님과 나는 이런저런 얘기꽃을 피우며 밤늦도록 그간 못 다한 정담을 나누었다. 때 마침 깜깜한 적벽루 위로 활처럼 반쯤 휜 달이 눈썹에 닿고, 이름 모를 산새 소리와 시냇물 소리가 적막한 밤공기 속에 처연했다.

좋은 사람과 가슴이 넉넉한 분과의 뒷자리는 향기마저 배어 있다고 했다고 ! 참으로 흐뭇하고 즐거운 자리였다. 부족한 나를 이 아름다운 가을에 호젓한 산 속 깊은 적벽루에 까지 초청하여 사람 사는 재미와 인생의 흐뭇함을 알게 해준 장두석 선생님과의 만남은 참으로 '운수 좋은 가을산행 오너 드라이브 에세이'가 아닐 수 없다.

이런 나를 오늘 또 대전의 장 선생님의 자택인 판암동으로 초청 저녁 성찬을 베풀어주셨고 또한 두 내외분이 주무실 안방을 나 혼자 편하게 쉬라고 내어주었으니……. 오호라! 이 가슴 넉넉한 분들을 내 어찌 잊으랴. 오랜 세월동안 가슴속 깊은 곳에 간직하며 감사함을 잊지 않으리라.

이 아름다운 계절인 가을, 많은 생각을 낳게 한 가을날, 나는 라이너 마리아 릴케의 가을날을 소리 내어 읽어보고 싶다.

금산으로 발령을 받고 세 집의 살림을 해야 했다. 두 아이는 대전으로 우선 전학시켜 잘 아는 어느 집에 맡겼다. 그리고 나의 불안한 객지생활이 그러하였다. 직장에서 회식을 하였다. 회식이 있는 날은 서천 집으로 퇴근 못하여 읍내 여관에서 종종 잠을 자기도 하였다. 객창에 드리운 달이 서러웠던 지난밤 과음한 탓에 늦잠을 잤다. 여관에서 허겁지겁 나와 출근을 하는 중 이었다. 미처 면도를 못하여 텁수룩이 자란 턱수염이 마치 산적같은 나를 발견하고 피식 웃었다.

"아, 이런 수염을 깜박하고 못 깎았네?"

그래서 도로 옆에 차를 세웠다. 이발소에 들러 빨리 수염만 깎으려고 했으나 주인이 이른 아침이라서 나오질 않았다. 아침 출근시간이 늦어 발을 동동 구르다가 도로 옆 작은 슈퍼마켓에서 일회용 면도기를 하나 샀다. 그리고는 슈퍼마켓 안마당 수돗가에 달려갔다. 수돗가에서 물을 틀어놓고 엉거주춤하며 수염을 밀고 있는데 주인집 딸인 듯한 한 처녀가 나오더니 깜짝 놀라며 소스라친다.

"어머나……? 이 사람이 누구예요. 엄마 웬 사람이 수돗가에 앉아 있어요?"

부부의 길

"아, 저 미안합니다. 면— 면— 면도 좀 하느라고……!"

"면도는 이발소에 가야지. 남에 마당에 함부로 들어와욧……?

"출— 출— 출근길에 바빠서……."

아침부터 웬 낯선 남자가 마당 수돗가에 들어와 앉아 시커먼 턱수염을 밀고 있으니 그도 그럴밖에 ! 나는 유난히 수염이 많다. 하루만 안 깎아도 텁수룩하여 보기 흉하다. 지난 밤 늦잠이 들어 이런 얼굴로 학교로 서둘러 출근을 하다가 아침부터 치한으로 봉변을 당한 것이다.

객지와 서천으로 오가며 좋은 선배님을 만났다. 수필가이며 기업인인 '조성호' 님이다. 그 선배님도 객지에서 홀로 직장생활을 지낸 탓에 나의 현실이 남의일 같지를 않아 우정이 간다는 것이다. 서천에서 금산까지 어렵게 출퇴근을 하는 것을 보더니 이렇게 말한다.

"김 선생. 그렇게 먼 데 까지 어떻게 출·퇴근 하나요? 금산 읍내에 마침 내 아파트가 있으니 이사 올 때까지 함께 삽시다."

하며 열쇠 하나를 건네준다. 집은 서울인데 이곳 금산에 아파트 한 채 가지고 관사 겸 사용하고 있었다. 또한 조 선배님은 집과 외국을 자주 출장 가는 바람에 집이 자주 비워 아파트는 거의 나 혼자 사용하였다. 얼마나 고마운 일인가. 처음 만난 남에게 선뜻 열쇠 하나를 건네준다는 것이 어디 쉬운 일인가.

그렇게 조 선배님과 동거(!)를 2개월 정도 하였다. 알콩달콩 재미가 있었다. 더러는 아파트 앞 술집에서 한 잔 하고 같이 들어가기도 하고 아침에는 회사의 구내식당에 함께 가서 식사를 하고 학교로 출근을 했다. 이러다가 대전 문화동으로 서천에서 이사를 하였다. 이제 가족과 함께 하는 행복한 세월이 온 것이다.

아내가 따듯하게 해주는 아침밥을 먹고 출근을 하고 아이들이 기다리는 집으로 퇴근하는 것이다. 객지나 하숙생활을 해보지 않은 사람은 가족의 소중함을 모르리라. 직장에 나가고 돌아올 때 가족의 다정한 말 한 마디에 가장의 어깨는 힘이 들어간다.

"오늘도 차 조심하고 잘 다녀오세요."

"으음 그렇게 하지. 고마워 여보."

"이제 퇴근하세요. 아빠."

"으음 학교에 다녀왔니?"

"예, 아빠 오늘 공부 열심히 했어요."

가족은 울타리요, 함께 비를 가리는 우산이다. 행복하고 아담하게 잘 살기 위하여 아늑하게 둘러친 사랑의 울타리요, 눈비가 오면 함께 품는 우리들의 따뜻한 우산인 것이다. 어느 철학자가 지적했듯이 늘 함께 살아감으로써 소중한 존재 가치를 못 느끼지만 잠시 떨어져 살아감으로써 정녕 존재의 소중함을 알게 된다.

부부의 길

대전에 정착

◆**2001년 11월 대전에 이사 오던 날 밤**

평생 안착하려고 귀향했던 고향 서천을 미련 없이 뒤로 하고 대전에 이사를 왔다. 예정대로 금산으로 직장이 발령 났다. 대전 문화동에서 가까운 금산으로 출퇴근하며 아기자기한 생활을 하고 있었다.

산천이 아름다워 금수강산의 금산錦山이라 해서 그런지 참으로 아름다운 고장이었다. 산이 많고 대부분의 산이 깎아 지를듯한 절벽과 하천이 많아 강산이 푸르렀다.

객지로, 객지로 떠돌며 생활 할 때는 얼마간 살다가 이곳을 떠나야지. 하는 생각으로 살았기에 깊은 정을 들이지 못하였다. 그러나 이제 이곳 대전 문화동에 집까지 마련하고 제2의 고향이라 생각하니 더 없이 정감이 갔다.

인생은 자고 쉬는데 있는 것이 아니라 한 걸음 한 걸음 걸어가는 데 있다고 했다. 시간은 누구에게나 평등하게 주어진 자본금과 같다. 이 자본을 잘 이용한 사람한테는 승리가 온다고 했다. 문학은 도대체 무엇인가.

서양의 시인 '릴케'가 말했지. '쓰지 않고는 못 배기는 강렬한 욕구 때문에 붓을 든다'고.

옛말에 '소는 누워 있어야 하고, 말은 서 있어야 한다'고 했던가. 그러면 나는 누구인가. 글을 쓰는 작가가 아니던가. '작가는 글로 말하고 책으로 행동 한다' 고 하지 않았던가. 2002년 봄으로 접어들면서 나는 또 큰일을 꾸몄다.

5년 여 공백이던 책을 출판하는 것 이었다. 그리고 기왕이면 '어머니 팔순 맏이 김우영 작가 저서 봉정식' 을 겸 하자는 것 이었다. 팔순의 어머님을 위로도 하고 나의 책 그것도 5권이나 동시에 내는 출판기념회를 하자는 것 이다.

소설집 '라이따이한' 꽁트집 '거미줄' 연구 저서 집 '우리말산책' 수필집 '살며 생각하며' 르포집 '사색의 오솔길' 등 5권을 동시에 낸다는 기발하며 엄청난 행사기획을 하기 시작하였다.

행사일자는 2002년 5월 18일. 가급적 내가 근무하고 직장에서 '효孝' 를 주제로 강조 캠페인을 벌이던 터 이어서 어머니의 팔순과 봉정식, 책 5권 출판기념회는 적정한 분위기에 맞게 추진되었다.

드디어 5월 18일 행사 일을 맞았다. 서울과 대전 등 전국 경향 각지에서 많은 문인들과 친구, 직장 동료들 200명이 참석하여 행사는 성황을 이루고 있었다. 장소는 한밭도서관 문화 사랑방 대강당에서 가졌다. 동료 문인들이 시 낭송, 축가와 선배 분들의 축사와 격려사 등 다양한 프로그램으로 지루하지 않게 행사를 치루었다. 서울에서 온 많은 문인들은 문화동 집에 까지 와서 뒤풀이 행사로 축하와 여운을 즐겼다.

5월 18일 대전 한밭도서관의 출판기념회 행사는 중앙일간지 신문과 방송 등 다양한 매체를 타면서 인기의 상한가를 올리고 있었다. 드디어 소설집 '라이따이한' 이 재판에 돌입하면서 전국적으로 인기도서로 자리 매김 되고 있었다. 초판에서 재판으로 돌입하는 이 시점에서 무엇인가 해야 했다.

6월 29일 온양 그랜드파크호텔에서 '김우영 작가 펜 사인회' 를 갖자

대전 한밭도서관에서 5권 동시에 책을 내고
출판기념회를 가져 한국문단에 큰 화제를 불러 일으켰었다

는 것이었다. 이 행사도 계획대로 추진한 결과 200여명의 전국 경향각
지의 문인 및 동료들이 많이 찾아와 성황을 이루었다. 당시 막 당선된
강희복 아산시장님이 축사를 해주는 등 행사는 다양하게 구성되어 치루

259

온양 그랜드 호텔에서 갖은 팬 사인회

어졌다. 이에 힘입어 소설집 ' 라이따이한 '은 꾸준하게 전국적으로 책이 팔리고 있었다. 반갑고 고마운 일이었다.

우리나라 문단사에서 책 5권을 동시에 내고 출판기념회를 한 예는 근대사에도 없다고 했다. 물론 전집류 등을 내고 출판기념회를 하는 경우는 있다. 소설집과 수필집, 르포집을 동시에 5권씩이나 내어 홀어머니 팔순잔치에 낸다는 것은 전무후무한 문학행사라는 것이 주변의 평가였다.

부부의 길

세종시 조치원으로 발령이 다시 나고

눈은 내리네
저 눈은 너무 희고
저 눈의 서리 또한 그윽하므로
내 이마를 숙이고 빌까 하노라
임이여 설운 빛이
그대의 입술을 물들이나니
그대 또한 저 눈을 사랑하노라
눈은 내리어
우리 함께 빌 때 러라.

— 시인 박용철의 「눈은 내리네」 全文

'첫 눈' 과 '첫사랑'

이것은 자신의 생애에 있어서 가장家藏하게 못 잊을 소중한 베갯잇 추억 같은 것이라고 했던가!

서설瑞雪이 하이얗게 내리는 날 아침. 시골집 앞 냇가에서 친구들과 엉덩방아를 찧으며 미끄럼을 타던 일, 첫눈이 수북하게 쌓인 장독대를 지나 마을의 형아들과 뒷산에 올라 털모자를 푹 눌러 쓰고 워이이— 위이이— 하고 '겨울산 토끼몰이'를 하던 유년시절의 추억은 눈물겹도록 그립다.

또한 지금은 어느 하늘 아래서 살지 모르나 어느 여인과 가졌던 설레던 첫 키스, 몸서리 쳐지도록 가슴 저린 첫 정을 나누던 그 여인은 어느 하늘 아래서 어떻게 살고 있을까…….

40대 중년으로 아이 엄마가 되어 세월의 주름위에 지난날들을 회상하고 있을까. 그렇게 죽자 살자 좋아했던 첫 사랑의 결 고운 추억의 사연들, 이제는 파도처럼 밀려왔다 흩어지는 포말泡沫속의 시간들.

2003년 1월 2일. 직장의 승진관계로 금산에서 조치원으로 발령을 받았다. 직장을 옮기어야 했다.

새해 들어 첫 출근길이다. 대전 문화동 집에서 조치원으로 가기 위해 가벼운 발걸음으로 집을 나섰다. 집 앞 골목에 주차한 '나의 사랑, 나의 오너 드라이브의 주인공'인 아반테 승용차에 시동을 걸었다.

추운 겨울 날씨 탓에 승용차 안이 냉랭했으나 늦기 전에 빨리 출발해야 한다는 아내의 염려 덕분에 미리 집을 나섰다. 집을 출발하여 부근에 있는 대전 안영 인터체인지에 접근을 했다. 원래의 행선지는 호남고속도로로 가다가 경부선 상행선으로 길을 바꿔 가다가 충남 조치원으로 가야 했다. 그러나 고속도로 행선지 이정표를 잘못 보고 차량 진입을 하는 바람에 대진(대전. 진주)고속도로로 요놈에 '아반테가 길을 잡는 게 아닌가.' 허허, 조치원이 아닌 경남 진주 대구 방향으로 말이다.

"야이, 요 눔아 . 그 곳이 아니야? 주인장인 내가 갈 곳은 조치원이야. 아침저녁으로 새가 하천에 내려앉았다는 너른 들녘의 고장, 복숭아의 고을 조치원이야 조치원."

인터체인지에서 부터 잘못 길을 잡아가던 나의 사랑 아반테는 급히

부부의 길

남대전 판암 인터체인지에서 경부고속도로로 회행回行하여 가까스로 거꾸로 상행선을 달리기 시작했다. 시간은 가고 낯선 첫 출근길에 마음이 급했다. 그러나 거대한 레일로드 같은 고속도로 위에서 앞차가 빠져야 뒤 따라 가는 것인 걸 어찌하랴 싶어 천천히 차창 밖을 구경하며 '오너 드라이브 에세이'에 몰입을 했다.

출근길의 고속도로에는 많은 차량들이 달리고 있었다. 차창 밖으로는 겨울 속 설중설산雪中雪山의 신비한 진풍경이 펼쳐졌다. 멀리 늘어선 산 능선이 아스라이 시야에 잡힌다. 산 중턱께로 기러기 떼 한 무리가 V자형을 이루며 날아가다가 허공 속으로 시나브로 사라진다. 직장생활을 하겠다고 이곳저곳으로 이사를 다니던 지난 날 들이 주마등처럼 스친다.

문학 활동을 함께 하던 아내(당시 미스 김)와 연애결혼을 하고 아이들 셋을 낳고서 한 번 잘 살아보겠다고 발을 내디딘 공직생활. 순간순간 닥쳤던 위기와 갈등, 고뇌 등을 삼키며 '요놈에 직장생활을 언제 까지 할 것인가?' 하며 갈등과 번민으로 점철되었던 시절이 벌써 이십여 년 되었다.

그러다가 오늘 2003년 1월 2일 충남 연기군 조치원으로 다시 발령을 받아 첫 출근길에 나선 것이다. 인생의 중반 간이역 사십 대 불혹의 나이에 '김우영의 명동 엘레지'가 시작된 것이다.

부평초처럼 객지로 객지로만 떠돌며 가족 피붙이들과 함께 옹색한 가정살림에 십여 회의 이사를 다녀야 했던 지난날들. 이삿짐이래야 별로 없지만 책으로 가득한 타이탄 트럭을 타고 이사를 다니며 살았던 일들은 참으로 생각하면 할 수 록 처연하고 힘들었던 시절이었다.

각 지역을 돌아다니며 살면서 그 지역 풍광과 역사에 취하고 지역의 향토문인들과의 흐뭇한 문학에의 교류와 열정, 보람된 인간관계 등을 가졌다. 이런 일은 지금껏 잊을 수 없는 소중한 젊은 날의 추억이 되어

일엽허주일부간—葉虛舟—副竿 텅빈 낙엽같은 배 하나, 낚시대 하나 되어 강물로 흘러가듯 떠나가고 있다. 지나간 일들은 늘 사람을 애잔하게 하고 그렇게 하듯이 말이다.

상념에 젖어 아반테 승용차를 30여분을 달렸을까. 처음으로 와보는 청주. 조치원 인터체인지가 나온다. 충북 청원군 강내면 다리를 건너 강외면을 가로 질러 조치원 읍내로 향하였다. 강내면 하면 떠오르는 한 분이 있다. 나를 지금의 작가 반열로 올려놓는데 첫 길을 터 주신 한국교원대학교의 성기조 박사님이시다. 지금은 퇴직을 하고서 한국 문인들의 권익보호와 위상을 세계적으로 드높이는데 힘을 쓰고 계시는 국제 펜클럽 한국본부 회장이시다. 성 박사님이 한국교원대학교에 재직 중 일 때 나에게 수시로 책을 보내주시고 격려의 서신도 주셨다. 그 분이 한동안 사셨던 고장 충북 강내면 다락리 옆을 나는 지금 지나고 있는 것이다.

아침 출근길에 낯선 곳에서의 지리적 탐색에 애 태울 때 쯤 생각나는 또 한 사람이 있었다. 이곳 조치원의 문인이자 엽서문학의 발행인 조재구 시인이다. 어려운 목수라는 직업을 가지고 노동현장을 누비면서도 매월 한 번도 거르지 않고 발행하는 엽서문학으로 전국적으로 지명도를 높이고 있는 근면 성실한 분이다. 운목雲木 조재구 시인에게 전화를 걸었다.

"운목 선생님. 직장 가는 길이 어딘지 알려 주세요?"

"예, 알았습니다. 나은 선생. 조금만 기다리세요. 곧 나가서 첫 부임 차 오는 나은 님을 임지로 자세하게 안내하리다."

잠시 후 부스스한 운동복 차림으로 나타난 운목 선생의 안내로 교육청을 쉽게 찾았다. 그리고 사령장을 받고 다시 조치원읍 명리에 위치한 직장으로 향하였다.

이곳에서 또 얼마나 살 것인가. 내가 머물고 살아가야 이곳은 대전으

부부의 길

세종시 조치원 명동초등학교 근무 시절

로 진입하는 산업도로를 옆에 두고 조치원중앙시장이 있는 아늑하고 조
용한 곳이었다.

그리고 맡은 바 본연의 업무에 착수했다. 그리하여 나의 2003년 첫
출근, 첫 업무가 시작된 것이다. 21세기 새해 2003년 첫 일과가 대한민
국 연기군 조치원 땅에서 첫 발을 내딛고 저 대지를 뒤덮은 하이얀 서설
瑞雪처럼 일과를 시작한 것이다.

첫 날 첫 눈과 함께 첫 사랑처럼 설레이게 시작한 나의 길은 어디서
시작하여 어디로 가는 것일까. 끝없이 길게 내쳐진 이 길처럼 한없이 가
야 하는 나의 길은 어디일까. 곧게 뻗은 고속도로처럼 시작도 끝도 없는
내 인생의 길을 어디쯤 가고 있을까. 도대체 어디쯤일까……. 저 눈은
너무 희고, 저 눈의 서리 또한 그윽하므로 오, 임이여 설운 빛이 그대의
입술을 물들이나니…….

연기군 조치원 명동초등학교에 근무하면서 조치원지역 문우들과 종
종 만나 시낭송회 등을 하며 정겹게 지냈었다.

부부가 문학상을 동시에 타고

2003년 9월 29일. 우리 부부가 동시에 서울 출판문화회관에서 문학상을 받은 날이다. 나는 '박재삼 시인 문학상'을 받고, 아내는 '노천명 시인 문학상'을 각각 수상을 했다. 우리 부부 작가가 열심히 살며 책을 부지런하게 내는 점 등이 좋은 점수를 받아 심사위원님들의 전원 추천으로 낙점이 되었단다.

평소 존경하는 문학적 스승이신 구인환 교수님이 직접 오시어 축사를 해주고 장윤우 교수님과 윤병로 교수님, 김지향 시인 등이 오시어 격려사와 축하를 해주었다. 시상식장에는 서울의 우창이 형님과 종친회의 광우 청장년회장님과 성창 총무님, 윤원희 시인과 장충열 시 낭송가, 대구의 정삼일 시인과 고향 남양회 친구들 여럿이 와서 축하를 해주었다. 우리는 식당으로 몰려가 축하와 우정을 나누며 술자리를 가졌다.

밤늦게 집으로 돌아오는 열차 안에서 스르르 눈을 감았다. 그리고 깊은 생각에 빠졌다. 이 영예스런 문학상 수상을 돌아가신 아버님이 아셨다면 얼마나 좋아하실까? 평생을 유약하게 살고 남한테 싫은 소리 한마디 못하고 사셨던 순수한 분인데……. 또한 옆의 아내도 마찬가지 일게다. 친정 부모님이 살아 계시어 이 소식을 들었다면 얼마나 좋아하실까? 하는 생각이 들었다. 그러나 지금은 다 돌아가시고 계시지 않은 분들이 아닌가.

부부의 길

⊠ 한국일보 2006년 5월 22일 월요일

부부작가 '20년 사랑' 수필집 펴내

"문학청년과 문학소녀로 만나 가정을 일구고 변함 없이 문단활동을 할 수 있 는 것은 큰 축복입니다."

20여년간 서로 문학을 벗 삼아 사랑을 쌓은 부부작 가가 그들만의 동화 같은 생각을 수필집으로 엮었다.

월드컵 소설가 나은 길벗 김우영 (대전 중구 문화 동) 씨와 아내 수필가 그 루터기 김애경 씨.

이 부부가 22일 펴낸 자전 적 에세이집 '부부(출판사 하늘과땅)' 는 지난 1983

년 서울 제기동 문학의 밤 행사에서 처음 만난 이후 가파 른 세상을 문학으로 헤쳐온 알토라진 사연을 담고 있다.

부부의 날(21일)을 기념해 책을 펴낸 김씨 부부는 26일 오후 6시 대전 한밭도서관에서 출판기념회를 갖고 팔순 노모에게 '그들만의 사랑' 을 증정할 예정이다

대전=최성복기자 cjb@hk.co.kr
재편집 = 늘풀든/김근수

　이십여 년 전. 신혼시절 그렇게 애지중지로 아끼던 막내딸을 허가도 없이 데려가 고생시킨다고 우리가 사는 집을 몇 년 동안이나 오시지도 않던 장모님. 나는 한동안 그 점이 섭섭하였다. 아무리 그래도 사위인데 어떻게 그렇게 매몰차게 나를 모른 체 한단 말인가? 이런 나를 아내는 이렇게 위로를 하곤 했다.

　"이제 당신도 딸 키우고 시집보낼 때 되면 이해가 될 거예요. 직업도 없이 사는 것이 변변치 않은 떠꺼머리총각한테 덜렁 딸을 줄 것인 지……?"

　"아무리 그래도 그렇지. 내가 처가에 가면 나를 사위 취급도, 대접도 안하고 오히려 나를 피하는 눈치이니 말이야."

　그런다가 내가 충남도 채용시험에 합격하고 당진에 발령을 받아 근무

267

를 시작하니까 그때서야 장모님이 우리 집을 찾아오셨다. 주름진 얼굴
에 검버섯이 낀 모습으로 내 손을 꼬옥 잡으며 말씀 하셨다.

"김 서방, 기왕지사 이렇게 만나 살응께. 잘 살으야제. 우리 애경이 막
내로 잘 키웠응께. 행복허야혀이잉."

"예, 장모님 잘 알겠습니다."

그렁그렁 눈물을 글썽이는 장모님을 버스 터미널까지 배웅해드렸다.
노쇠한 친정어머니를 보내는 아내는 쏟아지는 눈물을 가릴 길이 없어
나한테 아예 쓰러져 운다.

스물한 살 어린 나이에 내가 뭐가 좋다고 달랑달랑 따라와 친정어머
니 속을 썩여드렸다는 것이 내심 가슴이 아플게다. 멀리 전북 고창에서
이곳 당진까지 오려면 버스를 여러 번 갈아타면서 물어물어 오시었을
터인데……. 그런 친정어머니를 용돈도 제대로 드리지 못하고 보내는
아내의 가슴은 얼마나 무너질까 하고 생각을 하니 나도 눈물이 나온다.

신혼 내내 막내딸 집을 오지 않으시던 장모님은 당진에 살 때 다녀간
후로는 보잘 것 없는 막내사위 자랑에 입이 닳도록 주변에 얘기하고 다
녔다고 한다.

"우리 막둥이 사위가 긍께 왜 그거 있잖여. 그 뭣이냐 시인 알제 소설
가 말이여 소설가. 흐으음— 흐허엄—."

"예, 막내 사위 잘 두었구만이라우."

"그으럼 우리 막둥이 애경이가 시집가서 초직이는 고상 쫌 혔는디. 인
자는 잘 산당께."

이런 장모님이 어느 날 나를 고창으로 불렀다. 정식결혼을 못하여 사
위한테 반지 하나 못해주었다고 나의 손을 꼭 잡고 읍내 금은방에 들려
반지를 해주었다.

"어히, 박 사장님, 우리 사윈디요. 내 사위한티 맞는 반지 하나 달랑께

부부의 길

요."

　"예, 성송댁 하나 잘 맞춰드릴랑께요."

　장모님은 그 반지를 사위한테 해주려고 산나물, 칡, 고사리 등을 손이 부르트도록 캐어 시장에 내어 팔아 근근하게 모은 돈이라는 것을 나중에 알았다. 그나마도 우리는 어려운 생활고를 핑계로 반지를 팔아먹었다. 참으로 불효자 중에 불효가 아닐 수 없었다.

　그런 처가의 장인어른이 지병으로 돌아가시고 일 년여 있다가 장모님도 따라 연거푸 돌아가셨다. 아내의 설움은 이루 말 할 수 없이 컸다. 특히 장인어른은 아내가 병상에 누워 꼼짝 못하였을 때라 장인어른의 임종을 보지 못하고 보내어 드리는 불효를 지닌 아픈 흔적이 있었기에 아내의 아픔은 더욱 크고 깊었다.

　오늘 우리 부부가 영예의 문학상을 동시에 타고 서울에서 내려가는 길에 처가에 들려 인사를 드리면 얼마나 좋아하실까 하고 생각을 하니 눈가에 눈물이 고인다. 명신보감의 한 구절이 다시금 생각 키운다.

　"나무는 고요히 서 있으려 하나 바람이 그치지 않고 자식은 어버이를 받들려 하나 기다리지 않는다."

드디어 대전광역시민 품으로

　장고長考 끝에 결정이 났다. 직장을 '대전광역시'로 옮기는 것이다. 결정이 되자 이번에도 곧 바로 그야말로 전광석화처럼 움직여 기어이 2004년 3월 2일 발령을 받았다.

　발령장을 받으러 가는 길이 스산하고 허전하다. 용기가 백배 충천하기보다 힘이 빠졌다. 그리도 원했던 새로운 직장으로의 전입이 밝고 힘찬 출발하여야 할 터인데 착잡하다. 승진과 환경에 따라 이곳저곳으로 옮기어 다닌 직장 때문에 힘들어서 일까. 서천 → 당진 → 아산 → 예산 → 아산 → 서천 → 금산 → 연기 → 대전광역시로 이어지는 파노라마 같은 나의 직장생활. 6개 군 2개구 1개시 총 9개 시군구의 행정구역을 자유자재로 넘나들며 우여곡절과 파란만장한 나의 직장 나의 삶 이었다.

　나 때문에 이곳저곳으로 전학을 다니며 자주 바뀐 환경의 적응과 학습 진도가 얼마나 어려웠을까 하고 생각하니 아이들에게 그저 미안 할 뿐이다.

　어디 이 뿐인가, 이사 할 때 마다 짐을 싸야하는 힘든 아내. 이사를 해 본 사람은 이사의 어려움을 안다고 했다. 그 당시는 이삿짐을 손수 싸야만 했다. 요즘처럼 돈만 주면 이삿짐센터에서 척척 해주는 그런 시대가 아니었다. 이삿짐은 스스로 정리하여 보따리를 쌓고 트럭까지의 짐 운

　　　　　　　　　　　　　　　부부의 길

'14년 3월 대전광역시 중구청 전입하고 직장동료들과 보문산에 올라

반은 대부분 직원들의 손을 빌렸다. 그러니 얼마나 직원들이 힘들었겠는가.

짐도 보통 짐인가. 방안과 부엌살림 등 복잡한 가재도구가 많았다. 책만 해도 타이탄 트럭으로 2-3대분 이었다. 오죽했으면 이삿짐을 날라주는 직원들이 우리 집 이삿짐은 짐 들기 힘들어 안온다고 했단다. 책을 사과상자 한 상자 무게로 쌓으면 그 무게가 돌덩어리 무게와 같다.

이사를 많이 다니는 바람에 우리 집 세간은 하나도 제대로 된 것이 없다. 찌그러지고, 깨지고, 눌리는 바람에 말이다. 이리하여 내 별명은 '왕발' 이다. 왜냐하면 이곳저곳 다니면서 얼마나 많은 사람을 사귀었겠는가. 술 좋아하고 사람들과 대화 나누는 것을 좋아하는 나로서는 물고기가 물을 만나 것처럼 많은 부류의 사람들과 교유했다. 특히 각 지방에 살면서 지역 예술인들과 많이 사귀었다. 함께 글을 쓰고 작품을 읽고 시낭송을 하며 그 지방의 문화 역사 구역 등을 돌며 풍류를 즐기며 신선처럼 유유자적 시 나부랭이, 소설나부랭이를 쓰며 살았다.

　이제 대도시 대전광역시 시민이 되어 살아가야 한다. 지나간 일들이 주마등처럼 뇌리를 스친다. 부부의 인연으로 이어졌다. 그 후 첫애 바램이를 낳고 둘째 나아와 막내 민형이를 낳으면서 11번의 이사를 다녔다. 박봉에 아이들 키우며 살아왔던 이십 여 년의 세월이 흐른 지금 이곳 대전까지 왔구나 생각하니 아득한 옛날 일만 같다.

　결국 대전으로의 이사를 하기 위하여 그간 고향 서천을 떠나 당진, 온양(아산), 예산, 다시 서천을 거쳐 금산 , 연기, 대전으로 정착한 것인가. 나와 미스 김의 이십 여 년의 세월은 참으로 길고 험난한 삶의 여정旅程이었다. 21살에 나를 만난 미스 김은 어느새 40대의 중년여인으로 쇠잔해가고 큰 딸 '바램이' 가 제 어미를 만났을 때의 나이인 스물한 살의 꽃다운 처녀가 아닌가?

　지금 만약 내 앞에 떠꺼머리 장발長髮에 다 헤진 청바지, 높은 굽의 휘적대는 청년이 딸 바램이가 좋아 함께 살겠으니 달라고 한다면 과연 나는 어떻게 했을까.

　"……!"

　"불손한 호기심은 신이 인간에게 보낸 가이드이다. 암기一氣만 하면 또 하나의 암기를 늘리는 것 뿐 또 한 사람을 늘리는 일은 되지 못한다. 따라서 그대가 갖는 순간의 호기심이 과연 영원한 행복의 호기심인지 정확하게 판단이 들 때 다시 찾아 오거라"

　"……!"

　"사람이나 사물은 끝없이 형성되고 변하는 것이다. 선입견을 벗어난 '열린 눈' 으로 생기가 돌 것이다. 네 눈이 열리면 그 눈으로 보는 세상도 열리는 법이니까. 그 때 다시 만나 얘기하자."

　"……!"

　　　　　　　　　　　　　　　　　　　　부부의 길

대한민국 중원땅 한밭벌 보문산 아래 문인산방.
봄이면 대문과 감나무 아래로 빠알간 장미꽃이 아름답게 피어난다

한밭벌 보문산 아래 문인산방에는 문학서적 3천여 권이 소장되어 있어 웬만한 동네서점 수준이다

보증

"삐리릭— 삐리릭—."

이른 아침 시간에 핸드폰이 울린다. 지난밤 시간을 맞춘 탓에 핸드폰은 정확하게 울렸다.

부스스 일어나 아내와 서울 갈 길을 서둘렀다.

"여보, 기왕에 모처럼 함께 가는 부부여행이니 즐겁고 가벼운 마음으로 다녀옵시다!"

"쳇—. 뭐가 기분이 좋아 즐겁게 다녀와요?"

창밖은 비가 오려는지 하늘이 우중충했다. 수 년 전이다. 믿을만한 지인知人 'K' 한테 빚보증을 서 주었다. 그런데 그가 그 돈을 갚지 않는 것이 아닌가? 그러니 카드회사에서는 신분이 정확한 지불 보증인으로 결국 나한테 월급 차압을 했다.

처음 당하는 수모였다. 직장에서는 월급 차압 자 대상자 명단을 뽑아 구조조정 1순위로 한다는 말들이 떠돌았다. 근무시간에 근무는 안하고 남 빚보증이나 서기 위하여 인감을 떼고 은행에 다녔다는 것이다.

창피한 마음이 들어 할 수 없이 원금과 이자를 갚기 위하여 빚을 내었다. 그리고 원금이라도 받기위해 K의 월급에 압류하였다. 법원에서는 매월 배당액을 공탁 받아 모은 돈을 일 년에 한 번씩 주는데 오늘이 그 돈을 받으러 가는 날이다.

십여 년 전. K와 나는 서로가 신뢰가 깊었다. 수시로 나에게 찾아오는 그들 부부에게 시골에서 농사 지어온 채소와 쌀을 승용차에 실어주기도 하였다. 어렵게 사는 그들에게 용돈을 쥐어주기도 하는 등 따스한 우정을 베풀었다.

그러나 그들은 한 마디의 변명도 없이 기어이 나에게 정신적 물질적 피해를 주었다. 이 일로 인해 아내로부터 오는 원망은 이루 말 할 수 없었다. 집안 어른들의 말씀이 생각났다.

"빚보증 잘 서는 사람한테는 딸도 주지 말아라."

'빚과 보증.'

이는 우리 근대 경제생활사의 당면한 화두話頭요, 경제 산물에 양면성을 지닌 필요악이다. 누구든지 남한테 아쉬운 소리 안하고 살고 싶을 것이다. 그러나 사회생활을 하다보면 힘이 들어 빚을 내는 것이다. 이 돈을 빌려주는 채권자는 훗날 받을 것을 염려하여 믿을 만한 일정한 규모 이상의 재산과 신용을 지닌 사람의 보증을 세운다.

그러면 채무자는 가까운 지인을 찾고, 이때 빚보증 부탁을 받은 사람은 인정상 차마 거절을 못한다.

'이 사람이 설마 나한테 피해를 주랴?'

하는 안도감에서 대부분의 가장들이 '우정과 의리'라는 미명美名아래 아내 몰래 도장을 꾹 찍어준다. 그러나 '설마?'가 사람을 잡는 일이 도처에서 일어나 우리의 마음을 아프게 한다.

물론 신용 있게 잘 처리만 해준다면 무슨 불신이 팽배하고 금융사고가 나겠는가? 이것이야 말로 서로 도와주고 도움을 받는 이웃사랑의 실천이 아닌가. 그러나 우리는 종종 믿는 사람의 인간적인 배신에 가슴의 생채기가 남는 일을 주변에서 많이 보고 있다.

"네가 나를 믿지 않아도 나는 너를 믿고 사는 신용의 사회, 즐거운 일

부부의 길

은 다 함께 즐거워하면 즐거움이 배가되고, 슬픈 일은 나누어 슬퍼하면 아픔이 덜 하는 우리 사회."

이런 것이 모름지기 우리가 바라는 가장 이상적인 사회요, 훈훈한 우리의 삶터일 것이다. 법원에서 볼 일을 마치고 나왔다. 배가 고픈지 앞서가던 아내가 감자탕 집 식당 간판을 가리키며 말한다.

"여보 저어기 식당에 가서 감자탕이나 한 그릇 사먹어요."

"그러지이 뭐. 배고픈데 잘 되었네."

북적대는 법원 앞 식당에 들어선 아내는 식당 벽면에 붙은 차림표를 본다. 아내의 표정이 달라진다.

"감자탕은 안 되겠어요? 간단하게 콩나물국밥이나 한 그릇해요."

"아니 뭐 그냥. 감자탕으로 먹지."

"뭐예욧, 우리가 여기 법원에 왜 왔어요? 저 돈이면 애들 며칠 치 교통비예요?"

차림표를 보니 감자탕 2인분은 15,000원이고, 콩나물국밥은 4,000원이었다. 염치가 없어 고개 숙이고 앉아 콩나물국 눈치 밥을 훌훌— 대충 먹고는 일어나 집으로 향하였다.

달리는 차를 보며 하늘을 쳐다보았다. 아침만 해도 우리 기분을 닮아 우중충 하던 하늘이었는데 어느새 서편 하늘을 빨갛게 물들이고 있었다. 시원한 한 줄기 바람이 귀밑을 스친다. 표정이 밝지 못한 아내의 옆얼굴을 보며 슬쩍 말을 걸었다.

"여보, 오늘 지는 저 태양도 내일 아침이면 희망봉 살갗을 힘차게 헤치며 장엄하게 떠오르겠지."

"쳇, 뭐예욧. 태양, 희망, 말은 잘혀유— 작가님."

문화예술 명품도시 대전 중구의 풍요

2001년 대전으로 이사를 오면서 취미활동으로 하던 문학활동을 본격적으로 활성화시켜 나가기 시작했다. 마침 직장의 담당부서가 문화예술부서라서 손맛을 들여 업무추진이 쉬웠다.

직장에서 추진하는 문화예술행정과 개인적으로 활동하는 작가생활은 상호 보완관계가 되어 서로 공공의 유익이 되고 있었다. 문화예술인 인프라(Infrastructure) 구축에서부터 문화컨텐츠(Contents), 문화자원 등이 수월하게 푸른 하늘처럼 열리고 있었다.

직장에서는 문화예술거리 조성에서부터 각종 크고 작은 문화예술행사 추진으로 대전 문화예술을 꿈꾸는 르네상스(Renaissance)의 다리를 놓기 시작했다. 앞에서 끌어주고 뒤에서 밀어주는 그런 다리를 말이다.

특히 개인적으로 활동하는 대전중구문학회와 한국해외문화교류회가 그 중심의 축을 이루고 있어 더욱 탄력을 받고 있었다. 이곳에서 각종 아이디어와 인적 인프라, 문화마인드(Mind)가 피어나는 김 처럼 솔— 솔— 피어나고 은하의 별빛처럼 쏟아지고 있었다.

위 단체에서는 매년 종합문예지를 발간하고 있다. 이를 계기로 회원들이 작품을 창작하는 공간을 공유하여 찬란한 문예창작의 꽃을 피우도록 했다. 또한 주변 지인들의 시집이나 수필집 출간을 기획 연출하여 멋진 출판기념회 피날레를 장식하여 주었다. 프로가 살아 움직이는 문화 도시의 문화인으로 함께 가도록 말이다.

이 일은 대전권 범주에만 머물지 않고 강원도 정선군, 태백시, 동해시, 고성군과 서울, 경기도 성남시, 충북 진천군, 충남 아산시, 전북 전주시와 정읍시 등을 주말과 휴일을 이용하여 순회하며 문화행사를 했다.

특히 지난 2007년 8월에는 한·중 수교 15주년을 맞아 중국 흑룡강성 목단강을 비롯하여 연변, 하얼빈 등을 순회하며 중국동포들과 제1회 한·중 문화교류의 장을 펼치어 좋은 결과를 얻었다. 그리고 그해 9월 한국에 다시 중국 동포작가를 답방 형태로 초청 제2회 한·중 문화교류의 장을 열어 주변으로부터 갈채를 받았다.

이러는 과정에서 서로 밴치마킹이 되어 각 광역단체와 지방자치단체는 몰론 중국 에 까지 그 영역이 확대되어 국내외적 윈 윈 협력 네트워크가 이루어져 서로 활발한 교류의 장에 도움이 되고 있었다.

근래에는 문화체육관광부에서 주최하는 '책 함께 읽기 낭독회' 를 지난 2월부터 추진하여 반응이 좋다. 매월 초대작가와 연극배우를 모시어 낭독회를 갖는 한면 지역 문인이나 주민이 참여하여 함께 하는 낭독회가 이루어지고 있다.

이 낭독회에는 수필가이자 성악가인 아내 김애경과 함께 행사사회 진행은 물론 고운 음색의 성악을 선보이며 가족사랑이 우러나도록 꾸며가고 있다. 이를 보고 주변의 문인은 이렇게 말한다.

"김우영, 김애경 부부작가를 보면서 방송에서 활동하는 국악인 김준호, 손심심 부부를 연상하게 되어요. 앞으로 대전에서 두 분이 호흡을 잘 맞춰 멋진 행사를 일구어 가봐요. 그리고 머지않아 '웰컴투 중구 책 마을' 도 만들어야지요." 그 말에 따라 우리 부부는 이렇게 말했다.

4월 책 함께 읽자, 낭독회 행사에서 노래를 하는 김애경 성악가,
우측으로는 이태자 시인, 김우영 작가 / 대전 계룡문고

"그류— 한 번 해볼께요. 밀어줘유—."

"5월 21일은 부부의 날! 우리 함께 사랑해요—."

대한민국 대전광역시 중구는 남 다른 문화예술마인드로 중부권의 대
표적인 문화예술 명품도시를 표방하고 있다. 이와 함께 우리 중구문학
회가 함께 손을 맞잡고 노력한다면 분명 중구는 저 대전의 보문산(보물
산) 시루봉에서 희망과 꿈이 꿀 처럼 줄—줄— 흐를 것이다.

근래 중구에서 야심만만하게 기획하고 있는 보문산 종합개발 프로젝
트가 마련되면서 대사천을 따라 대전천, 유등천, 갑천에 달콤한 문화예
술 명품도시의 꿈이 흐를 것이다.

"대전 중구 책 함께 읽어요. 아자 아자!"

"좋아요. 대전 중구 문화예술 명품도시의 풍요를 위하여!"

부부의 길

아! 그리운 아버지, 어머니……

아버님은 지난 1984년 6월 30일 돌아가셨다. 당시 시골에는 어머니와 막내 여동생 셋이서 살고 있었다. 체滯하신 것 같다는 아버님 말씀에 병원에 가려고 막내가 리어카에 아버님을 모시고 동네 고개를 넘다가 고갯마루에서 운명을 하셨다.

교통사고 후유증으로 목발에 의지하시고 힘겹게 사시던 아버님은 말년에 목발을 의지하시고 다니시며 막걸리로 시름을 달래다가 안타까웁게 돌아가시었다. 3대 독자로 태어나시어 귀하게 성장 유약하시어 대체적으로 어머니가 살림을 하시었다.

맘 좋고 남 말 잘 들으시는 아버님은 동네에서 따돌림 당하시고 주변 사람들한테 술잔께나 빼앗기며 한 평생을 애호박잎처럼 한학漢學을 하시며 사시다가 돌아가시었다. 지금 생각하니 '타성他姓씨로 꽉 들어찬 집성촌에서 3대 독자에 일가 친척없이 얼마나 힘들고 외로웠을까?' 하는 생각이 든다. 내가 가끔 아들한테 하는 말이다.

"나는 지금 아버님이 살아계시다면 매일 아침 저녁으로 업고 다니며 '우리 아버지입니다' 하고 자랑하고 다니고 싶다. 아버지란 존재는 아프

숙이 여동생 경기 여주결혼식장에 부모님 두 분이 나란히 참석

시건, 부족하시건 계시다는 것만으로 큰 버팀목 위안이 된단다!"

어머니는 3대 독자로 사시는 아버님한테 시집오시어 우리 7남매를
키우시며 고생을 많이 하셨다. 작은 농사체로 살림이 않되자 시골 5일
장을 돌며 사과장사를 22년간 하셨다. 유약하시고 매사 의존형인 아버
지와 슬하 9식구를 건사하자니 별도 대안이 없어 생업일선에 나섰다.

어머니는 서천 동생네에 오래 사셨다. 동생내외가 효도를 많이하여
수고를 했다. 유독히 동생네에서 사신 것은 태어난 고향이기도 하고, 시
골 5일장을 다니시며 사람들과 정이 많이 드시어 그랬을 것이다. 모처
럼 대전 우리집에 오시면 얼마안계시다 서천으로 가셨다. 집에 모시고
오는 날은 자녀들이 잘 해주셨다.

"할머니가 승용차로 오시다보니 피곤하시다. 안마를 해드려라. 편안

부부의 길

아프시기 전 어머니와 함께 서천 동생네 아파트 앞에서

하게 주무실 수 있도록······."

　큰 딸 바램이와 나아가 누워계신 어머니를 주물러드리자 만족해하시
는 듯 편안해하신다.

병환의 어머니를 대전으로 모시고 오며

어머니는 마침내 응급실에서 간단한 기본검사를 마치고 병원 소아과 별관동의 685호에 입원하셨다. 환자복으로 갈아입으신 어머니를 더욱 초췌해보였다. 힘없이 누우신 어머니를 보며 아내한테 잘 돌봐드리라며 우선 집으로 왔다.

지난해 어머니 생신잔치를 대전 우리집에서 7남매와 조카들이 함께 마련 해드렸는데 그때는 밝게 웃으시며 자녀들과 재미나게 지냈는데 불과 몇 달 후 이렇게 초췌한 노구의 환자복으로 병원에 누워계시다니 참으로 답답한 일 이었다.

나는 속으로 기도했다.

'어머니 나의 어머니 당신은 우리들의 하늘이요, 땅 이십니다. 진마리 마른자리 갈아 뉘이며 키워 성장시킨 이렇게 당당하게 사회인으로 내어 주시었으니 당신은 이제 효도 받고 오래 사셔야 합니다. 암요, 오래오래 효도 받고 영화누리며 오래 사세요. 내일 결과 나올터이지만 혹시 폐암 이라 해도 요즘 의술이 발달하였기 때문에 잘 치료가 될 것입니다. 평생 과일장사하시며 그 가난하고 힘겹던 나날도 잘 넘기셨던 어머니가 아니던가요? 아 사랑하는 나의 어머니이시여'

어머니가 대전 우리집에 머무시며 충남대병원에 입원하신지 몇일만에 진단이 나왔다. 병명은 예상대로 '폐암 말기' 이었다. 나를 비롯하여 온 가족이 깜짝 놀랐다.

"아니 우리 어머니가 폐암이라니……."

아내도 의아한 표정으로 말했다.

"어머니가 담배도 태우신 것도 아닌데 무슨 폐암이에요?"

나도 힘없이 대답했다.

"그을세 말이야?"

이 엄청난 사실을 환자인 어머니한테는 말씀을 알리지 않기로 했다.

당초 염려하신 것처럼 체 한 정도로써 치료중이라고 말했다. 그러나 가족들에게 알려야 할지, 한동안 감추어야 할지 고민을 했다. 그러나 아내는 말했다.

"어머니가 연세도 있고 하시니 일단 사실대로 알려야 해요."

"음 그럴까."

밤을 꼬박 새우며 고민하다가 다음날 우선 서울 도봉동의 우창 형님한테 알렸다. 깜짝 놀라며 묻는다.

"아니 어째 우리 어머니한테 그런 병이 드셨나. 어허……."

다시 일산 큰 누나한테도 알리고 다시 서울 강남 수서에 사시는 작은 누나한테도 알렸다. 또 수원에 사는 숙이 여동생한테 알리고 서천에 사는 우일이 동생, 예산에 사는 막내 영이 등 순서대로 이 사실을 알려주었다.

특히 누나나 여동생들은 폐암이라는 병명에 놀라는 목소리로 결국 말끝을 흐리며 우는 소리가 들리더니 슬그머니 전화를 끊는다. 폐암 말기라는 병명에 격한 울먹임을 이쪽에 감추려는 모습이었다.

나를 포함하여 7남매 형제들은 어머니께서 앞으로 얼마나 사시느냐였다. 담당의사의 말로는 환자마다 다르지만 6개월에서 1년 정도 사신다고 했다. 다만, 보호자는 마음에 준비를 해야 한다고 덧붙이기고 하여 더욱 마음이 아찔하였다.

'세상에 돌아가실 장례준비를 하라니……. 이를 어쩌나 나의 어머니가 어머니가 이 세상에 안계시다니…….'

간단히 몇일에 치료가 되는 것이 아니기 때문에 장기치료계획을 세워야 했다. 자식으로써 더욱 오래사시도록 최선을 다해야겠지만 만의 하나 잘못될 경우를 생각해야겠다. 어머니 병환치료를 책임진 아들인 나로서는 대비를 해야 했다.

충남대 병원 685호실에서 온 가족이 많은 눈물을 흘렸다

돌아가시면 장례식장은 어디로 할 것인지? 부고는 누구에게 보낼 것
인지? 장지는 어떻게 준비를 해야 하는지? 등에 관하여 별도의 수첩을
준비하고 준비를 꼼꼼하게 해야 했다.

어머니는 입원과 퇴원을 반복하셨다. 병세가 좀 호전되면 우리집이나
서천 동생네 집으로 가셨다. 그러다가 악화되면 다시 병원에 입원하시
는 반복을 몇 달째 하시고 계셨다. 그러는 과정에서 우리 자식들은 늘
긴장속에서 어머니를 등에 업거나 휠체어에 의지하여 모시고 다녔다.

이러는 과정에서 우리 7남매 형제들은 어머니의 병환을 안타까워하
며 대전에 눈물을 뿌리며 오갔다. 또 병원비에 보태어 쓰라며 형편이 되
는데로 얼마간의 돈도 마련해주느라고 애를 많이 태웠다.

어머니 병간호와 위로에 다들 애를 썼지만 특히 수원의 이 서방과 숙
이가 가장 어머니에게 효행을 많이 하고 고생을 한다. 어머니는 우리집
네 사위중에 이 서방이 제일 좋다며 늘 자랑했다.

"예, 어머니 저 왔어요."

"영섭이 아부지 왔어이. 우리 이쁜 네 사위가 왔어이."

부부의 길

대전 문화동에서 어머니 생신잔치를 마련하고, 온 가족

　하고 사위와 장모가 꼭 껴안고 사랑의 포옹을 하시곤 했다. 평소 이
서방과 숙이 동생은 아들보다 어머니에게 더욱 잘 해드렸다.
　어머니의 병환이 심상치 않아 본래 생신이 매년 10월이건만 현재의
병세로 잘못될 수도 있으니 9월에 미리 하자고 형제간에 합의를 보고
대전 우리집에서 생신잔치를 마련하기로 했다.
　아내의 손길은 부산했다. 형제 7남매와 조카들까지 합치면 20여명이
될 터인데 1박 2일의 술과 음식을 준비해야 했다. 특히 이번의 생신잔
치를 예년의 보통의 잔치가 아니라 어머니께서 폐암으로 돌아가실 경우
를 생각하여 형제간은 물론이고 조카들까지 가급적 다 모이기로 했다.
　모처럼 형제간이 모여 어머니를 즐겁게 한다며 오락도 하곤 했다. 수
서의 작은누나가 맹구어멈 흉내도 내고 서천의 선형이 조카가 색소폰을
가져와 고운 음색을 연출하기도 했다.
　또 어머니는 자신의 병환이 지금껏 체 하신 줄만 알고 계신다. 자신의
병명도 모르시면서 자식들 재롱에 웃으며 좋아하시는 천진한 팔순의 노
모를 보며 형제들은 어머니 몰래 고개를 돌리며 눈물을 찍어내곤 했다.
　특히 어머니의 18번 노래.

'대전발 0시 50분.'

"잘 있거라 나는 간다 이별의 말도 없이
떠나가는 새벽열차 대전발 0시 50분
새벽은 잠이 들어 고요한 이 밤
나 만이 소리치고 울 줄이야 /
아 ~ 붙잡아도 뿌리치는 목포행 완행열차 / (中略)"

또 하나의 18번 노래.

"앵두나무 우물가에 / 동네처녀 바람이 났네 / (中略).

제목은 생각이 나지 않는데 이 노래도 어머니께서는 무척 발 부르시던 노래이다.

우리가 대전에서 함께 살자고 자꾸 말씀드려도 어머니는 아니란다. 어쩌다가 대전에 오셔도 2-3일이면 서천으로 가신다며 짐보퉁이를 안고 현관에 앉아 계신다.

"바램이 애비야. 나 좀 서천에 데려다 줘라이."

어머니가 대전에 안 계시려고 하는 이유는 세 가지이다.

첫째는 대전은 아는 사람이 없어 답답하다는 말씀이다. 대도시의 매연과 시멘트문화가 싫은 것이다.

둘째는 서천 동생네 집 근처 공터에 심은 콩과 몇 몇 작물 기르기에 취미가 붙어 얼른 가서 작물을 돌봐야 한다는 것이다.

셋째는 박봉에 어렵게 사는 나보다 아무래도 식구도 적고 사는 형편이 나은 서천 동생네에 가 계시어야 마음이 편안하단다.

부부의 길

작은 누나의 맹구 어멈 흉내 익살   서천 선형조카의 색소폰 연주

참으로 답답한 노릇이었다. 박봉에 어렵게 사는 자식을 위하시는 마음이 하늘에 닿고 있어 불효자의 마음이 미어지는 듯 하다.

문득, 옛 학자 '이이'의 말이 생각났다.

"세월은 물과 같이 흘러 부모를 섬기는 시간도 결코 길지는 못하다. 그런 때문에 사람의 자식된 자는 모름지기 정성을 다하고 힘을 다하면서도 자기가 할 일을 다 하지 못할까 두려워하는 것이다.(擊蒙要訣: 事親章 제5장)"

2009.10.25 오전 11시. 충남대병원 본관 614호 1인실. 어머님 영면 (永眠)

숨이 넘어가실 듯 가빠지는 병실의 어머니에게 의사가 달려와 산소호흡기를 들이대고 간호원의 손길이 빨라지고 있었다. 나와 가족들은 어머니 손과 발, 이마를 잡고 초초해하였다.

"어머니, 어머니 돌아가시면 안돼요?"

"어무이— 어무이— 흐흐흑—."

"어머니 어머니 어머니—."

그렇게 우리를 위하고 사랑하셨던 어머니는 기어히 우리들 곁을 거짓말처럼 떠나고 있었다. 이 세상에 오직 한 분인 어머니가 자식들 손을 놓고 눈을 감으시고 있었다. 담당의사가 단호하게 선언을 한다.

"전순열 할머니는 지금 현재 운명하셨습니다. 보호자는 사망진단서를 발급받아 장례절차를 밟으십시오."

나는 눈을 크게 뜨며 물었다.

"선생님 정말 저희 어머니께서 운명하셨나요?"

"……."

가족들은 눈물을 흘리며 절차에 따라 고향 서천장례식장으로 어머니를 모시고 출발을 했다. 뒤늦게 달려온 예산의 막내 여동생 영이가 엉엉 울며 어머니를 부둥켜안고 울부짖는다.

"엄마,

정한情恨 많은 85세의 일기를 사신 전순열 어머니께서 거짓말처럼 나의 눈앞에서 눈을 감으시다니……."

서양의 철학자 '플라톤'이 한 말이 생각난다.

"죽음은 빚진 것 없는 고결한 모습을 드러내 보이고자 한다."

7남매 낳아 한없이 정을 주고 열심히 살으시며 눈을 감으신 어머님의 모습은 고결한 참다운 그런 모습이었다. 평소 순수하시며 착하신 모습은 청초한 풀밭이요, 그 위에 사뿐히 즈려앉은 모습이 마치 어머니 하얀나비 환영으로 떠오른다.

그러면서 어머니는 하얀나비가 되어 훨— 훨— 날아 저 푸르런 창공으로 하늘로 날아가면서 이렇게 말씀하시는 듯 하다.

"난, 여한없이 살다가 가니까. 나머지 인생은 너희들이 열심히 살아 아름다운 인생을 수놓아라!"

문득 포크가수 출신의 김정호 가수가 불러 잘 알려진 '하얀나비'란 노랫말이 생각이 난다. 평소 내가 좋아했던 노래인데 서정시 형태를 취한 이 노랫말을 들을 때 마다 늘 어머니 생각을 했었다.

　　　　　　　　　　　　　　　　　부부의 길

사랑하는 우리 가족들 모습 / 장지 남녘에 모신 어머님 영정

음 생각을 말아요

지나간 일들은

음 그리워 말아요

떠나간 님인데

꽃잎은 시들어요

슬퍼하지 말아요

때가 되면 다시 필걸

서러워 말아요

음 어디로 갔을까

길 잃은 나그네는

음 어디로 갈까요

님 찾는 하얀 나비

꽃잎은 시들어요

슬퍼하지 말아요

때가 되면 다시 필걸

순수 푸르럼 간직한 풀밭 하얀나비되어 사뿐히 즈려앉은 어머니 모습 환영

서러워 말아요

서러워 말아요

서러워 말아요

— 김정호 가수의 노래「하얀나비」전문

하늘의 해와 달을 다정히 함께 바라보시던 84세의 전(全)자 순(順)자 열(烈)자 홀어머니께서 2008년 10월 25일 11시 노환으로 별세하셨다. 1924년 9월 26일 충청의 젖줄 은빛금강이 보이는 충남 서천 마서면 옥북리 분저울에서 막내딸로 때어나 이웃마을 마서면 어리 故 김(金)자 봉(奉)자 선(先)자 아버님에게 시집을 오셨다. 어려운 살림에 9식구의 생계를 위해 22년간 시장에서 노점 과일장사 하시며 7남매를 키우며 고생을 많이 하신 분이다.

어머님이 떠나시고 장지 충남 서천군 마서면 어리 붓당굴 장지에 까지 따라온 대전의 늘풀든 김근수 시인이 하관식에 맞춰 시낭독을 해주었다. 시낭독을 위하여 서천여관에서 부부가 하루 전 날 숙박하며 슬픔을 함께 해주었다. 조시에 맞춰 장송곡연주는 역시 전주대학교 박화실

부부의 길

대전 김근수 시인의 장지 하관식 조시낭독

교수와 전 군산방송국 구신환 경음악단장이 수고해 주었다. 다음은 늘
풀든 시인의 하관식 조시 내용이다.

별과 달이 되신 어머님에게

어머니,

사랑하는 나의 어머니,

세상에서 가장 아름다운 어머니,

하늘같고 바다 같은 자애로우신 어머니,

어머니 !

억장이 무너지는 아픔을 견딜 수 가 없습니다.

백 번, 천 번을 다시 살아도

다 갚지 못할 크나 큰 은혜에

면목 없는 자식은

그저

가슴을 치고 통곡만 합니다.

어머니 !

저희들 잘 되라고 기도하며

저희 위해 한 몸 바치신 어머니.

무슨 영화 보시겠다고

그렇게 그렇게 고생하다 가셨습니까.

오색저고리 바람에 날리며

수줍은 꽃가마 타고 지나온 동백길

그 고운 모습은

하얀 백발과 깊은 주름살로 변했습니다.

노년에 찾아온 병에 시달리면서도

그것을 숨기고

어머니의 마음을 헤아리지 못하고

늘 잘 지내고 있다던 어머니의 말씀에

저희는 그저 편하게만 지내 왔습니다.

어머니,

이미 늙어버리고 가련한 어머니 모습에서

어머니의 깊고 뜨거운 사랑을 느꼈습니다.

어머니.

언제나 고운 어머니.

사랑하는 나의 어머니.

저희는 다시 이 세상에 태어나도

부부의 길

어머니의 아들로 태어나겠습니다.

어머니.
당신은 우리들의 어린 날
연약한 저희들을 마음으로 안고
가냘픈 숨소리 가슴에서 배어나와
못해 준 것이 해준 것 보다 많다고
눈물 같은 지난 세월을 보내셨습니다.
그런 저희는 어머니를 위해 아무것도 못하고
이렇게
하늘나라로 보내고 말았습니다.

어머니.
살아생전 효도 못한 아쉬움이
지금에야 무슨 소용이겠습니까.
어머니.
반짝이는 저 하늘에 별이 되시고 달이 되시어
부디 저희들을 보살펴 주십시오.
저희도
어머님이 언제고 그리울 것입니다.
보고 싶을 겁니다.
어머니.
근심 걱정 없고
아픔도 슬픔도 없는
참으로 좋은 곳

아름다운 천국에서
부디 부디 편안이 영면하옵소서!

— 어리 붓당굴 선산에서 故 전순열 여사님과 이별하며……

수욕정이 풍부지 자욕양이 친부대樹欲靜而 風不止 子欲養而 親不待
　(나무는 고요히 서 있으려 하나 바람이 그치지 아니하고, 자식은 어버이를 받들려 하
지만 기다려주질 않는다)

부부의 길

제6장

아픔은 또 다른 희망의 신호등

(김애경 작가 편)

엽서 위의 사군자

　어려서부터 아버지 옆에서 붓글씨 쓰시는 것을 보고 자란 탓일까? 유난히 묵향(墨香)의 사군자(四君子)를 좋아했다. 그래서 지금도 사군자를 치며 묵향에 취하곤 한다.

　사군자는 매화(梅花) 난초(蘭草) 국화(菊花) 대나무(竹) 등을 일컫는 말이다. 각 식물 특유의 장점을 군자(君子), 즉 덕(德)과 학식을 갖춘 사람의 인품에 비유하여 사군자라 부른다.

　매화는 이른 봄의 추위를 무릅쓰고 제일 먼저 꽃을 피우고, 난초는 깊은 산중에서 은은한 향기를 멀리까지 퍼뜨리고, 국화는 늦은 가을에 첫 추위를 이겨내며 피고, 대나무는 모든 식물의 잎이 떨어진 추운 겨울에도 푸른 잎을 계속 유지한다.

　지금은 일반적으로 문인묵화(文人墨畫)의 소재로 알려져 있으나, 중국에서는 그림의 소재가 되기 훨씬 앞서서 시문(詩文)이 소재로써 등장하였다. 사군자라는 총칭이 생긴 시기는 확실하지 않으나 명대(明代)에 이르러서이며 그 이전에는 개별적으로 기록되었던 것으로 보인다.

부부의 길

그 가운데 대나무가 '시경'에 나타난 것을 비롯하여 그림의 소재로도 제일 먼저 기록되었다. 매·난·국은 화조화(花調和)의 일부로 발달하기 시작하다가 북송(北宋) 때 문인화의 이론과 수묵화의 발달과 더불어 차츰 문화인의 소재로 발달되기 시작하였다. 매·난·국·죽의 순서는 이들 춘하추동의 순서에 맞추어놓은 것이다.

또 시문(詩文)에서의 사군자는 대나무는 아름다움과 강인성 그리고 높은 실용성 때문에 일찍부터 중국인의 생활과 예술에 불가결의 존재로 되어왔다.

중국 춘추 시대의 민요를 중심으로 하여 모은, 중국에서 가장 오래 된 시집인 '시경'의 '위풍(衛風)'에는 주(周)나라 무공(武公)의 높은 덕과 학문, 그리고 인품을 대나무의 아름다운 모습에 비유하여 칭송한 시가 있다.

손톱 끝의 봉숭아 다 지기 전에 첫 눈이 오면 소원이 이루어진다는 전설이 생각난다. 하늘에서 첫 눈이 아름답게 휘 날린다. 가슴속에 설렘을 느끼며 지나온 십 대의 찬란했던 꿈과 이십대의 용기와 사랑의 요란한 삶을 지나 이제 여자나이 오십대로 종횡무진 달음질치며 살아온 세월이다.

저 유명한 독일의 시인 '괴테'는 그의 작품 사계(四季)에서 이렇게 말하였다.

"신(神)이여, 왜 나는 덧없이 멸하는 몸이옵니까?"
신은 이렇게 대답하였다.

"나는 오직 덧없이 멸하는 것만을 아름답게 만들었느니라!"

괴테는 이렇게 외쳤다.

"순간이여, 거기 그대로 멈추어라. 아름다움 그 자체로 말이다."

인생과 세상은 순간에 산다고 했던가. 사랑하고 미워한 사람들을 하나 둘 잊고 살아온 것은 남을 위해서가 아니다. 나 자신을 비우고 다시 채우기 위한 정결한 마음자리를 노래함이었으리라.

가끔 우리는 많은 것을 잊고 살고 싶어 하고 작은 것을 가슴에 두고 한 올의 실로 조금씩 풀어내어 나를 감동되게 살고 싶어 한다.

아장아장 걷던 아이가 지금 나 보다 더 큰 모습으로 내 손을 잡을 때에 건강하게 자라준 아이들이 고맙다. 또 아무 담보 없이 나를 '사랑의 대출(!)'을 하여 지금까지 저축하고 사랑해온 내 낭군에게 더욱 고마움을 느끼게 된다. 그리고 나에게 생명을 주신 내 혈육의 끈 잡 이신 부모님께 엎드리어 감사를 드린다.

웅성이는 시골장터의 붕어빵 하나에 담긴 추억을 우린 더 그리워하고 그 곳에서 느끼는 그들의 소박한 삶에 마음은 깊은 연정을 느끼게 한다.

지금 나의 눈빛은 샛별처럼 반짝이진 않아도 낯모를 사람들의 얼굴에서 기쁨과 고뇌를 읽을 줄 아는 서늘한 중년이다. 사람이란 늘 함박꽃처럼 웃고 즐거울 수 없다. 꽃과 잎이 지는 슬픔과 아픔의 자리엔 아름다운 열매가 남는다는 평범한 진리를 깨닫는다.

계절이 넘나드는 문턱에 서면 나는 이따금 그리운 이들에게 한 올, 한 올 색실로 수를 놓아 엽서를 쓰고 싶다. 멀어져간 기억에서 내 마음 한 조각을 보내어 아름다운 저편의 푸름이 되고 싶다.

낙엽 떨어지는 소리에 야릇한 미소가 나오던 여고시절이었다. 담임선생님의 마음을 사로잡기 위해 그때부터 난 열심히 노리개를 만들었다. 한 올 한 올 양말을 뜨개질 하였고 섬섬옥수 색실로 종이 엽서 위에 수를 놓기 시작하였다.

하나의 완성된 작품을 받고 즐거워하며 자랑하는 선생님의 웃음에서 나는 작은 행복을 느꼈다. 나의 진로를 걱정하고 관심을 주셨던 선생님을 뒤로하고 학교와 고별을 한 후 지금까지 잊고 살고 있지만 내가 선생님을 사로잡은 것과 같이 어디선가 나를 기억하고 사시겠지.

생동하는 희망의 풍선을 달아주는 환희의 계절 봄이 오면, 금색의 실을 꿰어 한 떨기 매화를 수놓는다. 매서운 눈보라의 역경을 다 이겨내고 피어오른 작은 꽃망울을 보노라면 지금의 고통은 지나간 바람이었다고……

신록이 한창 곱게 물들은 여름이 오면 고귀함을 자랑하는 난蘭을 쳐서 그려본다. 그리고 부질없는 생각 다 접어두고 신록의 푸름을 다 담아 보내고 싶다. 그리고 조약돌이 환히 들여다보이는 정갈한 시냇물 소리를 귀기울여본다. 그 위에 내려앉은 은빛 나는 햇빛의 무늬를 함께 그려본다.

단풍잎 불타는 사색의 향취 가을이 되면 수수한 여인으로 피어난 국화를 그려 띄워 보낸다. 진한 향의 치자 꽃도 아니고 모습부터 황홀하여 손끝이 두려운 장미꽃도 아닌 수수한 여인의 차림으로 말이다.

은빛 출렁이는 금강의 물결에 억새풀의 휘날림에 환호성을 지르는 소녀 같은 마음이 되고 싶다. 맑은 강물처럼 조용하고 성숙한 가을여인이 되어 아름답고 향기로운 그런 사람으로 영원히 남고 싶다.

한 바탕 온몸을 던져 뒹굴고 싶은 겨울이 되면 나는 굳건한 푸른 잎의 대나무를 정성껏 수놓아 마음으로 전하리라. 눈 속에서도 얼음 위에서도 의연히 일어나 아름다운 인내력을 키우며 대숲에 이는 바람소리를 아름다운 하모니로 기억하며 살리라.

이렇듯 계절의 순수를 맞이하고 보내는 아름다운 마음을 차 한 잔의 작은 여유로움으로 누릴 수 있음에 나는 감사한다. 그리고 조그만 하나의 일상이 나를 사로잡고 눈 뜨게 하고 사랑하게 하며 위로하고 위로 받게 됨에 나는 행복해진다.

그리고 모두에게 꽃과 같은 웃음으로 남고 싶다. 잎으로 모든 것을 가려주고, 나무되어 보금자리로 다가가서 물과 같은 부드러움으로 아픔들을 씻어 주며 살고 싶다. 바라는 모든 것들을 다 사랑하며 살기를 내가 그것들에 사로잡혀 살기를 노래하리라.

더러 더러 지난 시절의 곱고 아련한 이야기와 다정했던 그리운 이들을 생각하며 나의 아뜨리에서 엽서에 사군자를 치며 소식을 전하며 살으리 살으리랏다!

나의 성악 연습실, 우리집 장농

수 많은 날은 떠나갔어도 내 맘의 강물 끝없이 흐르네
그날 그땐 지금은 없어도 내 맘의 강물 끝없이 흐르네

새파란 하늘 저 멀리 구름은 두둥실 떠나고
비바람 모진 된서리 지나간 자국마다 맘 아파도
— 이수인 곡 / 김애경 노래

예전에는 웅성웅성 여러 사람이 살았던 나은의 고향마을

남편이 직장을 마치고 집에 들어서자 노랫소리가 들렸다고 한다. 나는 가사 일을 하며 종 종 성악의 호흡을 가다듬는 허밍(Humming)을 한다. 그런데 노랫소리는 들리는데 정작 사람이 보이질 않으니 궁금했던 모양이다.

부엌과 거실을 둘러봐도 없어 안방으로 갔더니 장롱 근처에서 노랫소리가 들린다. '장농안에서 노래할리는 없을 터 인데⋯⋯?' 생각하며 무심코 장농을 열어보았다.

아니? 거기에 내가 장롱안 이불 위에 앉아 노래를 하고 있지 않은가? 이 무더운 여름날에 땀을 뻘뻘 흘리며 말이다.

"아니, 여보. 이 더위에 여보 왜 장롱에서 불러요?"
"집에서 노래를 불렀더니 이웃에서 씨끄럽다고 항의가 들어와서⋯⋯?"

남편은 얼굴이 상기되어 땀방울로 뒤범벅된 아내를 안아주며 눈시울이 뜨거워진다. 나도 작은 어깨를 들먹이며 훌쩍인다.

'그 놈에 노래가 무어라고 농속에 갇히게 했단 말인가⋯⋯?'

남편은 웃옷을 벗고 답답한 마음으로 집 옥상에 올랐다. 가끔 올라와 심호흡을 가다듬는 유일한 독백무대이다. 저만치 보문산이 지친 낮을 슬그머니 내려놓고 어스럼 어스럼 까아만 밤을 준비하고 있다. 불볕더위로 기승을 부리던 날씨가 저녁이 되어서야 싱그러운 바람이 되어 감

부부의 길

나무 잎새에 비로소 머문다.

나는 여학교 시절 기계체조를 했었다. 작은 체구에 날렵한 몸매의 유연성을 지녀 담당 선생님의 눈에 띄어 체조연습을 하는데 이를 본 친정 어머니가 여자가 그런 체조하면 안된다며 만류하였단다. 그 후 성악과 그림그리기, 뜨개질, 글쓰기 등 예능분야 취미가 있어 노력을 했다.

남편과는 처녀시절 문학동인 활동을 함께하다 만나 결혼을 했는데 그간은 아이 셋 키우며 살림하느라고 경황이 없었다. 그 후 우연히 문학회 모임에서 노래를 몇 번 불렀는데 들을만하다는 평가에 따라 이런 저런 문화행사장에서 노래를 부르게 되었다.

남편은 기왕 대중 앞에서 노래를 하려면 제대로 해야 한다며 대학 평생음악원과 백화점 음악교실에서 음악을 배우도록 배려했다. 개인 연습실이 없어 마당에 있는 세탁실이나 목욕탕에서 노래연습을 한다. 또는 부부가 차를 타고 나가 드라이브 하면서 차 안에서 노래연습하기도 했다.

성악이란 다른 노래와 달리 시원하게 가슴을 열며 가창력있게 토해내어야 한다. 입을 다물고 콧소리로 발성창법을 구사, 상성(上聲) 선율로 여러가지 성부(聲部)의 울림으로 '푸치니'의 오페라나 '나비부인'처럼 시원하게 뽑아내는 특성이 있다. 이래서 성악은 가슴을 조이거나 숨죽이며 연습할 수 없다. 그래서 성악가들에 남 다른 고통이 따른다.

세계적인 거장 '카라얀'을 만나 '플라시도 도밍고' 등과 함께 활동한

'조수미'는 카라얀으로 부터 "수미의 목소리는 신이 내린 목소리"라는 극찬을 들으며 정상에 우뚝 섰다. 그는 영양실조와 빈혈, 성대의 아픔과 목에서 피가 나오는 등 숱한 역경을 거쳐 오늘날 세계적인 소프라노가 되었다.

잘 알려진 미성(美聲) 팝 페라 테너 '임형주'는 10대 청소년들의 우상이다. 엄모(嚴母)슬하에서 네 살 때부터 종아리를 맞으며 성장, 미국 뉴욕 맨해튼 거리에 내동댕이 쳐지다시피하여 노래공부를 하였다. 어려서부터 철저한 교육아래 자신과의 싸움에서 이긴 결과이다.

언제인가 텔레비젼에서 어느 유명한 발레리나의 발가락을 보았다. 아름다운 외모와 달리 발가락이 휘어져 못생긴 발을 보고 놀랐다. 잘 아는 조각가의 손을 만져본 적이 있었다. 그의 손은 마치 소나무 껍대기처럼 딱딱하게 굳어 있었다. 그의 명성은 하늘을 찌르는 조각가인데 말이다.
예술가적 재능은 태어나는 것이 아니고 스스로의 노력으로 만들어지는 것이다. 명인이 되기 위해서는 밤이 낮이되고, 낮이 밤이되는 그런 피 고름의 인고에 녹녹한 세월속에서 피어나는 대중의 우상이요, 꽃이다. 남편은 말한다.
"그러나, 여보 훌륭한 성악가도 좋지만 이젠 장롱 속에 갇히는 가녀린 여인은 되지마오……!"

　　　　　　　　　　　　　　　　　　　　부부의 길

내가 뇌출혈이었다니…?

　　우리집 뜨락 감나무에 감이 주렁주렁 매달리고 늦가을 서정이 서걱이
며 밤바람이 불던 지난 2017년 10월 26일(목) 밤 7시경. 남편과 된장찌
개로 저녁식사를 다정히 마치고 화장실에 갔다. 잠시 머리가 어지러웠
다. 그래서 작은 목소리로 거실에 있는 남편을 불렀다.

　　"여보, 이리와봐요? 머리가 어지러워요!"

　　그러자 남편은 TV를 보는지 대답이 없었다. 또 이어서 머리가 어지러
우며 몸이 옆으로 쓰러지려 하기에 큰 소리로 남편을 불렀다.

　　"여, 여-보오? 빨리 와, 와봐요. 몸이 이, 이상해—요?

　　남편은 그때야 알아들었는지 화장실 문을 화들짝 연다.

　　"덜컹—"
　　"왜, 그래 여보…?"
　　"그을쎄에 —이상 하, 하네—?"
　　(이후의 일은 기억이 없고 나중에 가족들을 통하여 기록)

화장실 문을 연 남편은 눈에 휘둥그레졌단다. 변기에 앉아 볼 일을 봐야 할 내가 눈에 초점을 잃고 상체가 옆으로 쓰러지며 금방 먹은 저녁을 토하고 있더라는 것이었다. 그래서 의식을 잃고 쓰러지는 나를 남편은 거실로 끌고 나왔다.

남편은 내가 본래 심장이 약한 편이어서 혹시 놀라서 그랬나 하고 우황청심환을 찾았다는 것이다. 그런데 나의 눈동자나 몸이 축 늘어진 것을 보고는 심장이 약하여 놀란 정도가 아니라 뭔가 정도를 지나친 변고? 라고 판단했단다.

공무원생활 30년을 퇴직한 남편은 직관력과 판단력이 남 다르고 응급환자 처치자격을 딴 사람이라서 대처능력이 있었다. 온 몸이 축 쳐져 의식을 잃고 고개를 옆으로 쳐져 토하고 있는 나를 질-질— 끌고 병원으로 이송하려했으나 맘처럼 쉽게 되지 않았단다. 신장 1m 50cn에 50kg 정도의 왜소한 나 정도의 사람은 번쩍 들어옮길 수 있는 힘이 남편한테 있었으나 밀가루처럼 온 몸이 축 쳐진 환자를 혼자 밖으로 옮기기에는 역부족이었다.

남편은 축 쳐진 나를 혼자 감당이 어렵자 재빨리 다른 방도를 찾았다. 우선 응급환자를 10분거리 가까운 충대병원으로 이송계획으로 집 입구에 주차해논 승용차 시동을 걸어놓았다. 그리고 이웃집에 도움을 청했다. 마침 이웃집에 사는 '변 선생'을 찾아가 응급환자 이송의 의뢰하고 둘이서 축 쳐진 나를 들고 차에 옮겼다. 그리고는 충대병원 후문을 통하여 응급실로 달렸다.

　　　　　　　　　　　　　　　　　　　　부부의 길

병원 응급실에 도착하여 응급환자임을 알리고 이동침대를 밀고나와 즉시 야간당직의사에게 환자를 인계했다. 그리고 즉시 조치해줄 것을 부탁했다. 같이 응급환자 이송에 도와준 이웃집 변 선생한테는 감사의 인사와 함께 택시비를 전하고 집으로 보냈다. 그리고 아들한테 먼저 전화를 했다.

"엄마가 갑자기 쓰러져 충대응급실에 있으니 누나들한테 연락하거라."
"네? 아버지, 알았어요."

이렇게 연락을 취한 후 당직의사한테 가서 병명을 문의하니 잠시 진단을 해보아야 하니 조금 기다려 보란다. 이러는 사이 아들과 며느리, 두 딸과 사위가 깜짝 놀라며 달려왔다.

"아, 아빠, 이게 웬일이예요…?"
"글, 글쎄 말이다아 참내…?"

잠시 후 의사가 보호자를 찾는다.

"김애경 환자의 현재 진단임상 소견으로는 뇌출혈 같습니다. 자세한 것은 더 정확한 검사를 진행해보아야 합니다."

그러자 딸과 아들이 울먹이며 의사 선생님한테 매달린다. 가족들은 허둥대며 발을 동동굴렀다. 어지할줄 몰라 놀란 가족들은 서로 의지하며 위로를 했다.

"선, 선생님 우리 엄마 살려주세요? 네 선생님 부, 부탁드려요."
"네 최선을 다 할터이니 진정하고 기다리세요."

이렇게 충대병원 응급실에 입원이 되었고 몇 시간 후 나는 '지주막하 출혈에 의한 의식불명'으로 판정이 되어 응급실에서 각종 검사와 링겔 등으로 꺼져가는 생명의 불씨에 의료진의 손길과 온 가족의 기도가 절실하게 이루어지기 시작했다.

다음날 응급실에서 중환자실로 옮겨져 사지(四肢)를 환자 침상에 묶고 서 너 개의 링겔을 코와 입 이마에 매달고 대소변을 받아내는 중환자생활이 시작되었다. 이에 따라 아침 저녁으로 남편과 아들 며느리, 두 딸과 사위는 걱정스런 얼굴로 면회를 왔다. 아들과 딸은 중환자인 몰골의 내 모습을 보고 눈물을 쏟아내고 있었다.

부부의 길

병실에서 모처럼 김우영 작가, 김애경 성악가, 큰딸 김바램

　이렇게 시작한 나의 투병생활이 2017년 12월 22일까지 58일간 진행
이 되어 가까스로 스스로 걸어나와 퇴원하여 지금껏 통원치료로 좋아지
고 있다. 부지런히 걷고 약을 잘 먹고 운동하며 회복하고 있다.

　반면, 나로 인하여 남편이 고생이었다. 평생 부엌에서 밥 한 번 안해
본 남편이 밥하고 빨래하고 집안 청소를 한다. 매사 낯설고 어려울 터인
데 잘 견디고 진행을 하고 있다. 든든한 버팀목 내 남편이다.

　아들과 두 딸은 하루가 멀다하게 찾아와 안마와 위로를 해준다. 이렇
게 따뜻한 가정이 있고 가족이 있어 이 얼마나 든든하고 행복한가? 주
변에서는 이렇게 위로를 한다.

　"다른 질병과 달리 뇌출혈이나 뇌경색 환자는 꾸준히 세월에 맡기고

2017년 5월 13일 서대전컨벤션웨딩 아들 김민형 결혼식을 마치고 8가족

치료를 해야 합니다. 서둘지말고 꾸준히 운동하며 이겨내세요!"

세계적인 교육자인 '페스탈로치' 는 이렇게 말하지 않았던가!

"이 세상에는 여러가지 기쁨이 있지만, 그 가운데서 가장 빛나는 기쁨은 가정의 웃음이다. 그 다음의 기쁨은 건강한 즐거움인데, 이 두 가지의 기쁨은 사람의 가장 성스러운 가정의 즐거움이지 않는가!"

부부의 길

다시 시작하는 나의 삶

— 58일만에 다시 찾은 소중한 제2의 인생 이야기

속옷 이리주어요?

아니어요?

나중에 딸 오면 빨으라고 할게요?

35년 미운정 고운정 살아왔는데

지금도 내외(內外)를 한단 말이오?

이리 내어요?

그래도, 아이 참내…!

빼앗다시피하여 속옷을 움켜쥐고

병원복도 끝 세탁실로 갔다

철없던 지난 35년의 회한의 눈물

빨래에 듬뿍 담아 빡빡 문질렀다.

뚝 뚝 떨어지는 수돗물따라 눈물이 앞을 가린다

그간 지저분한 남편 속옷을 빨며

얼마나 원망을 하였을까?

그래도 군말없이 아침이면
뽀오얀 속옷 한 벌 슬쩍 밀어놓고는
"속옷 갈아입으세요?"
문 닫고 나가던 사랑이

35년 부부로 살을 섞고 살면서
지금도 속옷을 남편한테 보여주지 않는 수줍음 가득한
사랑이는 역시 천상천하(天上天下)정숙 단아한 여인이라오!

미안하오 미안하오
이 철없고 멋없는 사내를 용서하시오!

    — 김우영의 詩 「사랑이의 속옷을 빨며」 全文

　나는 평소 깔끔하고 정갈한 성격이어서 병실에 있으면서도 2-3일 간격으로 환자복과 속옷을 갈아입어야 했다. 남편은 내 속옷을 빨기 위하여 실랑이 끝에 빼앗아 병원 세탁실로 갔다.

　수돗물을 틀어놓고 서투른 비누칠을 하며 속옷을 빨기 시작한다. 35년동안 남편 속옷을 군말없이 빨아주었다. 남편은 누가 들어올세라? 문을 잠그고 빡빡 문질러댔다. 나는 신혼초 시골 우물가 샘터에서 찬물에 손을 호호- 불며 남편 속옷을 빨았던 어린 스무살 단발머리였다.

　남편은 다정하게 손을 한 번 잡아주기를 했나? 어디 부부가 나란히 여행을 제대로 하기를 했나? 지난시절 사랑이와 아이들을 방 안에 놔두

　　　　　　　　　　　　부부의 길

충대병원 퇴원 앞두고 재활치료를 열심히 하는 김애경 작가

고 주유천하(酒遊天下) 보헤미안(Bohemian)으로 떠돌며 가정보다는 바깥으로 떠돌던 작가였다.

지난 10월 26일 밤 7시. 집에서 남편과 함께 다정하게 저녁식사를 마친 나는 화장실에서 쓰러져 병원에 오게 되었단다. 의사는 말했다.

"뇌출혈 입니다. 뇌압상승에 의한 지주막하이니 급히 수술을 해야 삽니다."
"아하, 그러세요…? 빨리 수술을 해주세요. 제발 …?"

남편과 자녀들은 응급실에서 C/T와 MRI 검사 등 수시로 각종 검사와 투약을 거치면서 중환자실에서 20여일간 숙식을 했다. 중환자실 입구에서 세 자녀와 사위, 며느리 등 7명 가족은 밤을 지새우며 긴장과 불안감에 눈시울이 마를 시간이 없었다. 이 소식을 들은 친척과 주변 분들이 달려와 위로를 하며 같이 슬퍼했다.

병원 중환자실 무의식의 나를 신경외과 의료진의 뛰어난 대처로 의식이 깨어나 일반병실을 거쳐 재활의학과로 옮겼다. 이곳에서 신체재활과 인지치료, 언어재활치료를 부지런히 받았다.

아! 순간순간 어둡고 긴 터널을 슬픔의 손수건을 적시며 산과 강을 건너 입원 58일, 12월 22일 퇴원하여 따뜻한 가족의 품에 안겨 집으로 오게 되었다.

오늘따라 보문산 서편 하늘가는 눈이 한바탕 쏟아질듯 흐리다. 문득 소중한 가정에 대하여 많은 생각이 든다. 가정은 고달픈 인생의 안식처

자매처럼 지내는 오지원 시낭송가와 건강했던 김애경 성악가 카페에서

부부의 길

요, 모든 싸움이 자취를 감추고 사랑이 싹트는 곳, 큰 사람이 작아지고 작은 사람이 커지는 곳이라는 생각이 든다. 또한 가정에서 마음이 평화로우면 어느 마을에 가도 축제처럼 즐거운 일들을 발견하리라는 생각이 든다.

그간 나의 소생치료를 위하여 정성을 다한 병원의료진과 친척, 주변의 많은 분들의 염려와 기도에 대하여 고맙다는 인사를 드립니다.

"다시 시작하는 '사랑이의 삶'! 58일만에 찾은 소중한 제2의 인생 이야기는 이렇게 이어갑니다. 고맙습니다. 사랑합니다!"

부산행 기차에서

1년 24절기중 대한(大寒)을 지나오는 2월 4일 입춘지절(立春之節)을 앞
둔 탓인지 오늘 날씨는 비교적 온화한 날씨이며 지난밤 비가 살짝 내린
쾌청한 날이다. 차창 밖 들판에는 지난 가을걷이를 마친 구루터기에서
봄을 준비하는듯 새생명을 준비중이다.

결혼 이후 처음 30여 년 만에 큰딸과 작은딸의 제안으로 남편과 함께
가족이 넷이서 1박 2일 일정으로 대전역에서 항도 부산으로 가는 여행
기차를 타고 남으로 달리고 있다.

지난밤 여행준비로 잠을 설친 탓인지 가차에 타자마자 등을 기대고
잠을 스르르 청한다. 큰 딸과 작은딸은 나이 서른이 넘었음에도 여행의
설레임으로 준비해온 커피를 마시며 수다를 떤다.

부부의 길

남편과 두 딸과 함께 부산 여행지에서

남편은 차창 밖을 보며 골똘이 생각에 잠긴다. 사는 게 무언지? 앞만 보고 내처 걸어온 지난 삶이었다! 무엇이 참 삶이고, 어찌 살아야 잘 사는 것인지 잘 살피지 못하며 걸어온 회한의 여로(旅路)이다.

어느 시인은 허겁지겁 살아온 희노애락 그 자체가 삶이고 연극같은 배우라고 했던가! 지난해 나의 갑작스런 뇌출혈 사고로 밤잠을 설치며 병원 중환자실에서 고뇌와 불면으로 지새운 나날들이었다. 특히 남편과 가족들이 그 얼마나 발을 동─동─ 구르며 애를 태웠던가!

긴 목 즈려빼며 힘차게 달리는 부산행 기차의 창 밖은 이제 서서히 겨울을 보내고 힘 찬 봄을 준비하고 있다. 이 음습하고 어두운 겨울 터널은 다가올 약동의 봄을 위하여 움트림을 하는 것인가?

지금 지고가는 내 인생 내 지게에도 올해는 힘차고 푸르런 봄이 오겠지! 아암, 그렇고 말고 독일의 시인 괴에테는 저서 '파우스트'에서 이렇게 말했다.

"인생이여, 그대로 거기 멈추어라 그 자체로 아름답도다!"

2019년 1월 28일 부산행 열차에서

부부의 길

부부의 날에 쓰는 편지

　지난 2018년 10월 26일 뇌출혈 쓰러진 후 중증의 시집간 딸의 도움을 받아 백화점에 다녀왔다. 딸이 이쁜 노란색 구두를 사주었다며 거실에서 신어보며 즐거워하자, 옆의 말벗 반려견 푸들이 '후추'도 덩달아 컹컹— 대며 짖는다.

　저 천진한 푸들 후추를 보자니 말없는 슬픈 언어인 눈물이 고인다. 슬며시 자리를 피하여 집 옥상에 올라 밤바람을 쏘이며 어둑한 보문산을 바라보았다 .

우리집 애견 푸블 후추

지난밤 이런 저런 생각으로 뒤척이다가 새벽녘에야 시나브로 잠이 들었다. 아침에 부시시 눈을 뜨니 라디오에서 '부부사랑'에 대한 방송이 나온다.

부부!

우리한테는 부부는 일상적인 남녀의 만남이 아니었다. 이른바 문학청년·문학소녀시절 서울에서 활동하던 문학단체에서 우리는 회원으로 만났다.

지난 1983년 12월 30일. 서울 동대문 제기동에서 문학의 밤 행사를 마치고 밤 10시경 서울 영등포에서 호남선 야간열차를 탄 것이 인연이 되어 오늘날 '평생 부부열차'를 타게 되었다.

그 후 자녀 셋 낳고 결혼을 시키며 힘들게 살아온 부부가 여행도 다니고 재미있게 살아보려고 했다. 그러나 2018년 10월 26일 가을 갑작스

부부의 길

런 뇌출혈로 쓰러져 2개월동안 종합병원에서 사경(死境)을 헤매이다 퇴원, 지금은 언행(言行)이 어눌하여 통원치료와 간병을 받고 있다.

이제 살림의 몫은 당연히 남편이 해야 했다. 밥하고 빨래하며, 청소하는 등 열심히 하고 있다. 그간 40여년 부부로서 간병으로 보살피며 정성을 다하고 있다.

그런데 문제는 살림살이를 직접해보니 보통 일이 아니모양이다. 간장, 고추장이 어디에 있으며? 밥 할 때 물은 얼마나 부어야 하는지? 세탁기는 무엇을 먼저 눌러야 하는지? 집안 청소는 무엇으로 해야 하는지? 매사 깜깜 절벽이었다. 그래서 우리집 전기밥통, 세탁기, 청소기에는 순서를 적은 메모지가 촌스럽게(?)붙어있다.

남편은 뜨거운 국물을 뜨다 손이 데이고, 음식을 조리를 위하여 부엌칼을 사용하다가 손가락을 다치고, 소금을 넣어야 할 음식에 설탕을 넣고, 음식의 간을 맛본다며 너무 소금을 많이 넣어 음식을 버리는 등 시행착오를 겪었다. 그러나 이제는 조금 살림 맛이 들어간단다.

지금은 전기밥솥과 세탁기, 청소기가 있어 대신하지만 예전에는 손수 손으로 고생했을 일을 미루어 짐작해볼 때 나의 고난에 삶을 이제야 이해가 된단다. 그야말로 이제야 남편이 늦철이 드나보다!

그간은 홀어머니와 남편, 두 딸이 있어 부엌에 들어갈 일이 없었을 뿐 아니라, 생전(生前)에 홀어머니는 '남자가 부엌에 드나들면 안된다?' 고 하시어 우리집 부엌은 금남(禁男)의 구역이었던 것이다.

남편은 지난 스무살 문청(文靑)시절 만나 가정과 직장생활하며 주말과 휴일에 밖으로 다니기 보다는 책을 보고 글 쓰는 문학(文學)에 매달렸다. 어찌보면 문학이 애물단지 업보(業報)라고 생각하며 오로지 외길 인문학 (人文學)을 경건하게 대하였다.

1989년 한국문단에 등단 2019년 현재 등단 31년차에 33권의 저서를 출간했다. 지난 30년 직장생활 박봉에 5가족을 부양하며 주경야독으로 석·박사과정을 마쳐 대학 강단에 서게 되었다.

남편은 열심히 앞만 보며 살아왔다. 화투나, 춤, 골프 등은 아예 한 걸음도 떼지를 못한다. 오로지 책과 세미나, 연찬회 등과 좋아하는 통기타로 노래하며 국내외 여행을 즐겨왔다. 이를 좋게 표현하면 이른바 '낭만적 목가인생(牧歌人生)'이라고 볼 수 있다. 언필칭, '철없는 풍류, 보헤미안 남자!'라며 못마땅해 했다.

남편이 이렇게 살아오면서 지난 시절이 흰도화지처럼 완전무결하다고 장담을 할 수는 없다. 젊은 시절 술 한 잔 기분에 남녀간에 어울림도 있을 수 있었을 것이고, 어떤 일을 하며 더러 시행착오도 있었을 게다. 또는 단체생활을 하면서 생각이 서로 달라 회원간에 언짢게 관계로 틀어질 수 도 있었을 게다. 또한 개인적으로 상대에게 상처가 되는 경우도 있었을 게다.

본디 부족함이 남편은 오로지 평생 인문학문만을 고집하는 뚜렷한 가치관의 개성이 강하고, 인간관계에 호불(好不)이 분명한 성격이라서 싫어하는 사람이 있을 수 있다.

부부의 길

남편은 지금까지 살아오며 누구를 피해를 주거나, 크게 나쁘게 하고 살지는 않았다고 생각한다. 오히려 맘이 좋아 몇 번 보증을 잘못 서주어 직장월급에 차압을 당하는 수모를 겪기도 했고, 평소 사람을 좋아하여 주변에 아는 사람들이 많아 술과 밥을 자주 대접하여 월급은 늘 마이너스였다.

대전 보문산 기슭에 야생화가 드문드문 꽃망울을 터트리는 지난 2018년 3월 남편에게 황당한 일이 생겼다. 충남 서천에 K라는 사람이 20여년 전 황당한 일을 가지고 이런 저런 그럴듯한 트집백화점식과 개인신상까지 허위로 도배하여 여러 사람이 보는 페이스북과 온라인상과 자신이 기자 출신이라는 신분을 이용하여 인터넷신문에 악의적 비방을 해왔다.

지난 2001년 충남 서천에서 살 때 K는 우리 부부가 열심히 문학활동 하는 모습이 보기가 싫었던지 망신을 줄 작정으로 건전한 남편 직장 홈페이지에 조악한 글로 시비를 걸어왔다. 그래서 남편은 '당신 뭔데 남의 직장 홈페이지에 이렇게 시비를 거냐?' 하며 댓글논쟁이 발생했다. K는 잘 걸렸다며 이를 빌미삼아 검찰청에 고소를 하였었다.

당시 생전 처음 방문하는 검찰청이 무서워 남편과 함께 갔다. 담당검사는 말했다. '같은 지역 사람끼리 말 감정 같으니 서로 화해하라'고 하여 매듭짓고 '혐의없음'으로 기각되었다. 따라서 이 일은 일사부재리(一事不再理)법의원칙에 따라 종료된 된 일이다. 그러나 서천 K는 이 일을 빌미로 자신이 활동하는 농민·시민단체를 앞세워 지속적으로 직장 홈페이지와 일반 오프라인으로 힘들게 하였다.

우리 부부는 고민 끝에 고향 서천을 뒤로하고 2001년 대전으로 이사를 왔다. 그러나 K는 2002년 서천에서 옮긴 남편 직장 홈페이지에 악의적인 비방글을 또 올려 직장생활을 힘들게 했다. 그 당시 사법적 조치를 하려고 했으나 교육공무원 입장에서 사법조치하는 게 바람직하지 않다고 교장 선생님 등이 만류하여 참았다. 도덕성을 최고로 하는 학교에 근무하는 공인(公人)으로서 수모를 감수하며 악연(惡緣)이라 생각하며 남편은 맘 고생으로 세월을 넘겼다.

20여 년 전의 어떤 일을 가지고 개인적인 감정을 가지고 비방하는 소영웅주 치기식 노이즈마케팅(Noise Marketing) 허명(虛名) 의식으로 K의 페이스북과 인터넷신문에 작심하고 악의적 비방을 하였다. 그야말로 지속적인 사이버테러였다. 그야말로 황당하고 어처구니없는 일 이었다.

남편은 하도 어처구니없고 답답하여 주변인들에게 의논했더니 변호사에 소개하여 상담을 했다. 선임 변호사는 법리적 유권해석을 했다.

"K는 허위사실 유포, 날조에 따른 명예훼손으로 민·형사 사법처벌 대상 입니다."

남에게 없는 사실로 명예를 훼손했다면 법치국가에서는 당연히 처벌받는 게 사필귀정(事必歸正)이다. 농민운동과 사회운동권의 K는 지속적, 상습적으로 17년을 없던 일을 마치 사실인양 기자출신과 책을 출간한 글 쓰는 사람답게 SNS를 통하여 그럴듯하게 가짜기사를 써 비방을 해왔다.

부부의 길

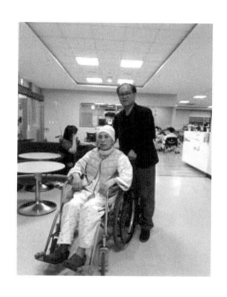

　남편은 감당하기에는 답답하고 힘들어 가족과 친지와 자주 만나는 모임 회원과 지인들에게 의논을 했다. 일부는 그간 지속적인 스토커 피해를 당했으니 당장 사법당국에 의뢰 사회악을 단호하게 처벌하라고 했다. 또 일부는 반사회적 정서장애자들이 우리 사회에 만연되어 있으니 무시하고 맘고생 덜으라고 했다.

　"우리가 김 작가님과 순수한 그 열정과 맘 알아요! 염려마시고 사모님 건강이나 잘 보살피세요."

　"본디 앞에서 열심히 사는 사람에게는 늘 시셈과 질시의 말이 있는 것이니 그려려니 하세요?"

　"특히 늘 부부가 함께 다니며 열심히 부부작가로, 부부듀엣으로 활동하니까 가정이 건강하지 못한 사람들 눈에 가시로 생각하다가 시셈하는 것 같으니 너무 신경쓰지 마세요!"

"그럼, 훼손당한 남편의 명예는 어디에서 보상받아야 하나요—?"

지금껏 함께 35년여를 같이 살아오면서 어려운 일이 생기면 늘 함께 의논하며 살아왔다.

"그간 앞만 보며 열심히 살아왔는데…? 그러나 훼손당한 명예회복을 위해서 현재 생애 최초가 될 법정에 세워야 하겠다. 다 모든 것이 부덕의 소치요, 업보(業報)려니…!" 三人之行必有我師를 다시 새겨본다.

*충남 서천 K는 2021년 12월 6일 민사재판, 2022년 1월 27일 형사재판에서 각 각 사법적 처벌을 받았다.

제7장

사랑이의 아픔, 그리고 승화

'사랑이'가 쓰러졌다!
『사랑이』는 참된 아내이자, 친구!
스무살 청춘 유학생들과 함께
대학강단에서
지금은 『인문학시대!』
나랑사랑 한국어사랑!

'사랑이' 가 쓰러졌다!

　'휘리릭-휘리릭- // 늦가을 찬바람이/ 마지막 남은 감나무 잎새/ 시나브로 다가서더니/ 기어히 마지막 남은 홍시감 하나/ 툭- 하고/ 힘 없이 떨어진다/ 얼마 전 / 오색단풍 쌓여/ 건강한 생명력 보이더니/ 힘없이 호흡 다 한 듯/ 마당 귀퉁이에 툭하고 떨어졌다// 답답한 맘 달래려 / 병원 앞 콩나물식당에 들렀다/ 주모, 여기 소금보다 짜고/ 눈물보다 더 쓰다는 막걸리 한 되 주시오!/ 그리고 오늘 술값은 외상이오// 휘리릭- 휘리릭- / 늦가을 찬바람 / 참으로 서럽게 서럽게도 가슴 뉘이며/ 눈물 강으로 지나간다//

　　　─ 김우영 詩 「사랑이 쓰러졌다」 全文

지난주 찬바람이 골목길을 뉘이더니 기어히 마지막 남아있는 잎새 위

　　　　　　　　　　　　　　　　　　　　　부부의 길

홍시감을 떨어트리며 '사랑이(아내)'를 쓰러트렸다. 당황함과 슬픔을 억누를 길 없이 눈물이 주르륵 주르륵 흐른다. 아! 이를 어쩌랴…?

지난 1982년 그러니까 지금으로 부터 35년 전 '사랑이'를 만났다. 학교를 막 졸업한 단말머리를 만나 철없이 서울 성북구 월계동에 오붓한 신혼의 삶 둥지를 틀었다.

세모진 월세방 밥상 대신 신문지를 방바닥에 깔고 밥 한 술 뜨고는 우리는 집 앞 낙엽 떨어진 둑길을 걷곤 했다. 손을 잡고 걸으며 시인 '구르몽'의 시 '낙엽'을 낭송하곤 했다.

'시몬, 나무 잎새 떨어진 숲으로 가자/ 낙엽은 이끼와 돌과 오솔길을 덮고 있다// 시몬, 너는 좋으냐? 낙엽 밟는 소리가// 낙엽 빛깔은 정답고 모양은 쓸쓸하다/ 낙엽은 버림받고 땅위에 흩어져 있다// 시몬, 너는 좋으냐? 낙엽 밟는 소리가/ 해질 무렵 낙엽 모양은 쓸쓸하다/ 바람에 흩어지며 낙엽은 상냥히 외친다// 시몬, 너는 좋으냐?/ 낙엽 밟는 소리//(中略)'

꿈만 같았던 신혼의 세월 1년여만에 우리 닮은 첫 공주를 얻었다. 그로부터 둘째 공주와 왕자를 얻어 든든한 삼겹을 포함 다섯 가지가 오붓하게 살았다. 비록 가진 것 없는 가난한 셋방에서 오손도손 살아왔다. 사는 형편이야 궁색하지만 나름데로 가난한 날들 행복한 35년의 보금자리였다.

본디 욕심없이 풍류를 즐기던 필객(筆客)으로 주유천하를 일삼으며 풍미하는 사이에 사랑이는 외로움과 고독함, 그리고 세 가지를 보듬고 키우느라고 피골이 상접하여 가난에 찌들어 갔다.

흐르는 세월따라 어리기만했던 세 가지는 벌써 그리 성장하여 배필을 만났다. 한 가정, 한 가정 좋은 짝을 만나 저마다 보금자리를 보듬으며 이제 다정한 행진곡을 연출하나 싶었는데 이게 웬일인가? '사랑이 쓰러지다니…?'

차라니 죄 많은 이내 몸을 뉘어야지? 어찌 그리도 호박잎처럼 여리고, 민들레처럼 착한 사랑이를 쓰러트린단 말인가? 아직 살아갈 날이 좁쌀보다 많고, 고운 노래소리로 주변을 행복하게 해야할 날이 그리도 많은데 말이오?

내일은 불같이 일어나는 청운의 뜻이 담긴 이 영산홍 꽃을 사랑이 머리맡에 놓아주자. 그리하여 얼른 불같이 일어나도록, 저 화려한 영산홍으로 환하게 안겨주자.

사랑이여! 내 사랑이여 여기 안달래 반달래 이 가지 저 가지 노가지나무 진달래 왜철쭉 한 아름 바치노니 불 같이 일어나거라! 모란 작약 철쭉을 세우(勢友)라! 화목구품(花木九品)중 이등품 세종 때 강희연이 이르던 꽃이요. 사랑이여, 내 사랑이여 그대는 사랑중에 으뜸 내 사랑이라오!

부부의 길

『사랑이』는 참된 아내이자, 친구!

머리와 코, 양 팔 링겔을 장식처럼 꽂고
두 팔과 다리 침대 사각에 묶인 체
피골이 상접하여 누워있는 중환자실 사랑이

20여일 무의식 상태
생사(生死) 경계 넘나들며 얼마나 힘들었을꼬?

저리도 착하고 온유한 사랑이
무엇이 그리도 가지고 갈 업(業)있어
병마에 휩쌓여 고통 안고 있느뇨?

입술 까아맣게 누룽지처럼 타고
광대뼈 앙상한 모습
작은 가슴 가까스로 내쉬는 들숨 날숨
그나마 남은 숨소리에 힘겨워 가슴 졸인다

스무살 단말머리 시절
직업없이 글 쓴다는 더벅머리 청바지 따라와

함께 살아온 35년 세월
딸 둘, 아들 하나 낳고
가난과 잦은 병마로 고생하더니

뇌출혈 질환으로 생사 고비 넘나고 있으니
차라리, 이내 몸을 아프게 하여주오!
가련하고 작은 여인 무슨 죄 있어
저리도 병마에 시달리나요?

사랑하는 이여
내 평생 반려의 친구, 사랑아!

― 김우영 작가의 시 「사랑이의 병상에서」全文

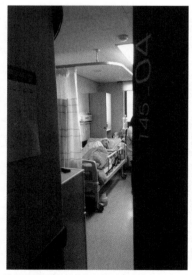

아내 뇌출혈 입원 생사 경계에서 온 가족 긴장이 오가던 중환자실

부부의 길

길가 가로수에 하나 둘 매달린 마지막 낙엽이 찬바람에 하늘거리고, 계절이 초겨울로 바뀔 늦가을 즈음 2018년 10월 26일.

집에서 저녁식사를 잘 마친 '사랑이'가 화장실에서 갑자기 쓰러졌다. 즉시 사랑이를 들쳐업고 차량에 싣고 병원으로 달렸다. 마침 병원 후문에 사는 덕분에 사고발생 10분만에 도착했다.

까아만 어둠이 사위에 내려진 밤. 무시무시한 빠알간 간판의 병원 응급실에 도착하여 젊은 의사 선생님한테 울먹이며 매달렸다.

"흐흐흑, 선생님 사랑이 좀 살려주세요. 불쌍한 여자입니다. 흐흑, 꼬오옥 살려야- 살려야 해요!"

의사와 간호사의 손길이 바쁘게 움직인다. 그 사이에 두 딸과 사위, 아들과 며느리가 얼굴이 사색이 되어 응급실로 달려왔다. 갑작스런 사태 앞에 서로 부둥켜 안고 울며 등을 토닥인다.

그러는 사이 흰까운을 입은 젊은 의사가 보호자를 찾는다. 두 딸과 사위, 아들, 며느리가 얼른 뛰어와 의사를 주시했다.

"환자는 뇌출혈로 쓰러진 것 입니다. 이른바 '지주막하 출혈'인데 이 병은 병원을 오면서 사망률이 30%, 치료를 받다가 30%, 나머지 30%는 퇴원해도 정상생활이 어려운 경우 입니다. 하여튼 저희도 최선을 다해봅니다만 장담은 못합니다?"
"뭐, 뭐예요? 아, 그럼 어떻게해요 흐흐흑—?"

"선, 선생님 엄마 좀 살려주세요. 흐흐윽——!"

출가한 두 딸과 사위, 지난해 5월 막 결혼한 신혼인 아들과 며느리가 자리에 주저앉아 울며 눈물범벅이 되었다. 슬픈 소식을 들은 가까운 지인과 사돈들이 삼삼오오 달려와 낙담한 표정으로 달래며 위로를 해준다.

응급실에서 애꿎은 벽만 바라보며 상념에 잠겼다. 평소 혈압이 낮거나, 높지가 않아 문제가 없었고, 병원에서 정기검진을 잘 받아 왔다. 그리고 아직 50대 후반으로서 건강했다. 또한 뇌질환 계통에 전조증상도 없었기에 온 가족이 받은 충격은 그야말로 '아, 어쩌다가?' 였다.

이렇게 시작된 '사랑' 이의 중환자실 투병생활을 온 가족의 슬픔과 눈물, 걱정과 한숨으로 두 달여 만에 가까스로 깨어나 가족들의 위안과 축하속에 퇴원을 했다.

막상 퇴원은 했지만 완치 된 것이 아니라 집과 병원을 정기적으로 오가며 언어능력 배양과 기억력 회생, 인지능력을 향상을 비롯하여, 보호자 동반의 신체 재활운동을 동시에 해야 했다.

두 딸과 사위, 아들과 며느리는 하루가 멀다하게 엄마한테 달려와 말벗, 안마, 맛있는 영양식을 해주었다. 심지어는 자신의 집을 비우고 엄마와 숙식을 함께하며 몸과 마음을 부비며 함께하는 고마운 자식들이다.

부부의 길

돌아가신 어머님과 아내의 질환으로 눈물로 오가던 대전 충대병원

가족의 소중함을 알기는 했지만, 생애중에 가장 긴 사랑을 몸으로 뜨겁게 체험하였다. 이 세상에 태어나 우리가 경험하는 가장 멋진 일은 가족의 사랑을 배우는 것임을 새삼 느꼈다. 가정이야말로 고달픈 인생의 안식처요, 모든 싸움이 자취를 감추고 사랑이 싹트는 곳이요, 큰 사람이 작아지고, 작은 사람이 커지는 곳이기에 그러하리라!

사랑이의 퇴원 후 가정생활. 결혼한 두 딸과 아들 며느리가 있지만 자녀들도 가정과 직장이 있어 결국 가정살림을 내 몫이었다. 몇가지 되는 약을 환자에게 챙기는 일을 시작으로, 밥하는 일과 빨래, 집안청소, 시장보기, 공과금 내기 등 보통 일이 아니었다.

그간은 어머니와 사랑이, 두 딸이 있어 그간 부엌에 들어갈 일이 없었다. 또 충청도 가정의 보수적인 어머니는 평소 그러셨다.

아내의 치료에 도움이 되라며 반려견으로 입양한 푸들 '후추'

"머슴애가 부엌들랑댐서 잔소리허믄 못써야? 긍께 너는 얼씬도 허지 말어라잉!"

이런 터에 35년만에 들어가 본 부엌은 '아프리카 밀림지대'였다. 어디에 쌀이 있는지? 찌게를 끓일 때 간장은 얼마를 넣어야 하는지? 소금과 설탕을 구분을 못하여 음식을 버리고 일? 밥솥에서 밥을 푸다가 뜨거워 손등을 데이고, 무를 썰다가 손끝을 다치는 등 손과 팔은 상처투성이이다.

그러나 나에게 효자손이 몇 개 있는데 두 개를 뽑으라면 단연코 '전기밥솥' 과 애견(愛犬) 푸들 '후추' 이다. 전기밥솥은 쌀을 씻어 넣고 보턴만 누르면 사랑이와 마주앉아 먹을 수 맛있는 '하얀쌀밥' 이 된다.

또 애견 '후추' 는은 아픈 '사랑' 의 말벗이자, 친구로 지낸다. 사랑이는 하루종일 후추를 끌어안고 대화하고, 씻겨주며, 부둥켜안고 있다. 잠잘 때도 이불속에서 후추를 안고 잔다. 무뚝뚝한 남편보다 훨씬 나은 훌륭한 반려견이다.

부부의 길

예쁜 후추를 저렴하게 분양해주신 충남 금산의 '콩콩 애견농장' 이준영 대표님에게 감사의 말씀을 드린다. 이 대표님은 참 좋은 일을 하신다고 생각했다. 환자에게는 말벗의 위안으로, 혼자 사는 사람한테는 반려로, 시골 외딴집에서는 친구로 함께하는 동물이 바로 애견이라는 것을 새삼 다시 느꼈다.

문득 인도속담이 생각이 난다.

"가족이 평화로우면 어느 마을에 가서도 축제처럼 즐거운 일들을 발견한다!"

만약 전기밥솥이 없었다면 아마도 이 양 손은 숯검정이 되었을 것이다. 또 후추가 없었다면 누가 24시간 우리 '사랑'이와 놀아주었을까? 내 사랑 '전기밥솥'과 '후추' 사랑한다. 아암, 사랑하고 말고 하늘만큼, 땅만큼 …….

　국내외 같이 다무니며 성악 알토 소프라노로
　부부듀엣 여성 싱어로 호흡 맞추며
　노래하고 다니던 사랑이

　어쩌다 갑자기 뇌출혈로 쓰러져
　20여일 중환자실 무의식상태
　가까스로 깨어나 일반병동 옮겨

　저녁을 먹고 휠체어에 사랑이를 밀고

대전시낭송 무대/ 필리핀 호텔 무대에서 김우영 김애경 듀엣 열창

아무도 없는 병원복도 끝 작은 휴게실
핸드폰에 담긴 예전의 노래하던 동영상을 보여주었다

"이 노래 알지?"
"노, 노래를 부르는 여자는 나, 마맞은 거 같은데, 저게 무, 무슨 노래지?"
"아, 사랑아……?"

그리도 총명하고 지혜로우며
차분했던 사랑이가 잘 부르던 노래를 모르다니?

핸드폰을 휴게실 의자에 살며시 놓고
어둠이 내려앉은 까아만 창 밖을 보았다.

눈물이 볼을 타고 흐른다.
아, 이 일을 어쩌란 말인가?

부부의 길

저게 무슨 노래지……?

두 달 병원에서 퇴원하는 사랑이 등 뒤로 의사 선생님 말씀

사랑이 지능이 초등학교 6학년 정도입니다
언어, 인지능력, 신체재활 가족들이 적극 도와주세요

네, 고맙습니다 사랑이를 살려주시어
이제 부터는 제가 일으켜 보겠습니다

아내인 동시에 친구일 수도 있는 여자가 참된 아내
친구가 될 수 없는 여자는 아내로도 마땅하지가 않아
사랑이를 후회없이 친구로 선택하기에 이르렀다

— 김우영 작가의 사랑시 「사랑이는 참된 아내이자, 친구」 全文

스무살 청춘 유학생들과 함께

　이번 학기 강의실에는 중국 유학생을 비롯하여 우즈베키스탄, 베트남 유학생 등 30여명이다. 스무살 갓 넘은 젊은 외국인 유학생들이 한국에 와서 자신의 전공공부를 하는 한편, 한국어를 배워 자신의 나라에 귀국 후 한국기업이나 학교에서 교사를 할 수 있다.

　한국어를 배우는 외국인 유학생중에는 중국이 가장 많고, 우즈베키스탄, 필리핀, 베트남 등이다. 체류기간은 1년 정도이다. 이들의 한국어 학습은 기본적인 한국어의 탄생기원과 한글의 원리를 비롯하여 말하기와 듣기, 쓰기 등으로 지도를 하고 있다.

　외국인 유학생의 가장 효과적인 한국어 공부 방법은 상대방과 대화이다. 서 로 하고픈 말을 자주 주고받는 것이 좋다. 또 방송매체를 통한 듣기 연습과 드라마와 K-POP을 따라 부르는 것도 좋다. 이 밖에 일기쓰기 연습과 맞춤법과 문법 공부, 생활 속 읽기 연습을 부지런히 해야 한다. 그런데 이들이 발음이 간단치가 않다. 자신의 나라 언어에 익숙하여 한국어의 모음과 자음 40개를 조합하여 정확하게 발음하기란 쉽지 않다.

　　　　　　　　　　　　　　　　　　　　　부부의 길

중부대학교 한국어회화 강의실에서 김우영 작가

우리의 한국어(한글)는 전 세계적으로 가장 아름답고 독특한 문자이
다. 세계의 언어사를 살펴 볼 때 한글만큼 체계적이고 과학적인 문자도
없다고 한다. 한글 훈민정음 창제는 1443년 12월 세종대왕이 공포하였
다. 이어 1446년 9월에 훈민정음의 원리와 사용법을 책으로 만들었다.
이 날이 양력으로 10월 9일 오늘날의 한글날이다.

그 후 훈민정음은 중국의 사상과 학문에 밀리어 빛을 보지 못하다가
20세기에 '한글'이란 이름으로 1913년 문법학자 주시경 선생에 의하
여 처음 사용되었고 그 표기법도 더욱 발전을 하였다. 이 한글이란 이름
도 언문, 언서, 반절, 암클, 아햇글, 가갸글, 국문, 조선글 등 여러 명칭
으로 불리다가 순 우리말인 한글로 정착이 되었다.

현재 우리나라가 동북아와 아세아를 벗어나 전 세계적으로 다문화 국
가의 중심으로 자리매김되고 있다. 다문화역사는 1980년대 한 종교 단
체를 통한 일본 여성과의 국제결혼으로부터 시작되었다. 이어 1990년

대 초 농촌과 도시 간의 경제상황 양극화로 인하여 농촌 노총각들이 속출하였다. 결혼 문제로 어려움을 겪고 있는 농촌 노총각과 한국계 중국 처녀들과의 결합이 본격적으로 시작되어 자리를 잡기 시작하였다. 이어 1992년 한·중 국교 수립 이후 조선족들이 한국에 이주와 농촌 총각의 결혼 문제가 맞물려 국제결혼이 전반적으로 증가하게 되었다.

2016년 말 안전행정부 통계에 따르면 한국에 거주하는 외국인은 180여만명이다. 다문화 관련 언론에서는 또한 2050년경에는 한국에 거주하는 외국인이 1,000만명이 될 것이라고 한다.

앞으로는 한국사람 5명중에 1명꼴이 외국인 다문화가족이라는 얘기이다. 우리가 원하든 원하지 않든 이제 한국이 다문화 국가의 중심이 되어가고 있다. 날이 갈수록 증가하는 외국인의 거주와 함께 가장 문제가 되는 것은 언어의 소통이다. 언어의 소통을 통한 한국문화의 이해와 가족간 갈등해소, 산업연수 등 다양한 분야로 정착하는데 도와줘야 하는 것이 우리의 몫이다.

아시아의 작은나라 대한민국에 이제는 다문화가족이 모여드는 세계 중심의 국가로 거듭나는 21세기 다문화 중심국가로 만들어가고 있는 좋은 현상 앞에 우리는 지금 살고 있다.

지난 1997년 우리 한글이 세계 유네스코에서 '세계문화유산'으로 지정이 되었다. 이제 한국어는 세계에서 몇 안되는 모국어로써 인류가 길이 보존해야 할 언어 문화유산이다.

세계속의 한국의 국제적 위상이 높아지면서 한국에 체류하며 한국어를 배우려는 외국인도 늘고 있다. 따라서 국민 각자가 한글의 우수성에 자부심을 갖고 한국어를 전파하려는 작은 노력들이 모이면 세계인이 보는 한국의 위상과 언어로서의 필요성도 더욱 커질 것이다.

또한 선교사들과 민간구호단체, 한국어 교수, 한국어 지도사들이 세계 곳 곳에 파견되어 그 나라에 살면서 선교활동과 한국어 지도를 하고 있다. 예전에 못사는 우리나라가 아닌 남의 나라를 선도하는 대~한민국이 된 것이다. 세계 각국에 널리 퍼져있는 민간외교사절을 적극 활용 우리의 한국어를 세계만방에 보급하자. 그러면 아마도 우리 한국어 수출강국은 가능 할 것이다.

지금 우리나라 국내외 정세가 복잡하고 답답하다. 그러나 신학기 강의실에 한국어를 배우려고 몰려드는 전 세계의 젊은이들에 맑고 초롱한 눈망울을 보면서 미래의 대~한민국과 대~한국인으로 자부심이 든다.

대학강단에서

3월 새학기 들어 외국인 유학생들과 함께 재미있게 공부를 하고 있다. 강의실에는 중국을 비롯하여 우즈베키스탄, 베트남 등 30여명의 남녀 학생들이다. 까르르 잘 웃는 스무살 초반의 젊은 청춘들과 함께 하는 공부는 신이나고 더불어 젊어지는 느낌이다.

중국은 세계 최대의 인구와 광대한 국토를 가진 이웃 나라이다. 국토는 남북 5,500㎞, 동서로 우수리강(江)과 헤이룽강의 합류점에서부터 파미르고원까지 5,200㎞에 달하는 인구 14억명의 세계 최대 인구를 가진 G2로서 미국과 맞서는 대국이다.

또 중앙아시아에 위치한 우즈베키스탄공화국은 해맑은 청청호수 아랄해를 끼고 있는 125개 민족이 공존하는 다민족국가이다. 미인의 나라로 잘 알려진 우즈베키스탄은 중앙아시아 5개국 중 인구가 가장 많은 나라이다.

베트남은 남북으로 아름다운 긴 해안선이 무려 3,444Km에 달하는 인도차이나 반도국가로서 20여 년에 걸친 긴 전쟁을 치른 후 근래 도이모이 정책으로 동남아시아 신흥경제 강국으로 발돋음 하고 있다.

부부의 길

중부대학에서 한국어를 지도하는 김우영 교수

　중국과 우즈베키스탄, 베트남에서 온 외국인 유학생들과 함께 주어진 강의시간에 정성을 다하여 한국의 문화와 역사, 풍물, 음식 등을 강의하고 있다. 또 무거운 통키타를 메고가서 '노래로 배우는 한국어 공부' 라는 시간을 만들어 '애국가' '아리랑' '과수원 길' 같은 민요와 동요를 함께 부르며 노랫말에 담긴 한국어의 뜻을 설명하며 한국인의 정한을 외국인 유학생들에게 설명하였다.

　지난주는 강의를 마치고 몇 몇 유학생들과 함께 학교 앞 중국식당으로 가서 식사를 했다. 식사와 함께 중국술을 한 잔씩 나누며 부모님과 형제를 두고온 고국을 생각하며 외롭게 기숙사에서 살고 있는 그들의 고민도 들어보았다. 그래서 키타를 치고 함께 노래를 하며 객고를 달래주었다.

중국의 여학생에게 언제가 가장 슬프냐는 질문에 남자친구랑 같이 있다가 헤어진 후 라고 울먹이기도 했다. 우즈베키스탄 유학생은 방학 때 한국의 가고 싶은 항구도시 부산항을 자전거를 타고 실컷 한 바퀴를 돌고 싶다고 했다. 베트남 유학생은 전북 전주에 가서 한국 불고기와 비빔밥을 실컷 먹고 싶다고 했다.

한국은 동경하고 그리워서 왔다는 해맑고 밝은 스무살의 청춘남녀를 보며 문득 우보 민태원(1894-1935, 우보 牛步)작가의 '청춘예찬'이란 글이 생각난다. 그래서 이들에게 힘차게 읽어주었다.

중국과 우즈베키스탄, 베트남은 나름데로 세계속의 강국으로 달려가고 있다. 이들 나라에서 동방의 작은나라 반도국가 한국을 찾아온 스무살의 청춘들에게 한국을 잘 알려 귀국 후 한국을 자랑하도록 해야 되겠다.

제대로 된 한국의 문화와 역사, K-POP, 드라마, 음식, 명소, 인정 등 친절하게 안내하여 또 오고 싶은 나라, 아름다운 대한민국으로 각인시켜야겠다.

바람따라 늦가을 낙엽이 나뒹굴어 초겨울로 바뀌며 기웃거리는 지난주. 이날 중부대학교 건원관 802호실에서는 특별한 만남의 행사가 열렸다. 한국 중부대학교로 유학온 베트남, 우즈베키스탄, 중국인 등 외국인 학생들과 한국 대전지역에서 활동하는 작가들이 한 자리에서 만나는 뜻깊은 자리였다.

부부의 길

중부대 대학원 한국어학과 세미나에서 김우영 김애경 중국의상으로 중국노래를 불러 갈채를 많이 받았다

이 만남은 중부대학교 한국어학과 최태호 과장이 주관하고 김우영 담당교수의 '한국어 문법과 작문' 강의시간에 맞추어 '외국인 유학생들이 한국어를 배우며 어떤 어려운 점이 있으며, 어떤 유익이 있는가?' 하는 주제로 관심있게 열렸다.

외국인 유학생들과 만남의 행사에는 김용복 우리말 작가, 시집 '여행자의 노래' 저자 조두현 시인, 여류 김매화 국악인이 참여를 했다. 만남 주요내용은 한국어를 배우기 위해 온 외국인 유학생들과 만남을 통한 학업과 생활상담, 그리고 한국문화의 소개와 한국어 공부였다. 또한 한국어를 배우며 어려운 과목과 쉬운 것은 무엇인가? 어떻게 도와주어야 한국어 공부에 도움 되는가?에 대하여 심도있게 논의를 하였다.

또한 근래 시집 '여행자의 노래'를 출간하고 인기를 끌고 있는 조두

현 시인의 젊은 시절 책을 통한 문학의 심취로 시집 '여행자의 노래' 시집이 나오기 까지의 과정과 여행 등 앞으로의 시인으로서의 계획을 들어봤다.

이어 여류 김매화 국악인이 외국인 학생들에게 한국의 '아리랑'을 한 소절, 한 소절 들려주며 노래를 알려주었다. 그리고 경기민요를 한 곡조 구성지게 불러 함께 자리한 외국인 유학생들에게 박수를 많이 받았다. 그야말로 'K-팝프로그램'을 실제 감상하는 한국문화 라이브 콘서트 현장이었다.

끝으로 김우영 담당교수의 통키타 반주에 맞추어 '사랑으로' '과수원 길' '사랑해'를 손에 손을 잡고 다 같이 힘차게 부르며 중부대학교 외국인 유학생들과 한국 대전의 작가들과 뜻깊은 만남의 행사를 마쳤다.

한편, 중부대학교에서는 학교를 찾아온 대전의 한국교육가족연합회 작가들에 대한 고마운 뜻으로 감사장을 전달 후 충남 금산문인협회 황한섭 회장이 운영하는 '황금오리알 식당'에서 만찬을 흐뭇하게 나누었다. 이 자리에서 학교에서 못다한 이야기를 나누며 앞으로 한국에 유학온 학생들을 위하여 협조할 일을 찾아주자고 했다.

그래서 배울만한 쉬운 한국어, 친절한 한국인, 살고 싶은 대한민국을 알리는 민간외교관 노릇을 하자며 의기를 다졌다. 황한섭 시인이 운영하는 충남 금산의 추부의 '황금오리알' 식당을 나서는데 저만치 밤하늘에서 반짝이는 별빛을 일행을 반기는지 유난히 빛나고 어둠을 밝히고 있었다.

지금은 『인문학시대!』

논어의 학이편 제1장 처음에 나오는 구절이다.

"孔子曰, 學而時習之면 不亦說乎아? 有朋이 自遠方來면 不亦樂乎아? 人不知而不이면 不亦君子乎아!"

(배우고 때에 익히니 기쁘지 아니하냐? 벗이 멀리서 찾아오니 또한 즐겁지 아니하냐? 남이 나를 알아주지 않아도 노여워하지 않으니 참으로 군자가 아니겠는가!)

전 세계 부의 90퍼센트 이상은 세계 인구의 약 0.1 퍼센트가 소유하고 있다고 한다. 근대 민주주의가 도래하기 전에 그 0.1 퍼센트는 왕과 귀족 이었다. 과거 부자와 왕, 귀족들은 신분제도를 만들어서 평범한 사람들이 부자의 세계로 들어오는 것을 막았다.

과거의 부자와 현대의 부자들은 공통점이 하나 있다. 그것은 '인문학'을 정독했다는 사실이다. 과거는 차치하더라도 근대사의 국내 재벌이었던 삼성그룹의 이병철, 현대그룹 정주영, 대우건설의 김우중씨 등은 잘 알려진 고전 인문학의 책벌레들이다. 이 가운데 이병철씨는 아침에 서재에 들어가면 책에 파묻혀 저녁이나 먹으로 나올 정도로 고전 인문학을 즐겼다고 한다.

조선시대 경내에서 인문학 경전을 치르고 있다

저 유명한 세계적인 사업가 '셀비 데이비스'는 서른여덟살이던 어느 날 공무원을 그만두고 월 스트리트로 향했다. 이유는 전업 투자자가 되기 위해서였다. 주변에서는 공무원 철밥통을 버렸다고 미친 짓이라며 말렸다. 그러나 그는 자신이 비장의 무기를 가지고 있다고 생각했다. 데이비스는 처음 5만달러로 투자를 시작했다. 그 후 45년이 지난 뒤 5만 달러는 놀랍게도 1만 8,000배로 증가하여 9억 달러가 되었다.

그는 대학에서 역사를 전공하고 정치학 박사학위를 취득한 전형적인 학자 였다. 따라서 주식이나 펀드니 하는 것에는 관심 자체가 없었던 사람이었다. 그런데 어떻게 월 스트리트 최고의 투자자중 한 명이 될 수 있었을까……?

이유는 간단하다. 그는 다른 전업 투자자들과 비교할 때 차원이 다른

부부의 길

안목을 가지고 있었다. 바로 그 것은 '인문학 독서 '였다. 그는 아들과 손자에게 늘 이렇게 말 했다고 한다.

"회계는 언제라도 독학으로 배울 수 있다. 하지만 역사는 반드시 배워야 한다. 역사를 배우면 폭넓은 시야를 가질 수 있고 특별한 사람들에게서 깨달음을 얻을 수 있다! 철학과 문학, 신학은 네가 투자를 하는데 더 없이 좋은 배경이 될 것이다. 투자에 성공하려면 철학이 있어야 하지. 투자를 하고 나면 죽도록 신에게 기도해야 한다."

셀비 데이비스의 아들과 손자는 그 말을 충실하게 따랐다. 그의 아들과 손자는 이제 모두 월 스트리트의 전설이 되었다. 데이비스 가문은 월 스트리트에서 전설의 투자가문으로 불린다.

그리고 '셀비 데이비스' 이 외에 벤저민 그레이엄, 존 템플턴, 조지 소로스, 피터린치, 앙드레 코스톨라니 등의 세계적인 대 재벌들이고 한결같이 인문학을 완전 정복한 책벌레들이다.

21세기는 이른바 문 · 사 · 철(문학, 철학, 역사, 철학) 트랜드시대로 불린다. 그러나 그간 인문학이 중요하지 않았던 시기는 없었다. 인문학은 세상과 인류를 행복하고 풍요롭게 발전적으로 진화시켰던 가치관이며, 우리가 살아나가야 할 나침판 같은 안내서이다.

최근 아시아와 미국을 넘어 유럽까지 확대된 한국어와 k-팝, 드라마, 김치음식 등 한류 열풍은 한국을 알리고 우리나라의 영향력을 전 세계에 널리 알리는데 크게 한 몫 하고 있다.

지난 고대 농경사회와 신이 중시된 중세를 지나 인문학은 르네상스 시대에 들어서면서 그 절정에 이르게 된다. 인간에 대한 본격적인 관심이 고전과 예술에 대한 탐구로 이어져 인문학은 점점 발전하게 된다.

소설과 드라마 등으로 우리에게 친숙한 작가 최인호의 '상도'에서 거상 임상옥은 작품중에서 이렇게 말한다.

"장사는 이익을 남기는 것이 아니라, 사람을 남기는 것이다!"

급변하는 문명의 물질속에서 명예와 부를 위하여 우리는 얼마나 숨가쁘게 달려 왔는가? 과연 사람답게 살아 왔는가? 다 같이 반성해볼 일이다. 앞으로 푸른 하늘에 머리를 풀고 사람 내음이 솔 솔 풍기는 인간다운 세상을 만들어 갈 수 있을까……?

이런 달콤하게 꿀과 엿기름이 주르륵 흐르는 항아리단지가 바로 '인간학'이며, 이 인간학의 근원이 바로 '고전 인문학'에 고스란히 담겨져 있다.

부부의 길

나랑사랑 한국어사랑!

21세기는 글로벌 세계화시대이다. 이에 걸맞게 2017년 현재 우리나라에 들어와 있는 다문화가족(이주여성, 연수생, 유학생 등)이 무려 200만명이다. 이는 전체 5천만 국민중에 4퍼센트를 차지하는 적지않은 인구이다.

우리나라가 그만큼 국력이 신장되어 세계에서 많은 사람들로 '코리아 드림'을 안고 모여들고 있는 실정이다. 현재 다문화가족 200만명은 세계의 기준 다문화국가 6%를 육박하는 인구이다. 앞으로 2050년에는 500만명, 2100년에는 1천만명이 될 것으로 예상한다. 그때는 길거리 5명당 1명이 다문화가족이 될 것이다

지금도 서울 가리봉동이나 인천, 경기도 안산이나 충북 옥천, 전북 순창 등지에 가면 다문화가족을 쉽게 볼 수 있다. 어떤 곳은 이곳이 한국이 맞는지 의심스러울 정도로 다문화거리가 잘 조성되어 있다.

'피하지 못할 바에는 즐겨라!' 라는 말이 있다. 기왕 우리나라가 동북아의 중심국가로, 다문화국가로 거듭난다면 우리는 이를 올곧게 받아들여 주변의 다문화가족들을 국제경쟁력으로 삼아 다문화 강소대국을 이루어야 한다.

2014.5~2018.12/ 4년간 대전 중구 다문화교회 한국어교실에서 한국어강의 무료 자원봉사 총393회 총 827시간을 운영했다

다른 나라에 비하여 우리나라는 5천년 역사의 유구한 전통문화를 가지고 있으며 백의민족 단일민족이라는 정체성이념 때문에 흔히 말하는 제노포비아(Xenophobia·이민족 기피증)에 묶여 있다. 그러나 이제는 동북아의 중심, 세계속의 대~한 정신으로 큰 팔 벌려 강소대국의 정신으로 보듬고 조속히 벗어나야 한다.

다문화가족이 우리나라에 오면 제일 먼저 만나는 게 일상 언어 한국어이다. 언어의 어려움으로 겪는 다문화가족은 가정과 회사, 학교 등 이다. 그래서 해외 500여개 대학에 한국어학과가 설치되어 있고, 국내의 웬만한 대학에도 한국어학과를 설치 운영하고 하고 있습니다. 어디 이뿐인가? 전국에 각 지역에서 운영하는 다문화센터나 교회 등에서도 한국에서 살겠다고 몰려온 다문화가족들에게 한국어와 문화를 가르치고

부부의 길

있다.

이제 21세기는 '한국어가 대세'이다. 결혼과 자녀출산, 취업, 교류, 무역, 정치, 교육, 문화교류 등 앞으로 늘어날 주변의 다문화가족에게 우리 모두 한국어 선생이 되어야 할 것이다.

따라서 우리가 무심코 주고받은 말과 쓰는 글을 바르게 알고 세종 28년(1446년) 성군 세종대왕이 반포한 한국어를 가르쳐야 한다. 한국어를 통한 한국인의 얼과 자긍심, 5천년 유구한 한국의 문화를 가르쳐 동북아는 물론 세계속의 대~한국민국으로 거듭나도록 해야 한다.

나라사랑 한국어사랑과 김우영 작가.

김우영 작가 아호는 나은, 김애경 작가는 그루터기,
큰딸은 김바램, 둘째딸은 김나아 순한글로 이름을 지었다

스무살 중반 젊은시절 서울에서 문학활동할 때 저 유명한 국문학자인 이숭녕 문학박사님을 만나 전국의 문학유적지를 순례하던 시절이 있었다. 짧은 스포츠 머리에 늘 부부가 함께 다니어서 더러 행사가 늦게 끝나면 청량리 댁에 모셔다 드리곤 했다. 이 박사님은 국문학자답게 카랑카랑한 목소리로 한문이나 영어를 지향하고 순우리말을 사용하라고 하셨다.

그후 우리말 영향을 받아 친구들 모임을 만들 때 임원 명칭을 고문은 '살핀이' 회장은 '이끔이' 총무는 '살림이' 회계는 '돈셈이' 서기는 '기록이'로 정하였더니 친구들이 참신하다며 좋아했다.

1983년 아버님 7월 아버님이 돌아가시면서 서울생활을 정리하고 다음해에 충남 서천으로 낙향하였다. 그해 첫 딸을 낳았는데 이름을 김바램(바란다는 뜻), 이어 '87년 낳은 둘째 딸을 김나아(앞으로 나아가라는 뜻), 김우영 작가 아호는 '나은' 필명은 '길벗'이고, 성악가인 아내 김애경 수필가의 아호는 '그루터기'이다.

또 주변분들에게 아호를 많이 지어주었다. 시 잘 쓰는 친구 시갈·시글(시의 밭갈이), 수필 잘 쓰는 친구는(글술술, 풀림), 소설 잘 쓰는 친구는 소갈(소설의 밭갈이)등으로 불렀다. 자연을 좋아하는 문인에게는 주로 구름, 안개, 는비, 가랑, 오랑, 해달(해와 달), 솔아, 울밑, 싸리비, 강노을, 바람, 산아, 눈꽃, 들녘, 냇물, 샛고랑 등으로 지어 주었다. 꽃을 좋아하는 분 에게는 산꽃, 안개꽃, 난향, 초록이, 무궁화 등으로 지어주었다. 또는 너나들(너와 내가 아닌 가깝게 지내는 우리들), 한울(한민족 울타리), 리랑(아리랑의 준말), 한맑쇠, 길손, 나그네 등이다.

부부의 길

　문예지를 내면서 발행인은 글넴이, 편집장은 판짠이, 교정과 교열은 바로 잡은이, 인쇄인은 판박이, 책배포는 책 나눔이, 독서는 글 헤아림, 합평회는 글키 대보기, 회원명단은 차림표, 별책부록은 붙인 글판 등이다. 권두언은 머리말, 편집후기는 꼬리말, 남긴 말 등이다.

　문학의 밤이나 시 낭송 행사의 개회사는 들어가며, 또는 한 마당 머리를 풀며, 폐회사는 마무리 또는 나가며, 대학에서 논문이나 작품해설을 쓸 때는 서문은 들어가며, 본문은 풀어쓰며, 결론은 나가며를 사용했다.

　그리고 일상생활에서 핸드폰은 손에 들고 다니는 목소리, 전화는 부름의 소리, 이메일은 편지통, 카페는 글방, 주소는 삶터, 사무실은 일터, 작가는 글쓴이 등이다.

　작가활동을 하면서 저서 31권을 출간했는데 그 가운데 한국어 관련 연구서적도 4권을 출간했다. 2002년 '우리말 산책'(월간 문학세계사), 2006년 '우리말 나들이'(도서출판 예일기획), 2007년 '한국어 산책'(중국 흑룡강성 출판사 현지출판), 2011년 '한국어 이야기'(푸른사상사)을 출간했다.

그리고 대학과 대학원을 한국어교육학 석사, 이어 국어국문학으로 박사과정을 공부하고 현재 대학 교양학부에서 외국인 유학생을 대상으로 '한국어 문법과 작문'을 강의하고 있다.

이처럼 김우영 작가의 나라사랑 한국어 사랑은 지난 1988년대부터 시작하여 무려 20년이 넘어서고 있다. 장발과 청바지 젊은시절에 과연 20년 후 다문화시대와 한국어시대를 예감했을까……? 어찌하였건 현재 우리가 원하든 원하지 않든 다문화공존시대 다문화공영국가로 가는 시대의 레일 위에 서 있다.

김우영 작가적 가상의 시나리오이다. 가까운 이웃나라 일본 아베 수상 부인 '아키에 여사'는 지독한 한류팬으로서 한국인 2세 키타리스트 '히키에 도모야스'와 염문이 퍼질 정도로 한국노래, 한국어 인사와 드라마를 좋아한다고 한다. 이런 아키에 여사가 한류를 찾아 한국에 살고, 미국 트럼프 대통령 딸 '이반카 모델'이 한국인에서 자주 행사를 열고, 한때 러시아 푸틴 대통령의 막내딸 '예카테리나 블라디미로브 푸티나'가 한국 전 해군제독의 아들과 열애설이 있었다. 그가 잘생긴 한국청년과 결혼한다면? 이웃 대륙 중국 시진핑 주석에게는 '시밍쩌'라는 딸이 있다. 중국 저장성 외국어 대학을 졸업 후 미국 하버드 대학을 졸업한 신지식 여성이다. 시밍쩌가 중국 대륙에 널리퍼진 한류에 빠져 한국인 청년과 결혼하여 한국을 시댁의 나라로 삼는다면 얼마나 쇼킹한 국제적 결합의 다문화가족인가!

이렇게 세계 강국과 혈족 혈맹의 관계로 우리나라가 강소대국으로 날개를 편다면 감히 지구촌 뉘가 우리나라를 함부로 넘볼손가? 이는 지구

부부의 길

촌 한가족 공영시대에 얼마나 아름다운 축복받은 다문화국가인가! 작지만 강하고 세계 다양한 인종자원이 몰려있는 대~ 한민국에서 지구촌 인류역사를 세계에서 가장 아름답고 합리적인 한국어로 다시 쓸 날이 다가오고 있다.

지난 1950년 한글타자기를 발명한 선각자 '공병우 박사' 는 말했다.

"우리나라 한글은 금이고, 중국의 한자는 은이며, 일본 가나는 동이다!"

제8장

지구촌 나그네가 되어

2019년 5월 21일. 가정의 달 부부의 날 부부에세이집 출간 Book-Concert 마치고
아프리카로 날아 가다

가. 아프리카 탄자니아에서

김우영 한국어교원 On The jop Training 안착

아프리카 마사이족(Masai 族) 우(牛)시장을 다녀와서

수양산 그늘 강동 팔 십 리를 덮듯 오늘따라 어머니 모습 아프리카 하늘 구름따라
보이듯

아프리카 야생 고양이 '후추' 새끼분만— 어머니와 아내 생각

코 · 탄 누들(K · T Noodles)면에 대한 환희의 추억

21세기 세계 공용어로 한국어 자리매김 지구촌 각 나라 언어학계 상종가 치솟아

설날 아침에 새겨보는 한반도의 어휘와 동포와 교포에 대하여?

아띠의 왕후(王侯)밥상 김치찌개

한국어 자원봉사자 이예은&김우영 교수 귀국 환송연

한국어 자원봉사 귀국길 '코로라 19 바이러스 괴물' 이 삼킨 황량한 대한민국

2019년 5월 21일. 가정의 달
부부의 날 부부에세이집 출간
Book-Concert 마치고 아프리카로 날아 가다

진초록색 신록이 주단처럼 깔린 아름다운 계절 2019년 5월 21일(화) 밤 6시. 대전중구문화원에서 가정의 달 부부의 날을 맞아 대전에 거주하는 김우영 김애경 부부작가가 부부에세이집 『우리는 부부작가, 부부듀엣-4』을 비롯하여 장편소설 『코시안』, 작품해설집 『작가가 만난 사람들-3』 등 3권을 동시에 출간하고 이를 기념하는 북콘서트(Book-Concert)가 다양한 문화 컨텐츠(Culture Contents) 잘 마쳤다.

박세영 시인과 오지원 시낭송가 진행으로 열리는 이번 행사는 한국문

부부의 길

화해외교류협회와 대전중구문학회, 한글세계화운동본부, 한국문학신문이 공동 주관했다. 후원은 ㈜삼남제약, 대전당약국, 충북 옥천 고궁박물관, 신상복의 부광농산, 일월 한일온수전기매트 총판이 해주었다.

제1부 첫 행사 무대는 부산문인협회와 한국문화해외교류협회 부산지회장 고안나 낭송가의 고운소리로 문을 열었다. 이어 축하 연주로 신상복 음악인의 감미로운 시낭송과 색소폰 연주로 축하의 팡파레를 올렸다.

이어 시상식 순서로 한국문화해외교류협회 충청지회 박상헌 지회장이 김우영 김애경 부부작가에게 축하 기념장을 전달하고, 이어 한국문학신문 임수홍 사장이 김우영 작가에게 국회 문화체육관광위원회 대상을 전달했다. 이어 사단법인 국제펜한국본부 손수여 이사가 선임장을 김우영 작가에게 이사 선임장을 수여했다.

이번에는 문학상 시상식 순서. 김우영 작가가 회장으로 있는 대전중구문학 2019년 대상 시상식을 갖었는데 대전의 김근수 시인과 심은석 시인, 제주도 문경훈 시인이 상금과 함께 영예의 수상을 했다.

그리고 특별한 이벤트도 곁들였다. 이번에 대전중구문학 대상을 수상한 김근수 시인이 이날 약혼식을 알렸다. 이 자리에서 국회 보건복지위원회 대상을 임수홍 사장이 전달하며 약혼성혼을 선언했다.

이어 이번 행사를 주관한 한진호 위원장 환영사와 경기도 양평 김영선 화가의 격려사, 대전 김용복 극작가와 국립 한밭대학교 김선호 교수의 축사와 덕담이 있었다. 김용복 극작가에게는 이날 부부의 날을 맞아 '동행부부상'이 수여 되었다.

이번에는 가야금 병창 순서. 김우영 작가의 부인 김애경 작가의 친정 언니가 전북 고창에서 한걸음에 달려와 사랑하는 동생부부를 위하여 구

성진 가야금으로 '아리랑'을 노래했다. 또 김우영 작가의 오랜 절친 충남 공주의 손보경 가수가 '님의 등불'을 열창하여 관객을 사로 잡았다.

제2부에서는 김우영 작가와 같이 활동하는 회원들이 축하시낭송을 했다. 대구시에서 정삼일 시인, 대전의 신익현 시낭송가와 지봉학 시낭송인이다. 이어 대전 변규리의 축시낭송이 있고, 한국문학신문사 임수홍 사장은 김우영 김애경 부부작가에게 부부문학상을 수여했다.

이어 오늘의 주인공 김우영 김애경 부부듀엣의 무대로서 인사와 노래를 선을 보였다. 김우영 작가의 통키타 반주와 김애경 성악가의 호흡으로 '사랑하는 이에게'와 '그리운 사람끼리'를 환상의 호흡을 맞춘다. 이어 2018년 10월 26일 뇌출혈로 고생하며 건강을 회복하고 있는 김애경 성악가가 우리 가곡 '그대 어디쯤 오고 있을까'를 열창하였다.

본 행사 마무리로서 김우영 김애경 부부작가와 관계자들이 무대와 객

부부의 길

석의 참석자 일동이 함께 일어나 이번 북콘서트 행사를 축하하며 단체 기념사진 촬영으로 행사 대단원의 막을 접고, 관계자와 참석자는 대전 중구문화원 홀에 마련한 다과회를 즐기며 친교의 시간을 갖았다.

한국문화해외교류협회와 대전중구문학회 상임고문을 맡고 있는 한진호 소설가는 이번에 기획하여 선 보인 부부 북 콘서트에 대하여 이렇게 말했다.

"요즘 부부간 이혼과 균열 등으로 부부사랑의 중요성이 강조되는 가운데 대전중구문학회가 기획 연출한 특집 사랑의 잔치 김우영 김애경 부부작가 북 콘서트는 소중한 가정과 부부사랑의 의미를 다시 생각하게 하는 게기가 되었습니다. 여러분의 많은 성원에 감사 드립니다."

2019년 5월 21일 가정의 달 부부의 날 부부에세이집 출간 Book-Concert를 성대하게 마쳤다. 이어 8월 3일 한국문화해외교류협회 회원들의 조촐한 환송식을 마치고 8월 19일 대한민국 외무부 국제협력단 코이카를 통하여 인천국제공항에서 비행기를 타고 에디오피아 아디스 아바바 국제공항에서 환승하기 위하여 기착했다. 다시 탄자니아행 비행기를 타고 아프리카 동인도양에 있는 탄자니아 경제수도 다르에스살렘 율리우스 나이어이(Julius Nyerere) 국제공항에 내렸다.

부부의 길

아프리카 탄자니아를 가기 위하여 한국 인천 국제공항을 출발하며

탄자니아를 가기 위하여 아프리카 에디오피아 아디스아바바 국제공항 환승지에서

가. 아프리카 탄자니아에서

아프리카 12억 명, 54개국 대륙/ 탄자니아 면적 947,303㎢(한국 220,748㎢),인구 6천7백만 명

김우영 한국어교원
On The jop Training 안착

 2019년 2학기 9월 방학을 맞아 친절한 안내로 기관장님과 교직원님 상견례 잘 마치고 학교 앞 너른 야자수와 수려한 초목(草木) 어우러진 THE Salvation Army Down Town 숙소에 돌아 왔습니다.

 9월 18일 까지 머물 다운타운 THE C13동 숙소에서 그간 먼지 묻은 옷을 섬세하게 손빨래하여 숙소 앞 문가에 한국에서 가져온 통기타 전선줄로 임시 줄을 만들어 어설프게 빨래를 걸쳐놓고 이제 한 숨 돌리면서 On The jop Training 안착을 알립니다.

 그 옛날 친정 엄마가 슬하 자녀 5자녀를 출가시키듯 차량과 여객선,

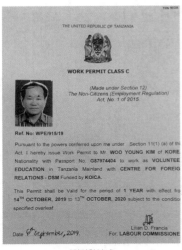

(취업확인서)

비행기표를 각 각 마련하여 아프리카 남인도양 탄자니아 해양도시 다르에스살렘시를 비롯하여 음베야시, 잔지바르 섬, 모로고로시 등 탄자니아 전국 각 도시로 보내며 출발시간과 도착시간까지 일일히 자상하게 챙기시는 탄자니아사무소의 협조와 도움에 따뜻한 고국(故國)의 눈물겨운 노래 '모정(母情)세월'을 사무치게 불러봅니다.

한국의 추석명절이 내일 모레이다 보니 탄자니아사무소의 미소와 진지한 보살핌 등 '무슨 일이 생기면 언제라도 연락하세요?' 하고 당부하는 너른 치마폭 여지에서 백두에서 한라, 서해에서 동해에 이르기까지 큰 사랑을 몸소 느낍니다.

자랑스런 대한민국 코이카 탄자니아 사무소의 여러 선생님들의 정성어린 뜻을 잘 새기어 앞으로 1년간 임지가 될 On The jop Training을 성공적으로 마치고, 다시 모로고로 언어학교에 복귀하여 남은 연수 잘 마치어 오는 10월 13일 임지로 다시 와서 보무도 당당한 대한민국 봉사단원으로서의 전 세계 자원봉사들과 함께 We're The World Friend KOICA를 외치며 소임을 다 하겠습니다.

고맙습니다 건안하세요

2019년 9월 11일

탄자니아 외교부 다스에스살렘

CFR(Center for Forations) 한국어학과에서

부부의 길

아프리카 마사이족(Masai 族)
우(牛)시장을 다녀와서

이른 아침 기숙사 앞 뜨락 야자수 새 한 마리 날아와
아프리가 탄자니아의 해맑은 새 아침을 알린다.
모로고로시 언어학교(Lutherun Junior Seminary)교정에 늘어선
야자수와 4백여년된 바오밥(Baobab) 나무 사이로
동인도양으로부터 솟아오른 장엄한 햇살이 눈 부시다.
오늘은 2시간 정도 거리에 있는 마사이부족 전통시장 가는 날.
미리 준비된 달라달라 버스(Daladala Basi)에 살포시 즈려앉은
한국, 독일 등 세계 각국의 탄자니아 스와힐리어 언어교육 수학자들.
푸르런 하늘따라 뻥- 뚫린 길을 달리는 버스에 앉아
끝간데 없이 이어진 지평선을 바라보며
아! 하고 탄성을 자아낸다.
더러는 황량한 광야에 허름한 초막과 가옥
그 사이로 소를 모는 아프리카 목자(牧者)를 보니
이곳이 정녕 아프리카 대륙이로구나!
스와힐리어 특유의 빠르고 거친 말을 내뱉으며
내처 달리는 흑인 운전수를 따라
일행은 마치 유년시절 소풍가는 기분으로 들 떠 있다.
달라달라 버스는 아프리카 탄자니아 중원광야를 달린다.

우측에 붉게 다져진 황톳길 따라 나무사이로 비집고 들어가
그간 달린 거친 호흡을 내쉬며 허겁지겁 멈춘다.

잠시 후 저만치 뿌우연 마른 황토흙 먼지 날리며 마사아부족들과
소 떼, 양 떼 그리고 허술하게 걸쳐진 천막초가 이엉 얽기설기 엮은
마사이부족의 허름한 장터가 부산하게 나타난다. 장터마당에는 우갈리
(Ugali) 옥수수에 콩죽을 먹는 사람들 잡곡과 왈리(Wali) 쌀밥에 콩죽, 채
소나물, 과일(바나나) 쌓아놓고 호객을 하는 찡 마른 마사이족들의 강렬
한 암갈색 몸매와 맑은 눈빛.
일행은 할 것 없이 다가가 예전 TV에서나 보았던 광경 앞에
카메라를 들고 촬영하는가 하면막 잡은 소고기, 양고기 굽는 마사이
부족들 앞으로 가까이 갔다.
2미터 정도 큰 키 쩡마른 체형, 고수머리, 암갈색 검게 그을린 피부특
유의 천을 어깨에 걸치고 긴 막대기와 허리에 가죽칼집 차고
보무도 당당한 마사이부족 모습에 압도된다.
아프리카에서 가장 용맹무쌍한 마사이족(Masai 族)
케냐와 탄자니아 경계 가시나무 많은 초원 거주 나일로트계(系) 흑인

부부의 길

종!

소(牛)는 마사이족 독점물 부족들 신화(神話)에 따라

다른 종족의 소를 약탈해 오는 토테미즘(Totemism)신앙

씨족외혼(氏族外婚), 남자 중심의 마사이부족.

15세에 할례(割禮)후 마사이집단에 가입 보무도 당당한 전사(戰士)신

참 마사이족 사자 한 마리 잡아야 한다며 치를 떠는 용맹한 전사

일행은 마사이족 우시장 장터를 돌며 구경했다.

소와 양 떼, 염소 등을 몰며 초막(草幕)을 나와 머나먼 여정 먼동 틀 무
렵 광야길 폴레폴레(Pole pole)걸어와 가져온 동물을 팔고사는 마사이부
족 모습에서 생명력을 보았다

시골장터 특유의 국밥집을 지나 쩡 마른 마사이부족 할멈이 건네는

막 발효된 음베게(Ubege) 막걸리를 맛보았다. 밋밋하며 밀기울을 탄
듯한 장터술이었지만 그 속에서 마사이부족 주막 음식문화를 몸소 체험
했다. 마사이부족 장터순례를 마치고 기다리던 야외 오찬시간.

모로고로시 언어학교 츄마(Chuma) 교장 선생님이 준비해온

야채식과 양고기와 딕손(Dickon)선생님이 즉석 숯불에 구워온 쇠고기
한 점씩 맛보며 맛있는 야외 오찬을 즐겼다.

풍요롭고 유익한 아프리카 야외오찬에 어찌 노래가 빠지랴!

아직 다 익숙하지 못한 노래이지만 말라이카(Malaika)와 잠보(Jambo) 합창 오후나절 무렵 마사이부족 우시장과 전통시정 문화탐방을 마쳤다.

생애 언제 다시 온다는 기약없이 마사이 부족들을 향하여 손짓하며

다시 모로고시 언어학교를 향하여 달라달라 버스는 오후를 해를 머리 위고 대서양으로 힘차게 넘기며 달렸다.

달리는 버스 안에서 조용히 눈을 감고 여러가지 상념에 빠졌다.

만약 마사이부족 후손으로 태어났다면 지금쯤 무엇을 할까?

지금 저들 마사이부족 전사로서 목자(牧者)되어 끝없이 펼쳐진 광야를 거닐고 있을까? 모로고시 언어학교에서 스와힐리어(Kwaheri)를 공부하고 있을까?

뉘라서 귀한 후손으로 태어나 부귀공명을 누리며 살고싶지 않으리?

뉘라서 우갈리조차 먹지못해 배고품에 시달리는 아프리카인을 벗어나고 싶지 않을까?

이 드넓은 광야와 해맑은 구름과 하늘은 분명 누구에게나 똑같이 축복받은 지구촌 우주의 인류자원또한 인류의 생명 또한 소중한 자원이리라!

대한민국 코이카(KOICA)는 '지구촌 80억 인류 우리 모두 친구들(World Friends Korea)' 기치 내걸고 지난 1991년 4월 1일 출범하여 개발도상국의 경제사회발전지원과 국제우호협력을 하고 있다.

코이카는 총 47개국, 48개소 각국별 프로젝트 전문가 파견, 글로벌 연수사업으로서 개도국의 제도, 기술, 역량강화 세계의 해외봉사단(World Friend Korea)는 2009년 5월 7일 깃발 전 세계 이웃을 돕고 우리나라의 브랜드 가치를 높이기 위하여 개발도상국의 지식공유, 지역사회 변화, 새로운 도전 문화교류 매개를 자처하며 지구촌을 누비고 있다.

부부의 길

코이카 135기 지난 2019년 6월 큰 물결을 타고
지구촌 중남미와 아프리카 등에 135기 72명의 단원 배출
다양한 분야의 다부진 전사를 지난 8월 파견하였다.
그 중에 아프리카 반투족 중심국가 동인도양의 흑진주
탄자니아에 김우영 한국어교원 등 5명의 탁월한 전사
탄자니아 경제수도 다스에스살렘을 비롯하여
각 지역에 파견하여 이 지역 개발도상국
위상과 변화를 촉구하기에 이른 것이다.
그 변화와 발전의 흐름위에
오늘도 우리는 거친 숨 내쉬며 대륙을 달리고 있다.

I love, World Friend Korea Koica!
Africa Tanzania Karibu!

2019년 8월 31일
아프리카 동인도양 흑진주 탄자니아에서

수양산 그늘 강동 팔 십 리를 덮듯
오늘따라 어머니 모습 아프리카
하늘 구름따라 보이듯

1. 빨래를 하며—

오늘 빨래하며 어머니를 그리고 눈물을 흘립니다. 수양산 그늘 강동 팔 십 리를 덮듯 오늘따라 어머니 모습이 아프리카 저 높은 하늘가에 흘러가는 구름따라 보일듯 말듯 합니다.

아프리카 탄자니아 샐베이숀 숙소에서 침대보와 베갯포, 이불 등 큰 빨래를 했습니다. 난생처음 큰 빨래를 해봅니다. 어렸을 때 어머님이 빨래감을 광주리에 이고 우물가를 가면 따라가서 바지 끝을 걷고 꾹-꾹- 밟던 기억이 납니다.

오늘 큰 빨래를 맨 발로 밟으며 눈물을 빨랫물만큼 흘렸지요. 빨래줄에 널으며 마침 해맑은 아프리카 하늘가에 흘러가는 구름 곁에 어머니 모습이 어른거려 눈물이 앞을 가려 빨래를 널지 못했습니다. 바닥에 쭈그리고 앉아 퍽-퍽- 울었습니다. 한 번이라도 좋으니 꿈결에 나타나시어 제 손을 꼬옥 잡고 한 말씀만 해주세요.

"그려 우영아. 니가 우리 7남매중에 별충나서 저 멀리 아프리카 뱅기 타고 날아 갔응게. 고생이 되드라두 좀 참고 있어라이. 그러다 보믄 좋은 날도 있을 것잉게 말이여!"

부부의 길

"예, 어무니. 지가 선택하여 온 길 입이다. 힘들더라도 견디어 볼께요.
우리 어무니 흐흐윽—"

그동안 집에서 가끔 손수건과 양발 정도만 빨았지 이렇게 많이 빨래
를 해보기는 60년만에 처음 입니다. 지난 어렸을 때 어머니는 종 종 머
리에 광주리를 이고 동네 우물가에 나가며 이렇게 말씀을 하시었지요.

"우영아, 우물가 빨래를 꾹 꾹 밟아잉. 그려야 땟국물이 쭈욱 빠징게
알었지잉?"
"예 어무니!"

시골 빨래는 이불보와 농사짓다 묻은 옷과 베갯포 등 빨래가 많아 연
약한 어머니 손으로 빨래하기에는 턱없이 부족하여 발로 밟아야 한다.
아랫바지 끝을 걷어올리고 그야말로 꾹-꾹- 밟아주어야 때가 없어졌다.
며칠 전 까지 아프리카 탄자니아 샐베이숀 허름한 창고 같은 임시숙
소에서 도마뱀과 아프리카 시커먼 벌레, 모기 등과 동거동락하며 힘겨
운 생활을 했지요. 창고를 청소하며 서룬맘에 울기도 했어요. 요즘 어렵

고 힘들 때면 그리운 어머니가 더욱 보고 싶어 사무칠 정도입니다.

2. 7남매 사과장사 하시며 키워낸 장한 어머니

지난 충청도 서천 시골에서 작은 농사채에 7남매와 부모님 등 9식구가 작은 초가(草家)에 옹기종기 먹고살기 힘들던 그 때 그 시절. 어머니는 생계해결을 위하여 광주리를 이고 사과장사를 시작하셨지요. 그 무거운 사과를 어머니는 광주리에 이고, 아버지는 리어카나 등짐을 메시고 서천장, 장항장, 질매장, 비인장, 판교장 등 5일장을 떠도시었지요. 어디 그 뿐인가요?

매년 가을 학교운동회 날은 서남국민학교, 송석국민학교, 장선국민학교, 마동국민학교와 읍내 서천중학교 등을 다니며 사과를 파시었지요. 또는 추석날 즈음하여 이 동네, 저 동네를 광주리와 등짐을 메고 부모님은 배고파 쑤욱 들어간 배를 움켜쥐시고 소리를 지르고 하시었지요.

"맛있는 사과들 사셔유——, 맛있는 사과들 사셔유——"

부부의 길

서천읍내 장날이면 학교 끝나 어머니한테 들르면 가까운 국말이집에 데려갔지요.

"아짐씨, 우리 아덜인디. 국말이 한 그릇 꾹꾹 눌러 말아줘유—"

"그려, 이 놈이 아덜여? 잘 멕일텅게 이따 파장되믄 맛난 사과나 갖다 주어유잉—?"

"그려 음려 말구. 우리 아덜 국말이나 꾹꾹 눌러 말아주더랑게."
학교 끝나 친구들과 시장에 들르면 어머니가 장마장에서 사과를 파는 모습이 창피하여 다른 곳으로 돌아가던 철없는 시절도 있었지요. 장마당을 지나가는 사람들 치마와 바지 끝을 잡으며 사정사정하여 사과를 팔은 돈은 다음날 학교에 낼 돈이라며 핑계를 대며 돈을 가져간 억지 아들. 더러는 여동생 '숙이'를 앞세워 거짓말로 돈을 달라고 하면 어머니는 꼬깃꼬깃한 돈을 내어주든지, 돈이 없으면 뒷집 순환네 가서 꾸어서 주시며 이렇게 말씀하셨습니다.
"내가 은행이냐? 뭔 놈이 돈이 그렇게 학교에 들어간디여?"

"예, 오-오늘 꼭 내야 헌당게요. 숙이헌티 물어보셔유?"

이렇듯 학교를 다니며 거짓말로 돈을 받아 학교 끝나면 친구들과 빵집으로 다니며 군것질을 하곤 했습니다. 그야말로 철없는 자식의 불효 막심함에 땅을 치며 엎드리어 사죄를 올립니다. 어머니 죄송합니다. 불효자식을 용서하여 주세요.
입에 풀칠하기 힘들던 시절 어머니는 사과장사하시어 우리 7남매를 학교에 보내 공부를 시키셨지요. 늘 하시던 말씀은 이러셨지요.

"애들 글이라도 눈은 뜨게 해주어야 후제 즈덜 밥그릇 해결헐텅게. 가르치야 혀. 아암 가르치야고 말구——!"

이렇게 7남매를 잘 성장시켜 시집 장가를 보내셨지요. 그러나 이제는 7남매도 나이가 들어 병마에 시달리며 전국 곳곳에 흩어져 살고 있지요.

우리집 장녀이신 큰 누나는 80세가 할머니가 되어 허리와 다리를 절며 서울 강북에서 조카들과 살며 고생하시고, 형님은 2013년 작고하시어 고향 서천 선산에 모셨으며 서울 도봉동에서 형수님이 조카들과 어렵게 사시고, 둘째 누나는 서울 강남에서 일찍 매형 여의시고 혼자 역시 병마에 고생하십니다. 이어 둘째 아들인 저는 현재 멀리 아프리카 탄자니아 국립대학에 한국어학과 교수로 활동하고 있고, 바로 아래 여동생은 경기 수원에 교육직을 퇴직한 매제와 살며 다리가 아파 고생합니다. 또한 남동생은 오랫동안 축협에 봉직하다가 중도 퇴직하고 사업을 다가가 현재 대전에서 소방서 다니는 딸과 소일거리를 찾아 노력하고 있으며, 막내 여동생은 충남 예산에서 공직에서 퇴직한 매제와 함께 천식으로 고생하며 살고 있어요. 아버지 어머니 사이에서 태어난 우리 7남매 가족들은 저마다 한 두 가지 아픔을 안고 살고는 있지만 나름대로 부모님 가르침에 따라 성실하게 열심히 살고 있어요.

3. 수양산 그늘이 강동 팔십 리를 덮어 아프리카에까지

아버지! 어머니! 아무리 불러도 부담이 없고 하염없이 그리운 이름입니다. 이역만리(異域萬里) 머나먼 땅 아프리카 탄자니아까지 날아와 60

부부의 길

년만에 처음해보는 빨래를 하며 아버지, 어머니 이름을 불러봅니다.

한 번 만이라도 좋으니 꿈에 나타나시어 제 손을 잡고 용기를 주세요.
꼭 부탁입니다.

"우영아, 쪼매 힘들더라도 잘 견디어 임기 마치고 건강한 모습으로 건
강히 돌아오너라잉!"

"예, 아버님, 어머님 잘 알겠습니다. 이를 악물고 견디다 돌아가겠습
니다. 고맙습니다."

큰 빨래하며 오늘따라 아버지, 어머니를 그리며 눈물을 흘립니다. 저
높은 하늘가에 흘러가는 구름따라 모습이 보일 듯 말듯합니다.

어머니께서 살아생전 늘 하시던 말씀 '수양산 그늘이 강동 팔 십 리를
덮는다.(首陽山陰 江東八十里)'는 이 말씀이 정말 이역만리(異域萬里) 아프리
카에 까지 날아 온 것 같아요. 이 말씀이 오늘따라 사무치게 가슴에 다
가옵니다. 존경하는 아버지, 어머니 사랑합니다!

탄자니아 다르에슥살렘 샐베이션 외국인 기숙사촌

아프리카 야생 고양이 '후추' 새끼분만
— 어머니와 아내 생각

1. 異域萬里 타국에서 야생 고양이와 만남

지난 2019년 8월 뜻한바 있어 고국을 출발 아프리카 모잠비크&탄자니아 대외관계 외교대학 한국어학과에서 한국어를 알리며 국위선양하고 있다.

학교 부근 숙소에서 낯설고 물설은 생활을 하는데 우연히 부근을 배회하는 아프리카 야생 고양이에게 먹이를 주었다. 그랬더니 이 고양이가 숙소 앞을 떠나지 않고 낮과 밤 동안 머무는 것 이었다. 밤에는 숙소 입구에서 자고, 아침에 출입문을 나서면 다리에 고개를 부비고 애교를 부리는 것이다.

야생 고양이가 흙먼지 일고 모래가 있는 아프리카 대륙에서 먹이를 구하기는 쉽지 않을 것이다. 그런데 어느 날 만난 낯선 동양인이 먹이와 물을 주고 쓰다듬으며 예뻐하니 숙소를 떠나지 않고 따를 수 밖에 없으리라.

본래 동물을 좋아하는 터이고 타국에서 혼자 사는데 잘 되었다 싶어 고양이와 함께 생활을 시작했다. 이름은 한국의 아내가 키우는 애견 이름 '후추'를 따라 이곳 아프리카 야생 고양이도 '후추'라고 지었다. 아침과 점심, 저녁을 챙겨주며 후추와 생활하며 정이 들었다.

아침에 학교로 출근하며 '잘 다녀올게!' 하고 손을 흔들면 눈을 말뚱

말똥하며 안보일 때까지 숙소 앞에서 지켜보는 것이다. 마치, 예전에 직장 출근길 앞치마에 손을 묻고 배웅하는 아내처럼 말이다.

또 퇴근길에 숙소 부근에서 부터 '후추야- 후추야-' 하고 부르면 부근에서 놀다가 펄쩍펄쩍 뛰어오는 것이다. 마치 지난시절 아내가 퇴근길 남편을 반갑게 맞아주듯 말이다. 이러하니 이쁘고 정이 들지 않을 수 없었다.

2. 아프리카 야생 고양이 후추 새끼 분만

아프리카 야생 고양이는 2~3세로 정도의 암 고양이인데 두 달 전 새끼를 배었다. 반가우면서 걱정이 되었다. 한 마리 먹이 챙기기도 쉽지 않은데 새끼를 여러 마리 낳으면 먹이를 어떻게 감당해야 할지?

부부의 길

　후추는 숙소 안으로 들어와 먹이를 준비하는 동안 거실에서 쉬며 어슬렁거린다. 예뻐하는 쥔장의 특권을 활용하여 잘 들어온다. 새끼 낳기 전 만삭의 후추가 숙소에 들어와 구석을 찾고 옷장 안으로 들어가서 안 나가는 것이었다. 그래서 밖으로 내몰았다. 고국의 자녀들 말이 생각이 났기 때문이다.

　"아빠가 동물을 예뻐하는 것은 이해가 되지만 숙소 안으로 고양이 후추를 들이지는 마세요? 전염병 예방주사를 접종하지 않은 상태에서 혹시 모를 아프리카 풍토병에 옮길 수 도 있고, 고양이한테 물리면 안좋아요? 알았지요? 명심하세요?"

　예뻐하는 것은 좋지만 아프리카 풍토병에 걸리지 않고 건강하게 귀국해야 하므로 숙소 안에 들어와 나가지 않으려는 후추를 밖으로 내몰아야 하는 쥔장의 안타까움이 있었다.

　이와 관련하여 새끼 낳기 직전 후추가 숙소 안에 들어오더니 구석을 찾아 앉아 자꾸 누워 밖에 안나가려고 했다. 그래도 억지로 내몰았더니 앙탈을 부리며 도리어 쥔장을 물려고 했다. 숙소에서 나간 다음날부터 2일간 후추는 보이지 않았다? 어디를 갔는지 아침과 퇴근하여 골목골목을 다니며 후추를 부르며 찾았다.

"후추야, 어디로 갔니? 야오옹— 소리를 내봐라. 후추야— 후추야—"

예전 같으면 골목에서 뛰어 올 후추가 아무리 부르고 찾아도 소식이 없었다. 불안한 상황에서 후추 실종 2일을 넘기고 있었다.

3. 항아리 화분 후추 분만실 안성맞춤

후추 실종 3일째 되는 날 아침 숙소 문 밖에서 후추 소리가 들린다. '야오옹— 야오옹—' 반가운 맘에 뛰어나가 얼싸안았다. 2일간 안보 았더니 눈시울이 붉어졌다. 그런데 얼싸안은 후추의 몸이 홀쭉하고 분 만하느라고 힘들었는지 수척해 보였다.

"새끼 낳고 왔어요. 배고파요! 밥 주세요?"

"어? 후추가 새끼를 낳았구나?"

새끼를 어디에 낳았는지 알 수 없어 후추를 따라가 보기로 했다. 잠시 후 후추가 옆으로 이동하며 50미터 떨어진 항아리 화분에 올라가 안으 로 쏘옥 들어가는 게 아닌가? 아뿔싸! 후추가 오목한 항아리 화분속에 서 새끼 네 마리를 끌어안고 있었다.

"오, 이곳에 새끼를 낳았구나! 기특도 하지. 아이고 이뻐라. 허허허—"

'항아리 화분은 생각하지 못하고 골목골목을 2일간 찾아다니며 후추

부부의 길

를 찾았으니 찾을 수 가 있나?'

아프리카 야생 고양이 후추가 새끼를 낳은 곳 항아리 화분은 장소가 적정하였다. 다른 고양이로부터 새끼를 보호하고, 사람들의 눈길도 피할 수 있으며, 비와 바람도 예방하고, 화분 위에 있는 꽃나무 그늘이 있으니 한낮 뜨거운 햇빛을 피할 수 있어 안성맞춤 후추 분만실이었다.

이곳 숙소단지는 단독주택 30여동이 있는 방갈로 형태인데 각 숙소 앞에 관상용 항아리 화분을 하나씩 진열하고 꽃나무를 가꾸어 장식했다. 주변 숙소 항아리 화분 몇 개를 일부러 살펴보았다. 어떤 항아리는 흙이 꽉 차 새끼를 낳기 어렵고, 어떤 항아리는 화분만 있고 꽃나무가 없고, 어떤 항아리는 길 옆에서 가까워 사람의 손길이 닿았다. 여러개의 항아리 화분중에 지금 후추가 낳은 항아리가 적의 방어와 햇빛 가리개, 깊이, 쥔장 숙소에서 가까운 거리로서 아주 최적의 안성맞춤 분만실이었다. 그럼 후추가 새끼를 낳기 전항아리 몇 군데를 면밀하게 현장조사하고 새끼를 낳았단 말인가? 참으로 기특하고 지혜로운 일이 아닐 수 없었다.

"야생 고양이라고 예사로 보면 안되겠구나? 아하, 지혜로운 어미이구나!"

4. 후추의 모성애와 뛰어난 지혜로움

엊그제 항아리 화분 안으로 비 바람이 뿌려져 어미와 새끼가 비를 맞고 있었다. 그러나 어미는 한 시도 그곳을 떠나지 않고 자신은 등에 비를 다 맞으며 품안에 새끼 네 마리를 꼬옥 안고 있었다. 악착같은 모성애 장면 앞에 눈시울이 뜨거웠다.

지난 어린시절 어머니는 제대로 갖추어지지 않은 환경속에서 우리 칠남매를 이렇게 낳고 키우셨을 것이다. 가난한 시골에서 제대로 먹지도 못하고 젖을 빨리며 얼마나 고생을 하셨을까……? 아련한 아픔이 가슴으로 시려온다.

또한 아내도 직장생활로 겉돌던 남편 대신 작은 셋방에서 자녀 셋을 낳고 키우느라고 얼마나 고생했을까? 가만이 생각하니 자신의 부덕함에 자책이 든다.

마침 옆을 지나는 숙소의 일본 자이카 봉사단원 'Hiro taka'와 구내식당의 'Joseph'의 도움을 받아 무거운 항아리 화분을 처마 안으로 옮겨주었다. '이제는 비바람을 피할 수 있겠지!' 하고 안도의 숨을 쉬었다.

매일 아침 저녁으로 새끼 분만으로 허기진 어미의 먹이와 물, 휴지 등을 가지고 50미터 거리에 있는 항아리 화분 분만실을 부지런히 다녔다. 잠을 자다가도 잠옷 바람에 잠깐 나가서 어미와 새끼의 안전을 보살폈다. 어제는 새끼 네 마리중 한 마리가 이유 모르게 죽어 있었다. 안타까운 맘에 어미의 머리와 등을 보듬어 주며 위로했다.

50미터 거리에 있는 숙소 앞 항아리 화분을 한낮에 살펴보았다. 낮에는 햇빛에 그을려 뜨거워 마치 난로 안 같은 더위에 시달리고 있었다. 밤에는 조금 낫겠지만 한낮 뜨거운 기운이 밤에 식는 속도가 늦어 어미와 새끼가 더위에 힘들어 하고 있었다. 그래서 쥔장 숙소 앞 상자로 옮겨 그늘막을 해주어야겠다고 마음먹고 50미터에 있는 항아리 화분 분만실로 갔다. 그런데 어미와 새끼가 없었다.

"어, 어디로 갔지?"

두리번거리며 후추와 새끼를 찾았다. 당황한 눈길로 주변을 살피는데 숙소 옆 그늘막 수풀에 다소곳이 새끼 세 마리가 누워있었다. 그 옆에 어미 후추가 천연덕스럽게 앉아 있었다.

"후추가 쥔장보다 생각이 앞섰구나? 항아리 화분이 덥다는 것을 이미 알아차리고 분만실을 수풀로 이전 하다니! 허허허—"

부부의 길

　수풀에 새끼를 그냥두면 위험할 것 같아 쥔장 숙소 앞 그늘막 상자에 분만실을 이전시키고 편안히 숙소에 누워 쉬었다.

　'이제는 50미터 거리에 있는 항아리 화분 분만실로 먹이와 물, 휴지를 가가져가지 않아도 되겠구나!'

5. 후추를 보며 어머니와 아내를 생각하다

　후추를 안전하게 숙소 앞 분만실을 이전해놓고 침대에 누워 천장을 보았다. 돌아가신 어머니 모습이 떠 오른다. 어머니도 7남매를 낳고 그 어려운 시골살림에 먹여살리느라고 얼마나 애를 태웠을까? 어머니가 잘 드셔야 자식들 젖을 먹였을 터인데? 살기 어려워 고구마와 보리, 밀가루로 가까스로 연명하며 자녀 7명을 낳고 키워 결혼까지 시켰다. 그 힘들고 먼 고개를 넘는데 얼마나 몸과 마음이 지치고 어려웠을까? 어머니는 먹을 게 없어 배가 고파 부엌에서 물을 마시고 나오면 올망졸망한 형제자매는 쪼르륵 달려가 어머니 치맛자락에 매달려 먹는 것을 달라고 졸랐단다. 참으로 철없는 어린시절이 아닐 수 없다.

"오늘따라 어머님에게 살과 뼈를 깎아 바치는 마음으로 '어머니 은혜'를 서름에 바쳐 노래를 부릅니다. '어려선 안고 업고 얼려주시고/ 자라선 문 기대어 기다리는 맘/ 않을사 그릇될사 자식생각에/ 고우시던 이마 위에 주름이 가득/ 땅 위에 그 무엇이 높다하리오// 아, 어머니, 어머니―!"

결혼하여 딸 둘과 아들을 하나 두었다. 박봉의 직장생활의 넉넉지 않은 살림속에서 아내가 자녀를 낳고 키우는데 얼마나 힘들었을까? 직장생활 한답시고 회식이다, 야유회다, 하며 밖으로 나돌아 다닐 때 아내는 셋방에서 혼자서 자녀를 낳고 키웠다. 아내는 임신중 '한도시'라 하여 허리가 심하게 아픈 고통을 겪었다.

큰 딸은 충남 서천 한산 셋방에서 낳았는데 37전 그 당시 시골에는 조산원이 없어 인근에 아이를 많이 받으신 할머니 한 분이 도와주시어 집에서 낳았다. 둘째 딸은 충남 서천 판교 보건소에서 낳았다. 막내 아들은 충남 당진 합덕 조산원에서 낳았다.

아내는 작은 셋방을 전전하며 힘겹게 자녀 셋을 낳고 키워 오늘날에 이르고 있다. 아프리카 야생 고양이 새끼분만을 보며 아내한테 미안함에 자책감이 든다.

"여보 미안해요. '아내는 그래도 되는줄 알고 지금껏 살아온 부덕한

부부의 길

이 남편'을 용서하세요! 머리 희끗한 나이에 이제야 철이 드나보오?"

2019년 12월 25일

아프리카 탄자니아 다르에스살렘에서

코 · 탄 누들(K · T Noodles)면에 대한
환희의 추억

해외 장기 체류자들에게 제일 그리운 것은 역시 김치와 라면이다. 지난 2019년 가을 아프리카 탄자니아 모로고로시 언어학교 저녁 식탁에 그토록 귀한 라면을 먹을 기회가 생겼다.

2억 萬里 한국에서 젓가락 늘이듯 늘이듯 동료 봉사단원 'Puraha Kim'이 베푼 매운 라면 잔치였다. 우리들은 이를 일명, 코 · 탄 누들(K · T Noodles)

면이라고 명명했다.

입 안에 차—악 감기는 그 맛. 역시, 라면은 대한민국 우리 것이 최고여! 대한민국 인천공항에서 늘이기 시작한 코 · 탄 누들(K · T Noodles)면은 아시아 대륙과 인도차이나 하늘을 날아 인도양과 대서양 건너 에티오피아 아바바공항 하늘 선회하여 탄자니아 쥬리우스 니어리어(Julius Nyerere) 국제공항에 자리를 잡았다.

부부의 길

그러다가 다시 수도 다르에스살렘을 거쳐 므완자와 빅토리아 호수, (Dar es Salaam-Mwanza Victoria-Mbeya)위로 비상하더니 동서로 횡단하며 쉬어가는 탄자니아 중부도시 모로고로(Morogoro)에 4시간여 늘이는 코 · 탄 누들면 행렬.

쫄깃 쫄깃, 아사악— 식감(食疳)과 함께 입 안에 퍼지는 그 맛. 매콤달 콤 시원한 국물에 땀 뻘뻘 흘리며 후루룩—후루룩— 아! 라면은 대한 민국과 탄자니아 합작품 코 · 탄 누들면이 최고이리라!

늦겨울과 초봄으로 이어지는 주말. 코리아 아프리카 탄자니아 모로고 로(Korea-Africa-Tanzania-Morogoro)언어학교 저녁식탁. 행복한 포만감과 여유만만 태평천하(太平天下) 코 · 탄 누들(K · T Noodles)면에 대한 환희 여!

21세기 세계 공용어로 한국어 자리매김
지구촌 각 나라 언어학계 상종가 치솟아

□ **한국어학습 열풍 한류따라 세계 공용어로 발돋음**

21세기 세계 언어학계에 한국어 학습열풍으로 공용어 상종가로 치솟고 있다고 최근 영국의 유명한 BBC 방송이 소개하였다.

"지난 2012년 한국 가수 '싸이 강남스타일'에 이어 근래 '방탄소년단'과 함께 'K-POP 인기'로 인해 전 세계가 한국어학습 열풍 공용어로 치솟고 있다!"

미국과 캐나다, 태국, 말레이시아 등에서도 한국어 인기가 증가 하고 있다. 해외 초·중등학교에서 한국어가 외국어로 선정되어 각급 학교에 한국어학과가 개설 운영되고 있다고 한다.

한국어 보급이 비교적 느슨한 지역인 아프리카 탄자니아 한국대사관에 '한국어교실'을 직접 운영한다. 아프리카 대학생과 일반국민을 대상으로 한국어 전문가 김우영 문학박사를 초빙 운영할 방침이어서 21세기 한류확산 정체성 확보로 기폭제가 될 전망이다.

이와 함께 탄자니아 수도 다르에스살렘대학에 한국어센터와 한국학 연구센터를 운영하는 한편, 대사관의 전방위적 한국어교실 운영은 2018년 12월 19일 부임한 조태익 대사의 뚜렷한 국가관과 선견지명이 있어 가능하였다. 여기에 젊은 국제전문가 코이카(Koica) 탄자니아 사무소 어규철 소장이 공모로 선정되어 남다른 한류(韓流. The Korean wave)

부부의 길

확산이 되고 있다. 따라서 지난 1992년 한국과 탄자니아가 수교를 맺은 이후 올해 27주년을 맞아 양국우호를 증진을 위한 국위선양이 예상된다.

또한 미국 위싱톤 D.C에 있는 한국대사관 산하 총영사관 총7개 기관에 한국어반을 구성하여 792개 학교에 4만여명 학생과 한국어교사 6,900명이 3억 3천여명의 미국인을 대상으로 한국어반을 의욕적으로 운영하고 있다.

세계에서 대학이 가장 많은 나라는 미국이다. 2019년 기준 미국에는 5,300여 개 대학이 있다. 여기에 등록된 대학생(대학원생 포함)은 2천만 명에 달한다. 호주의 인구가 2,500만 명인 것을 고려하면 웬만한 국가의 인구수와 비슷할 정도로 대학교육을 받는 사람들이 많다.

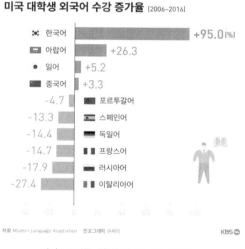

〈표〉- 1 미국 대학생 외국어 수강 증가율

미국의 현대언어학회(Modern Language Association) 2019년 6월 보고서를 보면 한국어를 배우는 대학생이 1만 4천 명으로 20년 전 163명에 비해 거의 100배 가까이 늘었다고 한다. 2013년부터 2016년까지 미국 대학에서 언어전공이 감소하는 반면, 한국어 전공은 14% 증가하고 있다. 이것은 한국의 드라마와 K-POP과 2012년 7월 한국의 톱가수 싸이의 '강남스타일'은 뮤직비디오 인기와 근래 '방탄소년단'의 빌보드 3년 연속 인기에 영합하면서 계기가 된 것이다.

2018년은 한류의 역사를 새로 쓴 한 해였다. 남성 아이돌그룹 방탄소년단(BTS)은 미국 '빌보드 200'에서 1위 3관왕을 차지하여 미국 타임지의 올해의 인물 1위에 선정됐다. BTS의 한국어 노래 가사는 전 세계 팬들의 마음을 울리며 '떼창문화'를 만들었다. 이후 한국어 노래 가사를 이해하고 따라 부르기 위해 BTS 팬들을 중심으로 한국어배우기 열풍이 일었다. 한국 정부는 한류와 한국어·한글 확산 공로를 인정해 문화훈장을 수여하기까지 했다.

한국어에 대한 인기는 단지 미국의 현상만은 아니다. 다른 국가에서도 한국어를 공부하는 사람들이 빠르게 증가하고 있다. 국립국제언어연구원의 조사로는 현재 전 세계적으로 약 3백만 명이 오프라인과 온라인 강의를 통해 한국어를 배우고 있다고 한다.

1. 한국어능력 시험의 증대

한국어의 세계적 인기는 한국어능력시험(TOPIK)에서 입증되고 있다. 지난 2010년 외국인 한국어능력시험 응시자는 149천여 명이었지만 지난해에는 26만 4,800여 명으로 80% 가까이 증가했다. 한국어능력시험은 재외교포와 외국인이 국내 유학과 취업에 필요한 한국어능력을 평가받기 위한 시험이다.

또 근래 일본에서 개최한 '한국어토픽'(TOPIK) 응시자가 무려 2만여 명이 몰려와 관계자가 깜짝 놀랐다고 한다. 또 중앙아시아에서는 한국

어교원이라면 업고 다닐 정도 인기가 좋다고 한다. 베트남 중·등학교
는 제2외국어를 한국어로 선정하였고, 베트남에 진출 한국기업 취업이
베트남 청소년 최고의 꿈이라고 한다.

〈표〉- 2 한국어 능력시험 응시자 증가

2. 전 세계로 뻗어 나가는 한류(韓流)열풍

한류(韓流)는 2000년대 초반 한국 드라마들이 국외로 수출되면서 시
작됐다. 드라마 '겨울연가'는 주연을 맡은 배우 배용준이 '욘사마'로 불
리며 일본에서 선풍적인 인기를 끌었다. 이후 '천국의 계단', '대장금'
등 한류 드라마가 속속 제작됐다. 특히, 2013년 방영된 '별에서 온 그
대'는 중국에서 돌풍을 일으키며 한국의 '치맥' 문화를 전파하기도 했
다. 2016년 방송된 '태양의 후예'와 '도깨비'도 대표적인 한류 드라마
이다.

2000년대 후반에 들어서면 본격적으로 K-POP이 한류를 주도한다.
댄스그룹 동방신기, 소녀시대, 빅뱅, 카라 등은 일본 전역에서 인기를
끌면서 K-POP이 한류를 이끌었다. 2012년 가수 싸이의 '강남스타일'

과 방탄소년단의 치솟는 인기는 한국의 위상과 한국어 열풍의 기폭제가 되고 있다.

최근에는 게임, 한식, 화장품 등 각 분야에서 한류 바람이 거세게 불고 있다. 게임 산업의 경우 K-POP 매출의 11배 이상 올려 문화 콘텐츠 수출액의 절반을 넘고 있다. 한식 산업도 가파른 상승세를 타며 전 세계에서 운영 중인 한식당이 2009년 9,253개소에서 2017년 3만 3,499개소로 262% 급증했다.

한류 콘텐츠가 지속적 인기를 끌면서 한국어를 배우고자 하는 외국인은 점점 늘고 있다. 교육기술과학부 국립국제교육원에 따르면 전 세계 한국어 응시시험(TOPIK)은 2000년 4,850명, 2005년 2만3401명, 2010년 9만2607명을 거쳐 2017년 23만 7,790명 늘었고 2018년 응시자는 30만 명을 넘어서고 있다.

3. 한국어교원의 자격과정과 전망

우리가 흔히 사용하는 한글과 한국어, 국어를 정리하면 다음과 같다. 한글은 세종대왕이 1443년 창제하여 1446년 반포한 자음 ㄱ ㄴ ㄷ ㄹ ㅁ의 닿소리(된소리) 자음 19개와 ㅏ ㅑ ㅓ ㅕ ㅡ의 홀소리(이중모음) 21개를 포함 40개의 어원적 문자의미를 말한다. 또 한국어는 전통적 한민족이 사용하는 언어이며 외국인이 말하는 대한민국 언어이다. 그리고 국어는 그 나라에서 대표적으로 사용하는 언어를 말한다.

한국어교원으로 활동하는 기관은 국내외 대학 및 부설기관과 외국어로서의 한국어 수업이 개설된 국내외 초, 중, 고등학교와 외국어로서의 한국어를 가르치는 국·내외 정부기관, 다문화가족지원센터, 외국인근로자지원센터, 사회통합프로그램 운영기관, 해외 진출 기업체, 국·내외 일반 사설학원 등이다.

대한민국 문화체육관광부장관(국립국어원)은 국어기본법 제19조 및 같은 법 시행령 제13조에 따라 한국어교원 자격증을 발급하는데 1급과 2급, 3급이 있다. 먼저 학위과정의 1급은 2급을 자격증을 취득한 후 5년 이상 경과하고 2,000시간 이상 한국어 강의경력이 있으면 신청이 가능하다. 2급 자격증은 별도 시험없이 대학 4년 정규과정을 통하여 필수이론 15과목과 실습 1과목의 일정학점을 취득하여 국립국어원에 신청하면 가능하다.

　비학위과정은 국비지원양성과정 또는 대학에 설치된 양성과정을 사비로 120시간 이수한 다음 수료증을 획득하면 한국어교육 능력 검정시험에 응시할 수 있다. 필기와 면접 후 자격심사에 통과해야 3급의 자격을 취득할 수 있으며 합격률이 30%가 안 될 정도로 난이도가 높다. 3급 취득 후 3년 이상 근무 및 1,200시간 한국어교육 경력 있으면 2급 신청이 가능하다. 또한 온라인을 통하여 학점은행제로 자격증을 취득할 수 도 있다.

　한국어교원의 전망은 매우 밝다. 안정적인 노후대비 유망 자격증으로 정년이 없고, 은퇴 후 재취업을 할 수 있으며 한국어교원의 가장 큰 장점은 교직이수와 교육대학원 진학없이 진행 된다. 그리고 취업시장이 넓고 취업기관이 다양하며 국내 외국인 근로자와 다문화가정의 증가로 수요가 넓어졌다.

　또 해외에서도 한국어교원의 수요가 늘어나고 있는데 한국어를 정규교육과정으로 채택, 제2의 외국어로 가르치는 교육기관 개설현황이 증가하고 있다. 현재 세계적으로 한국어교육기관은 한국교육원, 한글학교, 재외한국학교, 세종학당에서 운영한다.

　2018년 말 행정안전부와 교육기술과학부 통계에 따르면 국내체류 외국인이 250여만 명과 해외의 약 3백만 명이 오프라인과 온라인 통하여 한국어를 배우고 있다. 한국 드라마와 K-POP 한류의 확산으로 해를 거듭할 수 록 한국어 학습자가 증가하고 있어 한국어교원의 활용전망은 매우 밝다.

4. 한국어 세계 공용어로 확산 전파

전 세계 언어는 6,900여개이며 1위가 13억만 명의 중국어이고, 2위는 스페인 3억 2,900만 명, 영어는 3위의 3억 2,800만 명이며, 한국어는 13위로 남한과 북한, 중국 연변조선족과 해외동포를 포함하여 7천 780만 명 정도이다.

한국어가 지난 2008년 7월, 인도네시아 바우바우시와 한국 훈민정음 학회 양측이 한글보급 양해각서(MOU)를 체결했으며, 학회가 이들을 위한 교과서를 제작, 보급하며 결실을 맺기 시작하여 한국어 수출의 첫 사례를 기록했다.

인도네시아 부톤(Buton)섬 남동쪽에 있는 우림지역 술라웨시주(州) 인구는 50만여 명이며, 가장 큰 도시인 바우바우(Bau-bau)시(市)에서 찌아찌아 언어의 음가를 우리 '한글'로 표시한 교과서들이 교육에 사용되기 시작했다.

그러나 아쉽게도 현지에서 세종학당을 운영하던 경북대학이 재정적 어려움과 문화적 갈등을 이유로 중도에 철수했다. 이에 따라 2006년 KBS '우리말겨루기'에 출전해 우승한 '정덕영 한국어교원'이 한국찌아찌아문화교류협회(회장 김한란 성신여대 교수)소속으로 2010년 찌아찌아 마을로 파견되어 한국어를 가르치며 가까스로 명맥을 유지하고 있다. 현재 소라올리오 마을의 까르야바루초교 3학년 2개 반과 부기2 초교 3학년 1개 반 · 4학년 1개 반, 바따우가군의 초등학교 4학년 2개 반을 각각 가르친다.

부부의 길

희소식은 2020년 1월 6일 아시아발전재단(이사장 김준일)에서 찌아찌아족 한글학교 한국인 교원 정덕영씨를 통하여 찌아찌아족 언어사전을 앞으로 3년간 제작하기로 하였다고 한다.

두 번째로 한국어 수출은 2012년 10월 남태평양의 섬나라 솔로몬제도이다. 1978년 영국으로부터 독립한 솔로몬제도는 남태평양의 파푸아뉴기니 동쪽에 있는 섬나라로 과달카날, 뉴조지아, 말라이타 등 여러 개 섬으로 이뤄져있다. 면적은 2만 8천 400여㎢이며 50여만 명 인구가 살고 있다.

솔로몬제도의 말라이타주는 인구는 5만으로서 토착어 '꽈라아에어'를 쓴다. 카리어와 꽈라아에어를 한글로 표기한 교과서 '코꼬 카리'와 '꽈라아에'를 만들어 가르치고 있다.

1978년 영국으로부터 독립한 솔로몬제도는 영어를 공용어로 사용하지만 영어 가능인구는 1~2%에 불과하다. 또한 솔로몬제도 70여개 부족 간 의사소통에 사용되는 '피진어'는 사용자가 많지 않은 상황이다. 한국어교육을 받은 현지 교사 2명은 '땅아라레 중학교'와 '끼루사꽐로 고등학교'에서 한국어를 교육하고 있다. 한국어 보급성과를 지켜본 뒤 솔로몬 제도 전역으로 보급을 확대할 계획이다.

이 외에 예전에 한글학계에서는 중국의 헤이룽장(黑龍江) 지역의 오로첸족(族)과 태국 치앙마이의 라오족, 그리고 네팔 오지의 소수민족 체팡족에게 한글을 전파하려고 노력했으나 중앙정부와 현지 지도층의 협조 부족으로 성공하지 못했던 사례가 있었다. 조금 더 지켜보아야 할 일이다

5. 21세기 지구촌 인구가 국제경쟁력

지난 2004년 영국 '이코노미스트' 잡지는 앞으로 100년 안에 인류의

고유 언어 90%가 새로운 통신환경에 적응하지 못하고 소멸될 것이라고 했다. 인도네시아 부톤섬의 찌아찌아족에게 TV 뿐만 아니라 컴퓨터를 포함한 새로운 디지털기기들이 전파되면, 새로운 세대들이 이 문명의 이기들을 활용하여 영어나 다른 문자를 사용하다 보면, 결국 한국어는 뒤로 밀릴 것이다.

또한 2011년 1월 권재일 국립국어원장이 개원 20주년을 기념해 언론간담회에서 이렇게 단언했다.

"온 세상이 영어사회가 되어 가고 있다. 특히 인터넷을 통한 획일화로 정치, 경제력이 강한 나라 언어에 힘이 집중되고 있다. 우리말을 지키지 못하면 완전히 소멸되진 않더라도 집에서만 쓰는 비공식 언어로 전락할 수 있다."

언어학자들은 지구상 6,900여개 언어 중에 21세기 안에 대다수가 소멸하고 영어, 중국어, 스페인어 정도만 살아남을 것이라고 한다. 경제대국인 일본과 독일의 말 정도가 간신히 명맥만 유지할 것이라고 한다.

현재 남·북한과 해외동포까지 인구를 합쳐 7,780만 명이므로 한국어를 사용하는 인구가 2,400만 명 정도 더 있어야 한다고 한다. 가정에서 사용하는 비공식적 언어로 남을 가능성이 많은 우리 한국어를 1억 명 이상 사용자를 확보해야 안정적이라는 것이다. 현재 전 세계 6,900여개의 언어 중에 1억명 이하의 한국어를 가진 한국으로서 간과할 일이 아닌 듯 싶다. 미래는 인구가 국가경쟁력이이다. 현재 중국이 세계 대국 미국과 맞서는 이유중에 하나가 13억만 명이라는 막대한 인구가 그 배경이란 점에서 한국어를 연구하는 입장에서 고민이 깊어진다.

□ **아프리카 동인도양의 검은진주 탄자니아 동트는 여명**

지구촌 전 세계의 대륙은 5대양 6대주로 구분한다. 이 가운데 가장

부부의 길

큰 면적과 인구는 아시아가 지구 전체면적 30%를 차지하며 4,397만6천만㎢에 인구 43억 8억명이다.

두 번째는 아프리카로서 면적 3,036만㎢만에 11억 6천만명이다. 세계에서 두 번째 큰 면적과 개발도상국 55개 국가, 인구 12억에 가까운 많은 사람들이 몰려있다. 이 가운데 동인도양에 인접한 검은진주로 불리는 탄자니아가 동트는 여명기를 맞고 있다.

지난 2019년 7월 9일 서울 롯데호텔에 문재인 대통령의 영부인 김정숙 여사는 "서로 닮은 글자, 사람과 사랑을 기억하는 세계의 젊은이들이 더 많아질 것을 기대한다!"며 세계 한국어 · 한글 교육자 교류의 밤에 참석하여 한국어학회 관계자, 국내외 한국어교원들을 격려하였다. 김 여사는 해외의 한국어학습 열풍에 꾸준한 관심을 갖고 있고, 한국어를 공부하는 유학생들을 여러차례 청와대로 초청했다. 또 지난 중앙아시아 순방 때는 카자흐스탄 한국어능력시험 응시생들에게 성공을 기원하는 초콜릿을 선물하여 한국어 학계에서는 이를 반겼다.

21세기 세계 공용어로 한국어 자리매김으로 지구촌 각 나라 언어학계에 상종가로 치솟고 있다. 중요한 이 시기에 개발도상국의 총체적 출발점인 '한국어교실'을 한국대사관이 직접 운영하는 일은 바람직한 일이다. 훌륭한 한류확산의 조태익 대사와 탁월한 국제적 감각의 한국어교원 출신인 코이가(Koica) 탄자니아 사무소 어규철 소장의 만남이 아프리카 동인도양 검은진주 탄자니아에 힘찬 새벽을 열어갈 것으로 전망된다.

설날 아침에 새겨보는
한반도의 어휘와 동포와 교포에 대하여?

즐겁고 행복한 설날을 맞아 세계 최고라는 대한민국 국제인천공항을 통하여 한민족을 비롯하여 전 세계의 많은 사람들이 오가고 있다. 각종 최첨단 공항서비스와 시설, 운항기, 승객 이용량이 세계 최고를 기록하는 대한민국 국제인천공항에는 국내외 해외여행, 해외유학, 해외교류, 해외근무, 해외기업, 해외개발, 해외자원봉사자 등으로 문전성시를 이루고 있다.

이때 '해외'란 말을 사용하는데 이 말은 스스로 모순을 안고 있다. '해외'란 말 자체가 바다 밖으로 나간다는 말이다. 일본이나 말레이시아 같은 섬나라 국민이 외국 나갈 때 사용하는 말 이어야 한다.

이에 비하여 우리나라의 지형은 어떠한가? 아시아 대륙 러시아와 중

부부의 길

국이란 큰 대륙 끝자락에 붙어 있는 육지이다. 우리나라 지형이 반쯤 바다에 걸쳐있는 반도(半島)라서 한반도(韓半島)이다.

또 여기에도 문제는 있다. 러시아, 중국, 일본 등에서도 우리나라를 조선반도라고 하는데, 우리는 '한반도'라는 말을 사용한다. 그래서 얼마 전 '한반도'라는 영화까지 나왔다. 남한 뒤에 북한이 버티고 있어 자유롭게 오가지도 못해 한반도라서 '한한반도(韓韓半島)'라고 불러야 하지 않을까…?

일본이나 미국 정도야 현해탄과 태평양을 건너 해외로 나간다고 하자. 그러나 북한과 중국, 러시아는 육지로 이어져 있다. 우리가 외국에 나갈 때는 육로로 나갈 수 있다. 승용차나 열차, 트럭 등을 이용 중국, 러시아, 유럽, 아라비아, 아프리카까지도 갈 수 있다.

우리나라 외국여행은 일본과 미국 정도를 제외하곤 해외여행이 아닌 '국외여행' '외국유학'이라 해야 맞다. 1천만명으로 추산되는 해외교포가 아니라 재중, 재일, 재러, 재미동포라고 부르자.

여기에서 동포와 교포의 의미는 어떠한가? 우리나라를 벗어나 외국에 살고 있는 동포(교포)는 낯선 외국에 나가있지만 늘 한국인임을 자랑스럽게 여기고 산다. 외국에 거주하는 동포들의 애국심은 월드컵 같은 국제경기 때 잘 나타난다고 한다.

특히, 근래는 한류(韓流)의 확산으로 지구촌이 뜨겁다. 2000년대 초반 한국 드라마들이 국외로 수출되면서 '겨울연가'는 주연의 배우 배용준이 '욘사마'로 불리며 일본에서 선풍적인 인기를 비롯하여 이후 '대장금' '주몽' 등이 잘 알려져 있다.

참고로 필자가 아프리카 탄자니아 다르에스살렘 외곽지 숙소를 알아보기 위하여 시골 한적하고 허름한 민박집을 방문했는데 사무실 텔레비전에서 드라마 '주몽'을 보고 있었다. 그래서 간단히 방문자를 소개했다.

"지금, 저 드라마가 나오는 동방의 나라. 대한민국 한국어 자원봉사자입니다."

"오호, 그래요? 영광입니다. Kikorea Volunteer Karibiani Welcome!"

2000년대 중반에 들어서면 본격적으로 K-POP이 한류를 주도한다. 가수 싸이의 '강남스타일'과 지난해부터 확산되는 방탄소년단(BTS)의 치솟는 인기와 새해 들어서는 영화 '기생충' 미국을 비롯한 전 세계를 휩쓸었다. 따라서 한국의 드라마와 K-POP 떼창노래 부르기, 영화를 이해하기 위하여 한국어 배우기 열풍이 지구촌 곳곳으로 번지고 있다.

그런데 여기에서 우리는 동포와 교포를 혼용하고 있다. '동포(同胞)'는 같은 핏줄을 이어받은 민족이다. 동일한 민족의식을 가진 민족을 말한다. 반면 '교포(僑胞)'는 다른 나라에 사는 동포로써 거주지를 기준으로 하기 때문에 '동포'보다 좁은 의미로 사용한다.

'동포'는 국내동포와 재외동포로 나뉘며, '재외동포'가 곧 '교포'이다. 따라서 '재외교포'란 표현은 어색하고, '재외동포'나 '교포'라 또는 교민(僑民)이라고 부른다.

'재일동포' '재일교포' 모두 맞는 말이다. 다만, 미국의 경우 '재미교포', 일본은 '재일동포'란 말에 익숙한 것은 역사적, 지형적인 사실과 거주국의 법적 지위 등이 자연스럽게 반영된 결과이다. 북한동포를 '교포'라 하지 않는 것에는 남북이 같은 나라, 한겨레라는 뜻이다.

중국이나 러시아 역시 '교포'보다 '동포'라는 말에 익숙한 것은 그들의 이주역사나 처지를 반영 우리의 동포임이 강조한 것이다. 또 중국동포를 '조선족'이라는 표현보다 '조선동포'가 맞다. 중국인들 입장에서 소수 민족인 우리 동포를 조선족이라고 부르지만 우리마저 이렇게 부르

부부의 길

면 안된다. 러시아(중앙아시아) '고려인'(카레이스키←까레이쯔)도 마찬가지 의미이다.

2020년 庚子年 새해를 맞아 이역만리(異域萬里) 아프리카 동인도양 탄자니아에서 쓸쓸히 머물며 대한민국 한반도(韓半島)의 지형에 따른 어휘와 설날을 맞아 국제인천공항을 오가는 한민족의 대이동을 보며 동포와 교포의 의미를 살펴보았다.

2020년 정월 초하룻날 아침에
아프리카 탄자니아 국립 외교대학 한국어학과에서

아띠의 왕후(王侯)밥상 김치찌개

2019년 9월 11일(수) 밤 7시
Dar es Salaam Atti Restaurant.

얼마나 그리웠던가?

이 억 만 리 아프리카 탄자니아 땅에서
한 달여 만에 먹어보는 매콤새콤 입에 감기는
대한민국 김치찌개 풍요의 내음과
돼지고기 달짝찌근 맛의 느낌
입 안에 척 감기는 식감(食感)이여.

아따!
우리 것이 최고여!

KOICA Programme Manager 김지혜님이 베푼
아띠의 왕후(王侯)밥상 김치찌개의 포만감이여!

서양의 철학자 '루드빗히 안드레아스 포이에르바하'

부부의 길

"언필칭 먹는 바 그것이 인생이야!"

천 번의 키스보다 한 번에 먹는 감칠맛나는 김치찌개!

이리 오너라!
Kilimanjaro 맥주 한 잔 주시게나.

시원한 맥주와 안주로 먹는 김치찌개
천상천하(天上天下) 풍미일미(風味一味)의 궁합(宮合).

일 배, 이 배, 부일배(一杯, 二杯, 復一杯)
아띠의 왕후(王侯)밥상 금상첨화
이 세상 천하가 부럽지 않아라!
2019년 9월 11일
Africa Tanzania Dar es Salaam Atti에서

한국어 자원봉사자
이예은&김우영 교수 귀국 환송연
(Korea Koica Volunteer home coming)

아프리카 동인도양 탄자니아 외교대학 한국어학과 자원봉사자 대한민국 이예은·김우영 교수 귀국 환송연(Korea Koica Volunteer home coming)이 지난 1월 30일(목) 다르에스살렘 킬와로드 샐베이숀 아미 레스토랑에서 외교대학 교수진과 학생, 자원봉사자 등 참석한 가운데 성대하게 마쳤다.

이날 환송연에는 이예은·김우영 교수가 강의했던 외교대학(Director Dr. Ponera) 닥터 안니타(Dr. Annita) 언어학과장과 동료 교수, 학생들, 샐베이숀 아미 마크 사룽지 메니져(The Salvaion Army Mark Sarungi Manager) 등 관계자와 일본 자이카, 코이카 자원봉사자 등 30여명이 참석하여 그간의 노고에 갈채와 귀국길 장도(壯途)를 응원했다.

환송연은 외교대학 닥터 안니타 언어학과장과 샐베이숀 마크 사룽지 메니져의 감사 인사말과 이예은·김우영 한국어교원 답례 귀국인사를 했다. 이어 탄자니아 외교대학에서 귀국길 한국어 교원에게 그간 노고에 대한 감사장을 수여했다. 반면, 이예은·김우영 교원도 외교대학에 그간 도와준 답례로 감사장과 김우영 교수가 직접 쓴 서예작품을 선물로 전달하는 흐뭇한 장면에 참석자들은 갈채를 보냈다. 이어 이예은·김우영 교수는 그간 학업이 우수한 학생들에게 상장을 수여하였다.

귀국길 환송연 답례로 김우영 교수가 직접 통키타를 연주하며 송별의 노래를 하는 한편, 참석자가 다 같이 노래하는 화합의 자리를 갖고, 끝으로 저녁식사를 함께 하며 서로 감사의 인사와 위로를 흐뭇하게 나누었다.

"교수님 그간 수고했어요. 고마워요. 안녕히 가세요."

"그간 도와주고 이끌어주어 고마워요. 내내 건강하세요."

환송연을 마치고 2월중 한국으로 귀국하는 이예은 한국어교원은 경남 창원 출생하여 진해에서 성장하였다. 스무살 청운의 꿈을 안고 필리핀 University of Baguio 대학에 유학하여 영어교육학을 연구하였다. 졸업 후 교육학 전공을 살려 대한민국 외무부 코이카에 한국어 자원봉사를 지원 아프리카 탄자니아 외교대학 한국어학과에 배치를 받아 학생들에게 한국어를 지도 하였다. 귀국 후에는 국제관계학과 한국어학을 석·박사과정을 통하여 심도있게 수학(修學)한 후 자랑스런 대한민국을 국위 선양하고자 한다.

또한 같은 2월중 귀국하는 김우영 한국어교원은 충남 서천 출생으로 대전에서 공무원생활을 마친 후 코이카에 지원 탄자니아 외교대학 한국어학과에 배치를 받았다. 그간 대학과 대학원에서 한국어교육학 학사와

부부의 길

석사, 국어국문학 등 8년 연구한 후 문학박사를 취득하였다. 귀국 후에는 다시 대학에 복귀 '한국어 회화연구와 사례'로 그간 외국의 많은 한국어 수학자들과 함께 연구한 심화학습법을 활용 한국어를 강의한다. 그리고 그간 탄자니아에서 체험한 내용을 기록한 'Nakupenda Tanzania' 책을 출판할 예정이다.

이날 환송연에 참석한 탄자니아 외교대학 언어학과장 Dr. Annita는 흐뭇한 미소를 지으며 소감을 이렇게 말했다.

"Sara 이예은 · 김우영 한국어 자원봉사자가 막상 한국으로 돌아간다니 섭섭하고 아쉽네요. 학교 학습환경과 교구자료 등이 미흡한데도 잘 견디며 학생들에게 한국어를 열심히 지도하여 고맙습니다. 특히 가는 날 까지 월급이 없는 자원봉사자임에도 불구하고 주머니를 털어 학교 교수들과 학생들에게 식사와 선물을 대접하는 모습을 보며 역시 '세계 10대 강국 대(大)한국인' 답다는 생각이 들었습니다. 귀국 후에도 우리 학교를 사랑해주시고 하는 일 잘 되기를 바랍니다. 안녕히 가세요. 그간 수고했어요. 고마워요."

또한 이예은 · 김우영 교수에게 쾌적하고 편안한 숙소를 제공한 Salvaion Army Mark Sarungi Manager는 손을 잡으며 위로의 말을 한다.

"이예은 · 김우영 한국어봉사자가 별다른 어려움이 없이 잘 생활해주어 고맙습니다. 언제나 친절하고 청결한 자세로 숙소를 사용해주어 고맙습니다. 특히 김우영 교수는 종종 키타를 가지고 사무실에 놀라와 노래를 해주고 한국에서 가져온 소중한 선물을 전달하며 다정한 친구로 잘 지냈어요. 그래서 닥터 김이 좋아 반하여 4개월 동안 구내식당에서 아침식사를 무료로 제공했어요. 한국에 잘 귀국하여 행복하시고 좋은 인연으로 다시 만나요. 안녕히 가세요."

탄자니아 샐베이숀 귀국 환송연을 마친 이예은 교수는 고운 모습에 입가에 미소를 띄우며 감사의 뜻을 전한다.

"탄자니아 생활 1년여 잘 마무리 하고 가게 되어 고맙습니다. 그간 학교와 학생들 협조와 숙소 Salvaion Army의 편안한 쉼터 제공으로 잘 쉬었다 갑니다. 귀국길 그간 한국어교육으로 바빠 못가 본 인근의 남아공화국과 4년여 학업차 머물렀던 필리핀 University of Baguio 모교에 들러 은사님께 인사를 드리고, 친구들을 만나고 가려고 합니다. 귀국 후에는 대학원에 진학하여 국제관계학과 한국어학을 더 연구하여 훗날 대한민국 국위를 선양 하겠습니다. 건강하시고 안녕히 계세요."

이날 환송연을 함께한 김우영 교수도 한국어 자원봉사에 대한 긍지와 보람으로 귀국소감을 말했다.

"지난 1443년(세종 25년) 한글을 창제하신 세종대왕이 이역만리(異域萬里) 아프리카 탄자니아에 까지 와서 한국어 자원봉사를 펼치는 우리를 얼마나 자랑스럽게 생각 하실까! 하는 생각이 듭니다. 낯선 언어와 문화, 더위와 습도로 인하여 그간 고생 많이 했어요. 다행히 외교대학의 교수진과 학생들의 협조가 있어 짧지만 한국어 자원봉사를 대과없이 잘 하고 갑니다. 그리고 숙소 Salvaion Army Mark Sarungi Manager의 각별한 배려로 잘 머물다 갑니다. 특히 친구로 지내며 아침 식사를 매일 4개월동안 무료로 제공하여 주어 고맙습니다. Nakupenda Tanzania Rafiki Mark Sarungi!"

한국어 자원봉사 귀국길
'코로라 19 바이러스 괴물'이 삼킨
황량한 대한민국

□ **여는 시**

가련다 나는 가련다
저 멀리 세계지도에서 한 번도 본 적 없는
아프리카 동인도양 검은진주 탄자니아 대륙

사랑하는 아내와 가족들 뒤로하고
소중한 사람들 손 처연히 떨쳐놓고
여기 지구촌 나그네 길을 가련다

1443년 세종25년 만든 한글, 한국어
검은대륙에 대한민국 태극기 꽂고
널리널리 국위를 선양하리라

낯선 말과 낯선 문화가
더러는 회한의 눈물일지라도
위안의 술잔 삼아 마시리라

부부의 길

광야에 뜬 밤하늘 별빛

야자수 나무 사이로 부는 동인도양 밤바람

귀밑으로 흐르는 멀리 적도 남극의 숨결

가련다 나는 가련다

저 멀리 세계지도에서 본 적이 없는

아프리카 동인도양 검은진주 탄자니아 대륙

세렝게티 대평원에 살아 움직이는 반투족과 마사이족

빅토리아 호수, 킬로만자로 산이 있는 곳으로—

— 김우영 작가 詩 「지구촌 나그네의 길」 全文

1. 이역만리(異域萬里) 아프리카 동인도양 탄자니아를 향하여

지난해 2019년 8월 19일 무더운 여름날. 대전 중구 문화동 집 골목에서 아픈 아내와 눈물의 이별을 했다.

"소임 다 하고 건강하게 돌아오리다. 건강 잘 챙겨요!"

"네— 잘 가시고, 돌아오세요. 흐으윽— 흐으윽——"

이쁜 강아지 후추를 안고 골목에서 눈물을 흘리는 아픈 아내를 뒤로 하고 가려니 발걸음이 안떨어진다. 그러나 가야 할 지구촌 나그네 길. 허멀건하게 야윈 아내가 강아지 '후추'를 안고 서 있는 모습에 하염없이 흐르는 눈물 훔치며 집 앞에서 택시를 타고 대전역으로 향하였다.

대전역 앞 중앙시장 '함경도식당'에서 몇 몇 회원들과 나누는 석별의 술잔에 눈물이 반이다.

"잘 다녀올테니 건강하게 잘 있어요."

'20.8.17. 쥔장 귀국하는지 모르고 통닭먹이에 정신없는 아프리카 고양이 '후추' /
귀국하는 김우영 교수를 탄자니아 국제공항에서 환송해주는 외교대학 한국어학과 제자들

"그러세요. 대표님 한국어로 국위선양 잘 하시고 돌아오세요."

뚜우우— 기적소리를 울리며 대전역을 출발한 기차는 지구촌 나그네를 태우고 중원평야를 달리며 한양땅 서울로 향하고 있었다. 1시간여 달린 기차는 가쁜 숨 몰아쉬며 서울역 플렛트홈에 멈춘다. 역내에서 공항철도로 옮겨타고 푸르런 인천바다를 가로질러 인천 국제공항으로 갔다.

에티오피아행 비행기는 새벽녘 몸과 맘 못지않게 무거운 가방과 배낭을 메고 고국 인천 국제공항을 뒤로하고 까아만 하늘로 향하였다. 한참을 하늘에 날아오른 비행기는 아프리카 에디오피아 공항에 도착하였다. 에디오피아에서 환승을 하고 다시 남극 적도의 나라를 향하였다. 머나먼 대륙을 향하여 긴 18시간 비행 끝에 동인도양 탄자니아에 가쁜 숨 몰아쉬며 힘겹게 도착했다.

부부의 길

2. 다르에스살렘 외교대학에서

탄자니아 다르에스살렘시 외곽에 있는 국립 외교부 외교대학 한국어 학과에 담당교수로 배정받아 검은 얼굴의 학생들을 대상으로 1주일에 12시간씩 한국어를 가르치기 시작했다. 해외에 머무는 소중한 기간에 한국어를 더 알리기 위하여 저녁에 쉬는 시간을 절약하여 머물고 있는 숙소 샐베이숀 아미(Salvation Army) 일반 주민들을 대상으로 한국어를 1주에 4시간씩 병행하여 지도하였다.

"ㄱ(기역) ㄲ(쌍기역) ㄴ(니은) ㄷ(디귿) ㄸ(쌍디귿) ㄹ(리을) ㅁ(미음) ㅂ(비읍) ㅃ(쌍비읍) ㅅ(시옷) ㅆ(쌍시옷) ㅇ(이응) ㅈ(지읒) ㅉ(쌍지읒) ㅊ(치읓) ㅋ(키읔) ㅌ(티읕) ㅍ(피읖) ㅎ(히읗)."

"ㅏ, ㅐ, ㅑ, ㅒ, ㅓ, ㅔ, ㅕ, ㅖ, ㅗ, ㅘ, ㅙ, ㅚ, ㅛ, ㅜ, ㅝ, ㅞ, ㅟ, ㅠ, ㅡ, ㅢ, ㅣ."

"안녕하세요. 반가워요. 또 만나요. 고맙습니다."

"1443년 세종25년 세종대왕이 만들고 1446년 반포한 대한민국의 한글, 한국어. 577년이 지난 2020년에 한류(韓流) 열풍을 타고 세계적인 공용어로 부상하고 있습니다. 한국의 K-pop '강남스타일'과 '방탄소년단', K-drama의 '겨울연가'와 '주몽', K-moving 봉준호 감독의 '기생충'이 미국 아카데미 시상식에서 작품상 5개 부문 석권했습니다. 이어 홍상수 감독의 '도망친 여자'가 지난 2월 29일 독일 베를린 국제영화제에서 은 곰상을 수상하였습니다. 근래 '코로라 19 바이러스 괴물'로 실의에 빠진 한국 국민을 위안을 했습니다. 이렇게 한류가 뜨면 가장 먼저 바빠지는 분야가 한국어 배우기 입니다. 노랫말과 드라마 내용, 영화속 한국어 대화를 이해하기 위해서 입니다. 지금 전 세계는 한국어 토픽열풍과 세계 각 대학에 한국어를 배우기 위하여 지구촌 사람들이 줄을 서고 있답니다."

"대한민국 한글, 한국어. 아자아자!"

3. 울고 웃었던 나날들

낯선 머언 나라에서 살면서 울고 웃었던 나날들이었다. 시장의 쌀을
사러 가는데 혼자 진흙탕이 있고 바람이 부는 을씨년스런 골목길을 걸
었다. 주변에서 알아듣지 못하는 스와힐리어(Swahili)로 말을 걸어오는
검은 얼굴의 사람이 금방 튀어나와 강도로 돌변하지나 않을까? 하는 무
서움으로 이마에 식은땀이 흐르던 시절. 또 가게에서 생활용품을 사는
데 바가지를 씌워 화가 난 일. 시장에서 물건을 사고 바자지(Bajaji, 삼륜
차)를 타고 숙소로 돌아와야 하는데 반대로 가다가 중간에 내려 걸어오
며 속상하여 울던 일. 숙소에서 밥을 먹는데 도마뱀이 기어가는 바람에
깜짝놀라 먹던 밥을 토하던 일. 학생들이 수고를 했다며 음료수를 전해
주어 고마워 눈시울을 붉히던 일 등 많은 일들이 주마등처럼 스친다.

탄자니아에 도착하여 이 기회에 체중감량을 하기로 하고 다이어트를
했다. 하루 6번의 식음료를 다 먹으면 살이 찔 것 같았다. 탄자니아는
아침 점심 저녁 외에 3번을 더하여 6번의 식사와 간식을 한다. 한국과
6시간 차이가 나는데 아침은 아수부히 차쿨라(Asubuhia Chakula)라고 하
여 간단한 토스트와 우유를 마신다. 오전 10시에는 차이타임(Chai time),
또는 브레이크(Beuleikeu)라 하여 차와 우유, 빵을 먹는다. 정오 12시 식
사는 음차나 차쿨라(Nchana Chakula)라고 한다. 이어 오후 4시에도 차이
타임(Chai time)을 갖고, 저녁은 지오니 차쿨라(Jionij Chakula)라고 하여
저녁을 먹고, 밤에는 우시쿠(Usiku) 차이타임(Chai time)을 갖는다. 이렇
게 하여 총 6번의 식음료를 한다. 그래서 아프리카 사람중에는 비만이
많아 노후에 당뇨와 성인병 환자가 많이 발생한다. 이런 식생활 습관은
아프리카는 역대로 영국과 독일, 포르투갈 등 서양의 점령하에 기인하
였고 한다. 물론 이러한 식음료 시스템은 학교나 기관 등 어느 정도 살
만한 환경의 경우이지 시골의 못사는 서민들과는 거리가 멀다.

하루 6번의 식음료는 탄자니아 입국 1달 정도 교육받을 때의 호사(好事)이다. 학교 임지에 배치되어 숙소에 혼자 살 때는 국내식당 아침을 제외하는 하루 두 끼를 숙소에서 밥을 해먹었다. 자취경력과 부엌출입이 없는 입장에서 어려움이 많았다. 한국에서 가져간 1인용 전기밥솥에 밥을 하다가 쌀이 설어 버린 일. 밥을 태워 버린 일. 밥하기 귀찮아 미리 많이 밥을 해놓고 찬밥을 떠먹곤 했다. 어떤 때는 밥하기가 귀찮아 학교에서 끝나고 오면서 맥주와 바나나를 가지고와 마시고는 그냥 잠을 자곤 했다. 이러다보니 불규칙하고 부실한 식생활로 몸이 수척해졌다.

탄자니아 도착 초기에는 다이어트를 했으나 시일이 지나면서 현지 환경에 힘들어 체중이 10kg까지 감량이 되었다. 매일 30도가 넘는 무더위에 하루종일 땀을 흘리고 저녁에 숙소로 오면 어지러웠다. 학교에서 오전 강의 후 점심에 숙소 도착샤워와 세탁, 또 오후 강의 마치고 저녁 때 후 숙소에 와서 샤워와 세탁을 하였다. 이 경우는 전기와 수도가 정상적일 때의 환경이다. 수시로 전기와 수도가 나갈 때는 아주 난처하였다. 가족과 주변에서는 야윈 모습을 사진으로 보고 걱정을 하였다. 특히 고국 아내가 병약하여 고생하는데 아프리카로 간 가장의 건강이 해치면 안된다며 귀국을 권고하였다.

"엄마가 늘 아파 걱정인데 아빠마저 아프면 안되어요?"

"한국어 국위선양 자원봉사도 좋치만 건강이 우선이니까 귀국했으면 좋겠어요."

4. 고국을 품에 그리다

이에 따라 자의반 타의반으로 중도귀국을 하기로 한국해외봉사단 탄자니아 사무소와 협의하였다. 낯선 땅에서 30도를 웃도는 더위와 습도로 고생을 마치고 지난 2월 말 귀국하였다. 탄자니아 공항에서 비행기를 타고 2일간에 걸쳐 머언— 하늘길로 고국을 돌아왔다. 탄자니아 국제공항 율리우스 나이어이(Julius Nyerere)은 우리나라 작은 지방공항 크기의 규모였다.

오후 5시 30분 탄자니아 공항을 출발한 카타르 항공은 이륙하여 6시간을 비행하였다. 동인도양 바다 위를 솟아오른 비행기는 케냐 몸바사를 옆에 끼고, 소말리야 해협과 오만 아라비아해를 지났다. 3,900피이트 상공에서 시속 548스피드로 날아오른 비행중에 기내 도시락을 먹으며 좁은 의자에서 맛있게 먹었다. 그러는 사이 중동 산유국 부자의 나라 카타르 도하(Doha) 국제공항에 도착하였다.

카타르 도하 국제공항에서 2시간을 기다렸다. 비행기를 환승하기 위하여 걷다가, 또는 소형 트램을 타고 E-3 게이트로 향하였다. 아프리카 탄자니아에서 그간 각종 보도를 통하여 들은데로 신종 '코로나19 바이러스' 예방을 위한 마스크 일행을 도하 국제공항에서 보이기 시작했다. 이들을 보고 '아, 드디어 한국으로 가는 비행기이구나!' 하는 현실을 느꼈다. 도하 국제공항 대기석에는 아프리카 전역과 중동, 유럽 지역에서 한국을 가기 위하여 기다리는 한국인 승객들이 보인다. 더러는 외국인 승객들도 보였으나 한국인 승객을 따라 마스크를 끼고 있었다. 기다림 끝에 새벽 2시 10분 탑승하였다. 승객을 태운 비행기는 규모가 큰 도하 국제공항을 이륙하여 이란, 아프가니스탄 하늘을 날고 있었다. 도시락을 두 번 먹으며 8시간 비행을 하면서 중국 서부지방 쿤룬산맥과 비엔카란산맥 창공을 날았다. 중국 허베이성과 베이징을 옆에 끼고 황해를 날아 대한민국 인천공항으로 접근하고 있었다. 낯선 타국에서 언어와 문화, 교통편, 식사와 잠자리가 불편하여 꿈에도 그리고, 그렇게도 오고 싶고, 보고 싶던 고국 눈부신 인천 국제공항에 오후 4시 40분 도착하였다.

부부의 길

5. 코로나 19 바이러스 괴물이 삼킨 따뜻한 고국의 인정

2020년 2월 20일 대한민국 인천 국제공항에 도착하였다. 언제나 사람이 많고 부산한 인천 국제공항 분위기가 한가하고 공항 직원들의 마스크 행렬, 위생복 차림으로 을씨년스러웠다. 이런 위압적인 분위기 속에서 마스크를 안 쓴 사람이 이상하게 보여 미리 준비한 마스크를 착용했다. 입국로 따라 걸으며 문의 할 일 있어 핸드폰 대리점에 갔더니 얼굴을 외면한다. 고객을 쳐다보지도 않고 핸드폰은 만지지도 않고 간단히 답변만 한다. 엘리베이터 입구에서 마스크 쓴 사진이 필요하여 입구에 서 있는 직원한테 핸드폰 촬영을 부탁했더니 사양한다.

"죄송합니다. 사양합니다."

"……? 본래 대한민국 인천 국제공항 직원들은 친절이 세계 최고 수준이었는데? '코로나 19 바이러스' 괴물이 따뜻한 고국인정을 빼앗아 가는구나!"

혼자말로 중얼거리며 큰 가방 2개와 배낭, 키타 등 4개의 짐을 무겁게 들고 인천 국제공항 지하에서 전철을 이용 서울역으로 직행했다. 한국에 와서 처음 이용한 깔끔한 전철을 보며 대한민국 선진국을 새삼 느꼈다. 아프리카 탄자니아 도로는 무더운 30도 웃도는 기온에 흙먼지 날리고, 바람이 불며, 중간 중간 움푹 패인 도로를 따라 가는 길은 불편하였다. 여기에 수시로 문은 두들기는 거리의 상인과 걸인들, 보통 차 밀리면 몇 시간씩 걸리는 교통 정체사정에 답답한 일이 부지기수였다.

대한민국의 수도 서울역에 도착하였다. 역내는 승객들이 전부 마스크를 쓰고 있었다. 마스크를 안 쓴 사람이 없을 정도이다. 마스크 승객행렬을 따라 대전행 열차에 몸을 실으며 안도의 숨을 쉬었다.

"아, 이제야 집에 가는구나. 아프리카에서 죽어서 나오지 않고 살아서 두 다리로 걸어 나왔구나."

탄자니아에 있으며 풍토병인 말라리아나 댕기열병으로 죽어 나가는 경우와 아파 고국으로 이송되는 환자 등을 보았다. 또한 숙소에서 혼자 살며 잠을 자다가 갑자기 자연사(自然死), 고독사(孤獨死) 하는 경우도 있다. 이런 경우 사망 후 한참만에 발견되는 경우가 있다. 애석한 일이었다. 먼 나라 타국에 와서 사망으로 인하여 고국으로 간다면 얼마나 가슴 아픈 일이며, 가족들은 또한 얼마나 슬픈 일인가? 우리끼리 하는 말이 있다.

"임기 기간을 잘 마치고 무사히 살아 두 다리로 고국에 가는 것이 목표!"

"아암, 아프지 말고 건강하게 가족 곁으로 무사히 가야지!"

이런 저런 생각을 하며 대전행 기차 차창에 기대여 가는 사이 대전역에 도착했다. 다른 때 같으면 대전역 광장에 가족이나 회원들이 차를 가지고 마중을 나와 반길 터인데? 오늘은 혼자서 쓸쓸히 큰 가방 두 개와 배낭 등 4개의 짐을 끙끙대며 택시 승강장으로 갔다. 어느 고마운 회원은 인천공항까지 차를 가지고 마중을 나온다고 했다. 고맙지만 사양했다. 또한 가족들이 대전역으로 마중을 나온다고 했다. 이 또한 사양했다. 인천 국제공항에서 혹시 오염될 '코로나 19 바이러스' 전염 때문이다.

아프리카 탄자니아는 30도를 웃돌아 코로나 19 바이러스 소식이 없었다. 귀국해서는 근래 중동지역 이집트와 이란, 탄자니아와 이웃한 케냐 나이로비에 코로나 19 바이러스가 상륙했다고 한다. 지난 2월 19일 탄자니아 국제공항 율리우스 나이어스 공항을 출국하여 만 하루만에 20일 인천 국제공항을 경유하면서 혹시라도 문제가 있을까 싶어 집에 도착하여 자방격리(自房隔離)를 하고 있다.

부부의 길

6. 한국어 자원봉사 후 귀국길 환영이 자방격리(自房隔離) 고뇌(苦惱)

집에 도착해서는 웃지못할 헤프닝이 있었다. 9시경 대전역에서 무거운 짐 4개를 들고 택시로 집 앞에 도착하였다. 미리 가족들한테 겉옷을 준비하라고 하여 밖에서 입고 온 옷 전체를 갈아입고 신고 온 구두도 버렸다. 그리고 가족들과 해후는 집 입구 대문가와 2층 베렌다 멀리에서 몇 마디 말을 하며 손을 흔든 것이 가족과 해후 전부였다.

대전 집 자방격리(自房隔離)는 14일 목표를 안방 서재에서 시작되었다. 아침 점심 저녁은 안방 문틈으로 도시락이 전해졌다. 아내와 자식들과 대화는 가족 단체카톡방이다. 가족들이 물었다.

"지금 제일 드시고 싶은 음식이 무엇이세요?"

"김치찌개와 막걸리를 넣어주어요."

코레라 19 바이러스 열풍으로 시작된 자방격리의 생활이 시작되었다. 특히 저 지난해 뇌출혈로 쓰러져 회복중인 병약하여 면역력이 약한 아내를 배려해야겠다는 생각이었다. 자방격리 식사는 현미밥과 떡국, 생선찌개, 청국장, 돼지고기 등 다양하게 제공되었다. 고맙고 번거로운 일이다. 아프리카 탄자니아에서 귀국한 건강한 가장에게 '해외귀국'으로 인한 혹시 모를 전염으로 가족들과 의논 끝에 화기애애하게 진행이 되었다. 물론 그렇게 좋아하는 막걸리는 2일에 한 병씩 제공되었다.

고국에 도착 후 어려운 것은 시차(時差)를 적응이었다. 탄자니아는 우리나라와 6시간 차이가 난다. 우리나라 밤 9시이면 아프리카 탄자니아는 오후 3시이다. 우리나라보다 6시간이 늦다. 이러다보니 낮에는 졸리고 밤에는 잠이 안와 꼬박 밤을 세우는 것이었다. 한동안 반대된 일상이 될 것이다. 눈만 감으면 탄자니아 일상이 파노라마처럼 떠오른다. 지금도 흙먼지 날리는 비포장도로를 걸어가고, 학교 강의실에서 한국어를 공부하는 모습이 스친다.

어제는 탄자니아에서 슬픈 소식이 날아들었다. 학교의 카밤바 (Kabamba)학생한테 탄자니아 카톡 일환인 와샵(Whatsapp)을 통하여 숙소 앞 고양이 먹이를 갖고 살펴보고 오라고 부탁했다. 숙소에 다녀온 카밤바가 말하기를 '숙소 앞에서 키우던 새끼 고양이가 안보인다?' 는 것이다. 분명 주변 큰 고양이로부터 밤에 습격을 받은 것 같다. 그간은 숙소에서 하룻밤에 몇 번씩 주변 고양이 습격을 막아주었던 것이다. 그래서 숙소 입구 창문을 늘 열어놓고 잠을 잤다. 이상한 소리가 나면 내쫓기 위해서였다.

타국에서 혼자 있기에 적적하여 암컷 야생 고양이를 숙소 앞에서 키웠다. 매일 쏘세지와 닭고기 등으로 먹이를 주었더니 숙소 앞을 떠나지 않고 함께 생활을 했다. 아침이면 다가와 뒹굴며 아양을 부리고 출근길 숙소 앞 까지 나왔다. 퇴근시 멀리서 기침소리에도 벌서 알아듣고 저만치 마중을 나오는 것이다. 그러다가 암고양이가 새끼 네 마리를 낳았다. 네 마리중에 한 마리는 자연사하고, 두 마리는 인근 큰 고양이 습격으로 죽고, 가까스로 한 마리 살아나 엄마랑 다정하게 살았었다. 어쩌다가 새끼는 뒷 다리를 다쳐 걸음걸이를 잘 못한다. 비 오는 날이면 처마에서 비를 맞아 손으로 들어 안쪽으로 이동시켜주어야 했다. 엊그제 생후 두 달의 새끼 고양이가 후 숙소 앞에서 안보인다니? 분명 큰 고양이 습격으로 죽은 것 같았다. 아, 이를 어찌하노? 비바람 몰아치는 밤이면 숙소 안으로 어미와 새끼를 들였다. 외부에서 손님과 식사중에 닭고기가 나오면 안먹고 휴지에 싸서 숙소 앞 고양이에게 주었다. 이렇듯 정성껏 낯선 동양인의 따뜻한 사랑을 고양이에게 듬뿍 주었다.

"아, 내 사랑 탄자니아 고양이 후추야? 새끼는 어데로 갔노? 제발 살아있어라. 초롱한 너의 눈망울이 손에 잡히는구나. 또한 새끼를 잃고 시름에 젖어있을 어미도 건강하게 잘 지내라! 눈만 감으면 떠오르는 고양

부부의 길

이 어미와 새끼의 환영! 이를 어쩌란 말인가?"

문득 고려 충혜왕 때 문신이었던 이조년(李兆年) 시인이 쓴 병와가곡집(瓶窩歌曲集)에 실린 다정가(多情歌)를 읊조리며 아픈 맘을 달랜다.

이화(梨花)에 월백(月白)하고 은한(銀漢)이 삼경(三更)인 제
일지춘심(一枝春心)을 자규(子規)야 알랴마는
다정도 병인양 하여 잠못 이뤄 하노라.

□ 닫는 시

이역만리 머나먼 아프리카 동인도양 탄자니아
한국어 자원봉사 대한민국 태극기 꽂고
한류(韓流)에 민간외교관으로 널리널리 알렸노라

낯선 말과 문화로 어두운 광야길 걸으며
함든 기후 환경으로 인한 고뇌로 체중감량 10kg
허기진 배를 움켜쥐고 고국을 찾았노라

사람발길 빈틈없이 부산한 인천 국제공항
한산하여 찬바람이 분다

군데군데 마스크 쓴 말없는 병정놀이
묻는 말에 말없이 턱으로 끄덕인다

아, 인정과 친절이 미덕인

세계 10대 강국 아름다운 대한민국

신종 코로나 19 바이러스 괴물이 삼킨
상가, 길거리, 차량이 끈긴 황량한
내 조국 대한민국을 어쩌란 말이냐?
— 김우영 작가의 詩「코로라 19 바이러스 괴물」전문

탄자니아 국제공항 율리우스 나이어이(Julius Nyerere)

대한민국 인천국제공항에 귀국한 김우영 교수

부부의 길

나. 중앙아시아 우즈베키스탄에서

중앙아시아 우즈베키스탄 지도
중앙아시아 5개국 인구 6천 9백만 명. 우즈베키스
탄 면적은 448,978㎢(한국 220,748㎢), 인구는
336,942명. 인구 3천천5백만 명.

　　　중앙아시아 우즈베키스탄에 핀 따뜻한 휴머니즘
'한국어 선생님이라면 업고 다닌다!' 는 중앙아시아 우즈베키스탄
　　　중앙아시아 우즈베키스탄에서 아이 울음소리 들었네!
　　　　　맛깔스런 음식의 나라 중앙아시아 우즈베키스탄
　　　우즈베키스탄의 전통 명절 쿠르반 하이트(Qurbon hayiti)!
우즈벡아 나는 간다. 그러나 한국어 국위선양 위해 다시 오리라!

중앙아시아 우즈베키스탄에 핀
따뜻한 휴머니즘

1. 소중한 가족혈연 관계를 갈라놓은 코로나

지난 6월 22일(수) 한국 인천공항을 오후 5시 출발 중앙아시아 우즈베키스탄(Uzbekistan, Republic of Uzbekistan) 수도 타슈켄트(Tashkent) 국제공항에 밤10시 35분에 도착했다.

타슈켄트 국제공항은 중앙아시아에서 가장 큰 규모의 공항이자, 허브 공항 역할을 하고 있다. 아시아 및 유럽, 미주 등 다양한 지역의 노선을 운영하고 있다. 동아시아 노선은 중국, 일본에 비해 대한민국 노선 비중이 가장 높다.

늦은 밤에 내린 타슈켄트 국제공항은 한국처럼 불빛이 환하지는 않았다. 듬성듬성 켜 있는 가로등 불빛을 따라 이동해야 했다. 공항 밖에는 5년만에 귀향하는 에르가셰바 자리파(Ergasheva Jarifakhon)와 한국어 문학박사 김우영 교수를 기다리는 사람들이 있었다.

이 날의 주인공 '자리파'는 내과박사로 퇴직한 아버지와 수학 교사 및 교감으로 퇴직한 부모님 사이에서 막내딸로 태어났다. 안디잔 대학교 우즈백어학과를 졸업 후 석사과정을 마쳤다. 뜻한바 있어 2016년 한국에 왔다.

뜻한바 있어 2016년 한국에 왔다. 강원 원주상지대학교 언어교육원에서 한국어과정 6급을 수료하고 충남 금산 중부대학교 한국어 석사과

부부의 길

2022년 6월 22일 늦은 밤 중앙아시아 우즈베키스탄 타슈켄트 국제공항에 도착 환영의 꽃다발을 받았다

정 후 현재 국어국문학과 박사과정을 공부하고 있다. 즉, 5년만의 귀향은 한국어 문학박사로서 금의환향하는 일이었다.

이에 따라 성공을 거두고 귀국하는 자리파 한국어 문학박사가 대견스럽고 자랑스러운 일이 아닐 수 없다. 그리하여 무려 가족 친지 8명이 안디잔에서 6시간을 달려 타슈켄트 국제공항까지 꽃다발을 들고 온 것이다.

공항 밖을 막 빠져나오자 저만치 차단된 울타리 너머로 한 무리의 사람들의 꽃다발을 흔들며 환호성이 터져 나왔다.

"우―와―"

"짝짝짝―짝짝짝―"

자리파는 그간 고국을 방문하려고 하였으나 코로나로 인한 장애가 되어 5년여동안 눈물의 한국생활을 했단다.

"아버지, 어머니 딸과 가족들이 너무 보고파서 잠을 못자며 그리워 했어요. 오! 내 그리운 조국 우즈베키스탄과 사랑하는 나의 가족들이여!"

꽃다발을 2개 준비한 환영객들은 자리파와 김우영 교수에게 각 각 전했다. 그리고 자리파는 가족과 친지들을 끌어안고 울먹였다. 어깨를 들

5년만에 고국 우즈베킥스탄 도착 타슈켄트공항 가족과 눈물의 상봉

썩이며 끌어앉은 가족들은 하염없이 눈물을 흘려내렸다. 애간장이 끓토
록 이들의 혈연관계를 멀리한 녀석은 다름 아닌 '코로나'였다.

지난 2019년 12월 중국 후베이(湖北)성 우한(武漢)에서 처음 발생하여
2020년 1월 20일 우리나라로 건너오는 한편, 전 세계로 확산되었던 새
로운 유형의 코로나 바이러스(SARS-Cov-2)에 의한 호흡기 감염질환 위
세는 실로 대단하여 그야말로 유사이래 미증유(未曾有)한 사건이었다.

이 코로나라는 녀석은 지난 국가의 부름을 받고 2019년 한국해외봉
사단 코이카 소속으로 파견된 아프리카 탄자니아 다르에스살렘 외교대
학 한국어학과에서 국위선양하던 필자를 강제귀국시킬만큼 위력적이었
으니까 말이다. 하염없이 얄미운 녀석이다.

"아버지, 어머니 보고 싶었어요. 흐흐흑—"

"그래, 네가 정녕 내 자식이 맞느냐? 잘 왔다. 보고 싶었다. 한없이—
!"

"어, 엄마 흐흐흑—"

"내 딸 Kizin 모힘버누야. 많이 컷구나. 엄마가 너를 두고 한국으로

부부의 길

떠나 미안하다. 보고싶었다. 흐흐윽—"

"어, 엄마, 보고 싶었어요, 왜 이제 왔어요. 흐흐윽—"

서로 부둥켜 안고 눈물의 상봉을 하는 이들을 보면서 독일의 유명한 음악가 '베히쉬타인' 의 말이 생각난다.

"저녁 무렵 자연스럽게 가정을 생각하는 사람은 가정의 행복을 맛보고 인생의 햇볕을 쬐는 사람이다. 그는 그 빛으로 아름다운 꽃을 피운다."

이들은 필자에게 꽃다발을 전하며 반기며 환영해준다.

"한국어 문학박사 김우영 교수님 어서오세요. 환영합니다."

"반갑습니다. 이렇게 6시간 걸린다는 먼 길 안디잔에서 달려와 축하의 꽃다발까지 전해주시어 고마워요."

"부디 우리 우즈베키스탄에 한국어를 널리 알려주세요. 근래 우즈베키스탄 동부지역 안디잔, 나망간, 페르가니대학 등에 한국어 바람이 불고 있어요."

"그러지요. 근래 중앙아시아 우즈벡을 중심으로 부는 한국어 공부 열망에 부응하여 널리 퍼지도록 하겠습니다."

한국에서 출발 전 전해듣기는 했지만 우즈베키스탄은 마스크가 필요 없단다. 한때 이 나라에도 예외없이 코로나가 발생했지만 지금은 사라져 온 국민이 마스크 없이 생활하고 있었다.

"후유– 마스크 안쓰고 생활하니까 답답하지 않아 좋으네. 허허—"

2. 동부의 중심도시 안디잔을 향하여

우즈베키스탄 타슈켄트 공항 늦은밤 가로등 아래 반가움과 서름에 정한(情恨)의 눈물의 상봉식이 있었다. 잠시 후 일행은 승용차 2대에 나뉘어 타고 우즈베키스탄 수도 타슈켄트 국제공항을 출발 자리파의 고향 안디잔을 향하여 늦은밤 거리를 달리기 시작했다.

늦은 밤이지만 한낮 40도 내외의 무더위 여진으로 후끈한 더위로 느끼며 승용차는 달리기 시작했다. 한낮 더위 여진과 창밖 밤바람이 교차되는 기온을 느끼며 약 400km 거리에 있는 안디잔을 향하였다.

우즈베키스탄의 수도 타큐켄트에서 안디잔까지 거리가 약 400km정도의 거리는 우리나라 서울과 부산 정도의 거리이다. 서울과 부산은 잘 다듬어진 경부고속도로를 가볍게 달린다.

그러나 이곳의 도로사정은 고르지 못하여 덜컹거리며 달리고 있다. 우리나라의 거친 시멘트 포장도로를 달리는 기분이다. 늦은밤 도로를 달리는 승용차의 창 밖으로 어둠은 까맣게 사위를 감싸고 있다. 덜컹거리며 달리는 승용차에서 우즈베키스탄에 대하여 생각해 보았다.

중앙아시아의 중심국가 우즈베키스탄공화국(Republic of Uzbekistan)은 키르기스사탄과 더불어 오염이 안되어 가장 아름답다. 우즈베키스탄이라는 이름은 '우즈(Uz, 자신의)' + '베크(Bek, 왕)' + '스탄(Stan, 땅)'이 합쳐진 말로 '자신들의 왕을 가진 나라', 즉 다른 민족에게 지배받지 않은 독립된 나라임을 뜻한다.

우즈베키스탄은 세계에서 드믄 이중 내륙국 가운데 하나이다. 그리고 12개의 주와 1개의 자치공화국, 1개의 특별시로 구성되어 있다. 인구는 동부지역, 사마라칸트 주, 페르가나 주, 타슈켄트 시, 안디잔 주에 많다. 반면에 서부 우르겐치, 히바 등은 전형적인 사막성 기후로 인구가 적다.

수도는 돌의 도시라는 의미의 타슈켄트(Tashkent)이며 인구는 213만 명으로서 6.3%에 달하는 인구가 몰려산다. 우즈베키스탄 면적은 448,978㎢(우리나라 220,748㎢), 이고 인구는 3천 3백만 여명이다. 국민총생산은 626억 달러, 1인당 국민소득은 2,090달러이다.

지난 1937년 소련 스탈린의 강제이주정책에 따라 이주되었던 고려인(까레이스키)17만 명이 우주베키스탄에 거주한다. 중앙아시아 가운데 우즈베키스탄에 고려인들이 가장 많이 거주하고 있다. 이중 약 10만 명 정도가 수도인 타쉬켄트 지역에 살고 있다.

늦은밤 11시경 타슈켄트를 출발한 승용차는 터덜터덜거리며 고르지 못한 시멘트 포장길을 달렸다. 새벽길을 뚫고 달리는 승용차는 우주베키스탄 동쪽 변방 국경도시 안디잔으로 향하고 있였다.

그림 같은 언덕으로 둘러싸인 고대 안디잔(Andijan)은 페르가나 계곡의 남동쪽에 위치하고 있다. 이 도시는 유서깊은 시대와 '바부르' 가 태어났다는 사실을 자랑스럽게 생각한다. 바부르는 인도의 무갈 제국의 창립자인 티무르 왕조를 대표하는 유명한 시인이자 지휘관이다.

이어 1876년 이래 안디잔은 러시아 제국의 일부였다. 인구는 약 300만 명으로서 전체인구의 9%가 거주한다. 기계공학의 중심지인 우즈베키스탄의 주요 도시 중 하나이며 자동차 생산 공장이 있으며 기계 제조, 통조림 및 유제품 공장, 밀가루 공장, 면화 공장, 니트웨어 공장 등 여러 대기업이 있다. 키르기스스탄 국경이 멀지 않아 국경도시 역할을 한다.

3. 대우자동차 티코, 다마스의 고장 안디잔

또한 안디잔 아사카시에는 한국의 대우자동차공장이 있다. 1996년 7월 13일 대우자동차 공장을 준공식을 가졌다. 그래서 그런지 길거리에는 한국의 대우자동차 티코와 다마스 자동차가 많이 보인다. 이 외에도 레이서, 넥시아, 라보, 에스페로 등 총 6종의 차종을 연간 10만대 규모로 생산할 수 있는 제3세계 진출형 교두로를 마련한다고 한다.

'마수후리' 라는 50대 현지인이 운전하는 자동차는 타슈켄트에서 동쪽 안디잔으로 달리고 있다. 얼마를 그렇게 달렸을까? 저만치 동쪽 하늘가에 먼동이 터오기 시작하였다.

배에서 쪼르륵- 소리가 난다. 하긴 한국 인천공항에서 출발 7시간을 달려오며 간단한 기내식으로 허기를 때운지가 벌써 언제란 말인가? 이를 아는지 안디잔으로 향하는 길목 '비글사멸산'에서 잠시 휴식 후 길가 휴게식당에 들렀다. 간단한 요기를 하기 위함이다.

새벽시간인데도 많은 현지인들이 희잡 두건과 전통의상을 착용하고 오가고 있었다. 만두국과 논(Non)이라는 빵으로 간단한 식사를 했다. 식사중에도 가족끼리 가까이 붙어 이야기를 도란도란 나누는 따스한 인정을 보며 기원전 600년 경 시작된 초원지대 유목민의 후예다운 우즈벡 민족이라고 생각했다.

아직 따뜻하게 남아있는 우즈벡 가정을 보면서 가정이란 어떠한 형태의 것이든 인생의 커다란 목표라는 생각이 들었다. 행복한 가정은 미리 누리는 천국이기 때문이다.

4. 뜨거운 환영식에 놀라

6시간 정도 달렸을까? 까아만 늦은밤에 출발한 일행을 태운 마수후리 승용차가 이른 새벽 먼동을 맞이하고 있었다. 안디잔 달라와르진 6번길 42번지(Andijan Dalvar 6 Kocha 42)위치한 자리파의 출생한 집앞에 들어섰다. 이곳에는 진작부터 가족과 친지, 이웃 주민들이 기다리고 있었다.

승용차가 거의 집에 다가서자 쎈스있는 현지인 마스후리 운전수가 경적을 울리며 크게 음악을 튼다. 그러자 조용하던 주택가 골목에 소요가 일어난다.

"빠아앙——빠바아앙——"

"5년만에 귀향하는 자리파 한국어 문학박사와 한국 문학박사 김우영 교수가 도착했어요. 여러분 환영의 박수를 쳐주세요."

"우—— 짝짝짝——"

"5년만에 문학박사가 되어 금의환향한 '자리파 박사'를 환영합니다."

"와─짝짝짝─"

"함께 방문한 한국어 문학박사 김우영 교수를 환영합니다. 우리 지역은 지금 한국어 바람이 일고 있어요. 까레이 테리(K0penksa Tili, 한국어 언어)를 널리 퍼지게 해주어요."

환호성과 박수의 열띤 환영속에 높은 대문에 들어서자 넓은 집안에는 이미 화려한 자리파 박사의 귀국과 한국어 문학박사 김우영 교수의 환영무대가 준비되어 있었다. 공항에 나오지못한 남은 가족들과 친지와 이웃들이 부둥켜안고 반가운 해후를 맞고 있다.

한동안 눈물과 반가운 상봉을 마치자. 이번에는 빨간 융단을 깔아놓고 오색풍선으로 아치형 무대를 만들어 놓은 환상의 환영무대가 있었다. 생각하지도 않은 과분한 환영식에 놀라 할 말을 잃었다. 어안이 벙벙해하자 방문기념으로 통기타로 노래로 답례하라고 하여 이에 응했다. 박수세례와 함께 기념사진을 찍었다. 또한 미리 준비한 꽃다발과 함께 우즈베키스탄 전통의상과 모자를 선물로 받고 즉석에서 입고 방문 기념사진을 찍었다.

잠시 후 집 입구에 마련된 접견방에서 앉아 다과를 들며 차분하게 소개와 함께 가족과친지, 이웃들에게 소개와 함께 인사를 나누었다. 한국에 대한 궁금한 사항과 한국어를 어떻게 전할 것인지 등이었다.

이곳 가옥형태는 우리나라 가옥의 1.5층에 해당할만큼 높고 크다. 높은 자붕까지 합치면 2층 높이로 우리나라의 1층에 해당되었다. 마당은 낮으며 주변으로 방 3개와 세탁실, 부엌, 화장실, 우리나라 사랑방에 해당하는 손님 접견방이 있었다. 중앙아시아 대륙기질다운 궁전가옥 형태였다. 비교적 중산층에 해당하는 유복한 가정이었다.

집을 둘러보다가 앞으로 묵을 방을 안내 받았다. 깔끔한 침대와 카페트가 깔려있는 아담한 방에는 가재도구가 잘 정리되어 있었다. 금방 구

우즈베키스탄 안디잔 자리파 박사 집에 마련된 한국어 문학박사 김우영 교수의 환영 무대

입한 침대보에는 제품회사 상표가 그대로 붙어 있었다. 벽면 장롱에는 곱게 갠 이불과 베개덮개와 잠옷까지 준비되어 있었다. 그리고 걷기에 편안한 촉감의 카페트가 깔린 방바닥을 걸어 화장실을 열어보니 한국과 똑같이 좌변식과 타올, 치약, 칫솔이 준비되어 있었다.

지난 밤을 꼬박 세우고 달려온 여독에 피곤하여 침대에 몸을 맡기고 누웠으나 쉽게 잠이 오질 않는다. 안디잔에서 타슈켄트까지 6시간을 달려온 가족, 친지들. 다시 6시간을 달려 되짚어 돌어오는 6시간. 합하여 12시간을 달려 따뜻한 인정의 휴머니즘(Humanism) 인문학주의 우즈베키스탄 가족.

또한 5년만의 성공적인 귀향을 반기기 위하여 빨간 카페트를 깔고 놓

부부의 길

고 오색풍선으로 아치형 무대를 만들어 놓은 환영무대. 가족, 친지, 이웃등 30여명이 대문과 집안에 가득하였다. 신선한 산소같은 사람냄새가 피어나는 인정풍요 감동의 무대였다.

이러한 따뜻한 감동의 따뜻한 인정의 풍요가 우리나라에는 언제 있었던가? 있기는 있었다. 까마득한 옛날 일로 여겨질만큼 아주 오래 전의 일로 기억이 된다.

어렸을 적, 아주 어렸을 적에 동네의 가족이나 친지중에 미국이나 일본에서 귀국하면 구경하려고 집을 방문했다. 이를 기념하여 집 주인은 닭이나 돼지를 잡아 방문객들에게 술과 함께 대접했다. 또는 집안에 경사가 났다며 동네 농악대를 가동하여 장구와 징, 꽹과리 등이 동원되어 집안 경사를 축하해주었다.

5. 과학문명의 발전과 휴머니즘 중에 무엇이 중요할까?

21세기는 최첨단 과학문명의 시대이다. 자고나면 급변하는 문명은 인류의 삶을 편안하고 행복하게 만들어주고 있다. 그런데 발달된 문명의 이기속에서 과연 이번에 우즈베키스탄을 방문하여 느낀 감동의 사람 사는 냄새가 있을까?

이웃을 만나면 애 써 외면하는가 하면? 이웃집에 잘 된 사람이 있으면 시기나 질투로 사촌이 논을 사면 배가 아픈 일이 있지나 않은지?

그 옛날 구석기, 신석기시대를 시작으로 고려, 신라, 조선시대를 거쳐 개화기와 근대, 현대에 이르기까지 문명은 인류의 삶을 진보시키며 발전해왔다. 그런데 그 문명의 발전이라는 것이 인간본연의 따뜻한 인정 풍요가 함께 유지가 되었는지? 행여 인간성 상실이라는 공허한 삶을 사는 게 아닌지 생각에 잠긴다.

그럼 21세기 79억 명 인류의 삶 중에 문명 발전과 인류애의 휴머니즘

중에 무엇이 중요할까? 과학이든, 문명이든 세상의 모든 일은 인류를 위한 일이다.

사람 냄새나는 따뜻한 인류애를 앞서는 어떤 일도 있을 수 없다는 생각이 든다. 이 세상에 태어나 우리가 경험하는 가장 멋진 일은 가족의 사랑을 배우는 것이기 때문이다. 가정은 누구나 있는 그대로의 자기를 표시할 수 있는 유일한 장소이기 때문이다.

문득, 19세기 러시아를 대표하는 위대한 대문호 '톨스토이'의 말이 생각난다.

"마른 빵 한 조각을 먹으며 화목하게 지내는 것이, 진수성찬을 가득히 차린 집에서 다투며 사는 것보다 낫다. 모든 행복한 가족들은 서로 서로 닮은 데가 많다. 그러나 모든 불행한 가족은 그 자신의 독특한 방법으로 불행하다.

또한 '인도의 속담'이 자연스럽게 떠오른다.

"가정에서 마음이 평화로우면 어느 마을에 가서도 축제처럼 즐거운 일들을 발견한다!"

□ **나의 안디잔**(Andijonim)

딜나자 아크바로바

Yuragimning ardog 'isan, jon Andijonim.

부부의 길

가슴으로 받드는 그대, 나의 안디잔

Jannat yurtim ko'ksidagi duru marjonim.

천국 같은 내 고향 품에 두른 진주목걸이.

Beshik bo'lding qancha-qancha iste'dodlarga

셀 수 없는 재주꾼들 보듬은 요람이자

ijod chashma bulog'isan ko'hna oshyonim.

창조의 샘이자 오랜 삶의 터전인 그대

Dunyoning har nuqtasida bordir ovozing,

세계 방방곡곡 그대 명성 메아리쳐,

hayotning har jabhasida yuksak parvozing.

삶의 이모저모 드높게 비상(飛翔)하는 그대

Qayerga borsam, mezbon bo'lib mehmon siylagan,

어디가나 주인의 정성이 손님을 맞이하지

dilkashlig-u so'zamoli asriy merosing.

달변가들은 읊조리지 그런 친절함은 시대의 유산이라고.

Andijonim jonajonim noming tilda sharafshonim,

사랑하는 나의 안디잔이여 그대 이름 불리워질 때 영광 있으라.

so'lim vodiy bog'ridagi nurafshonim Andijonim

즐거운 (페르가나) 계곡 정원 안뜰 찬란히 빛나는 나의 안디잔이여

Tashabbus-u g'oyalarla otdi tonglaring,

새벽녘 동트면 숭고한 사상들 펼쳐지듯

paxta dondan ko'kni quchdi mo'l xirmonlaring.

타작한 면화 낟알들 풍요로이 하늘로 치닫는 그대

Dunyo uzra yurt bayrog'in ko'kka ko'tarib,

세계로 나가 조국의 깃발 공중에 치켜들고

maydonlardan g'olib qaytdi alp o'g'lonlaring.
전장서 귀환해 승전보 올린 영웅호걸인 그대.
Ayt qizlarim husni oyga barobarlarim,
달빛마냥 아름다운 그대 영애(令愛)들에 말하세,
o'n yoshida dong taratgan Sanobarlarim,
열 살부터 이름 높인 사누바르처럼

*Munojot Yo'lchiyeva(1960~)안디잔 시린불락 출신의 우즈베키스탄 유명 여가수

부부의 길

'한국어 선생님이라면 업고 다닌다!' 는 중앙아시아 우즈베키스탄

아시아 속 대륙 중앙아시아 우즈베키스탄공화국(Republic of Uzbekistan)에 지난달 6월에 왔다. '한국어 선생님이라면 업고 다닌다' 라고 할 정도로 인기가 좋다는 미래의 대륙 중앙아시아.

중앙아시아는 옛 소련의 5개 공화국을 말하고 있다. 카자흐스탄, 키르기스스탄, 타지키스탄, 투르크메니스탄, 우즈베키스탄이다. 인구는 약 8,700만 명이다.

지난 70여년 동안 소련의 공산 체제 속에서 있으면서 우리에게는 낯선 이름이었지만, 중앙아시아 문화는 우리 민족 문화의 뿌리와 깊게 연관되어 있는 곳이다.

중앙아시아는 우리나라 고대사 혹은 선사시대의 역사와 분리해서 생각할 수 없을 정도로 밀접한 관계가 있다. 우리나라 문화와 전통 가운데 중국적인 요소들을 제거하고 순수하게 우리의 것이라고 할 수 있는 것이 있다면 그것은 곧 그 뿌리와 맥락이 중앙아시아의 문화와 같이하고 있다고 전해진다.

1. 우리 선조 고려인 강제 이주의 아픔이 서려있는 땅

'한국어 선생님이라면 업고 다닐 정도로 인기가 좋다!' 는 미래의 대륙 중앙아시아를 마냥 좋아만 할 일만이 아니다. 여기에는 우리의 선조

2014.5~2018.12/ 4년 7개월 대전중구다문화센터에서 한국어 봉사

고려인이 강제 이주의 아픔이 서려있다.

1937년 소비에트 연방의 독재자 '스탈린'은 연해주의 고려인 18만 여 명을 중앙 아시아로 강제 이주시킨다. 이주 과정에서 짐승을 싣고 다 니는 기차화물칸에 싣고 가는 과정에서 노약자와 어린이 등 고려인 2만 여 명이 숨진다.

이 가운데 10만여 명은 카자흐스탄으로, 6만여 명이 우즈베키스탄으 로 강제 이주된다. 이주한 고려인들은 기존 현지인들 콜호즈(집단 농장) 에 가입하거나 스스로 새로운 콜호즈를 만들어 농사에 종사한다. 이때

부부의 길

부터 고려인의 디아스포라(Diaspora. 유랑공동체 집단)에 정한(情恨) 서린 삶이 시작된다.

척박한 환경에서도 한국인 특유의 부지런하고 근면 성실한 근로정신으로 땅을 옥토를 가꾸어 정착하게 된다. 고려인 또는 까레이스(Koreys)로 불리는 후손은 중앙 아시아에 50만여 명, 소련에 60만여 명이 거주하고 있는 것으로 확인된다. 우즈베키스탄에는 20만여 명이 거주하는데 주로 수도 타슈켄트에 산다.

2. 아름다운 고원지대의 대륙

중앙아시아는 대륙 중심에 있어 세계에서 바다와 가장 멀리 떨어진 지역으로 매우 건조하며 사막이 대부분이고 고산, 산맥들과 고원지역이다. 나라들이 워낙 커서 자연도 다양하다. 키르기스스탄과 타지키스탄은 티베트 못지않은 파미르 고원지대나 톈산산맥 같은 높은 산맥들이 있고 우즈벡과 투르크멘은 건조한 반사막지대가 많고 카자흐스탄은 북쪽 시베리아나 몽골처럼 숲과 초원이 많다.

고산지대에는 눈표범이 서식하고 산양이나 영양, 마못 등 설치류가 분포한다. 초원지대에는 늑대가 서식하며 영양이나 여우, 기타 설치류가 분포한다.

3. 120여 개 소수민족 공존하는 다민족국가 우즈베키스탄

이 가운데 우즈베키스탄은 중앙아시아 최대 도시이다. 인구는 120여 개 소수민족이 공존하는 다민족국가로서 3,300만 명이다. 국토 총면적은 약 447,400km로써 남한의 약 4.5배이며, 남북한 총면적의 약 2배 정도 된다.

현재 사용하는 우즈벡어는 중국 신장 위구르자치구(1천 만 명 이상의 인구)에서 공용어이다.

우즈베키스탄은 중앙아시아 중부에 있는 국가로서 19세기 후반 제정 러시아의 속국이 되었으며 1924년 10월 소련의 일원으로 우즈베크 소비에트사회주의공화국을 수립하였다. 소련의 붕괴와 함께 1991년 9월 독립하였다.

우즈베키스탄은 위도상으로 보면 한반도보다 다소 높지만 기후는 우리나라보다 더운 편이다. 전체적으로 대륙성 기후로 볼 수 있고 하절기가 건조한 반면 동절기는 다습한 편이다. 한여름(6월~8월)에는 40°C 이상 올라가는 경우가 많아 무척 더운 편이지만 여름철에는 강우량이 거의 없다. 봄과 가을, 겨울이 짧으며 우리나라보다는 다소 기온이 높은 편이다. 강우량은 전체 500ml 정도로 동절기에 집중하고 눈은 아주 추운 한겨울에만 일부 내린다.

우즈베키스탄은 CIS(소련 연방 독립국가연합 Commonwealth of Independent States)국가 중에서도 치안이 매우 좋은 편으로 대부분의 지역에서 비교적 안전하게 여행할 수 있다. 그러나 대한민국 외교통상부에서 운영하고 있는 해외안전여행 사이트에 따르면 우즈베키스탄 일부 지역인 안디잔, 카라수, 나망간, 페르가나 및 인접국 접경지역이 신변안전 유의가 요구되어 1단계 여행경보단계로 지정되어 있다.

4. 다정다감 순수한 우리 민족의 유사성

미래의 대륙 중앙아시아 우즈베키스탄을 다니다보면 길거리와 식당에서 우즈벡인을 쉽게 만날 수 있었다. 다정다감하고 순수한 이들의 표정에서 우리 민족의 유사성을 볼 수 있었다.

"안녕하세요. 카레이스 테리 오코치스(Koreys tili O' qituvchisi, 한국어 선생!)입니다."

"안녕하세요. 아싸러므 알라이쿰(Assalomu alaykum)카레이스 테리 오 코치스!"

그러면서 손을 잡고 반가워한다. 나이드신 우즈벡인들은 눈물까지 글 썽이며 말한다.

"내 아들이 한국 울산에 살아요!"

"동생이 한국 경남 거제도에 간지 5년이 넘었어요!"

그간 만난 우즈벡인들은 외국인이라고 무시하거나 바가지를 씌우려 고 하지 않았다. 오히려 아이스크림을 사주고, 친절하게 화장실 앞 까지 데려다 주며 화장실 이용요금 2,000숨(한화 200원)을 손수 내주었다.

한편, 현지 우즈벡인 생일집에 초대를 받아 갔다. 자리도 상석으로 앉 히고음식을 필자 앞으로 떠 주었다. 택시(대우자동차 DAMAS)를 탈 때도 꼭 앞쪽 상석에 앉혔다.

대화를 나누는 중에 '한국어 선생(까레이스 테리 오코치스, Koreys tili O' qituvchisi)이다' 라고 하니 참 좋아했다. 만난 사람증에 3/1은 한국어 몇 마디를 할 줄 알았다. 따라서 이들은 필자가 강의할 대학 한국어학과에 수강신청하겠단다. 이들 이름은 다음과 같다.

5. 마수후리, 어마드존, 디요리 청년 한국어수강 신청

"마수후리 택시운전자, 어마드존 마켓 근무자, 디요리 청년 등 신청합 니다."

"오늘은 참 좋은 한국의 날(하일리 쿤 카레이스, Yaxshi Kun Koreys)!"

"한국어를 개강하기 전 벌써 현지인 우즈벡 제자를 몇 명 삼았으니 이 역만리 중앙아시아에서 부자된 느낌이네. 허허허—"

위 마수후리 택시운전자, 어마드존 마켓 근무자, 디요리 청년 등 몇 사람은어디를 갈 때 손수 운전을 해주는가 하면, 수영장을 데리고 가고,

충남 중부대학교 한국어학과 강의/ 우즈베키스탄 안디잔 한국어 특강

식당 뒤편 어두운 화장실을 갈 때는 따라와 핸드폰 불빛을 비추며 안내하는 친절을 베푼 중앙아시아의 천사들이었다.

'한국어 선생님이라면 업고 다닐 정도로 인기가 좋다!' 는 미래의 대륙 중앙아시아를 방문 한국어 문학박사로서 실제 체험을 했으니 자랑거리가 생겼다.

"카레이스 테리 오코치스(Koreys tili O' qituvchisi, 한국어 선생) 최고!"

같이 사진을 같이 찍기를 원하고, 악수를 하며 말을 걸어왔다. 언어로 인정을 나누는 지구촌 한가족이라는 생각이 들었다.

6. 인류공동체 문명 씨앗 지구촌 언어 21세기 세계 만방에 빛내리라!

문득 영국의 역사 다큐멘터리 작가 '존 맨' 의 말이 생각난다.

"대한민국의 한글을 모든 언어가 꿈꾸는 최고의 알파벳이다!"

또한 1949년 한글타자기를 발명한 공병우 선생은 이렇게 말했다.

"한글은 금이요, 로마자는 은이요, 일본 가나는 동이요, 한자는 철이다."

전 세계 표준화기구에 따른 나라는 249개국이다. 그리고 UN에 등록승인이된 국가는 196개국이다. 따라서 지구촌 79억 명이 사용하는 모든 언어는 평등하다. 각 나라별로 사용하는 모든 언어는 인류공동체 문

부부의 길

명 발전의 발자취이다.

　세계의 지붕 아시아의 대륙 중앙아시아에서 지난 1443년 세종25년
에 창제한 한글, 한국어 교육현장에 문학박사 김우영 교수가 다가가리
라. 우리 함께 인류공동체 문명의 씨앗 지구촌 언어로 21세기 전 세계
만방에 길이 빛내리라!

　　일찍이 아시아의 황금 시기에
　　빛나던 등불의 하나인 코리아
　　그 등불 다시 한번 켜지는 날에
　　너는 동방의 밝은 빛이 되리라.
　　― 인도의 詩聖 '라빈드라나트 타고르' 詩 「동방의 등불」

중앙아시아 우즈베키스탄에서
아이 울음소리 들었네!

지난 6월에 아시아 속 대륙 미래의 땅 중앙아시아 우즈베키스탄에 왔다. 우즈베키스탄은 120여개 소수민족이 공존하는 다민족국가이다. 이에 따른 다양한 문화체험을 할 수 있었다.

"세계는 넓고 배울 게 참 많다!"

1. 아이 울음소리를 사건(?) 발생

우리나라에서 못들었던 아이 울음소리를 중앙아시아 우즈베키스탄에

부부의 길

서 듣고 아이들을 보고 있다는 사건(?) 발생했다.

우즈베키스탄 골목, 시장, 거리 등 어디를 가더라도 아이 우는 소리와 뛰어다니며 노는 아이들 재잘거리는 소리를 쉽게 듣고 볼 수 있었다. 또한 많은 청소년들과 젊은이들을 만날 수 있었다.

참으로 신기하고(?) 경이로운 우즈베키스탄의 생경한 모습이었다. 이리하여 세계의 많은 국가들이 역동의 젊음, 잠재적 내수시장 우즈베키스탄을 찾고 있다고 생각되었다.

2. 우즈베키스탄 청소년 인구 총 인구의 60% 잠재력 커

우즈베키스탄 출신으로서 우리나라 인하대학교 대학원에서 교육학 박사학위를 취득한 호남대학교 '갈라노바 딜노자 교수'의 '우즈베키스탄의 미래'를 보면 이렇다.

2019년 현재 우즈베키스탄은 청년 인구는 15~19세가 255만 명이다. 이어 20~24세가 298만 명, 25~29세 320만 명, 30~34세 298만 명으로 청소년 인구가 총 인구의 60%에 달한다고 한다.

우즈베키스탄은 1991년 독립 이후 경제, 사회, 정치, 문화 및 기술 분야에서 급격한 변화를 맞이 하였다. 2000년 8월 6일 우즈베키스탄 공화국의 첫 대통령인 이슬람 출신 '카리모프 대통령'이 의장을 맡은 위원회가 중대한 역할을 했다.

새로운 공화국에 맞는 국가적 가치를 재정립하기 위해 많은 노력을 기울였다. 그는《큰 미래를 위한 우즈베키스탄》,《우즈베키스탄 국가 독립, 경제, 정치, 이념》,《청소년은 우즈베키스탄 발전의 기초》등의 책을 통해 특히 청년들에게 국가 가치관을 형성하는 방법 이었다.

카리모프 대통령은 공화국 수립 첫날부터 우즈베키스탄의 미래가 청년들을 양육하는 것에 달려 있다고 하며 청년들로 하여금 조국에 대한

헌신, 높은 도덕성, 영성 및 깨달음, 일에 대한 양심적 태도를 갖추게 하였다.

우즈베키스탄의 청소년들이 '삶에서 가장 중요하고 가치 있는 것'에 대한 질문이다. 우선 가족과 자녀들 63.3%가 국가와 세계의 안정, 조국에 대한 사랑이 46.5%, 건강이 19.2%, 복지가 17.2%, 노동, 직장 및 교육이 10.7% 등이 었다. 이 조사 결과를 통해 우즈베키스탄 청년들에게 '가족과 자녀'가 삶에서 가장 중요하고 가치 있는 존재라는 사실을 알 수 있었다.

또한 14~29세 총 1,000명 응답자들이 참여한 설문조사에 따르면 우즈베키스탄 청년들의 76.2%는 '결혼 및 가족'을 중심으로, 12.1%는 '사랑하는 사람과 함께' 본인의 미래를 그리고 있었다. 응답자들의 37.5%는 4명, 30.3%는 2명 그리고 25.7%는 3명의 자녀를 키우고 싶다고 답하였다. 이를 통해 우즈베키스탄에서 출산율이 계속적으로 증가할 것이라고 추정할 수 있다.

저출산과 고령화로 치닫고 있는 대한민국의 한 사람으로서 부끄러운 한편 지구촌 한가족으로서 이 나라 청소년들이 자랑스러웠다. 그리고

부부의 길

'카리모프 대통령'의 국가 가치를 재정립을 위한 '청소년은 우즈베키스 탄 발전의 기초' 한 정책이 반영되었다는 점에서 경의를 표한다.

소련 해체 이후 독립된 우즈베키스탄을 이끈 카리모프 대통령은 25 년의 철권 통치기간동안 국경을 걸어 잠그고 부정부패, 안디잔 학살, 언 론 통제, 부정선거 등의 풍파를 남겼다. 그리고 2016년 9월 78세로 뇌 출혈에 의한 사망으로 자신의 고향인 사마르칸트에 묻혔다.

우리나라 호남대학교 '갈리노바 딜노자' 교수는 1년 동안 주한 우즈베 키스탄 무역대표부에서 대리로 활동하였다. 주로 상호문화교육, 이중 및 다중언어교육 관련 연구 등을 진행하고, 재한 우즈베키스탄 유학생 의 상호문화역량, 고려인 결혼이주여성 자녀 이중언어교육 분야 관련 다수의 저서 및 논문을 출판하였다.

3. 아프리카의 검은진주(眞珠) 탄자니아 동력은 청소년 45%

한편, 필자는 지난 2019년 한국해외봉사단 코이카(KOICA)파견 아프 리카의 검은 진주(眞珠) 탄자니아에 1년여동안 체류했다. 이 나라도 아 이와 청소년 인구비중이 높아 전 세계의 내수시장이 높은 나라였다.

탄자니아 전체 인구 5,800만 명중에 14세 이하가 45%로서 812만 명이었다. 이어 15세~64세가 53%로 비중 많아 앞으로 젊은 층이 주 도하여 탄자니아는 아프리카의 검은진주(眞珠)로서 미래의 잠재적 국가 로 촉망받고 있었다.

1961년 영국으로부터 독립 1964년 탕가니카, 잔지바르를 합병 탄자 니아연합공화국(United Republic of Tanzania)을 탄생시켰다. 집권여당 (CCM)의 세력을 등에 업고 1965년 첫 대선이래 정권을 지속 창출 2015년 11월 대선에서 '존 마구풀리(Johns Magufuli) 대통령'이 당선되 며 일당 우위 체제를 견고하게 유지했었다.

공공부문 개혁과 부정부패 척결, 예산 절약 및 세수확대 등 국내개혁을 강력하게 추진중이며 특히, 하파카지투(Hapa Kazi Tu, Work here Only but Nothing else) 슬로건 하에 공공부문 개혁 적극 추진하고 있었다.

탄자니아 존 마구풀리 대통령의 '불도저' 행보는 취임 직후부터 관료들의 해외 출장 제한, 각종 행사 취소 및 예산 삭감, 부패 장관, 공무원 퇴출 등 파격적인 행보로 국민적인 인기를 얻고 있다. 취임 직후 있었던 독립 기념일, 기념 행사대신 거리 청소를 택했던 일화는 유명하다.

존 마구풀리 대통령은 탄자니아 건설부장관과 농림축산어업부장관, 국토주택주개발부장관을 거치면서 대통령에 당선 산업기반시설에 역점을 두었다.

그래서인지 다르에스살렘과 모로고로를 몇 번 오 가는데 대형 도로공사와 철도건설현장 등이 자주 눈에 띄고, 많은 중장비의 이동과 공사장에 노동자들이 많았다. 아프리카 동인도양에 접한 탄자니아의 동트는 새벽이 힘차게 열리고 있다는 느낌을 받았었다.

존 마구풀리 대통령은 아프리카 개발도상국중에 힘찬 새벽을 여는 탄자니아는 정직하고 신뢰를 바탕으로 잘 사는 나라로 일으키려고 각종 산업기반시설을 시행했었다. 국제공적개발원조(ODA)를 받아내고 세계 각국의 봉사단체와 NGO단체 등을 끌어들여 양적, 질적 선진국가를 위하여 노력하였다.

그러나 탄자니아 존 마구풀리 대통령도 2021년 3월 '코로나는 생강을 먹고 이길 수 있다' 고 장담하더니 기어이 코로나로 판단되는 질환에 걸려 61세로사망했다.

4. 우리나라 인구 5,200만 명중 24세 이하 165만명 5% 불과

한편, 우리나라 통계청이 발표한 2019년 출생통계에 따르면 합계출

부부의 길

산율은 0.92명으로 이었다. 합계출산율이란, 여성 1명이 평생 낳을 것 이라고 예상되는 평균 출생아 수를 뜻이다. OECD(경제협력개발기구)평균 은 1.63명으로 우리나라는 OECD 국가 중 출산율 꼴찌라는 불명예를 차지하고 있다.

2002년을 기점으로 시작된 초저출산 시대는 고령화 속도마저 앞당기 고 있다. 초고령 사회 노인 비율 20%에 진입한 일본보다 더 빠른 속도 이다.

우리나라 인구 두 명 중 한 명은 결혼해야 한다고 생각하는 반면, 결 혼이 꼭 자녀 출산으로 이어져야 한다는 의견에 반대하는 사람이 늘었 다. 출산율과 인구성장률, 그리고 청소년비율이 모두 세계 평균에 비해 꼴찌이다.

최근 인구보건복지협회가 유엔인구기금과 함께 발간한 2017 세계인 구현황 보고서에 따르면, 우리나라 여성 1인당 출산율은 1.3명으로 홍 콩, 싱가포르, 그리스 등과 함께 공동 190위를 기록하였다.

이는, 세계 여성 1인당 평균 출산율인 2.5명에 비해 거의 반정도 되 는 수치로, 뒤에서 세 번째였다. 세계 최고 출산율은 7.2명으로 니제르 였고, 우리나라보다 출산율이 낮은 국가는 출산율 1.2명으로 포르투갈, 몰도바 2개국 밖에 없었다.

24세 이하에 해당하는 청소년 인구 비율도 우리나라가 세계 최하위 권이었다. 전체 인구 5,200만 명중에 24세이하는 165만명으로서 5% 에 불과하다. 우리나라는 일본, 독일과 함께 공동 13%로 세계 194위를 나타냈다.

5. 우리나라 고령화와 저출산율 밝은 미래 빨간불

우리나라는 고령화와 저출산율로 인한 미래 사회적, 국가적으로 들어

중앙아시아 우즈베키스탄에서는 길거리에서 아이들과 청소년들을 쉽게 만날 수 있었다

왔다. 의료환경의 발전으로 100세 건강시대의 결과이다. 또한 저출산율의 증가는 출산과 양육에 따른 비용부담의 기피현상되었다.

요컨대, 안락하고 행복한 생활을 위하여 출산과 양육의 어려움으로부터 벗어나고자 한다는 의식이 시대를 안고 간다는 이야기이다.

현재 인류 79억 명이 살고있는 지구촌은 우리 기성세대의 소유가 아니라 미래세대의 몫이다. 건전하고 보편타당한 인류공영이 이루어지려면 세대간 영속성은 고루하게 이어져야 한다.

필자가 체류하고 있는 중앙아시아 우즈베키스탄은 24세 이하가 554만 명으로서 전체인구 3,200만 명중 17%이며, 아프리카 탄자니아는 전체 인구 5,800만 명 중 14세 이하가 45%로서 2,610만 명이나 된다. 한편 우리나라는 5,200만 명중에 24세이하는 165만 명으로서 5%에 불과하다.

21세기는 인구가 국제경쟁력시대이다. 젊은 층이 많은 나라가 잠재적 내수시장 동력으로 기대되고 있는 추세이다.

우리나라에서 못들었던 아이 울음소리를 중앙아시아 우즈베키스탄에서 듣고 아이를 보고 있다는 사건(?)이라고 표현할만 일이 아닌가?

6. 아기 우는 소리가 가정애 큰 덕목

문득, 17세기 스위스의 교육학자 '요한 하인리히 페스탈로치'의 말이

부부의 길

생각난다.

"이 세상에는 여러 가지 기쁨이 있지만, 그 가운데서 가장 빛나는 기쁨은 가정의 웃음이다. 그 다음의 기쁨은 어린이를 보는 부모들의 즐거움인데, 이 두 가지의 기쁨은 사람의 가장 성스러운 즐거움이다.

또한 우리나라 옛 성현(聖賢)이 이렇게 말했다.

"우리 가정에 3가지의 즐거운 소리가 있다고 한다. 아기 우는 소리, 베 짜는 소리, 책 읽는 소리가 있는데, 그 중에 으뜸이 아기 우는 소리를 덕목으로 쳤다."

최고의 덕목 아기우는 소리를 이역만리(異域萬里) 중앙아시아 우즈베키스탄에 와서 들으니 즐겁고 행복하다. 하지만 내 사랑하는 조국 대한민국이 아이우는 소리가 끊기고 젊은이가 없다.

우리나라 각 대학 입학처는 시즌만되면 교수들을 필자가 있는 우즈베키스탄을 비롯하여 베트남 등으로 출장을 보내야하는 웃지못한 현실에 처연한 심정이다.

"오, 누구를 위하여 종을 울려야 하나?(For whom the toll!)"

맛깔스런 음식의 나라
중앙아시아 우즈베키스탄

1. 120여 개의 소수민족 공존하는 다민족국가로 구성

중앙아시아 국가인 우즈베키스탄은 120여 개의 소수민족이 공존하는 다민족국가로 구성되어 각 각 다른 독특한 음식문화를 갖고 있다.

음식문화에는 크게 우즈베키스탄 민족의 전통적인 음식과 러시아 음식의 요소가 나타나고 있으며 소수민족인 위구르인, 고려인, 카자크인의 전통적인 음식들 가운데에서도 민족에 관계없이 보편화 된 음식들이 많다.

우즈베키스탄 사람들은 다양한 종류의 고기와 치즈, 양젖, 발효성 유제품 같은 낙농제품을 즐겨 먹는다.

2. '어쉬 팔로브' 와 '논', '샤슬릭' 음식의 3대 여왕

대표적인 전통 요리 '어쉬 팔로브(Osh Palov, 볶음밥)'와 '논(Non, 빵)', '샤슬릭(Shashlik, 양꼬치)'은 우즈베키스탄 사람들이 어떤 잔치도 열지 않는다고 한다. 그래서 이 음식을 '음식의 3대 여왕'이라고 부른다.

특히 결혼식이나 생일, 장례식, 명절 등 특별한 날에는 항상 '어쉬 팔로브'와 '논', '샤슬릭'을 만들며 집에 손님이 오면 반드시 팔로브를 만들어 대접한다.

가. '어쉬 팔로브(Osh Palov, 볶음밥)'

'어쉬 팔로브(Osh Palov, 볶음밥)'는 지역에 따라 재료와 만드는 방법이 차이가 있고 맛도 조금씩 다르며 한국의 볶음밥과 비슷하지만 맛과 만드는 과정이 많이 다르다.

요리 방법은 달군 양기름에 양파와 고기(양고기, 쇠고기)를 넣고 익힌 후 노란 당근을 넣어 볶은 후 물을 적당하게 넣고 끓여 씻은 쌀을 넣는다.

쌀이 반쯤 익었을 때 마늘과 건포도, 콩 등 원하는 재료를 넣어 쌀이 익을 때까지 뜸을 들이면 된다. 만드는 방법이 간단해 조리 시간이 30~40분 밖에 걸리지 않는다.

어시 우즈베키스탄의 여러 공동체들이 만드는 전통로요리 문화유산이다. '식사의 왕'이라는 별칭으로도 알려진 어시 팔로브(Osh Palov)'는 야채와 쌀, 고기, 향신료를 이용해서 조리하며 최대 200가지에 팔로프는 고기, 양파, 당근, 허브, 향신료 등을 넣어 만든 쌀 요리로 우즈벡의 대표적인 음식이다. 우즈베키스탄에서는 매일 식탁에 오르는 음식으로서 축제와 의례에서도 중요한 자리를 차지한다.

팔로브와 관련 있는 민간 풍습이나 의식은 우즈벡에서 환대의 개념과 연관되어 있다. 보통 의식용 음식은 사람들이 국가 정체성을 확립하고 전통적 가치에 애착을 갖게 하는 등 감정적으로 큰 영향을 미친다. 이런 의미에서 팔로프 전통은 지역 공동체 사회에서 사회적 관계를 규정하는

요소, 사람들 사이의 사회적 상호작용의 특별한 한 형태, 그리고 가족과 개인에 대한 자기 확인의 한 방식으로 여겨질 수 있다.

팔로브 의식은 생애의 특별한 통과의례마다 존재한다. 그중 몇 가지를 예로 들어보면 다음과 같다.

'팔로브'에 대한 전설 중 하나는 알렉산더 대왕에 의해 만들어졌다는 설이다. 알렉산더가 전쟁 중 병사들이 손쉽게 먹을 수 있고 영양가도 높으며 열량과 포만감이 오래가고 맛있는 음식을 만들 것을 취사병에게 명령 하자 그 취사병이 고심 끝에 만든 것이 '팔로브'라는 얘기가 있다.

지금까지도 전쟁터에서처럼 '야외에서', '큰솥에' 그리고 꼭 '남자가' 만들어야 최고의 요리로 여긴다. 특히 야외에서 맑은 공기와 함께 재료가 익어야 제맛이 난다고 하고 집에서는 통풍도 안되고 해서 맛이 떨어진다.

나. '논(Non, 빵)'

또한 우즈베키스탄 식탁에는 빠질 수 없는 주식으로 '논'이라는 벌집 모양의 큰 진흙 가마에서 굽는 빵이 있다.

한국 사람들이 밥 없이 반찬을 먹지 못하는 것과 같이 우즈베키스탄 사람들도 '논(Non, 빵)'이 없이 식사를 안 한다. 논은 밀가루, 물, 소금과

부부의 길

이스트 밖에 안 들어가지만 고소하고 맛있다.

'논'에는 여러 풍습이 있다. 남자가 여자의 부모님에게 결혼 허락을 받으러 갈 때 반드시 논을 챙겨 간다. 여자의 부모님이 남자를 마음에 들어하면 논을 찢어서 나눠 먹고 그렇지 않으면 그대로 다시 돌려서 보낸다.

이 밖에 논은 오랫동안 보관이 가능해서 가족이나 친한 사람이 군대에 가거나 오랫동안 집을 떠나야 할 때 논을 한 입 먹게 한 뒤 그 사람이 무사히 잘 다녀오라는 의미에서 다시 돌아올 때까지 남은 논을 보관한다고 한다.

다. '샤슬릭(Shashlik, 양코치)
일반적으로 '샤슬릭(Shashlik, 양코치)과 우즈베키스탄 같은 구 소련지

역 국가에서 많이 먹는 타타르식 고기 꼬치 구이 요리. 주재료는 소고기, 양고기로 만든 샤슬릭만 있었으나 점차 대중화되면서 닭고기, 돼지고기로 만든 샤슬릭도 흔히 먹게 되었다. 고기만 사용하는 것이 아닌 심장, 혀 등의 부위도 사용하며, 러시아식 빵에 더해 양파 등의 채소류도 곁들어 먹는다.

고기 크기가 작은 중국식 양꼬치에 비해 샤슬릭은 크게 뭉텅뭉텅 썬 고깃덩이 여러 개를 상당히 크고 긴 쇠꼬챙이에 꿰어 굽는다. 따라서 한

꼬치가 더 비싸고 양도 더 많은데, 작은 고기를 양념으로 뒤덮다시피 한 중국 양꼬치와 달리 한번 구운 꼬치에 원하는 만큼 소스를 첨가해 먹는 식이기에 양고기 본연의 맛을 즐길 수 있다.

3. 중앙아시아 문화는 우리 민족 문화의 같은 뿌리

중앙아시아 국가인 우즈베키스탄은 120여 개의 소수민족으로 구성되어 각각 다른 독특한 음식 문화의 맛깔스런 음식의 나라 중앙아시아 우즈베키스탄.

중앙아시아 문화는 우리 민족 문화의 뿌리와 깊게 연관되어 있는 곳이다.

우리나라 고대사 혹은 선사시대의 역사와 분리해서 생각할 수 없을 정도로 밀접한 관계가 있다. 우리나라 문화와 전통 가운데 중국적인 요소들을 제거하고 순수하게 우리의 것이라고 할 수 있는 것이 있다면 그것은 곧 그 뿌리와 맥락이 중앙아시아의 문화와 같다.

이리하여 우리나라와 중앙아시아는 뿌리가 같은 민족적 동질감에 따스한 휴머니즘(Humanism)을 느낀다. 문득 생계적 수단의 음식은 먹는

부부의 길

행위의 당위성이 아닌 민족의 역사와 삶 그 자체라는 생각이 든다.

4. '먹는 바, 그것이 인생!'

문득, 독일의 작곡가 '요한 바하'의 말이 생각난다.

"천 번의 키스보다 더 감미로운 커피와 맛깔스런 음식이 최상 최고의
선물이다!"

또한 서양의 철학자 '루드빗히 안드레학다아스 포이에르바하'는 이
렇게 말했다.

"먹는 바, 그것이 인생이다!"

우즈베키스탄의 전통 명절
쿠르반 하이트(Qurbon hayiti)!

□ **가는 날이 장날**!

'가는 날이 장날'이라는 한국 속담이 있다. 지난 6월 한국어 강의로 중앙아시아 우즈베키스탄을 방문했다. 마침 지난 7월 9일 부터 11일 까지 우즈베키스탄 최대의 명절인 쿠르반 하이트(Qurbon hayiti)날이다.

1. 양 잡는 날

우즈베키스탄에선 이날 양을 잡는 풍습이 있다. 그래서 필자가 묶고 있는 우즈베키스탄공화국(Republic of Uzbekistan) 안디잔(Andijan) 달와르진(Dalvarzin6 Kocha 42)에 거주하는 키르기즈스탄 오쉬(OSH) 출신 에르가셰브 아브두카허르(Ergashev Abdukakhkhor 1948년 9월 2일)가정에서도 검은 숫양(코이, QO'Y, 35만원 상당)을 잡았다.

이슬람 국가인 우즈베키스탄은 금식월인 라마단이 끝나는 날 7월 9일부터 11일. 즉 70일째 되는 날에 전통 명절인 '쿠르반 하이트'를 지낸다. 이슬람교의 종교관련 경축일로서 이슬람 달력의 주기를 따르기 때문에 매년 날짜가 일정치 않는다.

'쿠르반'은 제물을 뜻하고 '하이트'는 명절을 의미한다. 희생절이라는 뜻이다. 이날 우즈베키스탄 사람들은 집이나 일터 인근에서 양을 잡아 피를 흘려 신에게 제사를 지내고, 잡은 양고기 1kg 이상을 가난한 사

부부의 길

(2022년 7월 9일~11일/우즈베키스탄 최대 명절 쿠르반 하이트《(Qurbon hayiti)》)

람들과 나눈다.

2. 쿠르반 하이트(Qurbon hayiti) 명절의식

우즈베키스탄 안디잔 달와르진 주민 여럿이 모인 가운데 종교의식을
주도하는 주관하는 이맘(Imam)성직자의 인사말로 '쿠르반 하이트' 명
절이 시작되었다. 서로 건강과 행복을 기원하는 덕담을 주고 받았다.

식탁에는 푸짐한 명절음식이 준비되었다. 어제 잡은 '양(Qoʻy)고기'를
비롯하여 식사의 왕 '오시 팔로프(Oshi palav, 일종의 볶음밥)'와 '논(Non)'
과 '토마토 케찹' 등이 푸짐하게 차려졌다.

'쿠르반 하이트' 명절의식을 마친 주민들은 입장할 때 처럼 나갈 때
도 미리 준비한 물로 손을 깨끗이 씻었다. 한국어 문학박사과정 '에르가
세바 자리파(Ergasheva Zarifaxon)'은 이렇게 말한다.

"명절의식 행사장에 들어올 때와 나갈 때 손을 씻는 이유는 묵은 때를
버리고 새로운 기운으로 건강하고 행복을 기원하는 소박한 소망의식이
담기었어요."

'쿠르반 하이트' 명절의식을 마치고 돌아가는 주민들은 서로 악수를
하며부등켜 안고 건강과 행복을 기원하는 덕담을 나누었다. 이날 행사
를 주관한 안디잔시 달와르진 '에르가세브 아브두카헌'이 선물한 논

(Noin, 둥그런 빵)을 하나씩 가져갔다. 행복한 포만감으로 걸어가는 우즈베키스탄 주민들 발걸음이 한결 가벼웠으리라.

3. 우즈베키스탄의 기념일

필자도 에르가셰브 아브두카허르오 댁에서 전통의상과 전통음식과 과일 등을 극진히 대접을 받았다. 그래서 가족들에게 약간의 용돈과 캬라멜을 선물했다.

한편, '나브루즈(3월 2일)'라 하여 무슬림의 명정 중 가장 큰 명절이다. 이슬람 국가에서는 '새해맞이 축제', '봄이 시작하는 날'로 기념하고 있다. 나브루즈는 '새해의 탄생'이라는 의미로 봄의 소생을 위한 행사로, 한 달 전부터 거리에 축하 플랜카드가 걸리고, 각 기관에서는 각종 축하공연을 준비한다.

나브루즈의 음식 '수말락(сумаляк)'을 먹어볼 수 있다. 나브루즈의 상차림에는 의미가 있는 7가지 물건('부활'을 뜻하는 포도주, '순수함'의 우유, '기쁨'을 상징하는 과자, '풍족함'의 설탕, '휴식'을 상징하는 주스, '빛'을 나타내는 양초, '아름다움'을 상징하는 빗)을 올린다.

이 외에도 여성의 날(3월 8일)은 '세계 여성의 날'로 우즈베키스탄에

부부의 길

서는 이 날이 다가오면 남자들은 자신의 여자 친구를 위해 선물을 준비한다. 선물로는 주로 꽃, 화장품, 향수가 주를 이룬다. 우즈벡 여성들은 자신의 생일 다음으로 '여성의 날'을 기다린다고 한다.

또한 추모의 날(5월 9일)은 대조국 전쟁(Великая Отечествкная война)'이라 부르는 세계 2차대전에서 독일군의 항복을 받아낸 날이다. 전쟁에서 조국을 위해 희생된 전사자들을 추모하는 날로서 소련시대에는 승전기념일(День победы)로 불렸다.

그리고 독립기념일(9월 1일)은 1991년 9월 1일 소련에서 독립하여 우즈베키스탄공화국이 탄생된 날이며, 제헌절(12월 8일)은 1991년 9월 1일 독립 후 동년 12월 8일에 최초의 우즈베키스탄 헌법을 제정하여 이를 기념한다.

4. 나눔과 배려의 가슴 따뜻한 휴머니즘(Humanism)

우즈베키스탄공화국 안디잔 달와르진에 거주하는 키르기즈스탄 오쉬 출신의 '에르가셰브 아브두카허르' 일명 '나다(Dada) 카허르 존' 어르신은 이날 살이 제법 붙은 35만원 상당의 검은 숫양을 잡았다.

그런데 양고기를 제사용 고기를 일부 남기고는 잡은 양고기 1kg을 저울에 달아 골고루 이웃에 돌리는 나눔의 미덕을 보았다. 그래서 말씀을 드렸다.

"어르신, 이렇게 다 돌리면 정작 가족들 먹을 고기가 없잖아요?"

"김 박사님 우리집은 매년 양과 소를 잡아 이웃과 나누어 먹어요. 나눔과 배려는 바로 우리 우즈벡 민족의 미덕이지요. 한국은 어떤가요?"

"……우리 한국은, 음……? 과연 언제 이런 일이 있었던가?"

세계경제협력개발기구(OECD, Organization for Economic Cooperation and Development)에서 10대 경제대국을 자랑하는 대한민국. 이제 사라져가

는 전통 미풍양속의 가슴 따스한 휴머니즘(Humanism)을 이역만리 중앙아시아 우즈베키스탄에서 감명깊게 보았다.

5. 중앙아시는 우리 민족 문화의 뿌리

중앙아시아 문화는 우리 민족 문화의 뿌리와 깊게 연관되어 있는 곳이다.

우리나라 고대사 혹은 선사시대의 역사와 분리해서 생각할 수 없을 정도로 밀접한 관계가 있다. 우리나라 문화와 전통 가운데 중국적인 요소들을 제거하고 순수하게 우리의 것이라고 할 수 있는 것이 있다면 그것은 곧 그 뿌리와 맥락이 중앙아시아의 문화와 같이하고 있다고 전해진다.

오랫동안 우즈베키스탄 민족 고유의 풍습, 의례, 전통을 보존하며 가슴 따뜻하게 살아가는 우즈베키스탄 민족의 정직하고 진솔한 휴머니즘을 지켜본 필자의 이번 방문의 감동은 오랫동안 가슴에 자리하리라!

우즈벡아 나는 간다.
그러나 한국어 국위선양 위해
다시 오리라!

비영리국가봉사자립형문화나눔 민간단체 한국문화해외교류협회 제 11회 해외교류 행사를 위하여 지난 6월 22일⒲ 한국을 출발하여 중앙아시아 우즈베키스탄에 왔습니다. 한 달 가깝게 현지 답사와 관계자를 만나 제11회 해외문화교류행사를 위한 자세한 일정을 협의 하였습니다.

대략 일정은 한국방문단의 대학강의 참여, 문화공연, 문화탐방, 양로원방문, 장학금지급, 자매결연, 전통요리 '어쉬 팔로브(Osh Palov, 볶음밥)' '논(Non, 빵)' '샤슬릭(Shashlik, 양꼬치)' 현지음식체험, 홈스테이 등입니다.

또한 한국어 문학박사 김우영 교수는 우즈베키스탄 주립 안디잔대학에서 1년여동안 한국어 강의에 대한 초대도 받았습니다.

더욱 잘 된 것은 본 협회의 김우영 상임대표가 우즈베키스탄에 체류하며 2022년 제11회 해외문화교류를 효율적으로 현장감있게 운영하게되어 여러 가지로 용이하게 될 것으로 예상됩니다.

지난 6월 우즈베키스탄에 가서 한 달여 가까운 기간동안 친절한 안내와 맛있는 음식을 제공하여 주신 안디잔시 달와르진 삭선메트로 '카허르존' 어르신과 가족들에게 감사를 드립니다.

특히, 옆에서 친절하게 통역을 하며 챙겨주신 우즈베키스탄지회 한국

어 문학박사과정 '자리파 운영위원'에게 고맙다는 인사를 드립니다.

그리고 한국에서 '한국어 문학박사 김우영 교수'가 왔다고 너도 너도 한국어를 배우겠다며 친절하게 찾아와 대화를 많이 나눈 현지 주민들에게 감사를 드립니다.

떠나오는 전날 석별의 밤. 가족과 이웃 주민들 20여 명이 몰려와 고급 전통의상과 티셔츠, 우즈베키스탄을 상징하는 기념품과 은반지, 기념컵, 논(Non) 빵을 등을 고루 선물하여 주신 현지 우즈벡인들과 안디잔 대학 홍보담당자는 자신이 아끼는 스케치한 사진을 액자에 담아 선물하였어요. 또한 고맙게도 돌아가면서 고급스런 가든식 식당에 초대하여 맛깔나는 우즈벡 현지 음식 '어쉬 팔로브'와 '논' '샤슬릭' 등을 제공하기도 했어요. 너무나 가슴 따뜻한 감동의 휴머니즘(Humanism)을 생각하면 지금도 가슴이 설레입니다.

당초, 예정대로라면 8월 말 다시 우즈베키스탄으로 돌아가 9월 학기부터 한국어를 강의할 예정입니다.

'뜻이 있으면 길이 열리는 법'이지요. 따라서 조금만 기다리세요. 곧 한국어를 배우고 싶어하는 학생과 주민들을 만나러 한국어 문학박사 김우영 교수가 갈 겁니다. 우즈베키스탄 여러분 반가워요. 사랑합니다. 그립고 보고 싶어요.

7월 13일(수) 중앙아시아 우즈베키스탄 타슈켄트 국제공항을 떠나며 이렇게 외쳤다.

"우즈벡아 나는 간다. 그러나 한국어 국위선양 위해 다시 오리라!"

"Bir daqiqa kuting(비어 다키카 쿠팅, 조금만 기다려요)!"

"Ko' rishguncha(코리시콘자, 다음에 만나요)!"

"Rahmat(라흐마트, 감사합니다)!"

"Salom(사로몬, 안녕)!"

중앙아시아 우즈베키스탄 안디잔대학 초대장, 학교 관계자 회의

2022.6.22.~7.19일/ 우즈베키스탄 안디잔 석별식 때 준 선물

사랑하는 아빠 · 엄마…

　행복 가득, 기쁨 가득 부부의 날을 맞아 부부사랑을 돈독히 하게 하는 책을 펴내시는 엄마 · 아빠. 저희 삼 남매는 일상생활 속에서 바쁜 와중에도 이렇게 멋진 부부수필집을 내시는 엄마 · 아빠가 매우 존경스럽답니다.

　우리 3남매 어렸을 때부터 들어온 엄마 · 아빠의 설레이던 첫 만남부터, 고난과 역경으로 힘들었던 신혼시절, 아이 셋 키우며 힘들던 시절 그리고 현재까지를 책으로 읽게 된다는 건 참 좋은 경험이라고 생각해요. 또 한 편의 책에서 읽게 되는 우리의 삶이 굉장히 신기하고도 새롭게 다가오기도 합니다.

　아빠는 바쁜 직장을 다니시면서, 글을 쓰시고 그 일에 몰두하셔서 늦게까지도 하시는 것을 볼 때이면, 아빠의 문학에 대한 열정이 느껴져요. 정말 아빠가 좋아하시는 부분이구나 생각도 들고요. 저희 집에는 책이 많습니다.

　그것은 다 문학을 좋아하시는 아빠의 영향이고 아마 우리집의 분위기도 자연스러히 그렇게 흘러가는 듯 싶어요. 솔직히 어떤 때는 문학의 어느 문학이란 학문에 너무 몰두해 건강이 헤쳐지실까? 하는 걱정도 있어요. 활발히 학문활동하시는 아빠가 적절하게 운치있는 작가로 활동하시는 모습은 정말 멋있고 앞으로 계속 저희 모두의 응원을 보냅니다.

엄마는 우리 가족 모두를 보살펴주시는 가장 가치있는 일을 하십니다. 하지만 가끔 엄마를 주부만이 아닌 작가 또는 수필가, 성악가, 화가로 소개 할 때 저희는 정말 자랑스럽다는 거 아세요? 사실 해본 사람만이 아는 끝이 없는 집안일 속에서 글 한 편 완성하기란 힘든 일이지만, 다정한 글을 완성하시는 엄마의 모습이란… 재주꾼 엄마의 모습을 보는 저희들은 많은 격려를 받고 있답니다.

사람이 행복하게 사는 것은 쉬운 듯 하면서도 어려운 일이란 것을 어린 나이의 저희이지만 어렴풋이 느끼고 있습니다. 엄마 · 아빠의 이번 책이 잘 나와서 많은 이들에게 좋은 기억으로 남길 바라면서, 마지막으로 우리 가족 모두 행복하게 살아가길 희망합니다.

우리 가족 파이팅!

행복하고 즐거운 삼남매

큰딸   바램

작은딸   나아

막내아들   민형 올림.

Epilogue

네 이 눔 운명아, 길을 비켜라!

　나의 앞에 또는 우리 부부 앞에 그리고 우리 가족 앞에 어떤 운명이 우리의 앞을 가로 막고 시련과 영광을 줄지 모르겠다. 운명의 여신이 나타나 우리의 앞길을 가로막고 훼방을 놓는다면 나는 이렇게 당당하게 말 하리다.

　"네 이 눔 운명아. 길을 비켜라. 갈 길이 바쁘니라!"

　서양의 속담처럼 운명의 여신이 나에게 레몬을 주면 나는 이를 가지고 레몬수를 만들어 마시리라.

　오늘도 실감기와 손뜨개질을 열심히 하는 아내 옆에서 나도 이백 자 원고지에 사랑과 행복을 담는 시를 써야겠다. 아내는 우리들의 영원한 사랑과 행복을 위하여 기나긴 세월동안 실을 감고 뜨개질을 해나갈 것이다. 나의 글이 누에가 고치를 줄줄이 지어내듯이 말이다

　이십육 년 여간 고락苦樂을 같이 해왔으며 앞으로 더욱 긴 세월을 함께 동반할 나의 영원한 미스 김, 김애경 님에게 앞으로 더욱 잘 살자는 마음으로 여기 하얀 백지에 우리들의 문학 우리들의 이야기 「실 감는 아내」를 바치리다!

Epilogue

실 감는 아내

만월滿月의 봄밤이

아내의 가슴처럼 부풀어간다

자욱한 실내악은 어느 늙은 바이올리니스트의

긴 손마디처럼 경련에 울먹이며 율조한다

실을 감는 아내의 하이얀 손놀림은

청아의 소박

숨이 차는 모양이다

거칠은 가슴의 율동과

두툼한 실패는 자꾸만 살이 쪄간다

숨이 막힌다

쓰다만 강의 노트를 접어야 겠다

실 감는 아내의 체온과 늦봄의 밤은 빠알갛게 익어

가아득 실내를 메운다

숨이 막힐 저

더욱 숨이 막히어 버렸으면…….

― 김우영 작가 自作詩 「실 감는 아내」 중에서

부부의 길